DuMonts Kriminal-Bibliothek

Ellery Queen ist das gemeinsame Pseudonym von Frederic Danney (1905–1982) und Manfred Bennington Lee (1905–1971), die zu den einflußreichsten und produktivsten Kriminalromanautoren gehören. Von Ellery Queen sind in DuMonts Kriminal-Bibliothek bereits erschienen: »Der mysteriöse Zylinder« (Band 1008), »Sherlock Holmes und Jack the Ripper« (Band 1017), »Der Sarg des Griechen« (Band 1040), »Das ägyptische Kreuz« und »Die Katze tötet lautlos« (Band 1076).

Herausgegeben von Volker Neuhaus

Ellery Queen

… und raus bist du!

Aus dem Englischen
von Monika Schurr

DuMont

Die Deutsche Bibliothek – CIP-Einheitsaufnahme

Queen, Ellery:
… und raus bist du! / Ellery Queen. [Aus dem Englischen von Monika Schurr]. –
Köln : DuMont, 1999
(DuMonts Kriminal-Bibliothek; 1085)
ISBN 3-7701-4847-9

Aus dem Englischen von Monika Schurr
Die der Übersetzung zugrundeliegende Ausgabe
erschien 1950 unter dem Titel *Double, Double*
bei Little, Brown and Company

Umschlagmotiv von Pellegrino Ritter
Umschlag- und Reihengestaltung: Groothuis & Consorten
Satz: Greiner & Reichel, Köln
Druck und Verarbeitung: Clausen & Bosse, Leck
Printed in Germany
ISBN 3-7701-4847-9

Dienstag, 4. April

Und da hatte Ellery geglaubt, Wrightsville läge endgültig hinter ihm; ja, er hatte eine gewisse Nostalgie entwickelt, die die Stadt in jenes milde Licht tauchte, in dem die Stätten unbeschwerter Jugenderlebnisse erwachsenen Männern gerne erscheinen.

Obwohl er in New York City geboren war, pflegte er Wrightsville als seine seelische Heimat zu bezeichnen – diese Stadt der sich ruhig wiegenden Ulmen, der kopfsteingepflasterten Straßen, der verwinkelten Gäßchen, diese Stadt, die sich in ein Tal mit kleinen Formen schmiegte wie in einen riesigen Schoß und an sanft gerundeten Berghängen lehnte. Hier zeigte Mutter Erde in für Neuengland überwältigender Weise, wie sie sich in Szene zu setzen verstand. Es gab nur sattes Waldgrün oder unberührtes Schneeweiß, ordentlich bestellte Felder, die würzige Landluft, das augenschmeichlerische Panorama der sich bis zum Horizont sanft dahinwellenden Hügel. In den Bildern seiner Erinnerung leuchtete die Landschaft diamanten oder smaragdgrün.

Nicht jedoch rubinrot. Die Farbe des Blutes verhieß mit hoher Wahrscheinlichkeit Unheil.

Das Kuvert warf einen roten Schatten.

Er schaute sich den Umschlag noch einmal genau an, vermied es jedoch, ihn zu öffnen.

Es handelte sich um einen länglichen Umschlag aus grobem, einfachem Papier von bläulicher Farbe, jene Standardsorte, die jeder amerikanische Kramladen im Sortiment hatte. Dieser hier, da war Ellery sicher, stammte aus dem Schreibwarengeschäft in der Oberstadt. Ein paar Häuser weiter döste J. C. Pettigrew in seinem Immobilienbüro; und auf der Seite zur Upper Whistling Street hin sah man grell erleuchtet das pittoresk benannte Café ›Miss Sally's Tea Roome‹, wo die Damen der High Society von Wrightsville täglich zusammentrafen, um sich an der kaloriensatten Spezialität des Hauses zu laben – Miss Sally's Ananas-Nuß-Creme, die mit einer zähen Soße aus geschmolzenem Zukker serviert wurde. Ach, Wrightsville! Wenn man vom Eingang des Kramladens aus die Lower Main Street nach Westen hinunterblickte, konnte man gerade noch die von Vögeln verschmutzte Bronzestatue des Stadtgründers Jezreel Wright erkennen, der gebieterisch über der rostzerfressenen Pferdetränke auf dem zentral gelegenen Platz posierte, der üblicherweise quadratisch zu sein pflegte, in diesem Falle jedoch rund war. Die Westseite des Platzes schmückte das neue Vordach des alten Hollis Hotel, in dem es sicherlich noch immer die alten Nachttöpfe aus Porzellan gab, mit denen die Hausleitung einer vergangenen Generation die Zimmer ausgestattet hatte. Auf der anderen Straßenseite sah man, Tür an Tür mit Louie Cahan's Bijou, die in sterilem Weiß leuchtende Billigdrogerie.

Nachtgeschirr und Provinzglamour – das war, im wesentlichen, Wrightsville. Ein wenig verärgert über die Trugbilder der Erinnerung, die der Brief in ihm wachgerufen hatte, drehte Ellery das Kuvert um.

Kein Absender.

Natürlich nicht. Leute, die zum Bleistift griffen, um Briefe mit vorsätzlich ungelenken Großbuchstaben zu adressieren, setzten sich dem Verdacht aus, mit ihrer Identität äußerst zurückhaltend zu sein. Ein anonymes Schreiben. Ellery war einen Moment lang versucht, den Umschlag ins Kaminfeuer zu werfen.

Dann öffnete er ihn mit größter Vorsicht.

Er enthielt mehrere Zeitungssausschnitte, die links oben mit einer gewöhnlichen Büroklammer zusammengeheftet waren.

Sonst nichts.

Auf dem zuoberst liegenden Ausschnitt prangten der Zeitungskopf des *Wrightsville Record*, der einzigen Tageszeitung Wrightsvilles, und das Datum: *Mittwoch, 1. Februar*.

Also zwei Monate alt. Ellery las sich den Artikel durch.

Er berichtete über den Herztod eines gewissen Luke MacCaby, 74, wohnhaft in der State Street 551, Oberstadt.

Ellery konnte sich nicht an den Namen erinnern; das abgebildete Haus des Verstorbenen hingegen glaubte er vage wiederzuerkennen.

Das Foto zeigte ein stattliches, spitzgiebeliges Haus mit Türmchen und Veranda, dessen Anstrich die typische Schmutzfarbe viktorianischer Bauten angenommen hatte; es war reich verziert mit Holzschnitzereien und Oberlichtern aus buntem Glas. Der Bau sackte bereits gefährlich dem grauen Boden entgegen, auf dem er vor sechs oder sieben Jahrzehnten errichtet worden war. Die State Street, die vom zentralen Platz in nordöstlicher Richtung abging, war die Hauptstraße der Stadt; einige Häuserblöcke lang bot sie dem Auge auch gebührende Pracht, die jedoch, je weiter man nach außerhalb kam, zunehmend einer unübersehbaren Schäbigkeit wich. Dort hatten noch um die Jahrhundertwende die vornehmeren Familien der Stadt residiert, bevor sie schließlich den Hill hinaufgezogen waren. Jetzt hausten in den heruntergekommenen Anwesen Leute aus der unteren Mittelschicht, einige der Häuser waren möbliert vermietet. Überall hingen die Holzveranden durch, den Zäunen fehlten Latten, und die Wege hatten tiefe Risse, aus denen das Unkraut wucherte. Das gesamte Viertel schrie förmlich nach Malern und Zimmerleuten.

Wenn das Haus MacCabys nun dasjenige war, welches Ellery im Sinn hatte, dann handelte es sich um jenes riesige Eckhaus State Street/Upper Foaming Street, das am allerlautesten schrie.

McCaby, so war im *Record* zu lesen, hatte man den *Stadtkauz* genannt. Er war nur selten aus dem verfallenden Gemäuer hervorgekrochen, in dem er mysteriösen Beschäftigungen nachzugehen schien. Seit einigen Jahren schon, so bezeugten Ladenbesitzer und Handwerker aus der Oberstadt, war er nicht mehr auf dem Platz oder in der Lower Main Street gesehen worden. Früher hatte man ihn für einen alten Geizhals gehalten, der in seinem noch immer vom Flackern der Gaslampen erleuchteten Haus, das langsam zur Ruine verkam, eifersüchtig seine Goldbarren oder Diamanten bewachte. Derlei Gerüchten – ob nun Dichtung oder Wahrheit – hatte es auf Dauer massiv an Substanz gemangelt; bald sprach man nicht mehr davon, und schließlich verstummten sie ganz. Später hatte man sich darauf geeinigt, der *Stadtkauz* sei völlig verarmt und nage in Wirklichkeit am Hungertuch. Dies konnte jedoch kaum stimmen, so ahnte man, denn er hatte offenbar einen Hausmeister, Gesellschafter oder Diener beschäftigt – was der Mann genau war, wußte niemand zu sagen; daß Luke MacCaby jedoch wirklich sehr ärmlich gelebt hatte, bezeugte Dr. Sebastian Dodd, ein stadtbekannter Arzt, der in der Oberstadt praktizierte. (Auch von ihm hatte Ellery noch nie gehört.) Fragen des *Record* hatte er widerstrebend beantwortet und angegeben, er habe dem alten Mann jahrelang Rechnungen geschickt, »bevor ich überhaupt merkte, daß der kranke alte Mann nicht einmal genug zum Leben hatte; da habe ich dann aufgehört, meine Honorare anzumahnen.« Dennoch hatte Dr. Dodd seinen Patienten bis zu dessen Tod weiterbehandelt. MacCaby war chronisch herzkrank gewesen; um seine Beschwerden zu lindern, hatte ihm der Doctor bestimmte Tabletten verabreicht.

Soweit bekannt, war der *Stadtkauz* der letzte MacCaby gewesen; seine Frau war bereits 1909 gestorben, und »Nachkommen«, so berichtete der *Record*, gab es anscheinend nicht. Alles, was er hinterließ, waren die möglicherweise fragwürdigen Erinnerungen seines Dieners, Hausmeisters oder Gesellschafters, Harry Toyfell, der fünfzehn Jahre lang in MacCabys Diensten gestanden hatte. Auch er war ein alter Mann – und ebenfalls eines der Originale der Stadt, wie es schien, denn man nannte ihn den *Stadtphilosophen*. Doch damit nicht genug; Toyfell war oft zusammen mit Tom Anderson und Nicole Jacquard in Gus Olesen's Roadside Tavern, einer Kneipe außerhalb der Stadt an der Route 16, gesehen worden. Als er den Namen Tom Anderson las, wurde Ellery ganz warm ums Herz – endlich ein alter Bekannter, den Wrightsville fast liebevoll den *Stadtbettler* oder den *Stadttrinker* getauft hatte. Nicole Jacquard sagte ihm im Augenblick nichts. Es sei denn … Himmel, ja! Damals, es mußte '40 oder '41 gewesen sein, hatte ihm jemand von einer frankokanadischen Familie (die Einheimischen sagten »Canuck«) aus der Unterstadt erzählt, die sich darauf spezialisiert hatte, scharenweise Kinder in die Welt zu setzen – war nicht zuletzt davon die Rede gewesen, es seien »wieder« Drillinge unterwegs …? Wenn Nicole Jacquard *dieser* Jacquard war, wie Ellery fast sicher annahm, dann war dieser Zeitgenosse nicht gerade jemand, der sich durch einen sonderlich guten Leumund hervortat; denn dieser Jacquard war – wie Ellery hoffte, aus dem einzigen Grunde, daß er die ungezählten Mäuler sonst nicht satt bekam – bekannt als der *Stadtdieb*. Ellerys Wangen glühten; fast war es ihm, als käme er nach langer Zeit nach Hause zurück.

In dem Artikel stand wenig mehr. Von Toyfell und seinem seltsamen Arbeitgeber sagte man, daß sie »wie Hund und Katz« gewesen seien. Als Toyfell gefragt wurde, warum er es denn so viele Jahre mit dem übellaunigen MacCaby, der ihm (vermutlich) wenig oder nichts dafür gezahlt hatte, in der öden Ruine ausgehalten habe, antwortete Toyfell mit vier tiefgründigen Worten: »Auch er liebte Blumen.« Er hatte eine Hand für Pflanzen aller Art; in MacCabys Garten, dem einzigen Teil des Anwesens, der Leben verströmte, hatte er wahre Wunder gewirkt, indem er, wie angenommen wurde, Ableger aus den üppigen Gärten von North Hill abgestochen und mit ihnen experimentiert hatte. Die MacCaby-Riesengladiole war die Sensation der Saison in Andy Birobatyans Blumenladen in der Washington Street.

Nun, da sein Arbeitgeber tot war, wurde Toyfell nach seinen »Zukunftsplänen« gefragt. Er erwiderte: »Seit fünf Jahren schon bekniet mich John Hart, ich möge mich bitte um seinen Garten kümmern. Genau dazu habe ich jetzt wohl Gelegenheit.« John Hart – John Spencer Hart –, so erinnerte der *Record* seine Leser, war der millionenschwere Eigentümer der ›Alten Baumwollspinnerei‹ in der Unterstadt. Da Ellery Wrightsville gut genug kannte, erstaunte es ihn nicht zu erfahren, daß die ›Baumwollspinnerei‹ lediglich ihren Namen behalten hatte; seit zwanzig Jahren war dort keine Baumwolle mehr gesponnen worden. Mr. John Spencer Hart hatte seine Millionen mit einer Färberei gescheffelt; über dem häßlichen Fabrikgelände zwischen der Washington und der Lower Whistling Street prangte der Schriftzug aus Stahlbuchstaben: WRIGHTSVILLE DYE WORKS.

»So endete also ein romantisches Kapitel mehr in der Geschichte Wrightsvilles. Die Totenmesse wird von Dr. Ernest Highmount gelesen, dem Hilfspfarrer der Ersten Kongregationalistenkirche in der West Livesey Street. Die Beisetzung findet auf dem Twin Hill Cemetery im Familiengrab der MacCabys statt.«

Requiescat in pace. Und, Harry Toyfell, möge Ihre neue Anstellung als Gärtner bei John Spencer Hart sich als fruchtbar für Ihre philosophischen Betrachtungen erweisen. Aber warum zum Kuckuck sollte jemand glauben, daß mich das alles hier in irgendeiner Weise interessiert?

Seitlich oben auf dem Ausschnitt stand: *Von Malvina Prentiss.*

Er schüttelte den Kopf und blätterte weiter.

Ein zweiter Artikel des *Wrightsville Record.* Mit einem späteren Datum versehen: *Montag, 13.Februar.*

Über der Geschichte prangte eine fette Schlagzeile. Offenbar war der *Record* einer Sensation auf der Spur und überschlug sich vor Eifer. (Irgendwie erinnerte dieser Stil in nichts mehr an den *Record* aus Frank Lloyds Tagen – oder auch denen Diedrich Van Horns. Ungewohnt reißerisch. Offenbar hatte der Verleger gewechselt.)

Es handelte sich um eine Folgegeschichte zu der Todesmeldung vom ersten Februar. Luke MacCaby, der verarmte Exzentriker, war überhaupt nicht arm gewesen; ganz im Gegenteil, er war als einer der reichsten Bürger von Wrightsville gestorben!

Mythen hatten denn wohl doch gelegentlich einen wahren Kern.

Ohne daß es jemand geahnt hatte, war MacCaby an der Wrightsviller Färberei beteiligt gewesen.

Warum er sich jedoch dafür entschieden hatte, stiller Teilhaber eines blühenden Unternehmens zu bleiben, das während des Krieges ordentlich zu florieren begonnen hatte und nun viele Millionen Dollar wert war, »wird MacCabys Geheimnis bleiben. Nach Auskunft von Mr. Hart hat MacCaby auf der Geheimhaltung ihrer Geschäftsbeziehung bestanden, ohne jemals seine

Gründe dafür preiszugeben. Mr. Hart glaubt, daß MacCabys exzentrisches Wesen« usw.

Es sah ganz danach aus, als hätte MacCaby seinen Kapitalbestand samt Dividenden, sein gesamtes Vermögen also, in einem großen Safe im Keller der Wrightsville National Bank deponiert; sogar die Bankangestellten (sagte Mr. Wolfert Van Horn, Generaldirektor) hatten keinerlei Kenntnis von MacCabys stiller Teilhaberschaft an der Wrightsviller Färberei gehabt. Hart hatte ein bestimmtes Konto bei einer Bank in Connhaven eingerichtet; alle gemeinsamen Einkünfte waren auf dieses Konto geflossen, woraufhin MacCaby seinen Anteil erhalten hatte – und zwar, wie Hart betonte, auf MacCabys Wunsch hin in bar.

Sensationell!

Das Ganze war herausgekommen, ließ der *Record* weiter wissen, als Mr. Holderfield, ein Anwalt aus Wrightsville, eine beglaubigte Abschrift des Testaments dem Gericht einreichte, das der Verstorbene erst wenige Wochen vor seinem Tod aufgesetzt hatte.

Doch dies war noch gar nichts im Vergleich zu der Enthüllung, die nun folgte: Luke MacCaby hatte seinen gesamten Nachlaß einem prominenten Bürger Wrightsvilles vermacht, einem verdienten Mann, der seiner guten Werke wegen äußerst bekannt war; es handelte sich um niemand anderen als – bitte Luft anhalten – … Dr. Sebastian Dodd.

Sensation!

Dr. Sebastian Dodd nahm noch immer nicht mehr als pauschal zwei Dollar von Patienten, die zu ihm in die Praxis kamen, und drei Dollar bei Hausbesuchen. Seine Patienten setzten sich zusammen aus armen Farmern, bedürftigen Bürgern der Ober- und Unterstadt – er war spezialisiert auf Armut jedweder Art. So besaß er auch nur zwei Anzüge und fuhr eine vorsintflutliche Blechkarosse, eine alte ›Tin Lizzie‹. Ohne die betuchten Patienten vom Hill, die ihn seit Dr. Milo Willoughbys Tod gelegentlich aufsuchten, anstatt zu einem der Jüngeren zu gehen, hätte Dr. Dodd seine Praxis schließen müssen, denn sein Wartezimmer war immer voll und sein Konto stets leer. Er ging so sehr darin auf, rote Zahlen zu schreiben, daß er sich einen Juniorpartner, Dr. Kenneth Winship, genommen hatte, der ihm dabei half, arm zu bleiben.

Und dies war der Mann, der nun vier Millionen Dollar geerbt hatte. Der *Record* überschlug sich fast. Wer sagte denn, daß sich Tugendhaftigkeit am Ende nicht doch auszahlte?

Dr. Sebastian Dodd war völlig verblüfft. »Gott, ich weiß gar nicht, was ich dazu sagen soll. Ich kann nur sagen, ich hätte im Traum nie dran gedacht … Er hat mir nie auch nur das geringste angedeutet …« Zunächst hatte der ältere Landarzt wenig überzeugend insistiert, es müsse sich um einen üblen Scherz handeln. *Vier Millionen Dollar*! Als Rechtsanwalt Holderfield ihm jedoch alle Einzelheiten darlegte und John Spencer Hart alles bestätigte, begann Dr. Dodd zu strahlen. Er hob auf der Stelle an, die erbärmlichen Zustände im Wrightsville General Hospital zu beklagen. Bis zum Jahr '46, so betonte er, hatte das einzige Krankenhaus der Stadt nicht einmal über eine Privatstation verfügt. Die medizinische Ausrüstung war veraltet und unzureichend; und seine Bettenzahl reichte einfach nicht aus, um die Kranken einer 10000-Einwohner-Stadt zu versorgen. »Als ich im Jahre '48 nach Dr. Willoughbys Tod Chefarzt wurde«, sagte Dr. Dodd, wie der *Record* berichtete, »habe ich mir geschworen, daß ich nicht ruhen würde, bis daß das Krankenhaus wenigstens eine neue Kinderstation bekäme, die wir so furchtbar nötig brauchten. Nun aber wird es dank MacCabys Großzügigkeit möglich sein, eine einzurichten.«

Harry Toyfell hatte der *Stadtkauz* rein gar nichts hinterlassen.

Der *Stadtphilosoph* wurde seinem Ruf gerecht, als ihn ein Reporter des *Record* fragte, wie er es denn verkrafte, daß der Mann, für den er so lange gearbeitet hatte, ihn in seinem Testament in keiner Weise bedacht hatte. »Daß du verdammt werdest mitsamt deinem Geld«, entgegnete er ungerührt; der *Record* identifizierte die Quelle des weisen Spruches als *Apostelgeschichte 8, Vers 20*. »Dem Grabe, das der Mammon düngt, entwuchert Unkraut«, hatte Toyfell hinzugefügt und diesmal wohl sich selbst zitiert (oder dem *Record* war es nicht gelungen, die Quelle zu ermitteln). »Würde denn Geld einen besseren Menschen aus mir machen? Vor Gott sind alle Menschen gleich. Lesen Sie mal in der Bibel. Oder lesen Sie Paine.«

Der *Record* belehrte seine Leser, ein jeder Bürger könne sich an der christlichen Demut und Glaubenstiefe des alten Mannes nur ein Beispiel nehmen. Schließlich wartete die Zeitung mit eigenen Zitaten auf und vergaß selbstverständlich nicht, die Geschichte vom Nadelöhr zu bringen.

Nein, Harry Toyfell hatte nichts von MacCabys Reichtum geahnt.

Geschrieben hatte den Artikel wiederum eine *Malvina Prentiss.*

Ellery runzelte die Stirn und schaute sich den nächsten Ausschnitt an, der zuunterst lag. Dieser – es war der letzte – trug das Datum *Montag, 20. Februar.* Eine Woche später nahm die Geschichte eine brandheiße Wendung: John Spencer Hart hatte Selbstmord begangen.

Diesmal verschlang Ellery den Artikel förmlich. Als Dr. Sebastian Dodd erfahren hatte, daß er als Alleinerbe von MacCabys Vier-Millionen-Vermögen eingesetzt war, hatte er Otis Holderfield, jenen Anwalt, der MacCabys verblüffendes Testament aufgesetzt hatte, beauftragt, sich um seine rechtlichen Angelegenheiten zu kümmern. Laut Artikel hatte Holderfield Dr. Dodd einen Brief an Mr. John Spencer Hart, den Direktor der Wrightsviller Färberei, zur Unterschrift vorgelegt, in dem darum gebeten wurde, einen ersten Überblick über die Finanzen der Firma zu geben. Dr. Dodd hatte das Schreiben unterzeichnet, und Holderfield hatte es per Einschreiben mit Rückantwort an Mr. Hart geschickt; der Empfangsschein mit der Unterschrift des Adressaten war auch zurückgekommen. Am selben Abend hatte sich der Millionär angeblich vergrippt gefühlt, seine Frau noch zum Zweitwagen der Familie gebracht und ihr nachgeblickt, während sie zur Einzugsparty der Hallam Lucks fuhr, die gerade vom Hill

Drive in eine prächtige Villa in der Skytop Road gezogen waren, war ins Haus zurückgekehrt, hatte dem Personal für den Abend frei gegeben, sich in der Bibliothek eingeschlossen, seiner Frau einen kurzen Abschiedsbrief hinterlassen und sich dann eine Kugel in den Kopf gejagt.

Dieser dramatische Entschluß war offensichtlich von dem Schreiben mit seinem rechtlich bedeutungsschweren Inhalt ausgelöst worden, das Hart am selben Tag erhalten hatte. (Der *Record* spiegelte getreulich die generelle Überzeugung seiner Wrightsviller Leserschaft, nach der von Anwaltsschreiben nichts Gutes zu erwarten war.) Doch was genau hatte Hart zu der Verzweiflungstat getrieben? Man hatte nicht lange nachforschen müssen, um sein Motiv zu finden: Hart hatte – nicht einmal seine Frau wußte davon – seit Jahren wie ein Besessener gespielt und an der Börse spekuliert, wobei ihm sein Gespür für Geld jenseits der Färberei offenbar abhanden gekommen war. Als alles Privatvermögen in die Spielhöllen geflossen und auch seine Anteile an der Fabrik aufgezehrt waren, hatte er begonnen, an die Anteile seines Partners zu gehen. Als ihn das Schreiben mit der Bitte um Offenlegung der Firmenfinanzen erreichte, taumelte er bereits bedenklich nahe am Abgrund; ihm drohten Gefängnis und totaler Ruin. Eine wohlplazierte Kugel bot sich da als Lösung seiner Probleme an.

Die Wirtschaftsprüfer Finegold & Izzard (Upham Block 108, am runden Square) kamen in ihrem Bericht zu dem Schluß, daß das Unternehmen trotz der Machenschaften Harts noch in recht gutem Zustand war. »›Nein, Entlassungen sind nicht vorgesehen‹, sagt Dr. Dodd, nun alleiniger Eigentümer der Fabrik«, wie der *Record* anmerkte, »zumindest vorerst nicht. ›Was das Firmenmanagement betrifft, so habe ich mich länger mit George Churchward unterhalten, der das Unternehmen schon seit den ersten Kriegsjahren für Mr. Hart geführt hat; und ich bin überzeugt davon, daß Mr. Churchward seine Sache versteht. Sobald die rechtlichen Angelegenheiten geklärt sind, wird Mr. Churchward als stellvertretender Direktor mit allen Vollmachten ausgestattet, die er braucht, um die Geschäfte zu führen. Bis dahin bleibt er in seiner gegenwärtigen Funktion.‹« Der *Record* merkte an, George Churchward habe lange zu den talentiertesten Jungmanagern der Industrieregion gezählt; er sei 41 Jahre alt und verheiratet mit Angel Asperley Stone, der allseits beliebten Tochter von Willis Stone (dem bekannten Bestattungsunternehmer aus der Oberstadt), zudem sei er der Vater der drei goldigsten und aufgewecktesten Sprößlinge Wrightsvilles, Charline Willis, fünf Jahre, Love Asperley, drei Jahre, und George Junior, 16 Monate. »Wir gratulieren Ihnen, George Churchward!«

John Spencer Hart hinterließ seine Witwe Ursula Hart, geborene Brooks, und seinen Sohn Carver B., der im zweiten Jahr in Yale studierte. »›Mir ist zu Ohren gekommen, daß John Hart seine Familie so gut wie unversorgt zurückgelassen hat‹, teilte Dr. Dodd dem *Record* heute in einem Exklusivinterview mit, ›da er seine Versicherungspolicen bis zum Limit beliehen und andere sogar hatte verfallen lassen, so daß Mrs. Hart und ihr Sohn jetzt praktisch mittellos sind. Ich werde ihr heute schreiben. Sobald wieder Ordnung in der Firma herrscht und mit MacCabys Testament alles über die Bühne ist, wird Mrs. Hart von der Firma bis zu ihrem Lebensende eine monatliche Rente erhalten. Und wenn Carver einen Job sucht – er kann jederzeit bei uns anfangen.‹«

Die Pläne für die MacCaby-Dodd-Kinderstation des Wrightsville General Hospital müßten leider noch einmal aufgeschoben werden, erklärte Dr. Dodd weiter, bis auf dem Hintergrund der »vom Pech begleiteten Privatinvestitionen J. S. Harts« endgültig geklärt sei, was der »Zustand der Firma« an finanziellen Belastungen zulasse.

Der Artikel endete mit der auf Rührung angelegten Schlußbemerkung des *Record* zu einer Geschichte, der Ellery im stillen längst den Titel ›Die Abenteuer des Sebastian Dodd‹ gegeben hatte. Harry Toyfell, dem kaum Zeit geblieben war, seine neue Stelle als Mr. Harts Obergärtner anzutreten, »hat in weniger als drei Wochen zum zweiten Mal durch die unbarmherzige Sense des Gevatter Tod seine Arbeit verloren. Dennoch erträgt Harry

›die Pfeil’ und Schleudern des Geschicks‹ mit jener stoischen Würde, die man von ihm gewohnt ist. Er hat bereits eine neue Stelle als Gärtner in Diensten eines der prominentesten Bürger Wrightsvilles angenommen. Die Rede ist von niemand anderem als von Dr. Sebastian Dodd.«

Malvina Prentiss.

Ellery stand auf und warf ein neues Brikett ins Kaminfeuer.

Dennoch bedurfte er der Erhellung mindestens so sehr wie der Wärme.

Wer hatte ihm die Zeitungsausschnitte zugesandt? Und warum?

Zuerst hatte er an Emmeline DuPré gedacht. Emmeline DuPré war eine Frau wie eine Hutnadel – lang, stahlhart und jederzeit in der Lage, empfindliche Stiche zu versetzen. Sie wohnte am Hill Drive 468, zwei Türen vom riesigen Anwesen der Wrights entfernt. Sie repräsentierte Kunst und Kultur in Wrightsville, indem sie den Sprößlingen der sich vornehm dünkenden Leute Ballett- und Schauspielunterricht gab. Miss DuPré hatte den Spitznamen *Stadtausruferin* – getreu der Wrightsviller Sprachregelung – mehr als verdient; vor allem schlechte Neuigkeiten hängte sie gern an die große Glocke. Als Ellery jedoch genauer darüber nachdachte, kam er zu dem Schluß, daß hier jemand subtiler vorging. Emmeline DuPré kannte nur Schwarz und Weiß – schwerer faßliche, bedrohliche Grautöne standen ihr nicht zu Gebote.

Und daß etwas schwer Faßliches und zugleich Bedrohliches hinter diesen Artikeln steckte, das spürte Ellery fast körperlich. Nur, was konnte das sein? In Wrightsville war er als Ermittler in Mordfällen bekannt. Aber wo war das Verbrechen? John Spencer Hart hatte sich zwar eines Verbrechens schuldig gemacht, zugleich jedoch für dessen Aufklärung gesorgt. Gab es ein verstecktes Verbrechen? Hegte der anonyme Absender einen solchen Verdacht, oder wußte er sogar mit Bestimmheit davon? Die kommentierten Berichte dieser Malvina Prentiss ergaben nicht den leisesten Anhaltspunkt. Luke MacCaby war offenbar einem

Herzanfall erlegen; er war chronisch herzkrank gewesen, aber selbst wenn man davon einmal abstrahierte, konnte man nicht gerade behaupten, daß auf das Leben im Fünfundsiebzigsten noch allzuviel Verlaß war. Was Harts Selbstmord anging, so war sein Motiv absolut überzeugend; der *Record* hatte sogar nebenbei erwähnt, daß der Abschiedsbrief nachweislich in seiner Handschrift verfaßt war; sowohl die Witwe als auch der Sohn hatten sie im Zusammenhang mit den Ermittlungen von Coroner Grupp identifiziert – und dessen Scharfblick entging kein Betrug.

Das Ganze war ein einziges Ärgernis.

Schließlich stopfte Ellery den Umschlag samt Inhalt in seine Schublade voller Krimskrams.

Vermutlich handelte es sich um einen verspäteten Aprilscherz.

Und doch rumorte die Geschichte weiter in seinem Hinterkopf.

Freitag, 7. April

Als der nächste Brief drei Tage später per Eilzustellung eintraf, riß Ellery ihn voll schamloser Neugier auf. Auf den ersten Blick war klar, daß er von demselben Absender stammte. Format und Papier des Umschlags, die künstlich grob mit Bleistift hingekritzelte Adresse, der Wrightsviller Poststempel sowie die unbeschriftete Rückseite sprachen für sich.

Ein einzelner Ausschnitt aus dem *Record*, der das Datum *Montag, 3. April* trug, flatterte auf seinen Schreibtisch.

Der *Stadttrinker* war verschwunden.

Tom Anderson war nicht mehr.

Ellery starrte nur.

Die Ermittlungen des örtlichen Polizeichefs Dakin hatten »mit an Sicherheit grenzender Wahrscheinlichkeit« ergeben, daß Tom Anderson tot war. Sein Mantel und sein Hut waren am Sonntagmorgen, dem 2. April, am Rand von Little Prudy's Cliff, einem Felsvorsprung im Hochmoor, gefunden worden. (Das Hochmoor, so erinnerte Ellery sich, war ein übelriechendes Sumpfgebiet, das ein wenig außerhalb der Ostgrenze der Unterstadt gelegen war – schaurig-schöner Abenteuerspielplatz für die Jugend aus der Unterstadt und die Brutstätte einer besonders bösartigen Mückenart.) Es gab »eindeutige Hinweise darauf«, so sagte Chief Dakin, »daß an diesem Felsvorsprung eine Rauferei stattgefunden« habe, in deren Verlauf Anderson in die Sümpfe gestürzt sein müsse, die unterhalb des Felsens waberten. Der *Record* wies darauf hin, daß der Sumpf von Little Prudy's Cliff als absolut »bodenlos« galt und daß alles, was dort hineinfiel, gnadenlos unter die Oberfläche gesogen wurde. Alle Versuche, das Sumpfgebiet trockenzulegen, waren bislang hoffnungslos gescheitert. »Wer hat sich mit Tom Anderson am Rand des Cliffs geprügelt?« fragte der *Record* begierig. »Wer hat ihn vom Felsen gestoßen? Wrightsville wartet auf eine Antwort!«

Der Verstorbene, so schloß der *Record*, hinterließ eine Tochter namens Rima Anderson, 22 Jahre alt.

Malvina Prentiss.

Ellery legte den Zeitungsausschnitt nieder.

Das Rätsel war komplett. Welche Verbindung bestand zwischen dem Mord am *Stadttrinker* – wenn es denn Mord war – und der Sebastian-Dodd-Saga?

Es gab eine. Mußte sie geben. Der erste Zeitungssausschnitt hatte auf keinerlei Verbindung zwischen Anderson und Luke MacCaby, der zentralen Gestalt der Geschichte, schließen lassen; im zweiten und dritten Artikel war Anderson nicht einmal mehr erwähnt worden. Und dann – in der Geschichte Nr. 4 – tauchte er wieder auf, diesmal als Hauptperson, doch ohne Zusammenhang. Es gab keine Querverbindungen zu MacCaby, Hart, Dr. Dodd oder gar zu seinem Kumpan Harry Toyfell.

Dennoch waren sie alle miteinander verquickt; möglicherweise sogar mit Nicole Jacquard (*dem Stadtdieb*). Es verband sie die simple Tatsache, daß jemand aus Wrightsville dies so zu sehen schien. Dieser Anonymus vermutete einen Zusammenhang – oder war sogar darin eingeweiht. Er hatte Grund zu der Annahme, daß jemand den *Stadttrinker* Anderson den Felsen hinuntergestoßen hatte. Er wußte auch, daß der Mord an Anderson durch irgend etwas herbeigeführt worden war, das mit den Ereignissen in Zusammernhang stand, über die sich der *Record* in den ersten drei Artikeln ausgemärt hatte.

War es *das*? Wollte der Anonymus andeuten, daß MacCaby und Hart ebenfalls ermordet worden waren? Oder einer von beiden?

Da war allerdings auch noch die Person Andersons selbst. Anderson hatte als gebildeter und angesehener Bürger gegolten, bevor er die soziale Leiter hinuntergepoltert war. Selbst wenn er so voll gewesen war wie eine Strandhaubitze und in der Unterstadt fast vom verrotteten Kunststein-Sockel des Denkmals für die Gefallenen des Ersten Weltkrieges gerollt war – vor dem Hintergrund schmutziger ziegelgedeckter Werkstätten, baufälliger einstöckiger Häuserkartons und Läden mit peinlichen Talmi-Fassaden wie die von Sidney Gotch's General Store … im Schatten der alten Baumwollspinnerei – nun die Färberei von Wrightsville! –, selbst dann hatte der *Stadttrinker* eher Mitleid denn Verachtung auf sich gezogen; niemals Spott oder Abscheu. Ellery hätte geschworen, daß an dieser menschlichen Ruine nichts Böses war. Wenn er eines gewaltsamen Todes gestorben war, dann lag das Böse woanders.

Und dann die überraschende Neuigkeit, daß Anderson eine Tochter hatte. *Er hinterläßt eine Tochter namens Rima Anderson, 22 Jahre alt*. Punkt. Schlecht recherchiert, Malvina. Machte sie die Schmutzarbeit in einer Touristenpension? Schuftete sie auf einer der schäbigeren Farmen im Tal? Oder schaffte sie im Vier-Groschen-Bordell in der Barking Street an? Nur der Name Rima … Er irritierte ihn, weil er so vertraut klang, ohne daß er darauf kam, warum. Und auch deshalb, weil er einfach nicht zu den Wrightsviller Elendsvierteln oder Lasterstätten paßte. Er assoziierte damit eher Bilder von Anmut, Abgeschiedenheit, grünem Laub … Und er war sicher, in Wrightsville noch nie einer Person dieses Namens begegnet zu sein.

Diese Überlegungen, dachte er schließlich, führten zu nichts. Zu rein gar nichts.

Ellery stopfte auch den zweiten Umschlag in seine Schublade voller Krimskrams.

Am besten überschlafe ich das Ganze einmal, sagte er sich.

Samstag, 8. April

Als Ellery am nächsten Morgen gerade seine zweite Tasse Kaffee vor sich hinstellte, klingelte es. Er öffnete und sah ein Kind im Korridor stehen. Die Diele und der Flur waren ausgesprochen düster, er mußte sich anstrengen, um etwas zu erkennen. Es war klar, daß an dem kleinen Mädchen ein Kleid seiner Mutter herumschlabberte – die eine ziemliche Type sein mußte! – und daß es nun tapfer gegen seine Nervosität ankämpfte.

»Ja, bitte?« fragte Ellery mit einem ermutigenden Lächeln.

»Ellery Queen?«

Er blinzelte an ihr vorbei und suchte mit den Augen das Dunkel ab. Die Stimme hatte einer Frau gehört.

»Hast du das gefragt?« Ellery sah das Mädchen scharf an.

»Mein Name ist Rima Anderson. Könnte ich mit Ihnen sprechen?«

Die nächsten Minuten brauchte Ellery, um seine seelische Balance wiederzufinden. Die Welt der Dichtung war von Heldinnen bevölkert, dachte er in einer philosophischen Anwandlung, die von ihren Schöpfern bewußt mit all jenen illusionären Eigenschaften ausgestattet waren, die keine reale Frau je besaß. Dennoch stand hier ein Mädchen aus Fleisch und Blut vor ihm, das soeben einem Buch entstiegen zu sein schien. Und wirklich – wie Ellery bald herausfand, war sie *tatsächlich* einem Buch entstiegen.

Sie hatte eine unglaubliche Ausstrahlung, sie war ... *aus einem Guß*. Frauen bestanden aus Haut, Muskeln, Schweißdrüsen, aus zehntausend Einzelgeweben; dieses Mädchen hingegen war wie eine Statuette. Er mußte an Tanagra und Terracotta denken, so zerbrechlich wirkte sie. Sie trat ein; ihr Schritt war lautlos. Er hatte Elfen und Vögel vor Augen.

Als er sie im vollen Tageslicht sah, verlor sich jeder Eindruck von Zerbrechlichkeit; sie war wie eine winzige, vollreife Frucht. Ein Kind, das die verstörende Wirkung einer Frau entfaltete. Das Kindfrau-Paradox kam am stärksten in ihren Augen zur Geltung.

Ihr Blick war unschuldig und direkt wie der eines jeden kleinen Mädchens, so als sei sie gänzlich ohne Arg, ohne Falsch; dennoch verschleierte er sich, wenn man sie musterte, in vollkommen unkindlicher Weise. Der Effekt war bezaubernd und herzerfrischend, gab jedoch nichts über sie preis. Ellery mußte mit ihr sprechen, um sich dem Phänomen zu nähern.

Selbst ihre Stimme. Ihr Tonfall hatte etwas Singendes, die Melodie von etwas nicht näher Bestimmbarem aus der freien Natur. Wie ein Bach vielleicht, oder eine Nymphe. Das ist es, dachte Ellery. Sie ist eine Nymphe, die einen Baum bewohnt. Und jetzt fiel ihm auch ein, wer ›Rima‹ war. Rima war die Kindfrau, das Vogelmädchen aus dem Dschungel Venezuelas, aus einem Buch, das er seit zwanzig Jahren nicht mehr in der Hand gehalten hatte.

Und jetzt saß sie hier.

Aber wo war ihr Großvater Nuflo? Oder seine Hunde Susio und Goloso? Schließlich durfte man auch sie in der Nähe wähnen, wie auch den Mora-Baum, den Kolibri und den kleinen Affen mit dem Silberfell.

»Haben Sie von Geburt an Rima geheißen?«

»Ich bin bei meiner Geburt Rima genannt worden.«

Von ihrem Vater. Vom *Stadttrinker*. Er hatte sie W. H. Hudson zu Ehren Rima genannt und nicht nur das; er hatte eine Rima aus ihr gemacht. Ein Kind nach einem Namen zu formen war brutal, hatte aber etwas Poetisches. Auf einmal sah Ellery Tom Anderson in einem anderen Licht. Polizeichef Dakin und der *Record* konnten noch immer irren. Denn ein solcher Mann mochte durchaus am Rand von Little Prudy's Cliff über dem Abgrund balanciert sein, um dann, wie einst Ikarus, in die Lüfte zu entschweben.

Niemand in der Stadt hatte das Mädchen näher gekannt; vermutlich waren die Wrightsviller gerade dabei, sie zur mythischen Gestalt zu machen. Der *Stadttrinker* mußte sie versteckt gehalten haben; das zarte Produkt seiner schöpferischen Eingebung wollte vor den zerstörerischen Einflüssen der Zivilisation geschützt sein. Ohne daß er sie danach hätte fragen müssen, wußte Ellery, daß ihre Spielgefährten Vögel und andere kleine Tiere gewesen waren und daß ihr als Spielplatz die freie Natur rings um Wrightsville gedient hatte – Ebenen und Hügel, Wildbäche und Wald, der tiefe, dichte Wald, in den sich kaum jemand vorwagte. Und wenn ihre Haut glänzte, ihr Haar gelockt war und ihre Lippen himbeerrot schimmerten, dann deshalb, weil Rima es gelernt hatte, die Kosmetiker der Natur an sich wirken zu lassen, die Sonne, den Wind, den Regen. In einer Welt, die von Schönheitssalons und billigen Toilettenartikeln beherrscht wurde, war sie eine Ausnahmeerscheinung.

Das Mädchen trug einen Kittel aus minderwertigster Baumwolle, grobe schwarze Wollstrümpfe, flache weiße Schuhe, die auseinanderzufallen drohten, und ein unmögliches Häubchen. Insgesamt ließ ihre Kostümierung vermuten, daß sie einem obskuren Laden mitten in der ländlichen Einöde entstammte; denn Ellery kannte nicht einmal in der Unterstadt ein Geschäft, das derart befremdliche Ware führte. Rima mußte hinüber nach Fidelity gelaufen sein, einer bitterarmen Gemeinde im Westen von Wrightsville, oder hinunter zu Shinn Corners, einer tief im Südwesten gelegenen Farmgegend, um sie zu erstehen. Dort war alles billiger, und sie war weniger beobachtet. Vögel waren schließlich scheu. Durch ihren brünetten Teint schimmerte eine gewisse Blässe hindurch, die Ellery verriet, welchen Kulturschock sie in New York erlitten haben mußte. Vermutlich war sie zum ersten Mal in einer Großstadt. Er ertappte sich bei dem Wunsch, er könnte ihr einen Finken oder eine Feldmaus anbieten …, und fragte sich, wie er sie in weniger auffälliger Kostümierung nach Wrightsville zurückbringen konnte. Schließlich beschloß er, das Problem aufzuschieben, bis ihm etwas einfiel oder eine günstige Gelegenheit ihm die Entscheidung aus der Hand nahm.

»Miss Anderson, Sie haben die lange Fahrt nach New York auf sich genommen, nur um mich zu sprechen? Worum geht es?«

Sie lachte glockenhell auf – das spontane Tschirpen eines Vogels. »Nennen Sie mich Rima!«

»Also gut, Rima. Warum lachen Sie?«

»Weil mich noch niemand Miss Anderson genannt hat.« Als er seine erste Frage wiederholte, erwiderte sie: »Mein Vater, Thomas Hardy Anderson, hat viel über Sie gesprochen.« Thomas Hardy Anderson …

»Tom Anderson?« fragte Ellery unwillkürlich.

»Der *Stadttrinker*.« Es kam mit ungeheurer Leichtigkeit über ihre Lippen; war einfach eine Tatsache, so wie der schlechte Ruf von Ratten. Man stellte das einfach so in den Raum und fuhr dann fort. Sie fügt sich so flugs den Umständen wie alle wilden Tiere, dachte Ellery; ein Hirschkalb machte sich auch keine Gedanken über die Moral seines Vaters.

»Was hat er denn über mich gesagt, Rima?«

»Daß Sie jemand sind, der leidenschaftlich nach der Wahrheit forscht. Er hat mir gesagt, ich solle mich an Sie wenden, falls ich in Schwierigkeiten käme oder er nicht mehr wäre. Und ich bin in Schwierigkeiten.«

»So sind Sie also hergekommen.«

»Ja.«

Ellery stand auf und nestelte nervös an der Jalousie herum. Dann wandte er sich wieder um. »Ich weiß von seinem Verschwinden.«

»Ich glaube, daß mein Vater tot ist.« Es war nicht leicht für Ellery, sich ihrer Direktheit anzupassen. Sie fragte nicht danach, woher er die Information hatte, und schien auch nicht im mindesten überrascht.

»Das glaubt die Polizei von Wrightsville offenbar auch.«

»Polizeichef Dakin hat es mir gesagt. Und eine Frau von der Zeitung. Die mag ich nicht, aber Chief Dakin mag ich schon.«

»Und deshalb glauben Sie, daß Ihr Vater tot ist, Rima? Weil man Ihnen das gesagt hat?«

»Ich hab es gewußt, bevor sie es mir gesagt haben.« Schon war sie aufgesprungen und stand nun neben Ellery am Fenster.

»Wie meinen Sie das, ›Sie haben es vorher gewußt‹? Wissen Sie etwas, wovon die anderen nichts wissen?«

»Ich weiß es einfach. Wenn er noch am Leben wäre, würde er zu mir zurückkommen. Oder wenigstens schreiben. Er ist tot.« Neugierig starrte sie auf die 87th Street hinunter, ganz so, als wäre der Tod ihres Vaters ohne Bedeutung. Doch falsch. Ellery mußte sich korrigieren. Was nach Neugier aussah, war vermutlich Vorsicht. Ein aufgeschreckter Sperling flatterte von den Krümeln auf dem Bürgersteig zu den sicheren Telefondrähten empor und beobachtete von dort, was vor sich ging. Seine Wachsamkeit stand in direkter Beziehung zu seinen Bedürfnissen.

»Rima, es ist schon vorgekommen, daß Leute sich einfach aus dem Staub gemacht haben. Ohne Vorwarnung oder Erklärung. Weil – sagen wir – weil sie Probleme hatten.«

»Schon möglich, daß er Probleme hatte; aber er hätte es mir in jedem Fall gesagt, wenn er vorgehabt hätte fortzugehen. Er ist tot.«

»Die Auseinandersetzung auf dem Felsen, Little Prudy's Cliff ...«

»Man hat ihn runtergestoßen. Er ist ermordet worden.«

»Warum?«

Eine plötzliche, flattrige Unruhe erfaßte sie. »Ich weiß es nicht, Mr. Queen. Deshalb bin ich zu Ihnen gekommen.« Unvermittelt sprang sie zum Sofa zurück, schlug die Beine unter und lächelte ihn an. Eine Wendung. Der Spatz hatte beschlossen, daß der Mann unten auf dem Bürgersteig harmlos war. »Dürfte ich bitte die Schuhe ausziehen? Sie tun weh.«

»Bitte.«

Sie zog ihre Schuhe aus und wackelte befreit mit den Zehen. »Ich hasse Schuhe. Sie nicht?«

»Kann sie nicht ausstehen.«

»Warum ziehen Sie sie dann nicht aus?«

»Nun, ähm ... also gut. Mach ich«, antwortete Ellery und entledigte sich seiner Schuhe ebenfalls.

»Ich glaube, die Strümpfe ziehe ich auch gleich aus. Die kratzen so furchtbar. Mmm ...« Ihre Beine waren honigfarben, lang und schlank wie die einer Läuferin, mit frischen Kratzern übersät. Ihre Fußsohlen jedoch waren alles andere als schön, eine dicke Hornhaut hatte sie überzogen wie eine Plastikschicht. Sie bemerkte seinen Blick und runzelte die Stirn. »Sie sind häßlich, nicht wahr? Aber ich kann Schuhe nun mal nicht ertragen.« Ellery sah sie vor sich, wie sie durch die Wälder tobte, und fragte sich, was sie in ihrer natürlichen Umgebung wohl am Leibe trug. »Zuerst wollte ich mit seinen beiden Freunden reden«, fuhr sie fort. »Aber ...«

Sie kennt keine Übergänge, dachte Ellery. Hefte dich an ihre Fersen, oder du verlierst sie.

»Nick Jacquard? Harry Toyfell?«

»Aber ich mag sie nicht. Jacquard taugt nichts. Und vor Toyfell ...« Sie verstummte.

»Was ist mit Toyfell, Rima?«

»Ich weiß nicht ... Sie waren nicht gut für Daddy. Bis vor kurzem hatten sie einen schlechten Einfluß auf ihn.«

»Sie glauben, daß Jacquard oder Toyfell oder alle beide etwas damit zu tun haben, was Ihrem Vater zugestoßen ist?«

»O nein. Sie waren wirklich seine Freunde. Aber ich möchte nicht mit ihnen sprechen. Ich mag sie nicht.«

Einen Augenblick lang erschien es Ellery als vollkommen logisch, daß man die engen Vertrauten seines Vaters nicht zu dessen Verschwinden befragte, weil man sie ganz einfach nicht mochte.

Er stand auf und begann – was er immer tat, wenn ihm in einer solchen Situation unbehaglich wurde – wie nach Beute suchend in seinem Privatraum auf und ab zu gehen. Rima folgte ihm voller Vertrauen mit den Augen.

»Erzählen Sie mir alles über Ihren Vater, Rima. War er gebürtig aus Wrightsville? Womit hat er ursprünglich sein Geld verdient?«

»Er stammte von irgendwo aus Wisconsin. Über seine Familie hat er nie gesprochen. Ich glaube, daß seine Eltern sehr streng und abweisend waren, daß es viel Streit gegeben hat und er sein Elternhaus schließlich verlassen hat, lange vor seinem zwanzigsten Geburtstag. Er wollte Dichter werden. Also schlug er sich Richtung Osten durch und schaffte es bis nach Harvard, wo er

Privatunterricht gab, um existieren zu können. Ein berühmter Harvard-Professor sagte ihm, er werde es nie weiter bringen als bis zu einem drittklassigen Dichter, er habe allerdings das Zeug zu einem erstklassigen Lehrer. Er belegte daraufhin nach seinem Grundstudium Pädagogikseminare und bekam schließlich eine Stelle als Dozent für englische Literatur an der Merrimac-Universität in Connhaven … Hardy war nicht sein richtiger Mittelname; eigentlich hieß er Hogg. Er nannte sich Hardy, als er sich in Harvard einschrieb.«

Ellery nickte.

»Er hatte an der Merrimac schon achtzehn Jahre gelehrt, als er meiner Mutter begegnete. Sie war im Hauptstudium. Zu dem Zeitpunkt war er bereits Professor und gehörte zu den beliebtesten Dozenten auf dem Campus. Vierundvierzig Jahre alt war er, Mutter in meinem Alter. Keiner von beiden hatte zuvor jemanden geliebt. Und dann verliebten sie sich ineinander.«

Als Junggeselle über Vierzig, dessen familiären Hintergrund Streitereien und die Frustration des verhinderten Künstlers bildeten und der lange gezwungen gewesen war, seine Leidenschaft für Sprachklang und -form über das Lehren englischer Literatur zu sublimieren, war Anderson völlig in der ersten Liebesbeziehung aufgegangen und hatte alles in sie investiert. Rimas Mutter war eine Schönheit und eine vielversprechende junge Dichterin gewesen. »Daddy sagte immer, Mutters Einkaufszettel hätten mehr Poesie, als er jemals in eine seiner Oden gepackt hätte.« Rimas Mutter war aus dem Mittleren Westen gekommen, als eine von vielen Töchtern einer neureichen Familie. Ihre Eltern hatten gewollt, daß sie in die feine Gesellschaft einheiratete, und sich vehement gegen die Liaison mit einem schlechtbezahlten College-Professor gestellt, »der irgendwo in den Wäldern Neuenglands festhing«. Rimas Mutter hatte mit ihrer Familie gebrochen und ihren Professor geheiratet.

»Sie wohnten auf dem Merrimac-Campus. Im nächsten Jahr wurde ich geboren. Daddy nannte mich Rima nach der Heldin von *Green Mansions*. Als ich zwei Jahre alt war, baute er ein kleines Haus in den Bergen nahe Connhaven; dort sind wir dann eingezogen. Daddy fuhr jeden Tag zum College, Mutter kümmerte sich um den Haushalt und schrieb wie Emily Dickinson Gedichte auf die Rückseiten von Briefumschlägen oder auf Lebensmitteltüten, während ich im Wald spielte. Am Wochenende spielten wir dort zu dritt. Wir hatten so gut wie nichts an, und nachts schliefen wir in Decken gehüllt auf Fichtenästen. Es war einfach wunderbar. Ich glaube, wir waren die glücklichste Familie der Welt. Als ich fünf wurde, hat mich Daddy jeden Morgen zur Schule gefahren und nachmittags wieder abgeholt. Trotzdem habe ich im Grunde nur von meinen Eltern gelernt … Als ich fast zehn war, wurde Mutter plötzlich krank und starb über Nacht. Ich weiß nicht, woran … eine seltene Krankheit wohl. Den einen Tag war sie noch bei uns gewesen; den nächsten war sie es nicht mehr.«

Rima saß ganz still.

»Ich werde nie vergessen, was Daddy an Mutters Grab zu mir sagte, nachdem die anderen gegangen waren. Er hatte seit ihrem Tod kein Wort gesprochen, nur immer meine Hand gehalten. ›Das ist das Werk des Teufels, Rima. Es liegt weder Schönheit noch Gerechtigkeit darin.‹ An diesem Abend ist er, nachdem er mich ins Bett gebracht hatte, nach Connhaven hinunter und kam erst spätnachts zurück – betrunken.«

Rimas Erinnerungen an jene Tage waren eine einzige Bilderfolge torkelnder Stolpereien, durchschluchzter Nächte, wilder Brüllereien und noch wilderer Zärtlichkeitsbekundungen. Anderson hatte durchaus abstinente Phasen, in denen er leichenblaß, mit zitternden Händen, umherschlich. An solchen Tagen las er Rima die Gedichte seiner Frau wieder und wieder vor; doch die Intervalle zwischen seinen Trunkenheitsphasen wurden kürzer und kürzer. Schließlich wurde er überhaupt nicht mehr nüchtern. Zumeist kümmerten sich Bekannte um Rima, die Ehefrauen von Fakultätskollegen; später wurde offen damit gedroht, Rima in einem Heim unterzubringen, wenn Anderson das exzessive Trinken nicht einstelle. Rima selbst war es dann, die alle Versuche vereitelte, sie von ihrem Vater zu trennen. »Ich muß ein dutzendmal aus verschiedenen Heimen ausgerissen sein. Daddy war immer lieb zu mir, auch dann, wenn er getrunken hatte. Niemand konnte mich halten; nach einer Weile versuchte es auch keiner mehr.« Nach weiteren peinlichen Zwischenfällen in Seminaren wurde Professor Anderson schließlich als Lehrer am Merrimac College entlassen.

»Danach sind wir nach Wrightsville gezogen; irgendwie hatte Daddy es geschafft, eine Anstellung an der Wrightsviller High School zu bekommen. Wir wohnten damals möbliert bei Mrs. Wheatley, die sich tagsüber um mich gekümmert hat, in der Upper Purling Street. Inzwischen ist sie tot.«

Tom Andersons Anstellung an der High School dauerte acht Monate. Als die Schuldirektorin Martha E. Coolye ihn im Unterricht mit einem Glas Whisky auf dem Pult erwischte, wurde er fristlos entlassen.

»Fünf Wochen später hat Mrs. Wheatley uns hinausgeworfen, weil wir mit der Miete zu sehr im Rückstand waren. Daddy sagte zu mir, ich solle ihr deswegen nicht böse sein. ›Sie ist selber arm, und wir nehmen hier Räume in Anspruch, für die sie Miete kassieren könnte. Wir werden schon ein neues Zuhause finden, sobald ich wieder einen neuen Job habe.‹«

Als nächstes tauchte vor Rimas geistigem Auge das Bild der Hütte am Rande des Hochmoors auf. Ein paar Landvermesser hatten sie gebaut, die das Moor zu einer Zeit aufgenommen hatten, als die Forderung der Öffentlichkeit, den Sumpf trockenzulegen, der Bezirksregierung wieder einmal Beine gemacht hatte. Das Dach der Hütte war undicht, und die Abdeckung aus Teerpappe hatte sich größtenteils abgelöst. Sie schafften es dennoch, sie wieder wetterfest zu machen; in den Jahren darauf hatte Rima einen weiteren Raum angebaut und einen neuen Boden mit Brettern von irgendwelchen Baustellen gelegt. Die Außenwände hatte sie von üppigem Efeu überwuchern lassen. »Sieht sehr hübsch aus jetzt«, lachte Rima. »Erinnert allerdings mehr an einen Blumenkasten als an ein Haus.« Und die unzähligen Mücken im Sumpfgebiet? »Mücken stechen mich nicht.«

Und da hatten sie fortan gelebt. Das Land gehörte, soweit Rima wußte, niemandem; zumindest hatte sie dort nie einer gestört. In den Anfangsjahren hatte es wiederholte Versuche kirchlicher Einrichtungen oder der staatlichen Kinderfürsorge gegeben, das Kind vom Vater zu trennen; Rima war jedoch jedesmal ausgerissen und zu ihrem Vater zurückgekehrt. »Er brauchte mich. Ich habe das am selben Tag begriffen, an dem meine Mutter starb. Er brauchte jemanden, der ihn liebte und ihn nicht dafür verurteilte, daß er den ganzen Tag betrunken war. Er brauchte jemanden, der ihn auszog, wenn er nach Hause kam, seinen Kopf hielt, wenn es ihm besonders schlecht ging, der ihm etwas vorlas oder der ihm ins Bett half. Woher wir Betten, Möbel und den Herd hatten? Ich weiß es nicht. Daddy gelang es immer, das zu beschaffen, was wir gerade brauchten. Und das war nicht viel.« Schließlich hatte man alle Bemühungen eingestellt, dem Mädchen zu einem ›anständigen Zuhause‹ zu verhelfen, und die Andersons in Ruhe gelassen. »Die haben ganz vergessen, daß es mich überhaupt gibt!« Sie hatten kein Geld bis auf die wenigen Dollar, die Tom Anderson manchmal mit Gelegenheitsarbeiten verdiente, und eine kleinere Summe, die monatlich – adressiert an »Thomas Hogg Anderson« – in bar beim Postamt eintraf, wo er das Geld abholte. Der Poststempel verriet, daß es aus »Racine, Wis.« kam, ein Absender stand jedoch nicht auf dem Kuvert. »Ich glaube, daß ein Bruder oder eine Schwester von Daddy da draußen das Geld schickt«, sagte Rima gleichgültig. »Daddy hat das nur einmal kommentiert. Lachend. ›Ich bin der Paria des Anderson-Clans, mein Goldschatz. Obwohl sie sich vor dem Umgang mit dem Unberührbaren ekeln, beruhigen diese Pseudos ihr abgeleckten Gewissen, indem sie mir diese Almosen hier zukommen lassen. Das Geld gehört dir. Ich werde davon keinen Cent anrühren.‹ Natürlich tat er es trotzdem immer. Sie hatten eine Art Ritual daraus gemacht. Jeden Monat machte sich ihr Vater auf den Weg zum Postamt in der Lower Main Street und kam mit dem Umschlag zurück. Rima öffnete ihn feierlich und versteckte das Geld dann in einer Keksdose auf dem Regal über dem Herd, während er ihr den Rücken zudrehte. Wenig später verschwand dann Anderson mindestens einen Tag lang – und das Geld mit ihm. »So ging es Jahre. Er bestand jedesmal darauf, daß ich es versteckte, was ich auch tat, natürlich nur, um ihm einen Gefallen zu tun. Manchmal hat er sogar verlangt, daß ich mir ein anderes Versteck ausdachte.« Gelegentlich nahm Rima, wenn sie etwas dringend brauchten, einen oder zwei Dollar aus der Dose, bevor das Geld verschwunden war. In der Regel kam sie jedoch sehr gut ohne Geld aus, indem sie ihr eigenes Gemüse in einem Gärtchen hinter der Hütte zog; und ihr Vater hatte ein Geschick darin entwickelt, ihren Haushalt mit Mehl, Geflügel, Obst oder Schinken zu versorgen, das an Zauberkunst grenzte. »Wissen Sie«, erklärte Rima betont sachlich, »er wurde genauso oft *Stadtbettler* wie *Stadttrinker* genannt. Aber Daddy mochte das nicht. ›Ich bringe die Leute zum Nachdenken‹, sagte er immer, ›ich unterhalte und amüsiere sie. Im Mittelalter hätte ich das Zeug zum Hofnarren gehabt. Ich habe nie in meinem Leben gebettelt.‹« Doch genau das hatte er, und sie wußte es. »Er hat um meinetwillen gebettelt. Nur für sich selbst hätte er das nie getan. Da wäre er eher verhungert.« Ellery erlaubte sich, im stillen daran zu zweifeln. Tom Andersons Selbstachtung war mit seiner Frau begraben worden. Es blieb ein rückgratloser, schwammiger Überrest, der jeder Laune nachgab, ganz besonders jedoch seiner Sehnsucht nach dem großen Vergessen.

Manchmal erlegte er Kaninchen und anderes Kleingetier in den Wäldern nördlich des Hochmoors. Rima rührte sie niemals an. »Das sind meine Freunde«, lachte sie, »ich kann doch meine Freunde nicht essen!«

Sie verbrachte viel Zeit in der Bergwildnis, die Wrightsville umgab. Sie pflückte reife Beeren, badete in Wildbächen, verarztete verwundete Vögel und andere Tiere, lag im hohen Gras in der Sonne, während ihr Vater mit einem Buch in der Hand im Schneidersitz neben ihr saß und sie unterrichtete. Die Leute von der Schulbehörde hatten eingesehen, daß es zwecklos war, Rima Anderson in einem Klassenraum halten zu wollen; erst einmal hatte es geheißen, daß gegen ihr ständiges unentschuldigtes Fehlen gerichtlich vorgegangen werden solle; für Rima hätte das bedeutet, hinter den Gittern einer Besserungsanstalt für schwererziehbare Mädchen im nördlich gelegenen Limpscot zu landen. Da erwachte Anderson aus seiner Apathie. Er blieb achtundvierzig Stunden lang dem Alkohol fern, ließ seine Kleider von Rima flicken und bürsten und ging dann strammen Schrittes in die Stadt, um eine Anhörung bei der Behörde zu erwirken. Mit großer Überzeugungskraft spielte er seine pädagogische Qualifikation aus und bat darum, seiner Tochter Privatunterricht erteilen zu dürfen, der akribisch dem staatlich vorgeschriebenen Curriculum folgen sollte. Nach einer konfusen Debatte wurde im Schulausschuß schließlich dafür gestimmt, die ungewöhnliche Ausnahmeregelung zuzulassen. Bedingung war allerdings, daß Rima sich jedes Halbjahr Prüfungen unterzog, die den Stoff des Schulunterrichts ihrer Klasse zum Gegenstand hatten. Im Falle des Nichtbestehens waren Strafmaßnahmen der Behörde die Folge.

»Die sind dann ganz schön zu Kreuze gekrochen«, gurgelte Rima und kringelte sich. »Daddy hat mir nie etwas durchgehen lassen, und ich habe ihre dämlichen veralteten Prüfungen mit hervorragenden Noten bestanden.« Die besten Noten bekam sie in englischer Literatur. »Sie haben ihn beschimpft und verhöhnt, und immer wieder hieß es, Daddy sei nicht imstande, mir ein guter Vater zu sein. Vieles von dem, was sie sagten, mochte ja stimmen; aber Daddy hat niemals meine Erziehung vernachlässigt. Weil ich ihn liebte und er ein begnadeter Lehrer war, habe ich mehr gelernt als die meisten anderen Kinder der Stadt. Was Literatur anbelangt, da könnten einige dieser Pauker noch bei mir in die Lehre gehen! Nach Wrightsviller Maßstäben hatten wir nichts; und wenn wir mal etwas besaßen, dann hieß es, Daddy hätte es verpfändet oder verkauft, um an Schnaps zu kommen. Unsere Bücher hat er jedoch nie angerührt, ganz egal, wie klamm er war; und wenn Sie mal nach Wrightsville kommen, Mr. Queen, dann zeige ich Ihnen eine Bibliothek, die Sie in Staunen versetzen wird!«

Und nun war Tom Anderson verschwunden. Tot, wie Rima insistierte.

»Ich möchte herausfinden, was ihm zugestoßen ist … wie es passiert ist.« Sie schlug die Augen nieder. »Und wer es war.« Ihre Hände blieben vollkommen ruhig. Diese Disziplin hat sie von den Tieren, dachte Ellery.

»Rima.« Er saß ihr nun wieder gegenüber. »Vor ein paar Minuten haben Sie, während Sie über die beiden Kumpane Ihres Vaters, Nick Jacquard und Harry Toyfell, sprachen, die Bemerkung fallen lassen, sie hätten einen schlechten Einfluß auf ihn gehabt – ›bis vor kurzem‹. Was genau haben Sie damit gemeint? Hat er sich nicht mehr mit Jacquard und Toyfell getroffen? Sich von ihnen losgesagt?«

»Er hatte aufgehört zu trinken. Vom Schnaps hat er sich losgesagt.«

Ellery starrte sie an.

»Sie bezweifeln das, klar. Sie glauben, er wäre dazu überhaupt nicht in der Lage gewesen. Ich weiß aber, daß es so war. In all den Jahren, seit Mutter gestorben war, hatte er keinen einzigen ernsthaften Versuch unternommen, vom Alkohol loszukommen. Auch damals, als er zwei Tage nüchtern blieb, um zur Schulbehörde gehen zu können, galt das nur für diese zwei Tage. Er hat nicht einmal versucht, einen Besserungswillen vorzutäuschen. Vor einem Monat dann etwa hat er mir aus heiterem Himmel erzählt, er sei es endgültig leid, den *Stadttrinker* abzugeben. Ich war sehr überrascht und fragte ihn, was denn los sei. Aber er wollte es mir nicht verraten. ›Warten wir's ab‹, hat er nur gesagt.

Etwas in der Art hatte er mir gegenüber noch nie geäußert. Das ist wohl auch der Grund dafür, daß ich ihm glaubte. Zuerst habe ich gedacht, er will zwar, aber schafft es vielleicht nicht. Dann jedoch, als er Abend für Abend ohne Fahne heimkam und sich so mühelos aufrecht hielt wie jeder andere auch, da wußte ich, daß er wirklich Ernst machte. Seine Hände zitterten furchtbar, und er wälzte sich die halbe Nacht schlaflos in den Kissen. Manchmal drehte er richtig durch; dann rannte er wie ein Verrückter in der

Hütte auf und ab. Einmal, als er dachte, ich sei schon eingeschlafen, da ist er aus dem Bett gekrochen, hat einen Kerzenstummel angezündet und eine Whiskyflasche aus einem Loch im Bretterboden geholt. Er stellte sie auf den Tisch, der in der Nähe der Kerze stand, entkorkte sie, setzte sich hin, nahm die Flasche in die Hand und starrte sie an. Ich konnte den Pulsschlag in seiner Halsschlagader sehen; der Schweiß rann ihm übers Gesicht. So saß er eine ganze Stunde da. Schließlich verschloß er die Flasche, verstaute sie in dem Loch, deckte das Brett darüber und legte sich wieder ins Bett.«

Ellery fragte sich verwundert, warum sie ihm eine solche Geschichte auftischte. So etwas war einfach nicht möglich. Nicht bei einem Alkoholiker mit einer solch langen Suchtkarriere wie der Tom Andersons. Dann jedoch sah er die seltsame Klarheit in ihren Augen und begann, an seinen eigenen Zweifeln zu zweifeln.

»Möglich, daß er auf Dauer nicht durchgehalten hätte«, sagte Rima ruhig. »Aber einen Monat lang hat er es geschafft. Bis zu dem Abend, an dem er gestorben ist.«

»Mit Toyfell und Jacquard hatte er weiterhin Kontakt?«

»Ja. Aber er erklärte mir, es sei nur, um sich selbst auf die Probe zu stellen. Er gehe zwar immer noch mit ihnen in die Kneipe, hocke aber vor einem leeren Glas, während sie tränken. Jacquard machte sich lustig über ihn, und Daddy war wütend darüber. Vielleicht hat die Wut ihm ja geholfen.«

»Als er vor einer Woche auf dem Felsen mit jemandem stritt, war er demnach nüchtern?«

»Da bin ich absolut sicher.« Sie konnte gar nicht sicher sein, aber sie war es einfach. Und Ellery ertappte sich dabei, daß er unsinnigerweise ebenso dachte.

»Aber er konnte sich nicht überwinden, Ihnen zu verraten, warum er so plötzlich beschlossen hatte, mit dem Trinken aufzuhören?«

»Nein. Ich wußte, daß er es mir sagen würde, wenn er soweit war. Ich wollte ihn nicht dazu drängen. Daddy konnte Druck schlecht ertragen.«

Ellery nickte und verlor sich erneut in Gedanken. Nach einer Weile hatte er einen Entschluß gefaßt. Es war ein Entschluß, bei dem er sich nicht ganz wohlfühlte, denn Rima stellte ein Rätsel dar, von dessen Lösung er weit entfernt war. Der Fall lag schwierig und erforderte Improvisation. »Rima, haben Sie mir je einen Brief geschrieben?«

Die Frage war lächerlich. Aber immerhin war auch der Anonymus ein scheuer Vogel. Er klopfte ja nur auf den Busch, und das war im Moment das einzig Richtige. Vielleicht provozierte er so einen verräterischen Blick, ein Zittern, einen Atemstoß.

Doch Rima schüttelte nur den Kopf.

Ellery fixierte sie weiterhin. »Kannten Sie einen alten Mann aus der Oberstadt mit Namen MacCaby?«

»Luke MacCaby? Ich habe von ihm gehört; Daddy erwähnte seinen Namen. Harry Toyfell hat bei ihm gearbeitet. Aber Luke MacCaby ist tot. Sein Vermögen hat er einem Doctor aus der Oberstadt vermacht. Sein Name ist Dodd. Sebastian Dodd.«

»Hat Ihr Vater je mit Ihnen über MacCabys Tod gesprochen?«

»Er hat mir erzählt, was er gehört hatte. Vor allem von Toyfell. Aber in der Stadt haben sie wohl über nichts anderes mehr geredet. Waren alle sehr aufgeregt und neugierig.«

»Kannte Ihr Vater MacCaby persönlich?« hakte Ellery nach.

»Das weiß ich nicht. Warum stellen Sie mir all diese Fragen zu MacCaby?«

»Frage ich Sie denn, warum Sie kranken Feldlerchen die Mandeln entfernen, Rima? Ich habe eben meine Verbindungen zu Wrightsville«, antwortete Ellery beherzt, »auf die eine oder andere Art. Bitte sagen Sie mir, was Sie über John Spencer Hart wissen.«

Wieder kein Wimpernzucken. Sie versuchte ernsthaft, sich zu erinnern. »Hart … Hatte der nicht irgendwie mit Luke MacCaby zu tun? Ich meine mich zu entsinnen, daß vor kurzem ein Mann, der so hieß, ebenfalls in Wrightsville gestorben ist. Aber ich kenne mich mit Wrightsville nicht besonders aus«, gestand Rima. »Ich gehe ja fast nie in die Stadt. Die einzigen Menschen, die ich sehe, sind Kinder, die in den Wäldern herumstreunen, Beeren sammeln und sich verirren, die dann nach Hause zurückgebracht werden müssen. Ich kenne mehr Wrightsviller Hunde als Menschen. Es gibt eine ganze Meute von ihnen, die oft um die Hütte herum ist; die kratzen sich genüßlich und wedeln mit dem Schwanz.«

»Kannte Ihr Vater John Spencer Hart?«

»Oh, ganz sicher nicht! Jetzt erinnere ich mich nämlich. War Mr. Hart nicht dieser sehr reiche Mann, der auf einem riesigen Anwesen am North Hill Drive lebte?«

»Hat Ihr Vater je von John Spencer Hart gesprochen?«

»Nein, glaube nicht ...«

»Kannte Ihr Vater Dr. Dodd, Rima?«

»Dr. Dodd? Das weiß ich wirklich nicht.« Sie wirkte auf einmal sehr niedergeschlagen; ihre zarten kleinen Hände zitterten. »Sie müssen mich für dumm halten. Aber ich habe mich eben nie für Wrightsviller Angelegenheiten interessiert. Deshalb habe ich Daddy auch nie gefragt, was er genau machte oder wohin er ging. Nicht, daß es mich nicht gekümmert hätte, aber er vertrug es eben nicht, wenn man Druck auf ihn ausübte. Wenn er mir etwas erzählen wollte, dann war ich ganz Ohr. Wenn er meine Hilfe brauchte, habe ich ihm geholfen. Ansonsten aber habe ich ihn in Ruhe gelassen. Denn die Leute haben schon genug auf ihn eingeredet. Ich war der einzige Mensch, der ihn so nahm, wie er war, und seine Freiheit respektierte, selbst wenn er nach Wrightsviller Maßstäben eine ziemlich erbärmliche Existenz war ... Ich weiß es nicht, Mr. Queen.«

»Soweit ich weiß, hat Dr. Dodd viele Patienten in der Unterstadt, und da dachte ich ...«

»Aber wir sind nie ... ich meine, wir waren nie krank.«

»Auch Ihr Vater nicht?«

»In manchen Dingen war er sehr eigen; so dachte er beispielsweise, ein Arztbesuch sei ein Zeichen von Schwäche. Er hat erfolgreich Anflüge von Krankheiten abgewehrt, mit denen sich andere ins Bett legen müßten.«

»Rima, Sie sind als Klientin absolut frustrierend. Es gibt einfach nicht den leisesten Anhaltspunkt …«

»Es tut mir furchtbar leid …«

»Ich nehme an, daß Ihr Vater selbstverständlich auch keine Feinde hatte?«

»Nein, hatte er nicht.«

»Zumindest einen muß er gehabt haben!«

»Nein … Daddy schlug die Leute in seinen Bann. Selbst Mrs. Coolye, die Schuldirektorin, die ihn aus der High School warf, hat an dem Tag geweint. Chris Dorfman, ein Mann von der Funkstreife, der Daddy letztes Jahr dem Richter vorführen sollte, weil er beschuldigt wurde, einem der Big Tootsie-Mädchen während einer Schlägerei das Nasenbein gebrochen zu haben, brachte Daddy immer nach Hause, anstatt ihn einzulochen. ›Es ist ein Jammer, was aus Ihrem Vater geworden ist, dabei ist er eigentlich ein großartiger alter Junge‹, sagte er dann. Niemand wollte Daddy etwas, *weil er war, wie er war*.«

»Wie meinen Sie das?« fragte Ellery verwundert.

»Manchmal zertreten die Leute einen Marienkäfer. Nicht, weil sie sich von ihm bedroht fühlen, sondern einfach, weil er ihnen im Weg ist. Das hat dann mit dem Individuum nichts zu tun, sondern mit den Umständen.«

Ellery war perplex.

»Aber wenn es eben keinerlei Anhaltspunkte gibt …« Rima erhob sich vom Sofa, diesmal sehr langsam.

»Wieviel Geld haben Sie bei sich, Rima?«

Das Blut schoß ihr in die Wangen. »Wie dumm von mir. Natürlich. Ihr Honorar. Mr. Queen, das tut mir schrecklich leid, ich …«

»Ich habe nichts von meinem Honorar gesagt. Ich habe Sie nur danach gefragt, wieviel Geld Sie dabei haben.«

Sie sah ihn ratlos an. Dann jedoch öffnete sie mit derselben Plötzlichkeit, mit der sie alles tat, ihre Geldbörse aus Leder und hielt sie ihm hin.

Darin befanden sich ein Taschentuch, eine Bahnfahrkarte, ein

Döschen mit Wildkirschdrops und ein paar Münzen. Vielleicht fünfzig Cent.

»Das war übrig, nachdem ich die Fahrkarte nach New York, hin und zurück, gekauft und die Busfahrt vom Hauptbahnhof hierher bezahlt hatte. Daddy war diesmal nicht an das Geld aus Racine gegangen. Sonst hätte ich überhaupt nicht kommen können.«

»Pech.« Ellery verzog das Gesicht.

»Pech?«

»Es paßt nicht mit meinen Plänen zusammen.«

»Plänen? Ich fürchte …«

»Ich wollte, daß Sie Großstadtflair verbreiten, wenn wir nach Wrightsville zurückkehren.«

»Sie kommen mit mir zurück!« Da war wieder dieses Zwitschern.

»Wie? Oh, aber sicher. Ich wollte damit nur andeuten, daß Sie schick aussehen sollten, Rima. Nur das Alleraktuellste. New Yorker Chic …«

»Ich soll mir andere Kleider kaufen.« Er wurde leicht rot, als Rima an sich selbst heruntersah und dann wieder zu ihm hochblickte. »Ich weiß, daß die Sachen hier schrecklich aussehen«, stammelte sie hilflos. »Aber ich konnte mir keine besseren leisten. Ich habe keine Garderobe.«

»Wie ärgerlich.« Ellery runzelte nachdenklich die Stirn.

Kurz darauf glättete sie sich wieder. »Hören Sie, Rima, ich sehe nicht ein, warum ich meinen Plan gefährden sollte, nur weil es an einem bißchen Geld mangelt. Ich leihe Ihnen am besten zweihundert.«

»Dollar?«

»Natürlich.«

»Aber ich werde so viel doch niemals zurückzahlen können.« Sie kicherte und lachte über seine kindische Idee.

»Und ob Sie das können werden, Rima! Oder haben Sie etwa vor, weiter in diesem mückenumsirrten Blumentopf zu hausen?«

Sie war perplex. »Wo sollte ich denn sonst hin?«

»Das weiß ich auch nicht. Aber Sie müssen irgendeine Arbeit finden …«

»Aber warum denn?«

»Warum? Weil … Weil Sie mir zweihundert Dollar schulden werden!«

Er packte sie beim Arm und war überrascht, wie zäh und elastisch zugleich er sich anfühlte. Wie der Flügel einer Möwe. »Wir haben jetzt genug geredet. Als nächstes werden wir Ihnen einen Hut, ein Kostüm, Blusen, Strümpfe, Schuhe und was für unten drunter kaufen. Zum Friseur müssen Sie auch, zur Maniküre und zur Pediküre.«

Mehr fiel ihm im Moment beim besten Willen nicht ein.

Wochenende, 8. und 9. April

Ellery mußte mit Rima so manche Hürde nehmen, bevor das Wochenende vorüber war. Als erste Hürde erwies sich der Einkaufsbummel. Ellery schmuggelte Rima bei Lachine's auf der Fifth Avenue ein, wo man von der Haarklemme bis zum Hermelinmantel alles bekam und wo die Verkäufer an einiges gewöhnt waren. Er verbrachte den größten Teil des Nachmittags damit, nervös nägelkauend abzuwarten, welche Wunder in der Umkleidekabine an Rima vollbracht würden. Um halb fünf betrachtete er ehrfurchtsvoll das Resultat. Dann folgte eine schier nicht enden wollende Sitzung bei François auf der vierten Etage. Schließlich kam Rima doch noch heraus; neben ihr wedelte ein Franzose her, der nicht aufhörte, darüber zu lamentieren, daß man des Guten nicht zuviel tun solle; was schließlich könne man noch machen, um einen solchen Teint zu verschönern, Monsieur? Aber das Haar, Monsieur, und die Füße, Monsieur! Ellery entgegnete scharf, daß das Haar, Monsieur, und die Füße, Monsieur, exakt so waren, wie Gott sie geschaffen habe. François hielt dagegen, wenn dies der Fall sei, Monsieur, warum, im Namen der heiligen Puderdose, hatte Monsieur Mad'moiselle dann in seinen Salon geschickt? Rima setzte sich derweil in ihren neuen Kleidern, rieb sich mit ihren manikürten Fingern die frisch geschminkten Augen und begann furchtbar zu weinen, was bei Ellery und François schlagartig zu einem gequälten Schweigen führte. Im gleichen Augenblick wurden sie von einer mütterlich wirkenden Verkäuferin fortgeschickt. Als Ellery Rima das nächste Mal wiedersah, war sie vollkommen ruhig und schenkte ihm ein perfektes New Yorker Lächeln. »Soweit alles nach Plan, Pygmalion?« Ellerys Scham wich einem diffusen warmen Gefühl; und er mußte sich eingestehen, daß sie einfach hinreißend war.

Dann führte er sie in das versnobteste Lokal zum Dinner aus, das ihm einfiel.

Als Kind betrachtete er sie nun nicht mehr. Ganz im Gegenteil. Er ertappte sich dabei, daß er dem Van-Johnson-Verschnitt am Nebentisch warnende Blicke zuwarf. Später, als sie wieder in der 87th Street waren, entging ihm auch nicht der bewundernde Seitenblick seines Vaters Inspector Queen. Als der Inspector, der seine Privatsphäre hütete wie ein Engländer, Rima für eine Nacht sein Bett anbot, hatte Ellery genug gehört und beeilte sich, sie ein paar Häuser weiter in einem Damenhotel unterzubringen, wo man sich abends unter den Augen einer eisig dreinblickenden älteren Empfangsdame eine gute Nacht wünschte.

Mit schweißfeuchtem Kragen kehrte Ellery zur 87th Street zurück.

Sein Vater hatte auf ihn gewartet.

»Schon zurück?« fragte der Inspector.

»Die Frage beantwortet sich wohl von selbst«, erwiderte Ellery kühl. »Was dachtest du denn?«

»Seltsam, dieses Mädchen«, murmelte der Inspector geistesabwesend. »Aus Wrightsville, sagtest du?«

»Ja.«

»Und du fährst morgen mit ihr zurück?«

»Ja!«

»Aha«, brummte der Inspector und ging schlafen.

Sie ging Ellery die ganze Nacht nicht aus dem Kopf.

Während der Zugfahrt am nächsten Tag versuchte ein ziemlich hohläugiger Ellery zu analysieren, woran es lag. Die Kleider waren es nicht. Die Kleider betonten nur, was Rima ohnehin war. Nur, was war das? Er spürte, wie sie ihre Hand aus der seinen zog. Nach einer Weile versuchte er es mit einer Negativdefinition. Sie war *keine* … Ausgesprochen vieles war sie nicht, doch wenn man all dies addierte, blieb immer noch etwas übrig, was weiterhin irritierend rätselhaft blieb. Schließlich kam er zu dem Schluß, daß ihr Geheimnis irgendwo in dem Kind-Frau-Paradox beschlossen lag. Sie war beides, und sie war beides zugleich auch wieder nicht. Sie nahm seine Hand wie ein Kind und ließ sie plötzlich wieder los wie eine Frau. Letztendlich war dies sicherlich – er zuckte zusammen – ein Zeichen unfaßbar reiner Unschuld. Eine solche Unschuld gab es sonst einfach nicht. Sie kannte die Welt der Menschen nicht. Sie kannte die Welt der Bücher, sie kannte das Reich der Natur – aber über die Menschen wußte sie absolut nichts. Schließlich war sie in den Wäldern wie ein wildes Tier aufgewachsen. Thomas Hardy Anderson hatte die Folgen nicht bedacht. Ein Mädchen wie sie konnte Furchtbares anrichten – bei anderen wie bei sich selbst. Was sie von sich aus tat, oder wie sie reagierte, war unberechenbar. Sie bewegte sich in anderen Sphären, deren Gesetze nicht so leicht zu entschlüsseln waren. Normaler Umgang mit Eltern, Freunden, Verwandten, Fremden, Lehrern, Heuchlern, Rüpeln, Liebhabern – mit dem ganz normalen Erdenleben –, mit all den Verletzungen wie Freuden, die den Heranwachsenden auf das Erwachsenendasein vorbereiteten, war ihr während der entscheidenden Jahre vorenthalten worden. Da mußten Abgründe gähnen, die niemand auszuloten vermochte, am allerwenigsten Rima selbst. Er würde sich immer wieder in Erinnerung rufen müssen, wie sie aufgewachsen war, wie unreif sie war, wie allein auf der Welt.

Urplötzlich stieg in Ellery die Befürchtung auf, sie könnte sich wie ein verwaistes Rehkitz an ihn hängen. Erste Anzeichen gab es bereits. Sie hatte aufgehört, ihn Mr. Queen zu nennen, statt dessen hieß er jetzt »Ellery« oder »Darling«. Ein dutzendmal hatte sie nach seiner Hand gegriffen. Fragen stellte sie nicht; es schien sie nicht zu kümmern, was er mit ihr vorhatte, sobald sie in Wrightsville waren. Sie hatte sich völlig in seine Hand begeben. Nachdem sie im Speisewagen zu Mittag gegessen hatten, hatte sie ihre schicken Schuhe einfach abgestreift, sich der Länge nach auf den Sitz in ihrem Abteil geflezt, ihren Kopf in seinen Schoß gelegt, einen Moment lang scharrende Bewegungen gemacht, wie es Welpen tun, und war dann mit einem seligen Seufzer in tiefen Schlummer gefallen. Als ob sie Mowgli wäre und er ein haltgebender Ast. Das Problem war – und es war ein Problem – er war kein Ast. Er zweifelte auch sehr daran, daß es irgendeinen normalen Mann gab, der sich in seiner Situation wie ein Ast gefühlt hätte. Ellery spielte mit dem Gedanken, sie an einen begabten jungen Dichter zu verheiraten – denn Dichter mußte er schon sein –, so schnell sich ein geeigneter Kandidat fand. Man konnte sie nicht einfach unbeaufsichtigt herumlaufen lassen.

Als Rima wieder erwachte, gähnte sie, räkelte und streckte sich; sie machte jedoch keinerlei Anstalten, sich aufzusetzen.

»Hallo Darling.« Ihre Stimme und ihr Lächeln waren schläfrig. Wieder ließ sie ihre Hand in die seine gleiten.

»Na, gut geschlafen?« Ellery bemühte sich, seinen Ton väterlich zu halten.

»*Von luft'ger Leichtigkeit, der Frucht des reinsten Lebens*«, lachte Rima.

»Was?«

»Haben Sie denn nie *Das verlorene Paradies* gelesen? Sie sind schon komisch, Ellery.« »Komisch – oder seltsam?«

Sie lachte wieder und warf ihren Kopf zurück. »Entschuldigung! Ach, ich mag Sie furchtbar gern.«

»Ich mag Sie auch, Rima.« Der Rock ihres neuen Kostüms war ein ganzes Stück über ihre Knie gerutscht. Ellery überwand sich, ihn wieder herunterzuziehen.

Sie beobachtete ihn neugierig. »Warum haben Sie das gemacht?«

»Warum ich das gemacht habe?«

»Weil meine Beine häßlich sind?«

»Nein. Weil sie es nicht sind.«

»Warum bedecken Sie sie dann?«

»Sehen Sie, Rima«, begann Ellery unwirsch.

»Ich habe das nie verstanden. Die Mädchen am See von Slocum und an dem bei Pine Grove sind in Badeanzügen herumgelaufen, in denen sie fast nackt wirkten. Sobald sie sich jedoch angezogen hatten, achteten sie ständig darauf, daß ihre Röcke nicht hochrutschten. An denselben Beinen.«

»Äh, ja. Gutes Argument, Rima. Genau. Es gilt nämlich generell: Alles zu seiner Zeit, und alles an seinem Ort. Verstehen Sie, Rima?«

»Aber wir sind doch allein, Ellery. Wollen Sie denn meine Beine nicht sehen?«

»Nein … ich meine, doch. Genau deshalb gibt es Konventionen, die es Ihnen verbieten, sie mich sehen zu lassen.«

»Konventionen?«

»Sind Sie denn nie zur Kirche gegangen?«

»Nein.« »Dann sollten Sie das nachholen. Das sollten Sie wirklich, Rima.«

»Ich habe doch nichts dagegen, wenn Sie meine Beine sehen, Ellery.«

»Aber vielleicht ich!«

Sie zog ihre Hand zurück. »Sie wollen meine Beine sehen, und zugleich haben Sie etwas dagegen? Was ist mit Ihnen los?«

»Würden Sie jedem Mann Ihre Beine zeigen, der Sie darum bittet?«

»Nein …«

»Sehen Sie, da haben wir's schon.«

»Ich meine, es würde auf den Mann ankommen und darauf, warum er sie sehen will. Von welchen Konventionen sprechen Sie eigentlich?«

»Wie? Ach so. Da gibt es zum Beispiel Gesellschafts-, Anstands- und Benimmregeln, ähm … und einige mehr.« Es war zum Verzweifeln. »Hat Ihr Vater Ihnen denn überhaupt nichts anderes beigebracht als Literaturwissenschaft?«

»Er hat mir alles beigebracht.«

»Es will mir so scheinen, als hätte er da das eine oder andere ausgelassen …«

»Sie meinen, was Sex betrifft?«

»Schaun Sie, Rima. In zwei Wochen wird die Landschaft dort unten rund um Wrightsville einfach wunderschön sein …«

Rima Anderson, so schien es, war dabei, sich zu einem erheblich größeren Problem auszuwachsen, als es ihr Vater darstellte.

* * *

Es dämmerte bereits, als sie in Wrightsville ankamen. Und da stand auch schon der alte Bahnhofsvorsteher Gabby Warrum am

Eingang seines Kabäuschens, wackelte an dem letzten ihm verbliebenen Zahn und gab dem Bremser ein Zeichen. Die zwei Jungen, die barfuß vom Gepäckwagen sprangen, hätten dieselben sein können, die dort an einem gewissen Sommertag im Jahre '40 gesessen hatten. Ellery war aus dem gleichen Zug gestiegen und am gleichen Bahnsteig angekommen, als er zum ersten Mal nach Wrightsville kam.

Nichts hatte sich seither verändert. Nun ja, fast nichts. Die Chromverkleidung von Phil's Restaurant glänzte weniger makellos, und das Blau seiner Markisen war deutlich verblaßt; die Tankstelle, die einmal eine Schmiede gewesen war, schmückte sich mit einem neuen Neonschild. Da stand auch ein namenloses »Hotel« zwischen den heruntergekommenen Baracken jenseits der Gleise, das es früher nicht gegeben hatte. Auch war der lose Kies mitsamt seinen Pferdeäpfeln verschwunden; das Bahnhofsgelände war jetzt asphaltiert. Doch da war immer noch dieselbe rustikale Silhouette der Unterstadt, der hinterlastige Bus mit dem Schriftzug *Wrightsville Omnibus Company*, der rückwärts an den Bahnsteig herangefahren war, dieselben großen Felder im Süden, dieselbe krumme Linie – die Lower Whistling Street –, die sich in nordwestlicher Richtung hochschlängelte, um sich in die Upper Whistling Street zu verwandeln, wo sie durch die biedere Oberstadt führte. Und da waren auch die Lower Dade und die Washington Street, die von Westen her kamen, und die Lower Apple, die Piney Road und die Shingle Street, die von Osten her kamen – sie alle liefen im äußersten Südwesten der Stadt eng parallel zueinander in Richtung Bahnhof zusammen.

Und alle sahen sie großartig aus; und trotz Unterstadt roch die Luft, als hätte man sie gewaschen, noch einmal gewaschen, und dann zum Trocknen in der Sonne auf die Leine gehängt.

»Sie mögen Wrightsville«, sagte Rima, als Ellery ihr in das Taixi von Ed Hotchkiss half. Sie klang ehrlich erstaunt.

»Sehr sogar, Rima.«

Sie schaute ihn an, dann schaute sie durchs Taxifenster und runzelte die Stirn.

»Wohin?« fragte Ed.

»Sie erinnern sich wohl nicht mehr an mich«, schmunzelte Ellery.

Ed Hotchkiss juckte sich an der Nase. Er war schwerer geworden und hatte inzwischen noch ein Kinn mehr. »Sag bloß! Mit Ihnen hatt' ich doch vor Jahren schon ma' das Vergnügen!«

»Sie erinnern sich also doch.«

»Green. Nein … Queen! Das gibt's doch gar nicht!«

»Tag, Ed.«

»Menschenskinder!« Er schüttelte Ellerys Hand. »Statten dem alten Kaff glatt mal wieder 'nen Besuch ab, was? Wem geht's denn diesmal an den Kragen?« Ed ließ den Motor an. »Oder geht's in die Flitterwochen?«

»Meint er mich?« murmelte Rima.

Ed drehte sich zu Rima herum, blickte dann zu Ellery hinüber und zwinkerte ihm zu.

* * *

»Upham House«, sagte Ellery. Es war unmöglich, in demselben Hotel abzusteigen. Einfach unmöglich. Nicht in Wrightsville. Als Ed das Steuer herumriß und den Wagen in die Washington Street lenkte, nahm Ellery Rimas Hand und sagte im Flüsterton: »Dieses Zwinkern sagt alles. In Wrightsville bedeutet es ›na, na!‹.«

»Er glaubt, wir sind verheiratet!« Rima krümmte sich in einem lautlosen Lachen.

»Das bezweifle ich. Rima, ich werde im Hollis absteigen …«

»Aber Sie haben ihm Upham House gesagt!«

»Da wohnen Sie.«

»Ich? In einem Wrightsviller Hotel?«

»Jetzt verschonen Sie mich bitte mit Ihrem Landgut Zur Mücke! Die Leute werden Sie freundlich behandeln – Sie sind ohne Begleitung und reisen mit einem anständigen Koffer.«

»Ist das Teil Ihres Plans?«

»Bitte stecken Sie das Geld hier ein.«

Sie starrte verstört auf die Scheine, die er ihr in die Hand drückte. »Aber ich schulde Ihnen doch schon so viel!«

»Teil des Plans«, erwiderte Ellery trocken. Er wußte zwar selber nicht, worin sein Plan eigentlich bestand, außer daß er sie anständig eingekleidet und ihr eine Unterkunft samt Verpflegung besorgt hatte, wo sie unter Aufsicht war; und das war ja immerhin ein Anfang. »Um das Geschäftliche kümmern wir uns später. Ach ja. Ähm, Rima, haben Sie eigentlich schon mal in einem Hotel gewohnt?«

»Nein.«

Eine Hürde mehr, die es zu nehmen galt.

»Aber ich glaube schon, daß ich zurechtkommen werde, wenn es das ist, was Sie bedrückt«, sagte Rima ein wenig reserviert. »Sie scheinen in dem Glauben zu leben, ich sei eine Art Wilde.«

»Nun ja, klingt doch auch ein wenig danach, oder?« erwiderte Ellery matt. »Ich nehme an, Sie kennen Hotels aus Büchern. Da kommen dauernd welche drin vor.«

»So schwer kann es doch nicht sein. Sie schreiben Ihren Namen auf eine Karte und geben dem Pagen 25 Cent Trinkgeld.«

»Und schließen die Tür ab!«

»Verstanden, Ellery.« Diesmal klang sie überhaupt nicht wie ein Kind.

Er setzte sie am Upham House ab und verfluchte sich im stillen für seine feigen Vorsichtsmaßnahmen, die verhindern sollten, daß man ihn dort mit Rima sah. Ed bat er darum, ihn zum Hollis um den Platz herum zu fahren.

Ed schien irritiert.

Im Hollis Gold Gardens nahmen sie ihr Dinner ein; doch der Abend konnte kaum als geglückt gelten, denn Rima war unerklärlich kühl und zeigte sich völlig unbeeindruckt von der Innenausstattung des Gold Gardens, dessen laméartige Dekorationen und goldbestickten Tischdecken der Stolz der Wrightviller waren. Nicht einmal auf die Dinnermusik von Floyd Lycoming und His Hollis Hummadours sprach sie an; das allerdings lag wohl daran, daß Ellery sich vergaß und sie zum Tanzen aufforderte. »Sie haben sich einen Moment lang davon täuschen lassen, daß ich Messer und Gabel auseinanderhalten kann«, erklärte Rima ungerührt. »Nicht vergessen: Ich bin eine Barbarin.« Dann klagte sie, sie sei müde, er möge sie bitte zu Ma Upham zurückbringen. Also brachte er sie zu Mrs. Uphams sittenstrenger Herberge; zwischen den Säulen des Kolonialbaus wünschten sie sich eine gute Nacht. Dabei berührten sie sich nur an den Fingerspitzen. Ellery wurde den Verdacht nicht los, daß sie, sobald er außer Sichtweite war, ihre New Yorker Schuhe abstreifen und durch die Geschäftsviertel und die Unterstadt zu ihrer Hütte im Hochmoor sprinten würde.

Ellery war sehr niedergeschlagen, als er zum Square zurücktrottete. Natürlich zeigte sich Wrightsville an Sonntagabenden auch nicht von seiner besten Seite. Die meisten Läden hatten geschlossen. Die Straßen waren wie ausgestorben, mit Ausnahme der Lower Main Steet zwischen dem Platz und der Upper Whistling Street natürlich; aber auch dort war wenig los, denn die meisten waren im Bijou. Das Gold Gardens hatte seine vereinzelten Dinnergäste bewirtet; und vermutlich war die sogenannte »Colonial Terrace« des Upham-Hotels halbvoll mit alten Damen; die bessere Gesellschaft am Hill, am North Hill Drive, am Twin Hill-in-the-Beeches und an der Skytop Road jedoch, das wußte er, besuchte oder empfing, der Sonntagabendtradition folgend, Nachbarn. Wenn irgendwo Leben war, dann an der Route 16, an der etwa fünf Kilometer langen Strecke zwischen der Unterstadt und Wrightsville Junction, wo die Rasthäuser waren.

Aber es war nicht Wrightsville, das ihn deprimierte.

Er war es selbst.

Er schwamm völlig und konnte sich auf nichts einen Reim machen. Diese verkorkste MacCaby-Hart-Dodd-Geschichte war komplett bedeutungslos, oder er war blind auf beiden Augen.

Zu allem Überfluß hatte vielleicht auch Rima etwas mit dem Fall zu tun.

Ellery schlenderte die State Street hinunter, am Bezirksgericht vorbei. Es war etwa zehn und stockdunkel. Die alten Ulmen über ihm nickten vor sich hin; und das gelegentliche Aufblitzen von Autoscheinwerfern, die über die State Street und Upper Whistling Street huschten, konnte die Nachbarschaft nicht im mindesten aus ihrem Schlummer reißen. Auf der anderen Seite der State Street waren die Verwaltungsgebäude der Northern Telephone Company und des Wrightsviller Stromkraftwerks, die mausoleumsähnliche Handelskammer und der Gebäudekomplex der Carnegie-Bücherei fast unsichtbar. Der Eingang zum Memorial Park, an dem mit seinem geschliffenen Granit das Gefallenendenkmal stand, dessen Goldinschrift bereits abblätterte und kaum noch zu entziffern war, gähnte ihn an. Das Marmorfries am behäbig daliegenden Rathaus schimmerte sauber wie die Schürze im Schoß einer Matrone im Schein des Ewigen Lichts, das die Fahne anstrahlte. Fast wäre Ellery ins Dunkel des Parks eingetaucht und hätte sich auf einer der Bänke vor der Tribüne der American Legion niedergelassen, um im Geiste Sousas schmissigen Märschen zu lauschen. Aber dann bemerkte er die grünen Lichter in der Straße zwischen dem Park und dem Gerichtsgebäude, und er blieb stehen.

Wrightsvilles Polizeistation.

Polizeichef Dakin.

Ellery trat ein. Ein kleinwüchsiger Polizist mit schwarzem Haarkranz saß hinter dem Schreibtisch; der Kopf war ihm auf die Brust gesunken.

Als seine Tür aufging, griff Dakin alarmiert nach den Armlehnen seines Drehstuhls.

»Nein, keine Geistererscheinung«, schmunzelte Ellery. »Entschuldigen Sie bitte, daß ich nicht geklopft habe. Aber ich wollte Lieutenant Gobbin nicht wecken.«

»Mr. Queen!«

»Ich war so frei zu vermuten«, sagte Ellery heiter, »daß die Kriminalitätsrate von Wrightsville hoch genug sein könnte, um Sie dazu zu zwingen, Ihre Kirchenchorprobe am Sonntagabend sausen zu lassen; und wie ich sehe, lag ich absolut richtig. Wie geht es Ihnen, Dakin?«

»Oh, Sie alter Gauner!« Dakin schüttelte Ellerys Hand so heftig, daß er meinte, sie müsse gleich abfallen. »Was treibt denn Sie nach Wrightsville?«

»Das weiß ich auch nicht so recht.« Dakin war ein alter Mann. Das hagere Yankee-Gesicht schien ein wenig ausgepolstert, und es zeigten sich kleine rote Äderchen.

»Trotzdem schön, Sie hier zu haben. Setzen Sie sich doch bitte! Setzen Sie sich nur! Gerade angekommen?«

»Vor ein paar Stunden.«

»Wie lange bleiben Sie?«

»Das«, sagte Ellery, »hängt ganz davon ab, wieviel Sie mir über Little Prudy's Cliff erzählen können.«

Dakins kniff seine farblosen Augen leicht zusammen. »Die kleine Anderson?«

»Sie hat mich in New York aufgesucht. Ich bin mit ihr zurückgefahren.«

»Aha. Sie wollen also rauskriegen, was mit Tom Anderson passiert ist.«

»Könnten Sie mir die Mühe eventuell ersparen?«

Dakin lachte. »Sehe ich tatsächlich so zufrieden aus?«

»Ist es sicher?«

»So sicher wie das Amen in der Kirche.«

»Tom Anderson wurde also ermordet.«

Chief Dakin drehte sich auf seinem Stuhl herum und starrte auf eine Fotografie von J. Edgar Hoover, die über einem Trinkwasserspender hing. »Ich habe hier nächtelang gesessen und mir darüber den Kopf zerbrochen. Das ging so weit, daß es zu einer Art persönlicher Angelegenheit zwischen mir und Anderson wurde.

Wieder'n alter Säufer ... Er wäre früher oder später fällig gewesen, so oder so – Messer zwischen die Rippen bei Vic Carlatti's, oder ertrunken im Willow River, weil er zu abgefüllt war, um aufzupassen, so wie Matt Mason '26. Es macht nicht viel Unterschied ...«

»Woher nehmen Sie die Gewißheit, daß Anderson ermordet wurde?«

»Fetzen seiner Jacke wurden an einem halben Dutzend Stellen gefunden. Zwei Knöpfe waren abgesprungen. Auf seinem Hut hatte jemand herumgetrampelt. Es gab auch Blutspuren.« Dakin drehte sich wieder zu Ellery herum. »Anderson muß eine Verabredung mit jemandem gehabt haben. Er wurde angegriffen, wehrte sich, aber er verlor den Kampf. Wo er vor 23 Uhr am Samstagabend gewesen ist, dem Abend vor dem Morgen, an dem Jacke und Hut auf dem Felsen gefunden worden sind, hat sich nicht mehr feststellen lassen. Er ist zuletzt um diese Zeit gesehen worden, als er die Congress Avenue in der Unterstadt herunterschlenderte – allein.«

»Nüchtern?«

»Der ging so gerade wie ein Baptistenprediger. Und er wollte in östliche Richtung, wo das Moor beginnt. Doch Anderson kam in dieser Nacht nicht zu Hause an, sagt seine Tochter. Ich nehme an, er hatte um 23 Uhr an diesem Abend eine Verabredung auf Little Prudy's Cliff. Es war Garrison Jackson, der ihn auf der Congress Avenue gesehen hat – Abe L. Jacksons kleiner Bruder. Garry sagt, er ging wie jemand, der ein ganz bestimmtes Ziel ansteuert. Ich vermute, daß er um Mitternacht bereits tot war.«

»Das Ärgerliche an der Geschichte, Mr. Queen«, fügte der Polizeichef nachdenklich hinzu, »ist die Tatsache, daß uns das kein bißchen weiterhilft. Niemand hatte finanzielle Vorteile von Andersons Tod. Er hatte auch keine Feinde. War nie in Streitereien verwickelt. Freundlich und harmlos. Jeder mochte ihn. Er kann auch nicht mit jemandem verwechselt worden sein; es war Vollmond, die hellste Nacht des Monats. Ein Verrückter? Ein Rauschgiftsüchtiger? Wir haben alles überprüft, immer wieder. Die reinste Zeitverschwendung. Es war kein Unfall, es war kein Verrückter, es war kein Irrtum. Anderson ist in einen tödlichen Hinterhalt gelockt worden. Von jemandem, der genau wußte, was er tat. Aber wer kann das gewesen sein? Und warum?« *Das hat dann mit dem Individuum nichts zu tun. Sondern mit den Umständen.* »Was sagten Sie, Mr. Queen?«

»Ich habe gerade über Marienkäfer nachgedacht«, erwiderte

Ellery. »Ich nehme an, Sie haben sich auch Andersons Seelenfreunde vorgeknöpft?«

»Wen?«

»Harry Toyfell. Nick Jacquard.«

»Waren die ersten, die ich vernommen habe. Wenn es einer von beiden war, dann hat er seine Spuren genial verwischt.«

»Keiner von ihnen hatte eine Idee, mit wem sich Anderson getroffen haben könnte?« »Sie sagen nein.« Dakin drehte sich so, daß er zur State Street hinausblicken konnte. »Aber die sind sowieso eine Nummer zu klein. Das hier ist eine große Sache. Das rieche ich.«

»Anderson hat seinen Kumpanen nichts von irgendwas Auffälligem in seinem Leben erzählt?« hakte Ellery nach.

»Nein. Aber wo Sie schon von etwas Auffälligem sprechen ... Sie wissen, daß Anderson dem Alkohol abgeschworen hatte?«

»Rima hat es mir erzählt.«

»Ich würde einiges drum wetten«, murmelte Dakin in Richtung State Street, »daß der Mord etwas damit zu tun hatte.«

»Das hätte dann allerdings einen ziemlich makabren Beigeschmack.«

Dakin wandte sich wieder Ellery zu, ein mattes Lächeln auf den Lippen. Er war Vollabstinenzler.

»Wie haben Sie das gemeint – das sei eine ›große Sache‹, Dakin? Inwiefern groß? Von öffentlicher Bedeutung? Weitreichende Verstrickungen? Prominente?«

»Vielleicht.«

»Zum Beispiel?«

»Keine Ahnung.« Dakin stand verärgert auf. »Hören Sie, ich bin ein nutzloser, völlig verbrauchter alter Mann. Ich gehe schon lange auf den Felgen ... Hätten Sie vielleicht eine Zigarre für mich?«

Ellery hatte eine für ihn; und die nächste halbe Stunde plauderten sie über angenehmere Dinge. Gouverneur Cart Bradford hatte den Klüngel in der Staatshauptstadt das Heulen und Zähneklappern gelehrt. »Sie werden noch an meine Worte denken.

Der Junge bringt es mal bis zum Weißen Haus.« Ankläger Chalanski, das Idol der Unterstadt, hatte einen skandalösen Fall von Unterschlagung geknackt; und man erzählte sich, er würde nächstes Jahr als Kandidat für einem Sitz im Kongreß aufgestellt. Jedermann klagte über den Anstieg des Steuertarifs. Richter Eli Martin hatte letzten Winter nach dem Tod seiner Frau Clarice einen leichten Schlaganfall erlitten; aber jetzt ging es ihm wieder recht gut, wenn er sich auch aus seiner Anwaltspraxis zurückgezogen hatte und preisgekrönte Astern züchtete, die er an jedermann verschenkte, was Birobatyan, dem Inhaber des Blumenladens, offensichtlich Magenschmerzen bereitete. Wolfert Van Horn war letzten Herbst mit einer der jungen Watkin-Töchter – der kichrigen – *in flagranti* in seinem Sommerhaus am Lake Pharisee in den Bergen, den Upper Mahoganies, erwischt worden; Jess Watkins hatte ihn mit der Pferdepeitsche ordentlich verdroschen und darauf verzichtet, ihn anzuzeigen – »Überlaßt das mal Jess, aus der Sache was rauszuschlagen«. Julio Asturio war plötzlich religiös geworden und hatte die Stadt im Schlepptau eines fanatischen Predigers verlassen. Die Busy Bee-Kette baute einen Supermarkt nach kalifornischem Vorbild an der Slocum Street, zwischen der Washington und Upper Whistling Street, direkt neben dem Bluefield Block; Bloody Logan gegenüber kaute sich die Nägel blutig. Eine von Jorkings Sauen drüben auf der Schweinefarm an der Route 478 hatte ein fünfbeiniges Ferkel geworfen. Der alte MacCaby hatte Doc Sebastian Dodd rund vier Millionen Dollar vermacht; und der Doc plante eine neue Kinderstation für sein Krankenhaus.

»Oh ja«, sagte Ellery, »ich habe von Eurem Dr. Dodd gehört. Der Mann scheint ja fleißig daran zu arbeiten, sich den Titel des Stadtheiligen zu verdienen.«

»Den hätte er wirklich verdient«, erwiderte Dakin. »Gott weiß, wie überarbeitet er ist. Bräuchte dringend eine Pause.«

»Erfolglos?«

»Himmel, nein. Ist der erfolgreichste Arzt der Stadt, wenn es nach der Patientenzahl geht. Die Sache ist nur die«, lachte Dakin,

»daß seine Patienten nie genug zusammenkratzen können, um ihn zu bezahlen. Er wohnt noch immer in dem Haus, in dem er geboren wurde – ein großer alter Kasten an der Ecke Wright Street/Algonquin Avenue. Stammt noch aus Bürgerkriegszeiten. Er ist so riesengroß, daß die Schlafzimmer im zweiten Stock leerstehen. Der Doc ist Junggeselle – war nie verheiratet.«

»Wozu braucht er dann ein so großes Haus?«

»Wer würde es schon kaufen? Und schließlich muß er ja irgendwo wohnen. Außerdem hat er das Haus voll, bei ihm wohnen und arbeiten zum Beispiel seine Haushälterin und Köchin, Regina Fowler – Mrs. Fowler ist eine entfernte Verwandte des alten John F. Wright; das F. stand für Fowler; wußten Sie übrigens, daß er gestoben ist? – das Dienstmädchen, Essie Pingarn, und Tom Winships Sohn, Kenneth Winship, und jetzt auch noch der alte Harry Toyfell.«

»Tom Winship. Ist das der Thomas Winship, der '41 im Haight-Prozess für den Staatsanwalt ausgesagt hat? Der Hauptkassierer des Wrightsville National?«

»Genau der. Tom ist vor etwa sechs Jahren gestorben. Er hat seinem Sohn nicht viel hinterlassen, weil seine Frau Invalide war und beinahe jeder Cent für Krankenhäuser, Sanatorien und irgendwelche New Yorker ›Spezialisten‹ draufging. Nicht, daß es ihr irgendwas genützt hätte – als ihr einziger Sohn Kennneth vom Kriegseinsatz in Europa zurückkam, war seine Mutter ebenfalls tot. Es war ein furchtbarer Schlag für ihn; fast wäre er darüber zerbrochen. Aber wer, glauben Sie …«

»Dr. Sebastian Dodd.«

»Exakt. Doc Dodd hat sich des Jungen angenommen, ihm wieder auf die Beine geholfen, ihn dann zum College geschickt, wo er sein Medizinstudium beendete, das der Krieg unterbrochen hatte; und heutzutage ist Kenneth bei ihm Juniorarzt und sein Protégé. Er macht sich gut, wie der Doc mir gegenüber mal erwähnte. Er ist mächtig stolz auf den Jungen und glaubt fest daran, daß aus ihm mal ein großer Arzt wird. ›Geben ist seliger denn Nehmen‹, das ist Dodds Credo.«

»Ich muß diesem Ausbund an Tugendhaftigkeit unbedingt einen Besuch abstatten«, murmelte Ellery. »Da führt kein Weg mehr dran vorbei. Ich glaube, ich werde morgen mal vorbeigehen und gucken, ob er mir eine halbe Stunde opfern kann. Außerdem arbeitet ja jetzt Harry Toyfell für ihn. Und lebt da. Es ist sicher ein Segen, einen Mann wie Dodd in der Nähe zu wissen. Ach, ganz nebenbei, Dakin, ich habe gehört, MacCabys unerwarteter Reichtum sei in Wrightsville eine Sensation gewesen?«

»Die Leute haben sich überhaupt nicht mehr eingekriegt.«

»Ja, und dieser Partner von MacCaby – wie hieß er noch gleich? – Hart, John Spencer Hart, von der Wrightsviller Färberei? Muß doch ein ziemlicher Schock gewesen hat, als herauskam, daß er sich die Schädeldecke weggepustet hatte.«

»Wie lange, sagten Sie, sind Sie in Wrightsville, Mr.Queen?« fragte Chief Dakin trocken.

Ellery lachte. »Ich nehme an, Sie sind sicher, daß Hart durch die eigene Hand starb – und MacCaby durch den Willen Gottes?«

»Wie?«

»Ich weiß von der gerichtlichen Untersuchung im Fall Hart; hat man sich aber je dafür interessiert, ob bei MacCaby alles mit rechten Dingen zugegangen ist?«

Dakin saß still auf seinem Drehstuhl. »Mir hat sich die Frage gar nicht erst gestellt. Nein. Warum auch?«

»Reine Neugier.«

»MacCaby war 74 Jahre alt«, sagte der Polizeichef bedächtig. »Und seit etwa zwanzig Jahren herzkrank. Doc Willoughby hat mir einmal anvertraut, MacCaby wäre schon lange unter der Erde, wenn sich Dr. Dodd nicht so um ihn kümmern würde. Und MacCaby wußte das. Deshalb hat er dem Doc ja auch sein Geld vermacht. Aber einmal von Ihrer Neugier abgesehen, Mr. Queen … Ich dachte, wir unterhalten uns hier über den Fall Anderson. Oder sollte ich mich da irren?«

Ellery schwieg. Ein Hauch von Diensteifer zeigte sich auf Dakins Gesicht. »Sie wissen mehr als ich.«

»Ich *weiß* überhaupt nichts, Dakin.« Ellery erhob sich. »Aber jede Medaille hat zwei Seiten. Nehmen Sie den Fall Anderson. Sie sind überzeugt davon, daß Anderson tot ist. Aber Sie haben seine Leiche nicht, Dakin. Ich schaue mir grundsätzlich auch die andere Seite der Medaille an. Kann leider nicht anders.« Dakin umklammerte mit beiden Händen die Schreibtischkante. »MacCaby und Hart sind vielleicht so gestorben, wie es die offizielle Version will, vielleicht aber auch nicht. Vielleicht hatte ihr Tod auch nichts mit Andersons Verschwinden zu tun; ebenso gut könnten sie jedoch sehr viel damit zu tun gehabt haben.«

»Ebenso könnte es sehr gut sein, daß ich anfange zu spinnen!«

»Versuchen Sie, die Medaille immer von beiden Seiten zu betrachten, Dakin. Stellen Sie sie auf die Kante, so daß Sie jederzeit alles im Blick haben.« Ellery lachte auf und schüttelte Dakins schlaffe Hand.

Dakin starrte noch immer wie vor den Kopf gestoßen, als Ellery hinter sich die Tür schloß.

Natürlich, dachte Ellery mitleidig, als er den Platz zum Hollis überquerte, hatte Dakin keinen zuvorkommenden Freund namens Anonymus.

Montag, 10. April

Am nächsten Morgen hörte eine jämmerlich klingende Rima überhaupt nicht mehr auf zu fragen. Es war offenkundig, daß sie sich ihrer Lage langsam bewußt wurde. Oder der ungemütliche Montagmorgen im Upham House, wo es nach Putzwasser und Bohnerwachs roch, hatte sich auf ihr Gemüt gelegt wie klebriger Tau. Sie schien ihr blindes Vertrauen in die Zukunft verloren zu haben. Der morgige Tag war zu einem Fragezeichen geworden; sogar der heutige. Wie lange sollte sie bei Mrs. Upham ausharren? Machte er sich denn gar nicht klar, daß er sie in Schulden hineintrieb, deren Rückzahlung sie Jahre ihres Lebens kosten würde? Wann konnte sie endlich zurück zum Moor? Warum mußte sie überhaupt bei Mrs. Upham wohnen? Was hatte der rothaarige Page letzten Abend gemeint, als er sagte, wenn sie jemanden erwarte, würde er gern die Seitentür unverschlossen lassen? Wohin war Ellery gegangen, nachdem er sie in der ersten Nacht allein zurückgelassen hatte? (Also war es Rima gewesen, die anonym beim Hollis angerufen, aber ohne ein Wort aufgelegt hatte.) Hatte er denn schon etwas herausgefunden? Ihre Füße waren von den Schuhen schon ganz geschwollen; wann konnte sie die lästigen Kleider endlich wieder ausziehen? Was hatte er weiter vor? Hatte das Unternehmen überhaupt Zweck? Wohin gingen sie an diesem Morgen?

»Um Frage *omega* als erste zu beantworten«, seufzte Ellery, »wir gehen frühstücken. Ich kann mich vor meiner ersten Tasse Kaffee nicht unterhalten.«

Während sie zu »Miss Sallys Tea Roome« hinübergingen, dachte Ellery fieberhaft nach. Er hatte die Nacht schlecht geschlafen; und daran waren nicht allein die Himalaja-Matratzen schuld, die Manager Brooks angeschafft hatte. Als er endlich in Schlummer fiel, war es nicht etwa Anderson, der ihn zuletzt beschäftigte, sondern seine Tochter. Er konnte ihr nicht bis in alle Ewigkeit Zwanzig-Dollar-Noten zustecken. Früher oder später mußte er über Rimas nähere Zukunft Entscheidungen fällen.

Glücklicherweise war »Miss Sally's« leer. Als sie Platz genommen hatten, fragte Ellery: »Rima, wenn Sie vor dem Problem stünden, Ihren Lebensunterhalt selbst verdienen zu müssen, wie würden Sie da vorgehen?«

»Ich weiß nicht«, antwortete Rima kalt.

»Was können Sie denn? Ich meine, außer Vögel gesundpflegen?«

»Nichts.«

»Sie können sicher auch nicht tippen oder ähnliches?«

»Nein.«

»Wenn es hart auf hart käme, könnten Sie dann nicht als Verkäuferin ...?«

»Und den ganzen Tag in einem stickigen Laden eingesperrt sein? Da würde ich schier eingehen.«

»Wie wäre es mit Nachhilfe? Es muß doch Kinder wohlhabender Wrightsviller geben, die ...«

»Eingesperrt!«

»Aber irgend etwas müssen Sie tun!«

»Ja, sicher. Ihr Geld. Ich zerbreche mir ja auch den Kopf darüber. Aber ich werde schon irgendeinen Weg finden, meine Schulden abzuzahlen.«

Ellery bestellte Frühstück.

Als der Kaffee kam, überhäufte ihn Rima erneut mit Fragen. Ellery hörte zugleich bedrückt und ungeduldig zu, bevor er sie unterbrach. »Hören Sie bitte, Rima. Ich verfolge nur einen einzigen Plan, und es ist Zeit, daß ich Sie endlich mit den Fakten vertraut mache.

Alles andere ist im Augenblick belanglos.

Ich habe Grund zu der Annahme, daß die Sache mit Ihrem Vater mit einer Folge von Ereignissen zu tun hat, die vor etwa zwei Monaten hier in Wrightsville ihren Anfang genommen hat. Mit dem Tod von Luke MacCaby zum Beispiel. Dessen stiller Teilhaberschaft an John Spencer Harts Firma. Mit MacCabys Testament zu Dr. Sebastian Dodds Gunsten.« Rima hielt einen erkaltenden Toast in den Fingern und sah etwas blaß aus. »Was Ihr

Vater nun mit alledem zu tun hat, das ist die Hauptfrage. Sobald wir die Antwort darauf haben, wissen wir auch, was an Little Prudy's Cliff geschah ... Ich war gestern Abend bei Polizeichef Dakin«, fuhr Ellery fort, »und er ist nicht einmal auf die Idee gekommen, daß das Schicksal Ihres Vaters mit dem der anderen zu tun haben könnte. Dakin wird also keine große Hilfe sein. Wir sind völlig auf uns selbst gestellt.

Und ich sehe nur eine Möglichkeit anzusetzen. Der Mann, der Luke MacCaby jahrelang behandelt und seine Todesurkunde unterzeichnet hat, ist Dr. Sebastian Dodd. Der Mann, der durch Luke MacCabys Testament de facto zu John Spencer Harts Geschäftspartner wurde, ist Dr. Sebastian Dodd. Der Mann, dessen unerwartete Teihaberschaft an der Färberei zu Harts Selbstmord führte, ist Dr. Sebastian Dodd. Dodd scheint der gemeinsame große Nenner aller Ereignisse zu sein, die dem Verschwinden Ihres Vaters vorausgingen. Ergo müssen wir als erstes herausfinden, ob auch Ihr Vater mit Dodd in irgendeiner Weise zu tun hatte.«

Rima nickte wortlos.

»Ich habe heute morgen bei Dodd angerufen und einen Termin für elf Uhr gemacht. Gegen elf kommt er normalerweise vom Krankenhaus in die Praxis, und wir haben die Gelegenheit, ihn vor Beginn seiner Sprechstunden zu erwischen und das Terrain zu erkunden.

Ich weiß selbst nicht, worauf wir uns dabei einlassen. Vielleicht ist alles ganz harmlos. Vielleicht aber auch nicht. Ich muß mir noch eine Strategie ausdenken, wie wir weiter vorgehen.

Das ist unser Ausgangspunkt. Und jetzt essen Sie Ihre Eier, Rima.«

»Verstehe, verstehe.« Ellery war bestürzt, Tränen in Rimas Augen zu sehen.

Ellerys Stimme wurde rauh. »Was ist denn los?«

»In Ihrem ganzen Plan komme ich überhaupt nicht vor.«

Ellery mußte wieder daran denken, wie allein sie auf der Welt war und daß dies ein Problem darstellte, dem er noch immer auswich. Bei diesem Gedanken schmolz seine unnachgiebige Forschheit dahin wie die Butter auf ihrem Toast. Und ihm fiel auf, daß sie noch immer keinen Bissen zu sich genommen hatte. »Sie werden jetzt Ihren Toast essen!« Gehorsam biß sie ein Stückchen ab. Ellery streckte die Hand aus und griff nach der ihren; sie sah ihn nur verdutzt an. »Rima, gegen Gefahren muß man sich wappnen, das war schon immer meine Lebensmaxime. Und Sie kommen in meinem Plan durchaus vor. Ich weiß nur noch nicht, wie; aber ich habe Sie zumindest präpariert. Sie sind Tom Andersons Tochter. Was ihn in die Sache verstrickt hat, kann auch Sie betreffen. Allein deshalb, weil Sie seine Tochter sind, garantieren Sie das gefühlsmäßige, wenn nicht moralische Recht, nach dem Schicksal Ihres Vaters zu fragen. Jeder wird Ihnen das zugestehen – bis auf denjenigen, der für dieses Schicksal, worin auch immer es bestanden hat, verantwortlich ist. Genau auf diesen Umstand zielen wir jedoch. Das ist der sozusagen strategische Grund für unseren Besuch bei Lachine's am Samstag, der Grund dafür, warum Sie weiter in diesen Schuhen herumhumpeln müssen, auch wenn sie noch so wehtun.

Vielleicht ergibt sich ja so ein Anhaltspunkt. Womöglich gelingt es uns, ein bißchen nachzuhelfen. Natürlich kann das gefährlich werden, daraus mache ich keinen Hehl. Es wird sogar mit ziemlicher Sicherheit gefährlich. Darum, Rima, sind Sie sicher, daß Sie wirklich wissen, was Sie wollen?«

Sie starrte auf ihren Teller und erwiderte mit dunkler Stimme: »Daddy und ich, wir standen uns sehr nahe. Viel, viel näher als normale Leute. Ja, ich weiß, was ich will.« Sie schaute auf, fast wütend. »Bitte verstehen Sie doch. Das alles ist so furchtbar neu für mich. Sie sind so geduldig und … freundlich gewesen … Ich werde Ihnen keinen Kummer mehr machen. Ich verspreche Ihnen, Ellery, daß ich von nun an widerspruchslos tun werde, was Sie sagen.«

* * *

Das Haus an der Ecke Wright Street/Algonquin Avenue litt an allen typischen Gebrechen, die verwahrloste alte Häuser auszeichnen. Der Boden der Veranda, die auch um die Seiten herum reichte, war halb durchgetreten; die kompakten Holzsäulen des Hauses waren rissig und teilweise abgesplittert. Sein brauner Anstrich hatte Blasen geworfen, die an einigen Stellen gleich eitrigen Aknepickeln aufgeplatzt waren. Das ziegelgedeckte Dach war an einigen Stellen eingesackt, an anderen buckelte es sich arthritisch; und die Schlafzimmerfenster im obersten Stockwerk erinnerten an die hervorquellenden Augen blinder alter Männer. Einige Jalousien waren gebrochen, andere fehlten ganz. Auf der Seite zur Algonquin Avenue hin bedrängte der Kasten einen frisch sanierten dreistöckigen Wohnblock, der mit modischem blauem Stuck verziert war; und auf der Seite zur Wright Street hin schwankte er bedrohlich über einem niedrigen, kistenartigen Laden, dessen Schaufenster Attrappen von Whiskyflaschen und Plakate von langbeinigen Frauen mit Pferdegebiß füllten. Auf dem Fenster war in kunstlos hingemalten Buchstaben zu lesen: JACK'S PALACE BAR & GRILL.

Immerhin lag das alte Haus nicht direkt an der Straße; und der Rasen davor zeigte erstes frisches Grün. Ein mit Fähnchen markierter Weg, der links und rechts von frisch gedüngter Erde gesäumt wurde, schlängelte sich seitlich um das Haus herum und führte vermutlich zum Garten dahinter. Eine große Ulme in der Mitte der Rasenfläche überragte das Haus; im Sommer spendete sie dem Rasen und der Veranda sicherlich angenehmen Schatten.

Ein kleines schwarzgestrichenes Schild mit halbverwitterter Goldaufschrift stand auf einem schmiedeeisernen Pfosten neben dem Eingangstor:

Sebastian Dodd, M. D.
Kenneth Winship, M. D.

»Sieht doch gar nicht so übel aus«, bemerkte Rima tapfer, während sie die drei wenig vertrauenerweckenden Holzstufen hinaufstiegen.

»Ich glaube schon, daß es hier sehr unheimlich werden kann«, entgegnete Ellery. »Bei Nacht, im Schein eines orangefarbenen Mondes.« Er drückte mit dem Daumen auf einen Eisenknopf: BITTE HIER KLINGELN.

Eine grobknochige Frau mit Besen und ausdruckslosem Blick öffnete die Tür aus Kieselglas. »Zu welchem wollen Sie?«

»Zu Dr. Dodd, bitte.«

»Der is' noch nich' da. Die Sprechstunden fangen erst um zwölfe 'rum an.«

Eine durchdringende Frauenstimme im Hintergrund rief: »Wer is'n das, Essie?«

Ein Funke von Aufmüpfigkeit belebte Essies glasige Augen. »Ich werd' doch noch 'ne verdammte Tür öffnen können«, brummte sie. Dann schrie sie zurück: »Sie wollen zu Dr. Dodd, Mrs. Fowler.«

»Lasse rein, Essie«, brüllte Mrs. Fowler wieder. Eine untersetzte ältere Frau im weißen Arbeitskittel erschien hinten in der Eingangshalle. Sie trug ein Hörgerät, dessen Schnur voller Mehl war. »Sind Sie der Mann, der heute morgen angerufen hat?«

»Der bin ich.«

»Essie, führ die Leute ins Wartezimmer. Da is' auch Dr. Winship. Aber ärger ihn nich', der ist furchtbar wütend wegen Miss Pinkle.«

»Aber die wollen doch zu Dr. Dodd!« plärrte Essie.

»Es war Dr. Winship, mit dem ich heute morgen gesprochen habe«, warf Ellery dazwischen.

»Klar war er das«, schrie die ältere Dicke fröhlich. »Achten Sie nicht auf Essies Geschwätz. Da, wo ihr Gehirn sein sollte, hat sie OP-Watte. Essie, mach schon!« Die Haushälterin verschwand.

Über der Eingangshalle lag ein seltsamer, strenger Geruch; warm, irgendwie nach Hefe, aber auch nach Antiseptika. Schließlich kam Ellery darauf, woher er kam: von frisch gebakkenem Brot und Lysol. Die Eingangshalle war dunkel; breite Täfelungen aus Walnuß wechselten sich ab mit Tapetenstreifen, deren ursprüngliches Muster bis zur Unkenntlichkeit verblaßt war. An der Decke hing ein Buntglas-Kronleuchter; und eine Treppe, ebenfalls aus Walnußholz, führte in einem eleganten Bogen zu den oberen Etagen hinauf. Am ersten Treppenabsatz sah man noch mehr Buntglas.

Die doppelte Verandatür zur Linken, deren Vorhänge mit naturfarbener Spitze besetzt waren, war geschlossen. Essie ging ihnen nach rechts voran und marschierte durch einen breiten Torbogen, von dem die Türen entfernt worden waren, ins Wartezimmer. Darin standen scheußliche überpolsterte Möbel herum wie eine Abordnung prähistorischer Ungeheuer; den Boden zierte ein uralter handgewebter Teppich, der so abgetreten war, daß keinerlei Farben mehr erkennbar waren. Auf einer Tür stand *Dr. Dodd*; auf einer anderen *Dr. Winship*. Die Wände, an denen einige Farbdrucke mit Motiven aus dem alten Westen hingen, die von Frederic Remington stammten, waren in einem schmuddeligen Grün gestrichen. Einige Verse und Sprüche waren liebevoll auf Pappen mit imitierter Holzmaserung gedruckt, die an Zierkordeln mit Troddeln baumelten. Ein Spruch lautete:

Ich weiß nicht, was ich will,
ich will nicht, was ich weiß.
Im Sommer ist mir kalt,
im Winter ist mir heiß.

Ein anderer begann:

Lach, und die Welt lacht mit dir;
Wein, und du weinst allein.
Denn die Welt …

Ellery war hingebungsvoll damit beschäftigt, den Rest zu entziffern, als Essie ihm mit einem anzüglichen Grinsen einen Ellenbogen in die Rippen stieß.

»Da isser.«

Ein sehr großer junger Mann im weißen Arztkittel schaute kurz vom Empfangstisch der Arzthelferin auf, während er recht gereizt in einem unordentlichen Stapel von Krankenblättern wühlte.

»Die wollen zu Dr. *Dodd*«, sagte Essie und stampfte mit Triumphgelächter davon, den Besen zur Lanze erhoben.

»Ja?« fragte der junge Mann wenig freundlich.

»Ich bin Ellery Queen, Dr. Winship.«

»Oh!« Dr. Winship erhob sich umständlich, wobei er seinen Stuhl rückwärts umstieß. Sein großflächiges, ernstes Gesicht wurde ein wenig rot, als er sich bückte und den Stuhl wieder aufrecht hinstellte. »Heute morgen klappt einfach gar nichts. Schon mal versucht, Ordnung in das Ablagesystem einer Arztgehilfin zu bringen, die nichts anderes im Kopf hat als ihr Rendezvous vom letzten Abend? Verflucht seien alle Pinkles dieser Welt! Dr. Dodd ist noch nicht vom Krankenhaus zurück, Mr. Queen.« Dr. Winship wirkte so, als wäre er in der Umkleide eines Sportstadions eher zu Hause als in dieser Praxis. Winship kam hinter dem Schreibtisch hervor und gab Ellery die Hand. »Ich fühle mich geehrt, Sie kennenzulernen. Ich bin schon sehr lange einer Ihrer großen Bewunderer. Ich erinnere mich noch, als Sie das erste Mal in der Stadt waren; das war anno '40, nicht war?« Sein Grinsen war so breit wie seine Schultern. »Möchten Sie und die junge Dame sich nicht setzen?« Als seine müden braunen Augen die »junge Dame« näher musterten, verlor sich ihre Schläfrigkeit.

»Miss Anderson, Dr. Winship«, sagte Ellery.

»Guten Tag«, sagte Miss Anderson.

»*Ihnen* einen guten Tag«, erwiderte Dr. Winship.

Sie starrten einander an.

In diesem Moment war Ellerys Idee geboren. Noch war sie unausgereift und vage, wie die meisten plötzlichen Eingebungen, die ihrer Absegnung durch die Vernunft vorauseilten. Aber selbst später fand Ellery wenig Konkretes, auf das er seinen Plan stützen konnte: Auf der einen Seite hatte er einen hochgeschossenen, nüchternen jungen Mann, dem die Überstunden, der mangelnde

Schlaf und das enthaltsame Leben deutlich anzusehen waren; auf der anderen hatte er eine kleine Elfe, die zwar vorübergehend dem New Yorker Chic angepaßt war, sich jedoch nichts sehnlicher wünschte, als wieder zu ihren Schmetterlingen und Mücken zurückkehren zu können. Das war nicht viel. Aber vielleicht genug. Ellery würde seinen ursprünglichen Plan mit dem jungen Poeten gründlich revidieren müssen, denn jetzt – er wußte selbst nicht, warum er da auf einmal so sicher war – hieß es handeln.

»An Ihrem Kittel fehlt ein Knopf«, sagte Rima und zeigte auf die Stelle.

Dr. Winship schaute an sich herunter. »Da fehlt immer einer.« Dann sah er sie an, als hätte sie soeben etwas ganz Wundervolles gesagt. »Sie sind nicht aus Wrightsville.« Rima lachte auf. Es war wieder dieses helle Vogelzwitschern.

»Sie *sind* von hier?«

»Miss Anderson, Dr. Winship, ist Tom Andersons Tochter«, bemerkte Ellery beiläufig.

Es lief erstaunlich glatt.

»Der *Stadt* …« Der junge Doctor biß sich auf die Unterlippe und schaute kurz zu Ellery hinüber. Ellery lächelte und nickte. Beflissen griff Winship nach einem Stuhl. Rima schlug die Augen nieder und setzte sich. Winship blieb erfreut neben ihr stehen. Das war ja kaum zu glauben. Wo sie sich denn so lange versteckt habe? Aber er hoffe, daß das, was ihrem Vater zugestoßen war … War sie jemals im Krankenhaus drüben gewesen? Sie mußte ja jetzt furchtbar einsam sein. Einsamkeit war nichts für junge Menschen. Er müsse es schließlich wissen! Trotzdem habe sie sicher eine Menge zu tun – und ach ja; wie verbrächte sie eigentlich ihre Freizeit? Zum Beispiel die Wochenenden? Ob sie jemals bei den Sommerkonzerten in Connhaven gewesen sei? Er jedenfalls könne sich bei Musik wunderbar entspannen … Kenne sie Faurés »Pavane«? Vaughan Williams »Fantasie über ein Thema von Tallis«? Den getragenen Rhythmus von Schuberts Quintett? Er besitze eine bescheidene Schallplattensammlung – konnte sich einfach das meiste nicht leisten, was ihm gefiel –, aber wenn sie Gefallen daran fände, vielleicht irgendwann einen Abend mit ihm Musik zu hören …

Er muß einmal sehr verletzt worden sein, dachte Ellery. Ihm zuzuhören, tat fast weh. Er nahm sicher vor den meisten Mädchen Reißaus. Aber Rima war wie ein kühlendes Bächlein. Von ihr ging keine Gefahr aus. Und er brauchte Linderung. Rima verhielt sich erstaunlich kokett. Antwortete mit einem taubenähnlichen Gurren und war wie verwandelt. Sie fürchte, ihre musikalische Erziehung sei etwas vernachlässigt worden. Jedenfalls dann, wenn man Dichtung nicht als Musik gelten lasse. Doch genau das sei sie natürlich. Kannte er Lovelace? Marvell? Henry Vaughan?

Jüngst in der Nacht sah ich die Ewigkeit
Ein einz'ger Ring von reinem Licht ohn' Ende

Ellery lauschte ihr, schmunzelnd.

Dann jedoch kam Dr. Dodd herein, und Ellery hatte einen neuen Grund zum intensiven Nachdenken.

* * *

Dr. Dodds Erscheinung hatte ihn zutiefst schockiert.

Ellery hatte den Alleinerben MacCabys im Geiste immer als abgearbeiteten kleinen Mann mit traurigem Blick und einem Heiligenschein aus silbernem Haar vor sich gesehen – als einen zierlichen, fast zerbrechlichen Heiligen, der mit sich und der Welt in Frieden lebte. Der Mann, der schnell, fast verstohlen, ins Wartezimmer getreten war und plötzlich im Torbogen haltgemacht hatte, wirkte wie eine gehetzte Bestie. Sein kraftstrotzender Körper war ungemein massig; wäre er nur ein bißchen kleiner gewesen, dann hätte man ihn als fett bezeichnen müssen. Sein fast kahler Schädel glänzte und war wie seine ungeschlachten, nervösen Hände mit Altersflecken übersät. Sein Gesicht war eindrucksvoll; es war schwer und massig, und die Hängebacken schlotterten. Auch das tief herabgesackte Fleisch, das die Augen fast unter sich begraben hatte – einschließlich der Tränensäcke –, zitterte und zuckte. Die schmalen Augen selbst funkelten unnatürlich und verharrten nie auf einem Punkt, sondern schossen hin und her wie kleine Fische. Seine Haut war von lebloser gelblicher Farbe, als ob ein Gift ihm langsam die Lebenskraft raubte.

Hätte seine Stimme seiner monströsen Erscheinung entsprochen, dann hätte Dr. Dodd ein vollendetes Scheusal abgegeben. Doch als er zu sprechen begann, waren die Töne, die seine Kehle hervorbrachte, von ausgesprochenem Wohlklang; ruhig, ernst und freundlich. Seine Stimme war das einzig Schöne an ihm. Sie verriet, wie er hätte sein können oder vielleicht einmal war.

»Nein, nein, Mr. Queen. Dr. Winship hat mich im Krankenhaus angerufen; ich bin auf Ihren Besuch vorbereitet. Ich war völlig platt, gespannt wie ein Backfisch. Kenneth, Sie wissen doch, wer Mr. Queen ist, nicht wahr?«

»Was?« fragte Dr. Winship geistesabwesend.

»Sie müssen Dr. Winship verzeihen, Mr. Queen. Er ist Arzt aus Leidenschaft, einer dieser Idealisten – zerbricht sich jetzt schon den Kopf über die Krankenstatistik des nächsten Jahres.« Dr. Dodd lachte, sein Unterkiefer flatterte jedoch unverändert. »Übrigens hat er eine ernährungswissenschaftliche Theorie aufgestellt, die bestimmt in die Medizingeschichte eingehen wird. Lassen Sie sich von ihm mal etwas über die ›metabolische Persönlichkeit‹ erzählen. Und wer, sagten Sie, ist das hübsche kleine Mädchen hier?«

»Rima Anderson, Dr. Dodd.« »Ri- … Tom Andersons Tochter?«

»Thomas Hardy Anderson«, berichtigte Rima mit Nachdruck.

Die kleinen Fische schossen noch wilder umher, offenbar aufgeschreckt. Dann jedoch nahm Dr. Dodd Rimas kleine Hände und sagte mit warmer Stimme: »Das mit Ihrem Vater tut mir schrecklich leid, Rima. Ich habe ihn gut gekannt. Er war ein feiner Mensch; und jetzt, wo ich Sie kennenlerne, weiß ich auch, daß er sein Leben nicht vergeudet hat. Möchten Sie beide nicht in mein Sprechzimmer kommen?«

Dr. Winship trottete automatisch hinterher, als ob Rima ihn an einer unsichtbaren Leine führte.

Dr. Dodds Sprechzimmer war geräumig und altmodisch eingerichtet, in einer Ecke stand ein antiquiertes, eichengerahmtes Fluoroskop und ein Arzneiregal in einer anderen. Eine ganze Wand war vollgestopft mit verstaubten Büchern und Fachzeitschriften. Durch eine offene Tür hindurch sah Ellery in den Behandlungsraum: einen verstellbaren Untersuchungstisch, einen Glasschrank mit chirurgischen Instrumenten, eine Waage, einen Sterilisator.

Doch diese Details nahm er nur reflexartig wahr; in Gedanken beschäftigte ihn Dr. Dodd, seine merkwürdig nervöse Art – und seine Worte *»Ich kannte ihn gut«*. Ach, armer Yorick Anderson. Ich glaube, wir sind hier richtig …

»Wie, Doctor? Ach so, ja! Ich betreibe Nachforschungen im Fall Tom Anderson für Rima«, sagte Ellery. »Frustrierende Angelegenheit. Kaum Anhaltspunkte. Wir wissen nicht, ob Anderson wirklich eines gewaltsamen Todes gestorben ist. Wir wissen nicht mal mit Sicherheit, ob er *überhaupt* tot ist.« Während Ellery sprach, beobachtete er fasziniert diese beiden unruhigen Augen in diesem unruhigen Gesicht und die großen Hände, die ununterbrochen mit Gegenständen auf dem Tisch spielten. Was macht ihn so nervös? fragte sich Ellery immer wieder. Einen solch flattrigen Menschen habe ich überhaupt noch nie gesehen. Was immer es ist; er steht unter enormer Anspannung. Es geht ihm an die Substanz. Kein Mensch kann so etwas lange durchstehen. Ist es das Geld? »Also habe ich beschlossen, jeden zu befragen, der ihn gekannt haben könnte, Doctor. Und als ich hörte, daß Sie besonders mit den Leuten aus Low Village zu tun haben …«

Dr. Dodd nickte. »Es ist ein seltsamer Zufall, Mr. Queen, daß Sie gerade heute zu mir kommen. Ich habe nämlich zu Kenneth erst gestern noch gesagt, ich sollte wirklich mal bei Chief Dakin vorbeischauen oder ihn anrufen. Ich weiß nicht, ob es etwas mit dem zu tun hat, was Tom zugestoßen ist, aber es könnte ja sein;

und wenn ich nicht so furchtbar viel Arbeit hätte, mit meinen Patienten und der Angst vor einer Diphterieepidemie, die umgeht, und ...« – er begann verlegen zu grinsen – »wenn es nicht einige Veränderungen in meinem Privatleben gegeben hätte, ja dann wäre ich schon längst bei Dakin gewesen. Erinnern Sie sich, Kenneth, wie ich gestern zu Ihnen sagte ...«

»Hm? Oh, ja. Natürlich.« erwiderte Dr. Winship. »Und ich habe Ihnen geantwortet, das sei längst überfällig. Sie wollten es heute morgen als erstes erledigen. Haben es nur vermutlich wie üblich vergessen.«

»Der Frau von Shumley Purvis geht es furchtbar schlecht«, hielt der Doctor entschuldigend dagegen. »Sie werden einen Luftröhrenschnitt bei ihr machen müssen, wenn die Schwellung schlimmer wird ...« »Was könnte das eventuell mit dem Schicksal von Tom Anderson zu tun haben, Dr. Dodd?« fragte Ellery.

»Wie bitte? – Ach so, das Geld, das ich ihm gegeben hatte.«

»Sie haben Daddy Geld gegeben?« rief Rima überrascht und schaute flink zu Ellery hinüber. Als er nicht reagierte, sagte sie nichts mehr und starrte weiter auf ihre Hände.

»Was für Geld war das, Doctor?«

»Das ist eine ziemlich lange Geschichte«, sagte der Doctor mit einem Seufzen. »Es ist eine Marotte von mir, Mr. Queen, mich ständig in das Leben anderer Leute einzumischen. Ich erinnere mich noch lebhaft an die Zeit, als Tom Anderson in Wrightsville aufgetaucht ist; er gab Unterricht an der High School. So viele Jahre ist das gar nicht her – oder, Rima? Er war eine sehr angenehme Erscheinung, aber die Sorgen standen ihm ins Gesicht geschrieben. Gentleman und Gelehrter, dachte ich immer. Es hat mir sehr leid getan, ihn so abrutschen zu sehen. War furchtbar schade um diesen Mann.

Ich habe ihn so oft auf der Straße getroffen und ihm jedesmal angeboten, sich doch einmal untersuchen zu lassen. Schließlich kam er auch. Ich habe sofort erkannt, daß *ich* nicht der Richtige war, um eine Diagnose zu stellen. Er war ein Fall für den Psychiater, nur leider gibt es hier im Umkreis keinen. Also haben wir über seine Probleme geredet. Dabei hat er immer reuevoll zu weinen begonnen, aber ich wußte, daß ich ihm nicht wirklich helfen konnte. Mir war klar, daß er die nächste Kneipe ansteuern würde, sobald er aus der Tür war.«

Plötzlich begann Rima erbärmlich zu weinen, lautlos allerdings, die Hände vors Gesicht geschlagen und von Krämpfen geschüttelt. Dr. Winship zog ein Gesicht, als hätte ihm jemand mit einem großen Fuß in den Unterleib getreten. Als Dr. Dodd Winship tadelnd ansah und den Kopf schüttelte, signalisierte Ellery dem hünenhaften Arzt, bitte fortzufahren. Im nächsten Augenblick hatte Rima zu weinen aufgehört, den Kopf gesenkt und ihre Hände wieder in den Schoß gelegt.

»Vor kurzem dann«, sagte Dr. Dodd, »kam ich zu diesem vielen Geld, das MacCaby mir vermacht hatte ...«

»Gesegnet sei sein Name«, murmelte Dr. Winship, während er Rima im Auge behielt; und seine Miene hellte sich auf, als sie lachte. »Das Ärgerliche ist nur, daß Dr. Dodd von seinem Geld kaum etwas hat, weil er es grundsätzlich anderen ...«

»Jetzt hören Sie zu, Kenneth«, unterbrach Dr. Dodd. »Das Testament ist noch nicht gerichtlich bestätigt. Alles Geld, das ich Holderfield bis jetzt abverhandelt habe, verdanke ich dem Kreisbeamten, den ich früher immer grün und blau gehauen habe, wenn wir bei Miss Schoonmaker die Schule schwänzten, drüben an der Piney Road ... als sie noch eine Straße war, nicht so ein Rattenloch voller Müll. Nun ja, wie dem auch sei; die Sache mit MacCabys Erbe war noch ganz frisch, als ich Tom Anderson fast über den Haufen gefahren hätte. Übrigens im Wortsinne. Es tut mir sehr leid, meine Liebe«, sagte Dodd in mitfühlendem Ton zu Rima, »aber er saß mitten auf der Polly Street und rezitierte Gedichte; ich hätte ihn fast überfahren.«

»Schon gut, Dr. Dodd«, sagte Rima und fügte seltsamerweise hinzu: »Daddy war nicht halb so unglücklich, wie die meisten Leute geglaubt haben.«

»Nun ja, Rima, Ihr Vater hat an dem Tag sicher keine Freudensprünge gemacht«, entgegnete Dr. Dodd. »Ich habe ihn in meine alte Klapperkiste gepackt und bin dann seitlich rangefahren. Wir haben lange geredet. Und er hat wieder zu weinen angefangen … Ihr Vater schien immer weinen zu müssen, wenn ich mit ihm sprach.«

»Weshalb?« fragte Rima sehr leise.

»Ihretwegen.«

»Meinetwegen?« Sie war fassungslos.

»Ja, Ihretwegen. Er sagte, er hätte sich in letzter Zeit schreckliche Sorgen um Sie gemacht, weil er glaubte, Sie nicht richtig erzogen zu haben.« Rima wurde blaß um die Nase. »Liebe Rima, ich gebe doch nur wieder, was er …«

»Mein Vater hat mich hervorragend erzogen!«

»Natürlich hat er das. Man schaue sich nur das Ergebnis an. Einfach bemerkenswert. Doch Tom glaubte, Sie nicht gut genug auf das Leben vorbereitet zu haben, Rima. Daß Sie ganz allein dastünden, ohne einen Menschen und ohne Perspektive, wenn ihm etwas zustieße.«

»Rima«, mahnte Ellery.

»Ja.« Rima klang wütend.

»Eine wildgebaute Hütte mitten im Sumpf, sagte er, sei kein Ort für ein junges Mädchen …«

»Er wollte bloß Ihr Mitgefühl, Dr. Dodd. Er hat das aber nicht wirklich so gemeint. Ich kannte meinen Vater.« Rimas Augen funkelten. »Ich glaube nicht, daß irgend jemand auf der Welt verstehen kann, wie nahe wir uns waren. Er wußte, daß er mich nicht fünf Minuten hätte halten können, wenn ich nicht bei ihm hätte bleiben wollen. Im Moor. Ich lasse nicht einmal zu, daß Daddy im Nachhinein noch zerstört, was zwischen uns war!« »Nun, es könnte«, sagte Dr. Dodd milde, »es könnte ja sein, daß Sie Ihren Vater vielleicht doch nicht so gut kannten, wie Sie glauben, Rima.«

»Wenn ich mich an meinen Vater erinnere«, sagte der Juniordoctor mit gesenkter Stimme, »dann muß ich sagen, ich habe auch geglaubt, ihn zu kennen. Die Briefe allerdings, die er mir dann nach Europa schickte …« Er begann zu grinsen. »Hören Sie nur dem alten Doc zu, Miss Anderson. Seine Medizin wirkt.«

»Mich würde der Schluß der Erzählung interessieren«, sagte Ellery lächelnd. »Möchten Sie nicht fortfahren, Dr. Dodd?«

»Naja, ich sagte zu ihm, er mache sich solche Gedanken aber reichlich spät; Tom erwiderte, das wisse er, brach wieder in Tränen aus und konnte kaum aufhören zu weinen. Dann aber sagte er etwas, was mich auf eine Idee brachte.«

»Was war das, Doctor?«

»Er sagte, er wünschte, er könnte mit dem Trinken aufhören. Er hörte auf zu weinen, als ihm das über die Lippen kam. Er schien es ernst zu meinen. Als ich ihn fragte, warum er es denn nicht täte, antwortete er: ›Ein Mann muß ein Ziel haben, auf das er hinarbeitet. Ich möchte wieder ein angesehener Bürger werden. Vielleicht einen kleinen Bücherladen aufmachen. Meiner Tochter ein anständiges Zuhause bieten. Aber ich bin ein schwankendes Rohr im Winde. Zu schwach, Doctor. Ich schaffe es aus eigener Kraft nicht.‹ Es ist so«, sagte Dr. Dodd, während er die Hülle seines Füllfederhalters ab- und aufschraubte, »ich habe natürlich viele Alkoholiker so reden hören. Aber, wie ich schon erwähnte, er hatte aufgehört zu weinen. Und dann kam die Enkelin von Mrs. Gonzoli die Polly Street herunter gerannt, hielt etwas hoch und rief: ›Guckt mal, was ich gefunden habe! Ein vierblättriges Kleeblatt!«

»Ein vierblättriges Kleeblatt«, wiederholte Ellery.

Dr. Dodd war ganz in sich versunken. »Ein vierblättriges Kleeblatt. Nicht sehr wissenschaftlich, Mr. Queen, das weiß ich. Aber ich bin ja auch nur ein alter Landarzt ... Da überkam mich eine meiner berüchtigten plötzlichen Ideen. Ich sagte zu Tom: ›Tom, ich weiß nicht, ob ich Ihnen glauben kann. Aber gut, alter Junge, Sie sollen Ihre Chance haben.‹ Wir trafen eine Abmachung. Ich wollte ihm das Startkapital für einen Neuanfang geben, wenn er die Willenskraft und das nötige Durchhaltevermögen dafür aufbrachte. Auf einer Basis der Gegenseitigkeit. Er sollte die Flasche drangeben, und zwar sofort, ohne Wenn und Aber. Und nicht mehr rückfällig werden. Ich sagte zu ihm: ›Tom, Sie kommen in einer Woche in meine Praxis. Wenn Sie die Woche über trocken geblieben sind, gebe ich Ihnen 5000 Dollar in bar. Und wenn Sie in einem halben Jahr noch immer nicht rückfällig geworden sind, zahle ich Ihrer Tochter eine regelmäßige Rente.‹ Wissen Sie, eine Woche ist eine Ewigkeit für einen Alkoholiker. Die Ernsthaftigkeit seiner Entscheidung war damit auf dem Prüfstand.«

Dr. Dodd steckte den linken Daumen in den Mund und kaute mit hörbarem Knipsgeräuschen auf dem Nagel herum.

»Und wie hat er auf Ihr Angebot reagiert, Doctor?« fragte Ellery, während der massige Mann sich die Nägel blutig biß.

»Erst hat er lange geschwiegen. Hat sich nur mit den Händen an meinen Arm geklammert und mich angestarrt. Es verschwamm schon alles vor ihm, aber er versuchte verzweifelt, mich zu fixieren. Ganz plötzlich dann sagte er: ›Ich kann das Geld nicht annehmen. Erst muß ich mir selbst etwas beweisen.‹ ›Nein, Tom‹, hielt ich dagegen, ›ich möchte, daß Sie das Geld nehmen. Ein Mann muß festen Boden unter den Füßen haben.‹ Da schwieg er wieder eine Weile. Aber er dachte nach, soviel konnte ich sehen; er dachte fieberhaft nach. Schließlich lenkte er ein. ›Vielleicht haben Sie recht, Doc. Also gut, geben Sie's mir; aber ich sage Ihnen, ich rühre keinen Penny davon an, bevor ich es mir nicht verdient habe.‹ Dann kroch er auf allen vieren aus meinem Wagen; als ich ihm aufhelfen wollte, schlug er meine Hand beiseite. Also hab ich es ihn allein versuchen lassen; mir war klar, wieviel ihm das bedeutete. Schließlich schaffte er es, die Straße hinunter zu wanken.«

Rimas große Augen standen voller Tränen.

»Das nächste Mal sah ich ihn eine Woche später. Er saß zwischen all den Leuten in meinem Wartezimmer. Er war nüchtern; allerdings konnte man ihm die inneren Kämpfe ansehen, die er ausgefochten hatte. ›Doc, wenn Sie den Beweis haben wollen …‹ ›Nein, Tom‹, sagte ich, ›ich brauche keine Beweise. Was ich sehe, reicht mir vollkommen.‹ Dann habe ich Otis Holderfield angerufen – den hatte ich für den Fall der Fälle instruiert – und ihm gesagt, Mr. Anderson käme gleich in seine Kanzlei. Einem

Mann, der das hinter sich hat«, fügte Dr. Dodd fast entschuldigend hinzu, »muß man als Arzt solche Bonbons zustecken – ihn Mister zu nennen, meine ich. Es tat ihm sichtlich gut. Er ging wesentlich aufrechter, als er gekommen war … Eine Stunde später dann saß Tom wieder im Wartezimmer. Als ich ihn hereinrief, zog er wortlos ein Kuvert aus der Brusttasche. ›Na, Tom, alles da?‹ fragte ich, und er antwortete: ›Ja, Doctor, alles da. Ich hab' es erst geglaubt, als ich es sah.‹ Dann sagte er etwas, das für uns beide ein wenig peinlich war, schüttelte mir die Hand und verließ mein Sprechzimmer mit durchgedrückten Schultern – wie ein Mann.

Das war das letzte Mal, daß ich ihn sah«, murmelte Dr. Dodd. »Aber ich habe weiter von ihm gehört. Er hielt Wort. Da habe ich fast wieder an das Gute im Menschen zu glauben begonnen. Deshalb hat es mich auch so schockiert, von seinem Tod zu erfahren. Und ich werde den Gedanken nicht los, daß das Geld, das ich ihm gegeben habe, etwas damit zu tun hatte.«

Dann schrie er auf. Fast war es wie ein Angstschrei; denn Rima war aufgesprungen und hatte eine seiner rastlosen Pranken an ihre Lippen gepreßt. Ganz plötzlich jedoch war sie mit der Abruptheit, die Ellery immer wieder in Erstaunen versetzte, ans Fenster getreten und starrte nun auf den blauen Stuck, der den Häuserblock nebenan zierte, während sie ihnen den Rücken zukehrte.

Dr. Dodd sprang auf. Seine gelbliche Haut hatte sich tieforange verfärbt. Er stützte seinen schweren Körper auf die Fäuste und wußte offenbar nicht, was er sagen sollte. Dr. Winship saß steif da. Und Ellery saß einfach nur.

Schließlich sagte Dr. Dodd in finsterem Ton: »Nun ja, Rima, das Geld sollte die immense Last von Ihnen nehmen und es Ihnen ermöglichen, ein unabhängiges Leben anzufangen. Lassen Sie es sich um Himmels willen nicht abgaunern … Kenneth, da draußen werden sie unruhig. Wenn Sie also nichts anderes mehr hätten, Mr. Queen …«

»Rima hat kein Geld, Dr. Dodd.«

»Häh?«

»Sie hat nichts davon gewußt«, sagte Ellery, »das Geld hat sie nie gesehen, und er hat es ihr gegenüber auch nie erwähnt.«

Die beiden Ärzte schauten ihn fassungslos an.

»Könnte ich bitte das Telefon benutzen?« Als Ellery den Hörer wieder auflegte, sagte er: »Ich hab' es ja auch nicht geglaubt, aber Kontrolle ist bekanntlich besser als Vertrauen. Dakin sagt, in dem Mantel, der an Little Prudy's Cliff gefunden wurde, sei kein Geld gewesen. Absolut nichts.«

»Ein Raubüberfall!« rief Dr. Winship.

Rima starrte nur entgeistert.

»Oh nein«, jaulte Dr. Dodd, »bitte nicht!« Er sank in seinen Stuhl, während seine Nerven und Muskeln einen Derwischtanz aufführten. Seine Haut hatte wieder diesen Gelbton angenommen.

»Die Medaille hat immer zwei Seiten«, sagte Ellery. »Kann sein, daß er überfallen wurde. Kann aber auch genauso gut ganz anders gewesen sein«, fügte Ellery sanft, aber bestimmt, hinzu. »So, Rima. Die Herren haben zu tun, und uns bleibt das Problem, daß wir Ihre unmittelbare Zukunft noch immer nicht geregelt haben. Ich ...«

Dr. Dodd war in sich zusammengesunken; Dr. Winship jedoch sprang ein. »Wie meinen Sie das, Mr. Queen?«

»Rima kann nicht zu dieser Hütte im Moor zurück, Dr. Winship. Aber bevor sie irgendwo Quartier nehmen kann, muß sie erst Arbeit finden. Freundlich von Ihnen, daß Sie fragen. Kommen Sie, Rima ... ach, bevor ich's vergesse, Doctor«, fügte Ellery hinzu, währen er sich noch einmal umwandte, »Sie kennen nicht zufällig jemanden, der ein intelligentes und hochgebildetes Mädchen gebrauchen könnte?«

»Warten Sie noch einen Augenblick. Noch ist etwas Zeit ...« Dr. Winship schaute hastig auf seine Armbanduhr. »Massig Zeit! Warten Sie bitte eine Minute, Mr. Queen. Doc!«

Dr. Dodd fuhr zusammen, kam dann jedoch zurück. »Ja?«

»Ich wollte doch mit Ihnen noch über Miss Pinkle reden ...«

»Miss Pinkle. Ja, sicher.«

»Sie hat die Krankenblätter in solche Unordnung gebracht, daß es mich fast das gesamte Wochenende und den ganzen Morgen gekostet hat, wieder Grund hineinzubringen. Durch bin ich immer noch nicht. Sie ist jetzt fest mit Rafe Landsman zusammen; und in Gedanken ist sie selten in der Praxis, sondern meist noch immer im Memorial Park und knutscht im Dunkeln auf der Wiese herum. Am Samstag hat sie meinen Sterilisator aus schierer Unachtsamkeit zerbrochen; und als ich sie deswegen zur Rede stellte, erwiderte sie nur schnippisch, sie bräuchte sich meine ›Beleidigungen‹ nicht länger anzuhören, weil sie und Rafe im Begriff seien durchzubrennen und er nicht wolle, daß seine Frau arbeitet, oder solchen Schmalzkram. Und heute morgen ist sie nicht einmal erschienen!«

»Nicht erschienen? Um Himmels willen«, sagte Dr. Dodd. »was machen wir denn jetzt?«

»Nun, ich würde vorschlagen, wir geben ihr zwei Wochenlöhne und unsere besten Wünsche mit auf den Weg und überlassen sie Rafe. Eine Sekunde bitte, Mr. Queen ...«

»Aber Kenneth!« entgegnete Dr. Dodd hilflos. »Das hieße, daß die mühsame Sucherei nach einem neuen Mädchen wieder von vorn losginge ...«

»Oh, da bin ich mir gar nicht so sicher«, sagte Dr. Winship. »Wie wäre es denn ... nun, wie wäre es denn mit Miss Anderson hier?«

Dr. Dodd drehte sich langsam zu Rima herum.

»Also«, begann Rima, »also ich fürchte, ich weiß nicht, ob ich ...« Ellery kniff ihr andeutungsweise in den Knöchel, als er sich bückte, um die Zigarette aufzuheben, die ihm heruntergefallen war. Rima hielt inne.

»Die Arbeit würde eine intelligente junge Dame wie Miss Anderson sicher nicht überfordern«, sagte Dr. Winship leichtsinnigerweise. »Wenn diese idiotische Pinkle ihre Chance hatte, hier alles durcheinanderzubringen ... Meinen Sie nicht auch, Mr. Queen?«

»Nun, es wäre sicher nur eine Übergangslösung. Eines jedoch wäre ein Problem … Rima kann nicht tippen.«

»Na, wenn das alles ist!« rief Dr. Winship. »Sie sollten sich einmal Proben von Miss Pinkles angeblicher Schreibkunst anschauen! Wenn Miss Anderson das nicht nach einer Stunde schon besser kann, dann … dann küsse ich der Pinkle die Füße! Ich nehme an, Miss Anderson beherrscht immerhin die Rechtschreibung. Und die Handreichungen, die sie für uns und die Patienten machen müßte – ich meine, sie auf die Untersuchung vorbereiten, mit dem Sterilisator umgehen und so weiter – die hat sie in kurzer Zeit raus. Wissen Sie, unsere reguläre Krankenschwester in der Praxis haben wir während dieser verdammten Diphterieepidemie in der Unterstadt verloren; und wir brauchen jede ausgebildete Schwester für Hausbesuche und im Krankenhaus. Wir erhalten den Praxisbetrieb seit einiger Zeit nur noch notdürftig aufrecht. Doc, was meinen Sie? Für uns käme Miss Anderson gerade recht, und ihr wäre so auch geholfen.«

Dr. Dodd wischte sich mit einem schweißfeuchten Taschentuch die Stirn. »Ja, ich … Könnten Sie sich das denn vorstellen, Rima?« Seine Stimme klang apathisch.

»Ich weiß nicht so recht, Dr. Dodd. Ich war noch nie eingesperrt in …«

»Früher oder später werden Sie sich einsperren lassen müssen, Rima«, fiel ihr Ellery gereizt ins Wort. Er hätte nicht übel Lust gehabt, ihr das Hinterteil zu versohlen. »Sie können nicht in alle Ewigkeit wie ein Schmetterling leben. Und Dr. Winships Angebot ist eine absolut einmalige Gelegenheit!«

»Wenn Sie wegen des Arbeitslohns zögern, Doc«, sekundierte Dr. Winship nervös, »das ist weiter kein Problem. Miss Pinkle hat dreißig Dollar die Woche bekommen; aber ich meine, wir könnten ein bißchen drauflegen und Rima – Miss Anderson – fünfunddreißig …«

»Schon gut, Kenneth. Das einzige, was mir Kopfschmerzen bereitet«, sagte Dr. Dodd gequält, »ist mein Versprechen, das ich Henry Pinkle gegeben habe. Ich habe ihm zugesichert, ich würde

Gloria alle Chancen dieser Welt geben. Sie wissen ja, daß sie überall gefeuert worden ist; und die Pinkles sind bitter angewiesen auf das Geld ...«

»Ich sagte Ihnen doch, diese dumme Nudel von Pinkle plant, mit ihrem Zukünftigen durchzubrennen!«

»Dann ... lassen Sie uns noch einmal mit Gloria reden, um sicherzugehen, daß das mit der Heirat auch seine Richtigkeit hat.« Dr. Dodd wirkte erleichtert, als hätte er ein kompliziertes Problem gelöst. »Wenn dem so ist, Rima, dann hätten wir Sie gern bei uns.«

Dr. Winship schaute unzufrieden.

»Eine faire Lösung«, sagte Ellery frohgemut. »Sie können Rima über mich jederzeit Nachricht zukommen lassen, wie Sie sich entschieden haben, Dr. Winship. Einen Tag oder so werden wir schon noch rumbringen, was, Rima?«

»Ja.«

Dr. Dodds Hände zitterten nun so stark, daß sein Taschentuch herunterfiel. »Heute ist es schlimmer als sonst! Ach ja, Kindchen, wenn Sie Geld brauchen ...«

»Danke, Dr. Dodd«, sagte Rima sanft, »aber Sie haben schon ... so viel für mich getan.«

»Und, Mr. Queen, wenn ich noch etwas für Sie tun kann ...«

»Ich werde nicht zögern vorbeizukommen, Doctor. Dr. Winship, es war mir ein Vergnügen ... Ach – eine Sache noch.« Das ist jetzt schierer Leichtsinn, dachte Ellery. Aber bislang war ja sowieso nichts nach Plan gelaufen. »Hat einer der Gentlemen mir zufällig vor kurzem geschrieben?«

Rima fixierte ihn scharf. Dann wanderte ihr Blick zu den beiden Ärzten. Doch die schauten nur irritiert; und ich kann es ihnen nicht einmal übelnehmen, sagte sich Ellery. Er schüttelte Dr. Dodd die unangenehm feuchte Hand, und Dr. Winship geleitete sie hinaus.

Das Wartezimmer war voll. Eine üppige junge Frau mit Pfennigabsätzen und durchsichtiger, tiefausgeschnittener Bluse zog sich am Empfangstisch mit mürrischem Blick die Lippen nach.

»Sehen Sie, was ich meine?« zischte Dr. Winship und bebte vor Zorn, während sie zur Eingangstür gingen.

* * *

Draußen herrschte Ellery Rima an: »Und was ist aus Ihrem Versprechen geworden, das Sie mir heute morgen in Miss Sallys Tea Roome gegeben haben? War es nicht offensichtlich, daß ich für Sie auf dieses Angebot hingearbeitet habe? Und Sie gehen einfach hin und verderben die Sache!«

»Dr. Dodd wollte mich nicht.«

»Oh, ein Sensibelchen sind Sie auch noch!«

»Er wollte mich wirklich nicht, Ellery.«

»Da irren Sie sich gewaltig. Dodd ist ein zwanghafter Wohltäter. Was immer ihn so kaputtgemacht hat, das macht er wieder wett durch Herzensgüte und tätige Nächstenliebe. Das gibt ihm Kraft. Ich bin sicher, er ist einfach ehrlich im Zwiespalt, weil er dem Vater dieser Wrightsviller Pfingstrose ein Versprechen gegeben hat. Aber Sie, Rima, lasten ebenfalls auf seinem Wohltätergewissen. Wir tappen noch völlig im dunkeln und versuchen, wenigstens ein bißchen Licht in die Angelegenheit zu bringen. Wir müssen jedem Hoffnungsschimmer nachgehen. Skrupel können wir uns dabei nicht leisten! Und mit ein wenig Unterstützung Ihrerseits …« Ellery schäumte vor Wut.

»Es tut mir leid.« Rima starrte auf den Rasen, wo ein alter Mann am Wegesrand kniete, Setzlinge von einer Art Tablett nahm und sie anpflanzte. »Es hätte doch so ausgesehen, als wollte ich nur seine Großzügigkeit ausnutzen. Dr. Dodd ist so rührend zu Daddy gewesen. Und Dr. Winship …«

»Ah ja, Dr. Winship. Da schwingt doch gleich ein ganz anderer Ton mit. Ich hätte nicht gedacht, daß Sie das Spiel beherrschen; aber offensichtlich habt ihr das im Blut. Was ist mit Dr. Winship?«

»Sie mögen ihn nicht.«

»Oh doch, sehr! Aber er ist bislang nur ein Teilchen in einem

Puzzlespiel, soweit es mich betrifft. Also, was ist mit Dr. Winship?«

»Nun ja, er war so nett zu mir. Aber leider verstehe ich nichts von Büroarbeit.«

Sie wirkte so klein und einsam. »Darüber, liebe Rima, reden wir noch … Der alte Mann da. Ist das …?«

»Harry Toyfell.«

Toyfells knorrige Hände arbeiteten flink im Erdreich. Er trug einen trostlosen Anzug aus wohl ehemals schwarzem Tuch, der an den seltsamsten Stellen geflickt und an den Knien und Manschetten mit Erde beschmutzt war. Dazu ein Hemd in einem Blau, das wehtat; einen ungewöhnlich hohen Kragen und eine Krawatte, dünn wie ein Schnürsenkel. Er war groß und schmal, seine Wangen eingefallen und die Haut grobporig. Der Schädel wirkte wie seitlich zusammengedrückt; er war überzogen von einzelnen dünnen Haarsträhnen. Aber es fehlte nur ein Zylinder mit einem Band über der Krempe, dachte Ellery, und man hätte Uncle Sam persönlich vor sich gehabt. Seltsamer Philosoph.

»Wir sollten uns mit ihm unterhalten, Rima.« »Nein!«

»Haben Sie Angst vor ihm?« fragte Ellery sanft.

»Ja!«

»Dann bleiben Sie hinter mir.«

Rima folgte widerstrebend.

»Toyfell.«

Der Gärtner fuhr zusammen, drehte sich um und blickte zu Ellery hoch. Er versucht, den Eindruck zu erwecken, als hätte er uns nicht bemerkt, dachte Ellery.

»Ja, Mister?«

Ellery erwiderte energisch: »Ich bin Detektiv. Ellery Queen. Ich betreibe Nachforschungen zu Tom Andersons Tod. Sie waren einer seiner Freunde. Was wissen Sie darüber?«

»Was ich darüber weiß?« Toyfell stand langsam auf. »Nun gut, Mister, ich weiß, daß der Mensch sterblich und der Tod traurig ist. Das weiß ich darüber. Wissen Sie mehr?«

Seine Stimme war ein einziges unerträgliches Gekrächze. Seine kleinen blauen Augen wanderten zu Rima. »Ist das nicht Rima Anderson?«

Ellery drückte fest ihre Hand.

»Hallo, Mr. Toyfell«, sagte sie hastig.

»Hab' Sie in dieser Aufmachung beinahe nicht erkannt. Sie sehen ja wie eine richtige erwachsene Frau aus.« Die wie steinern wirkenden Augen fixierten sie.

Rimas Griff wurde fester.

»Wann haben Sie Anderson zum letzten Mal gesehen?« fragte Ellery wenig freundlich.

»In der Nacht, in der er verschwunden ist. Wir hatten bei Gus Olesen gehockt, Tom, Nick und ich.« Toyfell starrte noch immer auf Rima, während sein Adamsapfel sich wild auf und ab bewegte. »An der Route 16.«

»Und Sie haben das Lokal zusammen verlassen?«

»Nein, Mister, Tom ist als erster gegangen.«

»Wann?«

»Etwa um halb elf. Nach einer Weile ist auch Nick aufgestanden und gegangen. Ich dann als letzter.«

»Anderson war nüchtern?«

»Hat keinen Tropfen getrunken. ›Ein Ginger Ale‹, sagt' er zu Gus.« Der alte Mann spuckte auf den Rasen.

»Haben Sie oder Jacquard Anderson gefragt, wo er hin wollte?«

Toyfell sah Ellery verständnislos an. »Wenn Sie Ihre eigene Freiheit sichern wollen, dann schützen Sie Ihre Feinde vor jeder Art von Freiheitsberaubung. Das ist Paine. Und dem kann ich nur hinzufügen: Amen, Bruder.«

»Ich dachte, Tom Anderson sei Ihr Freund gewesen.«

»Das war er auch. Deshalb sage ich ja: Wieso sollte ein Mann für seinen Freund weniger tun?« Toyfell spuckte wieder aus.

Mitten aus dem Leben, diese Philosophie, dachte Ellery. Besonders nützlich bei Ermittlungen in einem Mordfall. »Und Sie haben ihn nie wiedergesehen?«

»Nicht in diesem Leben.« Toyfell grinste; erst einen Augenblick später erkannte Ellery, daß der alte Mann seine Lippen über die zahnlosen Kiefer zurückzog – in einer Grimasse echter Trauer. Ellery dachte bei sich, daß vermutlich viele seiner unangenehmen Züge lediglich Folge seiner körperlichen Unvollkommenheiten waren. Doch dieser Gedanke verflog, als Rima sich noch fester an ihn klammerte. Denn da waren diese versteinerten Augen.

Ellery wiederholte seine zuvor abgespulte Litanei: »Haben Sie mir vor kurzem geschrieben?«

Der alte Mann guckte nur. »Das ist eine Frage, die ich nicht verstehe, Mister.«

»An Ellery Queen, West 87th Street, New York City. Zwei Briefe.«

»Hab' seit fünfundzwanzig Jahren keinen Brief mehr geschrieben!«

»Aber Sie lesen doch den *Record* – oder?«

»Ich sehe die Schlagzeilen; aber ich lese ihn nicht. In Zeitungen stehen nur Fakten, nicht aber die Wahrheit. Möchten Sie meine Meinung dazu hören?«

»Ein andermal vielleicht«, lächelte Ellery. »Aber, Toyfell, ich muß zugeben, daß ich Sie bewundere. Sie scheinen Schicksalsschlägen standzuhalten, die jeden anderen umgeworfen hätte. Der Tod hat in letzter Zeit zwei Ihrer Arbeitgeber und einen Freund geholt – und Sie philosophieren noch immer!«

»Erkenne dich selbst«, erwiderte Harry Toyfell und fiel wieder auf die Knie. »Die Seele des Menschen ist unsterblich und unvergänglich.«

»Sie sind religiös?«

»Ein Heide redet so, Mister. Lesen Sie Ihren Platon. Aber die Leute kennen heutzutage nur noch Zeitungen. Platon lesen sie nicht mehr. Was meine Religion betrifft – ich verehre unsern Herrn in jedem Saatkorn. Was jedoch findet man in Kirchen – nichts als Schnittblumen! Aber mit solchen Fragen haben Sie natürlich nichts zu schaffen, Mister.«

Sie verließen den *Stadtphilosophen*, während er zwischen seinen Stecklingen herumkroch. Er ging fast zärtlich mit ihnen um und schaute nicht mehr auf, als sie gingen. Nicht einmal zu Rima Anderson.

* * *

Rima bedankte sich herzlich; nein, sie war nicht hungrig und mochte nicht zu Mittag essen. Und wenn es keinen besonderen Grund gab, sie aufzuhalten, wollte sie gern zum Hotel zurück und ihre Schuhe ausziehen. Wirklich. Außerdem war sie es gewohnt, nachmittags ein Nickerchen zu machen und so weiter. Nein, er brauche sie nicht zurückzubringen; sie wolle in keiner Weise seine Pläne durchkreuzen.

»Ich hole Sie in zwei Stunden ab, Rima. Ich hab da was vor.« Ellery nahm ihre Hand.

»Am Upham's House?« Sie zog die Hand zurück.

»Ja.«

»Gut.«

Ellery konnte dem Mädchen, das eiligen Schrittes forteilte, nur nachschauen. Es hätte ihn nicht überrascht, wenn sie davongestoben wäre.

Ellery ging die Algonquin zur State hinauf und bog dann westlich in Richtung Bezirksgericht ein.

Chief Dakin stürzte auf ihn zu. »Was bitte soll das heißen, ob ich Geld gefunden hätte?«

Ellery erzählte ihm von der Sache.

Dakin lief rot an. »So haben wir nicht gewettet«, zischte er. »Doc Dodd hätte mir gleich davon erzählen sollen. 5000 Dollar! Wo ist das Geld?«

Ellery tippte nachdenklich mit den Fingernägeln auf seine Zähne. »Der hatte nicht einen Penny im Jackett. Und auf dem Felsen oder in der Gegend drum herum war auch nichts.«

»Er könnte es versteckt haben, Dakin. Hat er vermutlich auch. Haben Sie die Hütte durchsucht?«

»Wir haben sie auseinandergenommen. Nach allem gesucht, was wir finden konnten. Aber alles, was wir gefunden haben, waren drei Whiskyflaschen, die unter dem Holzboden versteckt waren.«

»Kein Geld. Überhaupt keines.«

»Nicht einen Dollar. Aber das muß es sein, Mr. Queen. Wir haben das Verbrechen und das Motiv.« Der Polizeichef rieb sich die Hände. »Er hatte die 5000 Dollar bei sich; ist zu der Stelle gelockt, angegriffen, ausgeraubt und den Felsen hinuntergestoßen worden.«

Ellery schürzte die Lippen.

»Möglich«, murmelte er schließlich und erhob sich.

»Wo wollen Sie hin?«

»Das eine oder andere Seitengäßchen stünde mir noch offen. Ganz nebenbei, Dakin: Es ist nicht zufällig jemand Verdächtiges hier zu plötzlichem Reichtum gekommen?«

»Hab' ich bisher nichts von gehört; aber ich werde mich als erstes drum kümmern.«

»Sie sollten das eine Weile für sich behalten, Dakin. Könnte sich auszahlen.«

»Ich hatte sicher nicht vor, mich darüber beim Stadttreffen auszulassen. Wer außer Dr. Dodd, Kenny Winship, Ihnen und mir weiß von dem Fall?«

»Rima natürlich. Und Otis Holderfield.«

»Rima ist Ihre Sache; und Otis ist so verschwiegen, daß er jedesmal überlegt, ob er einem die Tageszeit sagen kann.« »Wo wir schon dabei sind; wer ist dieser Holderfield? Welchen Ruf hat er in Wrightsville?«

»Otis«, sagte Chief Dakin mit einem Grinsen, »hat lange furchtbar herumgekrebst, finanziell, meine ich. Wie Luke MacCaby darauf kam, gerade ihn zu konsultieren, als er einen Anwalt brauchte, wird sein Geheimnis bleiben. Jahrelang hat er sich mit Unfällen und Mietrückständen durchgeschlagen und so manches Versicherungsgeschäft getätigt, um seine Einkünfte aufzubessern. Der Typ kleinwüchsiger, wichtigtuerischer Geheimniskrämer, der ständig bedeutungsvolle Andeutungen macht, aber wenn es drauf ankommt, meist nur heiße Luft verbreitet. Die Rotarier stöhnen schon auf, wenn sie ihn nur sehen. Das heißt, bis vor ein paar Monaten. Otis hat sich rausgemausert. Vom armen Schlukker zum Neureichen. Er hat nun eine neue große Kanzlei im Granjon Block, raucht 25-Cent-Zigarren, läßt sich jeden Tag die Schuhe polieren, ist mit Donald Mackenzie und J.C. Pettigrew auf du und du; und Clint Fosdick hat mir erzählt, er hätte Otis drüben in Marty Zillibers Werkstatt gesehen, wie er sich ein Buick-Cabrio angeschaut hätte. Noch lebt er natürlich auf Kredit; denn das Geld ist noch nicht reingekommen. Aber die gerichtliche Testamentsbestätigung wird er bald haben; und dann – naja; Doc Dodd hat Otis ja beauftragt, die rechtlichen Angelegenheiten für ihn zu regeln; und da kann er es sich natürlich leisten, wie Gott in Frankreich zu leben. Clever ist er, dieser Otis, besonders, wenn man seine Schwächen bedenkt. Zumindest ist er nicht so dumm, leichtsinnig Vertrauliches auszuplaudern. Mit etwas Glück können wir am *Record* vorbeispielen, wenn die nicht schon Lunte gerochen haben sollten …«

»Der *Record*«, murmelte Ellery, und er war tief in Gedanken versunken, als er ging.

Er ging gemäßigten Schrittes die State Street hoch, am Gefallenendenkmal und dem Rathaus vorbei zum Square.

Dort blieb er stehen, den Blick in Richtung Süden. Eine Straße, die dort abzweigte, war die Lower Main Street, an deren südlicher Ecke das Pressegebäude stand. Erst jetzt fiel Ellery auf, daß das Haus sich völlig verändert hatte. Es war einmal schwärzlich grün gewesen, auch mit heruntergekommenem Schnitzwerk und sonstigem viktorianischem Schnickschnack, und hatte so gewirkt, als würde es allem Fortschritt trotzen. Der geschmacklose Schnickschnack war verschwunden; die Fassade des Gebäudes bestand nun aus korallenrotem Putz und viel Chrom, an dem das Sonnenlicht wütend abprallte. Das alte verwitterte Schild, das unterhalb des Gesimses angebracht gewesen war, war entfernt und durch eine komplizierte Neonröhren-Apparatur auf dem

Dach des Hauses ersetzt worden, das offenbar eine radikale Verjüngungskur hinter sich hatte. Ellerys Neugier war geweckt. Beinahe wäre er über die State Street geschossen.

Dann jedoch drehte er um und lief am Rand des Platzes entlang bis zur Wrightsville National Bank.

Mißmutig ging er hinein.

Eine Viertelstunde später kam er wieder heraus, überquerte die Upper Dade Street, ließ Bluefields alten Laden, J.P. Simpsons Pfandleihhaus, Dunc MacLeans Spirituosengeschäft, den Eingang zum Hollis, Sol Gowdys Herrenboutique und auch den Laden hinter sich, in dem man Waren aus Armeerestbeständen des Atomzeitalters erstehen konnte. An der Ecke des Platzes, von der die Lincoln Street abging, hatte Hallam Luck (der Erste) im Jahre '27 seinen klassizistischen Geldtempel, die Public Trust Company, errichtet. Ellery blieb wieder stehen.

Einen Augenblick später war er im Eingang von Wrightsvilles zweiter Bank verschwunden.

Zwölf Minuten später trat er wieder auf den Bürgersteig.

Er hielt inne; sein Blick wanderte geistesabwesend über die Straße hinweg zum Modehaus Bon Ton, zur Apotheke der Oberstadt und zum ›New Yorker‹ Warenhaus dahinter. Auf dem Platz herrschte reger Marktbetrieb, wie am Montagmorgen üblich; und Ellery mußte sich im Getümmel ein wenig herumschubsen lassen.

Schließlich lief er den westlichen Bogen des Platzes hinunter zum Hollis Hotel zurück.

Ein einsamer Wagen wartete am Taxistand; den Mann, der lesend hinterm Steuer saß, hatte er noch nie gesehen. Er las den *Record*.

»Taxi, Sir?«

»Ich hatte nicht gerade vor, zu Fuß nach Slocum zu marschieren«, erwiderte Ellery grantig und stieg ein.

* * *

Um drei Uhr nachmittags war Ellery wieder zurück im Erdgeschoß, Südflügel, des Upham House und klopfte an die Zimmertür Nr. 17.

Er klopfte noch einmal.

»Sind Sie Mr. Queen?«

Neben ihm stand plötzlich ein rothaariger Page und grinste.

»Ja.«

»Miss Anderson läßt Ihnen ausrichten, sie hätte Klau …, Klau …«

»Klaustrophobie?«

»Ja, Sir. Ich hatte es mir aufgeschrieben, aber ich muß den Zettel verloren haben. Na ja, egal; Sie läßt Ihnen ausrichten, sie sei drüben im Memorial Park und umarme gerade einen Baum.«

Ellery eilte zurück zur State Street.

Er fand Rima weit hinten im Park, an seiner hügeligen Nordseite, wo sie unter einer Weide am Ufer des Flüßchens Mullins Creek lag. Der Rock war ihr bis zu den Oberschenkeln hochgerutscht, und wie kleine rosa Fische planschten ihre nackten Zehen im Wasser. Rimas Schuhe und Strümpfe sah Ellery auch; sie lagen gut drei Meter weit von ihr entfernt – wie fortgeschleudert. Als er sich näherte, flatterte ein Dutzend Vögel auf, die im Gras um sie herum gesessen haben mußten, und ließen sich in der Weide nieder, von der aus sie ihn heftig beschimpften.

»Vogelsprache für: ›Pfui! Pfui!‹«, schmunzelte Ellery. »Sie hätten Avis oder zumindest Rara getauft werden sollen. Wie machen Sie das nur?«

»Ich liege einfach nur still da und spreche leise zu ihnen. Haben Sie lange nach mir suchen müssen?« Sie strahlte wieder diese sanfte Verträumtheit aus. So wie zuletzt auf der Zugfahrt.

»Doch nicht Natty Bumppo Queen, alias Lederstrumpf.« Er schaute zu ihr hinunter: »Geht es Ihnen jetzt schon besser?«

»Sehr viel besser!« Sie setzte sich plötzlich auf und zog dabei hastig ihren Rock über die Knie. Als er zu grinsen begann, lachte sie und sprang auf. »Wo sind Sie gewesen, Ellery?«

»Hier und dort. Hungrig?«

»Nein.«

»Essen Sie etwa auch wie ein Vögelchen? Ich meine übrigens, Sie sollten sich diese Folterwerkzeuge wieder anziehen, Rima ...«

»Müssen wir irgendwo hin?«

»Wir machen einen kleinen Besuch.«

»Schon wieder? Bei wem?« Sie wurde über und über rot.

»Wir gehen zum Granjon Block.«

»Oh.«

Sie schlenderten durch den Park zurück. Nach einer Weile ließ Rima ihre Hand in die seine gleiten. Ellery drückte sie sanft – Rima lächelte matt – und ließ sie nicht los, bis sie den Musikpavillon der American Legion gegenüber den Stufen vor dem Rathaus erreicht hatten. Zwei Teenager huschten errötend hinter einem Zaun hervor.

Der Granjon Block war das Gebäude an der Ecke, wo sich Washington und Slocum Street südlich und westlich trafen; vom Professional Building aus lag es auf der gegenüberliegenden Seite der Slocum Street. Anders als das Profesional Building, dessen Schlußstein verriet, daß es im Jahre 1879 erbaut worden war, war der Granjon Block ›neu‹, also weniger als dreißig Jahre alt, und verhieß schon von außen Aufzugsservice für alle drei Stockwerke. Den Hinweisschildern im Foyer nach zu schließen, hatten dort vor allem Rechtsanwälte und andere Geschäftsleute ihre Büros. Der Name HOLDERFIELD, OTIS, RECHTSANWALT ... 401 glänzte frisch poliert.

Ein stämmiger alter Mann im schwarzen Alpaka-Jackett brachte sie im Aufzug hoch. »Sind Sie nicht Mr. Queen?« fragte er Ellery.

»Der bin ich. Und Sie sind Buzz Congress. Sie waren in John P. Wrights Tagen der Hauspolizist bei der Wrightsville National Bank.«

»Ich hab' Sie sofort erkannt, Mr. Queen.«

»Einem geschulten Auge entgeht so schnell eben nichts. Wissen Sie zufällig, ob Otis Holderfield in seinem Büro ist?«

»Bin mit ihm vor einer Stunde hochgefahren. Er war zu Tisch.«

»Ich habe gehört, er hätte auf einmal ordentlich Kleingeld.«

»Völlig veränderter Mensch geworden. Mir kommt es so vor, als sei es erst gestern gewesen, daß ich ihn noch mit Löchern in den Sohlen und Taschentuch im Hemdkragen gesehen habe.«

Im Tonfall des alten Mannes schwang keinerlei Ironie mit; im Gegenteil, seine Worte klangen nach Respekt. »Mit Otis hat vorher kaum einer zu tun haben wollen. Er mußte den Leuten förmlich hinterherrennen. Und jetzt pilgern dieselben Leute, die immer die Nase über ihn gerümpft haben, zu ihm, um ihm die Hand zu schütteln und ihm ihre Rechtsgeschäfte anzuvertrauen.« Buzz Congress schnaubte verächtlich. Nicht wegen Otis Holderfield, sondern wegen der Leute, die so hochnäsig gewesen waren. »Das Büro dort, Sir. Das mit den Goldbuchstaben.«

Von außen sah alles proper und neu aus; das Mobiliar war proper und neu, die Fachbücher neu – und selbst die Sekretärin sah so aus, als sei sie gerade erst ausgepackt worden. Ihr Dekolleté war mehr als großzügig; ihr Blick von kühlem Raffinement und ihre Figur eine einzige Frechheit. Sie war genau das, was man in Wrightsville als ›heiße Nummer‹ bezeichnete. Ellerys Vorstellung von Holderfield machte gewisse Wandlungen durch. Es begann ihm leid zu tun, daß er Rima mitgenommen hatte.

Wrightsvilles frischgebackener Staranwalt schoß aus seinem Büro heraus. Ellery hatte noch nie einen Menschen gesehen, der so brandneu aussah. Der kleinwüchsige Mann war der Traum eines jeden Herrenausstatters und das Entzücken eines jeden Friseurs, um ihn herum eine fast sichtbare Wolke von Kölnisch Wasser. Der Anzug, das gestreifte Seidenhemd, die handbemalte Seidenkrawatte, die Wildlederschuhe und der Diamant am kurzen, dicklichen Finger ließen den Träger hinter all der zur Schau gestellten Pracht beinahe verschwinden. Doch das, so dachte Ellery, war ein keineswegs ungünstiger Effekt, denn Holderfield war alles andere als eine Schönheit. Seine Gestalt war faßförmig; er hatte ein ausladendes, fast weiblich wirkendes Becken und so schmale Schülterchen, daß die Schulterpolster diesen Makel nur noch gnadenloser hervorhoben. Seine Schädeldecke war vollkommen flach; ein rosafarbenes Plateau, das ölige schwarze Strähnen umkränzten. Er hatte wenig ausgeprägte, verschlagen wirkende Züge; seine Zähne waren schief, und er hatte eine nervöse, unruhige Art.

»Ellery *Queen*? *Der* Ellery Queen aus New York? Was Sie nicht sagen!« Er schüttelte Ellerys Hand heftig und schweißfeucht. »Ich hab' ja meinen Ohren kaum getraut, als meine Sekretärin Sie ankündigte!« Die Sekretärin musterte Ellery ganz unverhohlen. »Kommen Sie! Kommen Sie herein, Mr. Queen! Konnten es wohl kaum erwarten, unser aufregendes Kuhkaff mal wieder zu beehren, wie? Haha! So was! Da hab' ich immer nur im *Record* über Sie gelesen und mir gedacht: ›Mensch, das muß ja ein Schlaufuchs sein! Den möchtste eines Tages mal kennenlernen!‹ Und was passiert? Sie stehen vor meiner Tür! Spazieren einfach so in Otis Holderfields Kanzlei, als gehörte Ihnen der Laden. Und in der Tat: So ist es! Nehmen Sie doch bitte hier Platz – der ist aus echtem Leder. Sie hätten mich vorher anrufen sollen, Mr. Queen. Ich hätte ein Mittagessen arrangiert – Sie wissen, mit Donald und J. P. und ein paar anderen von den Jungs … Ja, wen haben wir denn da? Hätte die kleine Lady doch fast übersehen, ts, ts! New Yorker Pflänzchen, hm?«

Er zwinkerte mit dem linken Auge, wobei sich seine linke Gesichtshälfte in die Höhe zog. »Hallo, meine Kleine! Nehmen Sie doch bitte auf dem Stuhl da Platz, damit wir zwei alten Gauner auch auf unsere Kosten kommen, haha! Wie war noch mal der Name der süßen Biene hier, Mr. Queen?«

»Rima Anderson.«

Holderfields Redestrom gefror auf der Stelle. Seine kleinen Augen wurden zu Schlitzen, und er warf Ellery einen vielsagenden Blick zu.

»Die Tochter der alten Schnapsnase, wie?« fuhr er schließlich ungerührt fort. »Ich glaub', mich laust der Affe! Da sieht man's mal wieder! Man soll ja nie ein Buch nach dem Buchmacher beurteilen, haha! Nun ja; dann nehme ich an, Ihr Besuch hat etwas mit Ihrem Vater zu tun, Baby, hm? Obwohl ich im Moment nicht wüßte …«

»Ich war heute morgen bei Dr. Dodd, Holderfield.«

»Was Sie nicht sagen!« Er hatte nun hinter seinem Schreibtisch Position bezogen und neigte sich auf seinem Drehstuhl vor; die Fingerspitzen berührten einander in typischer Anwaltsmanier. Die Aufmerksamkeit in Person.

»Dr. Dodd hat mir alles über die 5000 Dollar erzählt.«

»5000 Dollar?«

»Die Sie Tom Anderson geben sollten.«

»Das hat Ihnen also Dr. Dodd erzählt?«

»Ich brauche zusätzliche Informationen.«

Otis Holderfield schwieg. Dann begann er, lächelnd: »Sie müssen wissen, Mr. Queen, Dr. Dodd ist ein wichtiger Klient von mir, und die Beziehung zwischen Anwalt und Klient …«

»Sie möchten lieber nicht darüber reden?«

»Das habe ich nicht gesagt«, erwiderte der Anwalt mit einer gewissen Schärfe im Ton.

»Dr. Dodd wirkte nicht besonders zurückhaltend.«

»Nicht zurückhaltend? Aha. Nun gut. Kommen Sie denn auf Dr. Dodds Wunsch zu mir, Mr. Queen?«

»Nein.«

Der kleine Mann setzte eine Miene des Bedauerns auf. »Tja, in diesem Fall, fürchte ich …«

»Dürfte ich mal kurz Ihr Telefon benutzen?«

»Was?« Holderfield wirkte alarmiert. »Wen wollen Sie denn anrufen?«

»Ihren Klienten. Sie scheinen gewisse Skrupel zu hegen, die Angelegenheit mit mir zu besprechen, Holderfield. Ich bin überzeugt, daß Dr. Dodd sie Ihnen nehmen wird …«

»Ach, was. Überhaupt nicht nötig. Mr. Queen.« Holderfield strahlte wieder übers ganze Gesicht. »Es ist einfach nur so, daß Dr. Dodd einer meiner wichtigen Klienten ist, und ich als Anwalt natürlich … Wissen Sie, mein Vater hat mir stets eingeschärft:

›Otis, es gibt zwei Dinge, die ein Mann lernen muß, geschlossen zu halten. Das andere ist der Mund.‹ Haha! Diese Lebensweisheit habe ich nie vergessen! Obwohl wir natürlich alle manchmal die besten Ratschläge in den Wind schlagen, nicht wahr? Haha! Ich spreche natürlich selbstverständlich mit Ihnen über die Sache mit Anderson, Mr. Queen; habe wirklich nicht das geringste dagegen! Obwohl ich der Meinung war – wie ich Dr. Dodd auch gesagt habe –, daß ich nicht viel von der Idee hielt. Und als dann die alte Schnapsnase auch noch auf diese Weise verschwand …«

»Er ist tot«, sagte Rima.

»Moment, Moment, meine Kleine, *wissen* tun wir das schließlich nicht, oder? Der Fall ist offiziell ungeklärt. An Ihrer Stelle würde ich mal ganz schnell aufhören, so finstere Sachen zu denken. Der Hut und das Jackett auf dem Felsen konstituieren kein corpus delicti! Das ist meine juristische Einschätzung. Und die kostet Sie nicht mal einen Penny! Haha!«

»Er ist tot«, wiederholte Rima.

Holderfield erwiderte leicht gereizt: »Nun ja, wir leben in einem freien Land. Hier darf jeder denken, was er will. Aber ich glaube nicht, daß solches Gerede von irgendeinem Nutzen ist. Ich bin ein Mann der Fakten …«

»Das bin ich auch«, sagte Ellery. »Aber ich fürchte, daß wir uns noch immer auf dem Gebiet vager Meinungen bewegen. Warum war Dr. Dodd mit seinem Geldgeschenk für Tom Anderson schlecht beraten?«

»Nun ja … Sie geben einem alten Säufer … ich meine, der alte Schluckspecht hatte doch seit Jahren keine zwei Dollarstücke gleichzeitig mehr gehabt, um damit zu klimpern. … Oder irre ich mich da etwa, Miss Anderson? Tatsache ist Tatsache. Und dann … naja, es war allerdings Dr. Dodds Geld; und es entspricht meiner Berufsauffassung, den Wünschen meiner Klienten gemäß zu handeln – innerhalb eines gewissen Vernunftrahmens, haha! – obwohl es in diesem Fall bedeutete, daß ich und mein Klient auf das Entgegenkommen der Behörden angewiesen waren. Und da hatte ich unglaublich was am Hals …«

»Mit anderen Worten, Holderfield; Sie waren dagegen, daß Dr. Dodd Anderson das Geld gab?«

»Ja, das war ich.« Der kleine Mann blickte sehr ernst drein. »Sebastian Dodd hat ein Herz, so groß wie Wright County. Viel zu groß, als daß es gut für ihn wäre. Er hat überhaupt kein Gespür für den Wert von … Entschuldigen Sie bitte. Worum geht es, Floss?«

Die Sekretärin lehnte lässig im Türrahmen. »Dave Waldo.«

»Dave? Na so was! Mr. Queen, das wird Sie keine Minute kosten. Wirklich nicht. Sagen Sie ihm, er soll reinkommen, Floss. Mr. Queen, da Sie ja aus New York sind, hätte ich gern Ihr Urteil. Kommen Sie herein, David!«

Als der Anwalt von seinem Sessel aufsprang, sah Ellery Rima nur kopfschüttelnd an. Sie entspannte sich sichtlich.

Der Mann, der ins Büro gehetzt kam, war schmächtig und wirkte ängstlich. Er war so klein, daß er sogar zu Holderfield aufgucken mußte. Seine schmalen Schultern waren nach vorn gesackt; er hatte das typische Stieren aller Kurzsichtigen an sich; seine Haut war von einem lehmigen Grau, und seine Finger waren mit unzähligen Stichen übersät. Es überraschte nicht zu erfahren, daß er Schneider war … »Dave Waldo betreibt die Schneiderwerkstatt unten im Haus; er und sein Bruder Jonathan. David und Jonathan – klingt gut, was? Sind ja auch Zwillinge, haha! Eines kann ich Ihnen versichern, Mr. Queen – die verstehen ihr Handwerk. Ich würde nie einen anderen Schneider beauftragen, was Dave? Wär ich ja dumm.« David Waldo lächelte nervös, als er einen Ballen Stoff auf Holderfields Schreibtisch legte. »Gerade aus New York gekommen, Mr. Holderfield. Sie sagten ja, daß Sie den Stoff sofort sehen wollten; also bin ich auf der Stelle damit hochgeflitzt. Feinstes leichtes Kamelhaar. Importware.« »Na, wie gefällt Ihnen der, Ellery? … Wissen Sie, Dave, das ist Ellery Queen. Von dem hat man einfach gehört. Aus New York. Dave soll mir daraus einen Übergangsmantel machen. Im

Hollywood-Stil. Breite Schultern, lockerer Schnitt, viel Stoff, Gürtel eng um die Taille. Sie sind doch auch der Meinung, daß mir die Verarbeitung dieses Materials 150 Dollar wert sein sollte?« Ellery murmelte etwas Unverbindliches von der Relativität aller Werte und fragte sich, wo er David Waldo zuvor schon einmal begegnet war, während Holderfield kritisch den kokosfarbenen Stoff beäugte. Schließlich gab er sein Plazet. »Ich komm zum Maßnehmen runter, sobald ich eine freie Minute habe, Dave. Den Dunkelgrauen stellen Sie mir bitte in Rechnung, Davey-Boy …« Der kleine Schneider eilte mit dankbarer Miene aus der Tür. Holderfield schien es fast traurig zu stimmen, daß er schon fort war.

Ellery unterbrach die Stille mit Nachdruck in der Stimme: »Ich habe heute noch ein paar andere Sachen zu erledigen, Holderfield. Ich versuche, die 5000 Dollar aufzuspüren.«

»Aufzuspüren?«

»Sie sind verschwunden.«

Es schien, als sei Holderfield plötzlich gar nicht mehr wohl.

»Sie waren nicht in der Jacke, die Dakin auf Little Prudy's Cliff gefunden hat. Sie waren auch nicht in Andersons Hütte.Ich habe einen Teil des heutigen Tages damit verbracht, zu überprüfen, ob Anderson sie nicht in einem Banksafe deponiert hat. Aber die beiden Banken von Wrightsville haben keine Unterlagen über ein entsprechendes Konto oder eine Verwahrung im Safe. Auch in Slocum konnte man mir nicht weiterhelfen. An Wrightsville Junction, in Fidelity oder Bannock gibt es nicht einmal eine Bank. Und ich glaube nicht, daß Anderson das Geld bis nach Connhaven geschleppt hätte. Holderfield, haben Sie irgendeine Vorstellung, was er mit den 5000 Dollar gemacht haben könnte?«

»Höre ich das richtig heraus, daß Sie an einen Zusammenhang zwischen dem Geld und Andersons Verschwinden glauben?«

»Nein. Das ist für mich noch völlig offen. Deshalb versuche ich ja, der Sache nachzugehen.«

»Nun, wenn dem so wäre, hätte ich meinem Klienten doch nahelegen müssen, mit der Geschichte zur Polizei zu gehen …«

Holderfield war der Schweiß ausgebrochen; er wischte sich ununterbrochen die kahle Schädeldecke mit einem handgearbeiteten Taschentuch aus irischem Leinen.

»Wo ist das Geld, Holderfield?«

Der gedrungene Mann sprang auf. »Verdammt noch mal, es ist zum ...« lamentierte er. »Ich weiß auch nicht, womit ich es verdient habe, in diese Lage zu geraten! Aber gut, der Kunde ist König ... Ein paar Tage, nachdem Dr. Dodd mich telefonisch instruiert hatte und Anderson gekommen war, um sich den Umschlag mit dem Geld abzuholen – Sie glauben es nicht –, da kam er zurück. Mit dem Umschlag.«

»Zu Ihnen? Hier in Ihr Büro?« fragte Ellery scharf.

»Exakt.«

»Mit demselben Umschlag?«

»Mit demselben. Mein Zeichen drauf. Aber versiegelt – doppelt versiegelt. Mit Klebeband. Er war nicht versiegelt, als ich ihn ihm aushändigte.«

»Dann haben Sie also das Geld selbst nicht gesehen, als er das zweite Mal kam?«

»Nein. Aber es war drin, ganz sicher. Mit all den Zwanzigern, Fünfzigern und Hundertern darin war das ein dicker Packen. Außerdem hat es Anderson selbst gesagt. Er erzählte mir, er sei zu nervös, das Geld irgendwo zu verstecken und auch zu nervös, es mit sich herumzuschleppen. Er wollte, daß ich es für ihn in Verwahrung nehme, bis er sich selbst etwas bewiesen hätte, oder so ähnlich.« Holderfields Mienenspiel wurde Ellery immer unsympathischer. »Ich hätte mich vorher auf meinen Geisteszustand untersuchen lassen sollen! Ich habe dann noch versucht, ihm das auszureden – warum er es denn nicht zur Bank brächte –; aber er lehnte ab mit der Begründung, daß das Geld im Falle, daß ihm etwas zustieße, im Behördenkram unterginge; er wollte lieber, daß es sich an einem Ort befindet, wo man ohne Aufsehen herankam. Er bat mich, es in meinem Kanzleitresor aufzubewahren. Sie müssen wissen, ich hatte an diesem Tag das Haus voller Klienten; also habe ich eingewilligt, ohne genau drüber nachzudenken.

Er übergab mir den Umschlag; mir fiel noch auf, daß er darauf geschrieben hatte: ›Wenn Thomas Hardy Anderson irgend etwas zustoßen sollte, ist das Kuvert Nicole Jacquard zu übergeben.‹«

»Nick *Jacquard*?«

»Ja.«

»Das ist das zweite Mal, daß Sie von der Möglichkeit sprechen, ihm könne etwas zustoßen. Hatten Sie einen solchen Eindruck – oder hat er sich gar erklä-?«

»Nicht ansatzweise! Er wirkte mehr wie jemand, der ganz normal sein Testament macht. Er wollte bloß für den Fall seines Ablebens regeln, was mit dem Geld geschehen sollte.«

»Aber warum gerade Jacquard?«

»Ausgerechnet der.« Rimas Augen füllten sich mit Tränen.

Holderfield zuckte mit den Schultern. »Ich habe nicht danach gefragt, und er hat nichts dazu gesagt. Er erwähnte nur, in dem Umschlag befinde sich ein Brief an Jacquard, mit Anweisungen, was er zu tun hätte. Es kam mir auch sehr seltsam vor, daß er ausgerechnet Jacquard dafür vorsah, aber ich sagte ja. Ich hatte an dem Tag alle Hände voll zu tun; also habe ich den Umschlag in meinen Safe eingeschlossen, und Anderson ging.« Wieder tupfte Holderfield sich die Stirn. »Ja, und als dann die Meldung kam, daß sein Hut und seine Jacke auf dem Felsen gefunden worden waren – das fiel für mich ganz klar unter ›etwas zugestoßen‹ –; da habe ich Jacquard benachrichtigt. Der kam dann auch und holte den Umschlag ab. Ich habe noch eine Empfangsbestätigung mit seiner Unterschrift«, fügte Holderfield hastig hinzu. »Also alles claro-clarissimo, wie die Jungs hier sagen. Haha!«

»Darf ich den Schein bitte sehen?« »Nun, also bitte, Mr. Queen. Ich möchte ja nicht als unkooperativ erscheinen; aber es ist nun einmal Tatsache, daß der Schein meinen einzigen Nachweis dafür darstellt, daß ich Jacquard Andersons Umschlag ...«

»Dann zeigen Sie ihn mir.«

»Nun, er ist in meinem Safe; und jede Sekunde erwarte ich einen Klienten, Mr. Queen ...«

»Gut, lassen wir das. Es ist allerdings noch längst nicht alles so claro-clarissimo, wie Sie mir ja weismachen wollen, Holderfield. Zunächst hätten Sie, als Sie von Andersons Tod …«

»Verschwinden«, warf Holderfield schnaufend ein.

»… hörten, hätten Sie auf der Stelle zu Dakins Büro rüberlaufen und ihm die Geschichte erzählen müssen …«

»Keineswegs, keineswegs! Die Sache betraf schließlich auch meinen Klienten und hätte ihn womöglich in Schwierigkeiten bringen können. Ich bin zuallererst meinem Klienten verpflichtet …«

»Sie, Holderfield, sind zuallererst dem Gesetz verpflichtet!«

»Es war mein Klient, der zur Polizei hätte gehen sollen, wenn er sich dazu veranlaßt gesehen hätte. Wenn jedoch nicht, dann war es meine Pflicht, ihn zu unterstützen …«

»Nein, als Anwalt hätten Sie Ihrem Klienten dringend nahelegen müssen, zur Polizei zu gehen; und das wissen Sie auch ganz genau. Aber davon mal abgesehen, hatten Sie sicher kein Recht, den Umschlag Jacquard oder irgendwem sonst auszuhändigen. Es handelte sich um Beweismaterial in einem mutmaßlichen Mordfall. Anderson war tot, vermutlich Opfer eines hinterhältigen Angriffs. Und das ist Mord …«

»Beweisen Sie das mal!« entgegnete Holderfield auftrumpfend. »Beweisen Sie, daß Anderson ermordet wurde! Beweisen Sie bitte vor allem erst mal, daß er überhaupt tot ist. Jeder weiß zwar, daß er verschwunden ist. Dennoch gibt es keinerlei Beweise, die in eine bestimmte Richtung denken ließen. Ich habe den Umschlag auf Vertrauensbasis bei mir behalten. Und ich hatte meine klaren Anweisungen: Wenn Anderson etwas ›zustoßen‹ sollte, dann war es an mir, ihn Nicole Jacquard auszuhändigen. ›Uns ziemt's nicht zu fragen, uns ziemt's nicht zu klagen‹, wie der Dichter sagt, haha, Mr. Queen! Ende der Diskussion!«

»Worauf es Ihnen ankam – und was Sie auch in die Tat umgesetzt haben – das war, so schnell wie möglich dieses Geldkuvert loszuwerden«, sagte Ellery, während er sich erhob. »Holderfield, Sie stecken knietief in der Sache drin. Sie wissen es; ich weiß es;

und keine Ihrer schäbigen Sophistereien kann etwas daran ändern.«

Holderfield war blaß geworden, doch ob vor Wut oder vor Angst, das war für Ellery nicht zu erkennen. Der Mann saß da, kaute auf seiner Unterlippe herum und drehte seinen Diamantring am feisten Finger. Es schien der geeignete Moment gekommen, die Standardfrage zu stellen: »Wo wir schon über Kuverts reden, Holderfield; haben Sie mir zufällig zwei von der Sorte vor kurzem zugesandt?«

»Ich? Briefe geschickt?«

»Ja.«

»Wenn Sie irgendwelche Schreiben mit meinem Briefpapier erhalten haben sollten«, erwiderte Holderfield erregt, »dann waren das Fälschungen. Solche Briefe habe ich nie im Leben an Sie geschickt. Und das Gegenteil können Sie nicht beweisen!«

»Ein einfaches ›Nein‹ hätte es auch getan«, stöhnte Ellery, während er Rima zunickte. »Aber da wäre noch etwas, Holderfield.« Rima blieb im Türrahmen stehen. »Mich würde da noch etwas anderes interessieren. Warum hat MacCaby sich an Sie gewandt, um sein Testament machen zu lassen?«

Der kleine Mann sprang mit nun dunkelrot angelaufenem Gesicht vom Schreibtisch auf. »Was sollte denn gegen mich sprechen?« brüllte er.

»Ich habe nichts dergleichen andeuten wollen. Ich habe lediglich eine Frage gestellt!«

»Ich habe in meiner Laufbahn mehr als ein Testament aufgesetzt!«

»Das bezweifle ich ja gar nicht. Dennoch frage ich mich, wie MacCaby gerade auf Sie verfallen ist, als er die Absicht hatte, eines aufsetzen zu lassen.«

»Mr. Queen! Sie haben kein Recht, mir Fragen wie diese zu stellen! Solche Unverschämtheiten muß ich mir nicht bieten lassen!«

»Mir scheint, ich habe da einen wunden Punkt getroffen, Holderfield …«

»Und überhaupt, was soll MacCaby überhaupt mit dem Fall Anderson zu tun haben? Mr. Queen, das übersteigt meine Fantasie! Ich verstehe es einfach nicht!«

»Ich auch nicht, Holderfield, weshalb ich ja frage. Täte mir leid, wenn ich Sie beleidigt haben sollte …«

»Nur weil ich mich zeitweilig mehr schlecht als recht durchgeschlagen habe …? Also gut. Ich hatte verdammtes Glück. Wenn Sie es denn wissen müssen – MacCaby hatte meinen Namen aus dem Branchenverzeichnis. Aber dann kam der Durchbruch, Freund! Und alle diese Neunmalklugen, die immer die Nase über mich gerümpft haben, die fressen mir jetzt aus der Hand. Ich gehöre heute zu den oberen Zehntausend – wenn man das in dem Dorf hier so sagen kann – und ich beabsichtige, weiterhin dazuzugehören, Bruder Queen! Ich meine das genauso, wie ich es sage!« Holderfields blutrotes Gesicht wurde im selben Augenblick blasser; dennoch blieb einige Röte auf seinen Wangenknochen zurück. Er begann, ein wenig abwesend, in den Unterlagen auf dem Schreibtisch zu wühlen.

* * *

»Hat Ihr Vater jemals davon gesprochen, daß er Nick Jacquard sozusagen als seinen Testamentsvollstrecker eingesetzt hatte, falls ihm etwas zustoßen sollte?« fragte Ellery Rima, als sie wieder auf der Washington Street waren.

»Nein.«

»Hat sich Jacquard jemals mit Ihnen in Verbindung gesetzt, nachdem Ihr Vater verschwunden war?«

»Nein.« Rima zitterte.

»Von Dodd zu Holderfield zu Jacquard«, murmelte Ellery und nahm Rima beim Arm. »Vom *Stadtheiligen* über einen *Stadtglücksbringer* zum *Stadtdieb*. Faszinierender Schachzug. Dann lassen Sie uns mal Nick Jacquard ausräuchern!« Sie hatten ihn sofort; Ellery hatte vorausgesagt, daß der wahrscheinlichste Ort, fündig zu werden, Gus Olesens Kneipe auf der Route 16 sein würde. Als sie mit dem Taxi dort ankamen und die Gaststube mit ihrem Bierdunst betraten, hockte Jacquard allein, über den Tresen gebeugt, an der Bar und umklammerte mit seinen ramponierten Fingern ein Bierglas. Jacquard war ein menschliches Wrack; er mochte einmal seetüchtig gewesen sein; aber Schlägereien, Hunger und Alkohol hatten wie Rost an ihm gefressen. Übrig war ein riesiges, schmutziges Stück Nutzlosigkeit, an dem das bräunliche Wasser versunkener Tagträume leckte. Er war unrasiert, ungewaschen, lange nicht mehr beim Friseur gewesen; und seine Kleidung war aus Fetzen einst ehrlicher Arbeitskleidung zusammengeflickt. Er erspähte sie sofort im Spiegel der Bar; und Ellery schien es so, als wären seine Bullaugen beim Anblick Rimas kurz aufgeblitzt, aber der Mann auf dem Barhocker rührte sich nicht. Er bewachte weiterhin sein Bier, während er in den Spiegel und dahinter starrte.

Gus Olesen war nicht da, und der Barkeeper war neu, wofür Ellery dem Himmel dankte. Er bestellte ein Root Beer für Rima und einen Martini für sich selbst. Rima setzte er auf einen Barhocker neben Jacquard; er selbst nahm auf der anderen Seite Jacquards Platz, so daß er in ihrer Mitte eingekeilt war. Er wurde unruhig.

»Gehen Sie nicht, Nick«, sagte Rima. »Mein Freund möchte mit Ihnen reden.«

»Tach«, erwiderte Nick Jacquard. Er lallte bereits ein wenig; das Sprechen fiel ihm hörbar schwer. »Hamse Deinen alten Herrn jetz' endlich gefun'?«

»Mein Freund, Nick, sitzt auf der anderen Seite.« »Du has' 'nen Freund?« Jacquards Augen suchten vergeblich Halt. »Ging aber fix.«

»Auf dieser Seite«, sagte Ellery.

Jacquard drehte sich herum.

»Mein Name ist Queen. Ellery Queen.«

Die geröteten Augen verengten sich. »Nett, Sie zu treffen. Ich muß jetzt gehn …«

»Setzen Sie sich wieder hin, Jacquard.«

Einen Augenblick später war Jacquard wieder auf seinen Hokker geklettert. »Was wollnse?«

»Mit Ihnen über Ihren alten Kumpel Tom Anderson reden.«

»Sie sinnen Bulle«, erwiderte Jacquard schwerzüngig. »Euch kenn ich. Aber ich sach Dakin immer alles, was ich weiß. Ich hab' Ihnen nix zu erzählen.«

»Nick, Sie lügen«, sagte Rima.

Jacquard murmelte etwas Dialektgefärbtes und kippte sein Bier in einem Zug hinunter.

Ellery versuchte sich die drei Trinkbrüder an dieser Bar plastisch vorzustellen. Tom Anderson, Nick Jacquard, Harry Toyfell. Der Sanfte, der Dumpfe und der Scharfsinnige. *Stadttrinker*, *Stadtdieb*, *Stadtphilosoph*. Ein ehemaliger Professor der englischen Literatur, ein illiterater Herumtreiber, ein bilderstürmerischer Gärtner. Tom, Nick und Harry. Ellery fragte sich, welch bitterer Kitt die drei zusammengehalten hatte.

»Vielleich' lügs' ja auch du«, sagte Jacquard, während er Rima schief ansah. »Wills' mich wohl austricksen, *was*?« Er lachte, aber er war alarmiert. Seine Blicke schossen im Spiegel zwischen Rima und Ellery hin und her, und seine gewaltigen Pranken klammerten sich fest an den Tresen. »Nein, Jacquard. Wir kennen die ganze Geschichte von dem Umschlag, den dieser Anwalt, Holderfield, Ihnen nach Tom Andersons Verschwinden gegeben hat.«

Jacquard saß regungslos auf seinem Hocker.

»Holderfield hat Ihnen einen Umschlag gegeben, nicht wahr? Mit Andersons Schrift drauf. Einen dicken Umschlag, der mit Klebeband versiegelt war.«

Jacquard blieb stumm.

»Und Sie haben Holderfield eine Empfangsbestätigung unterschrieben.«

»Also gut!« brach es aus dem Mann heraus. Seine kleinen Augen schweiften nun hin und her.

»Was war darin?« Jacquards Zunge kam zum Vorschein. »Jacquard! Was war in dem Umschlag?«

»Papier.«

»Was für Papier?«

»Blätter ... Briefe. Alte Briefe. Die Tom mal geschrieben hat.«

»Briefe an Sie?« schmunzelte Ellery.

»Nein. An ... Doch, an mich.«

»Können Sie lesen, Jacquard?«

»Sie lügen, Nick«, wiederholte Rima.

»Ich kann besser lesen wie du!« Jacquard leckte sich die Lippen. Er ist aufbrausend und dumm, dachte Ellery.

»Wieviel Geld war in dem Kuvert, Jacquard?«

»Geld?«

»Geld.«

»Sie hamse ja nich' alle! Da war kein Geld nich' drin! Kein Geld – kapiert?« Er winkte mit seinem voluminösen Arm dem Barkeeper und erhob sich von seinem Hocker. »Jacquard. Es waren 5000 Dollar drin.«

»Kein Geld!« Jacquard wich zurück.

»Und ein Brief Andersons an Sie, der Anweisungen enthielt. Was waren das für Anweisungen, Jacquard?«

»Kein Geld.« Jacquard taumelte durch die Schwingtüren und stürzte dabei fast. Mit heiserer Stimme rief er noch immer »Kein Geld«, als ob dies mit jeder Wiederholung glaubhafter würde, für die anderen wie für sich selbst.

»Armer Daddy«, lachte Rima. Ihre Lippen zitterten jedoch.

»Der Mann ist ein Tier«, sagte Ellery nachdenklich. »Völlig benommen von diesem ungeheuerlichen Glücksfall. 5000 Dollar. Für einen Jacquard wären fünf Millionen nicht mehr Geld gewesen. Könnte man denn einen ausgehungerten Tiger davon abhalten, ein wehrloses Opfer zu töten? Er wird alles tun, um das Geld zu behalten, Rima. Er ist benommen, er hat Angst, und es ist ihm höchst unwohl dabei – aber er wird alles tun, um es zu behalten. Vielleicht nicht einmal ausgeben. Wie könnte ein Jacquard auch 5000 Dollar ausgeben? Was mich erstaunt, Rima, ist nicht Jacquards kindische Schwindelei und seine Unehrlichkeit. Es ist vielmehr der schwer zu begreifende Irrtum Ihres Vaters.«

»Jacquard war sein Freund. Daddy hatte eben nur zwei Freunde auf der Welt. Außer mir natürlich.« Rima hatte den letzten Satz in ihr Root Beer gesprochen, das noch immer unangerührt war.

»Zwei Freunde, von denen einer ein Dieb ist und der andere Philosoph. Und er vertraut sein Geld dem Dieb an.«

»Mein Vater«, beharrte Rima, »war ein wundervoller Mann.«

»Auch im Wortsinne«, nickte Ellery, indem er einen Geldschein auf den Tresen legte. »Möglicherweise, Rima, traute er der Aufrichtigkeit des Philosophen noch weniger als der Unehrlichkeit des Diebes. Freundschaft basiert nicht notwendig auf Vertrauen. Ein völlig vereinsamter Mann wird sich an seinen ärgsten Feind klammern ... Oder er hatte sich an Sebastian Dodd ein Beispiel genommen und wollte einem Menschen in verzweifelter Lage die Möglichkeit geben, wieder auf die Beine zu kommen. Kommen Sie, Rima«, sagte er sanft.

Doch Rima starrte weiterhin in ihr Glas. »Warum hat Daddy nicht mir das Geld gegeben? Hat er mir nicht vertraut?« Sie lachte wieder. »Oder hat er Nick Jacquard mehr vertraut?«

Das war eine Frage, über der Ellery selbst seit einiger Zeit brütete. »Die Antwort darauf müßten *Sie* wissen.«

»Ich müßte, aber ich weiß sie nicht.«

»Er wollte sich selbst etwas beweisen. Trotz ihrer Saufbrüderschaft waren Jacquard und Toyfell letztlich Fremde für ihn. Sie berührten ihn nicht wirklich. Sie waren nicht Teil seiner selbst. Ich glaube, daß Ihr Vater es für notwendig gehalten hat, die Sache allein durchzustehen. Und vielleicht waren Sie für ihn eben doch noch ein Kind ... Ach, verdammt. Jetzt habe ich doch vergessen, Jacquard meine Lieblingsfrage zu stellen.« Als sie nicht reagierte, fügte er hinzu: »Nach diesen anonymen Briefen.«

Jetzt schaute sie auf. »Was für anonyme Briefe?«

»Nicht, daß ich damit irgendwie weitergekommen wäre. Und das erinnert mich an etwas. Wie müde sind Sie?« Es funktionierte. Sie zeigte wieder Interesse.

»Dann wird unser Freund draußen uns wieder in die Stadt

zurückfahren. Kennen Sie eine Zeitungsfrau namens Malvina Prentiss?« »Das ist die Frau, die mich ausgefragt hat, nachdem Daddy ...«

»Das ist vor allem die Frau, die wir jetzt besuchen werden.«

* * *

Die Stelle der alten, verschrammten Eingangstür des *Record*-Gebäudes hatte eine viereckige Konstruktion eingenommen, deren korallenrotes Plastik dicke Chromnägel verzierten. Ein rundes Fenster in der Tür, das einem Bullauge ähnelte, gab dem Ganzen einen irritierenden Marine-Touch.

Auch das einst gemütliche Interieur des Hauses hatte sich stark verändert. Früher war man von der Straße direkt in das Geschäftsbüro des *Record* gelangt; jetzt fand man sich in einem Foyer wieder, dessen Wände mit korallenrotem Plastik und makellos glänzendem Stahl verkleidet waren. In einer kreisrunden Vertiefung in der Mitte des Foyers rotierte ein großer, von unten beleuchteter Globus. Ein paar Stühle aus fleckenlosem Stahl standen herum; und eine junge Frau in einer *Vogue*-Bluse fragte hinter einem stählernen Sprechgitter in eisigem Ton, wohin man denn wolle.

»Ich möchte zu einer Ihrer Reporterinnen. Malvina Prentiss.«

Das Eis war gebrochen. Die junge Frau kicherte: »Das lassen Sie Malvina besser mal nicht hören!«

»Was?«

»Daß sie Reporterin wäre. Ihr gehört das Blatt. Sie ist Eigentümerin, Verlegerin, Herausgeberin und Chefredakteurin, kurz: Lady Großkotz, hintenrum manchmal auch Lady Kotz genannt. Aber verraten Sie ihr nicht, daß ich das gesagt habe. Wen darf ich anmelden?«

Ellery nannte ihr mit matter Stimme seinen Namen. Das korallenfarbene Plastik, der Chrom, der Stahl ... das hatte ohnehin nach einer *Chefin* ausgesehen. Geerbter Reichtum, zwei Reisen nach Paris mit Zwischenstop in London, eine heimliche Lust daran, wie Rosalind Russell auszusehen; raucht Zigaretten in dreißig Zentimeter langen Haltern, läßt sich von Jacques Fath über einen exklusiven Bostoner Laden einkleiden und haßt Männer. Geburtsort unbekannt, mit ziemlicher Sicherheit jedoch nicht Wrightsville. Möglicherweise ist einer ihrer Vorfahren Zeitungsmacher gewesen. Harsch – das wäre das richtige Wort. Sie mußte sich auf die Stadt gestürzt haben, als sie vom Selbstmord Diedrich Van Horns, des alten Eigentümers und Verlegers, hörte, und den *Record* Wolfert Van Horn abgekauft haben, um ihn nach ihren Vorstellungen umzumodeln.

Ein Page mit vorstehenden Zähnen, der eine grüne Cordsamtjacke trug, geleitete sie zu einem Schmuckstück von einem kleinen Aufzug. Das Geschäftsbüro war nicht mehr wiederzuerkennen – ein Gedicht in Silber und Waldgrün, dessen grüne Schalter von abweisendem, makellos blitzendem Stahl eingefaßt waren. An einem halben Dutzend Metallschreibtischen, auf denen silbrig glänzende Telefone standen, saßen befangen wirkende junge Frauen in identisch geschneiderten grünen Röcken und weißen Blusen.

»Jeden Augenblick«, flüsterte Ellery Rima zu, »setzt ein verborgenes Orchester ein, und die Musiker legen wie von Geisterhand dirigiert eine Ballettnummer hin.« Selbst um eine fünfzeilige Kurzanzeige aufzugeben, würde man hier einigen Mut mitbringen müssen.

Er fragte sich, was jene unglaubliche Miss Prentiss wohl aus Phinny Bakers altem Druckmaschinensaal gemacht hatte.

Der große allgemeine Redaktionssaal auf der oberen Etage hatte sich immer im Zustand fröhlichen Durcheinanders befunden – angenehm dreckig, mit ramponierten Rollschreibtischen, an denen Männer mit Papiermanschetten saßen, und Spucknäpfen auf dem nackten Boden; ein Raum eben, in dem grundsätzlich richtiges Männerchaos herrschte.

Nun hatte der Saal etwas von einem Kloster des Industriezeitalters – gedämpft, freudlos, gnadenlos unterteilt in metallisch schimmernde Bürozellen, in denen unglücklich dreinblickende

Leute hockten und vor sich hin arbeiteten. Ellery erspähte kein einziges ihm bekanntes Gesicht. Gladys Hemmingworth, Frank Lloyds umtriebige Klatschkolumnistin, hatte einem Mannweib in Samthosen weichen müssen, die in den Hörer eines der hier üblichen silbernen Telefone brüllte. Auch schien es Clara Peacher nicht mehr zu geben, die unter dem Namen ›Tante Peachie‹ die Haushaltsspalte betreut hatte, oder Obie Gilboon, der sechsundzwanzig Jahre lang für den Sportteil zuständig gewesen war, und dessen Krawatte zu glimmen und schwelen pflegte, weil aus seiner im Gesicht wie festgewachsenen Pfeife ständig glühender Tabak darauf fiel. Das Schild auf dem Schreibtisch des ewig übernächtigten Lokalredakteurs Woodie Wentworth verkündete nun unterkühlt DEAN ST. A. ST. JOHN, wobei es sich sicher nicht um einen Wrightsviller Namen handelte. Mit blutendem Herzen folgte Ellery Rima und dem Pagen durch die korallenfarbene Tür, auf der in nüchternen, nachdrücklichen Stahlbuchstaben M. O. PRENTISS stand.

Das Büro der Verlegerin entsprach völlig dem, was Ellery erwartet hatte, sie selbst jedoch überbot Ellerys Erwartungen. Hier waren nicht nur die Wände mit dem frivolen Grün verziert, sondern auch die Decke. Der Stahlschreibtisch war von der Größe eines Babypanzers, die Schreibgeräte aus Sterlingsilber und die Rollos aus Aluminium. Die Dame selbst war, wie vermutet, der Typ Rosalind Russell, schien allerdings einer extremen Produktion von Ernst Lubitsch entstiegen. Sie war groß, grazil und trug als ›Erfolgsfrau‹ einen Anzug, der lediglich teuer ausgesehen hätte, wenn da nicht dieser verstörende Silberschimmer gewesen wäre. Silber schien überhaupt ihre Leidenschaft zu sein: Ihre Fingernägel waren silbern lackiert, auch ihr (wie vorausgeahnt) dreißig Zentimeter langer Zigarrettenhalter war aus Silber. Außerdem trug die platinblond gefärbte Frau eine silbrige Brille, die an eine Harlekinsmaske erinnerte und ihre seltsamen, zu einem hochgebogenen rechten Winkel erstarrten Augenbrauen betonte. So vieles an ihr versetzte Ellery in Staunen, daß es eine Weile dauerte, bis ihm auffiel, daß sie in normaler Umgebung und Aufmachung vermutlich eine attraktive Frau gewesen wäre. Aber die Art, in der sie sich zurechtmachte – und das in Wrightsville –, ließ sie vollkommen absurd erscheinen.

»Ellery Queen?« fragte sie mit ihrer harten Altstimme und musterte ihn wie ein Pferd. Dann starrte sie auf Rima, und Rima wurde rot. »Und wer ist das?« »Rima Anderson.«

Malvina Prentiss warf den Kopf zurück und zeigte ihr makelloses, kräftiges Gebiß. »Was haben Sie denn mit unserem Waldnymphchen gemacht, Queen? Schon einmal eine solche Verwandlung gesehen, Spec?«

Erst jetzt bemerkte Ellery den rothaarigen Mann Mitte Dreißig, der neben ihrem Schreibtisch saß und sich alle Mühe gab, nicht unglücklich dreinzuschauen, dabei jedoch gänzlich versagte. Er war genau der Typ männlicher Claqueur, den eine Frau wie Malvina Prentiss privat bei sich anstellte – intelligente Augen hinter dicker Hornbrille, Mittelscheitel, ungepolsterte Schultern, eine beflissene Blässe im Gesicht, die nicht vorhandene Körperkonturen überspielen sollte, und eine lammfromme Art, um nicht zu sagen, ewige Leidensmiene. Selbstverständlich im konservativen Anzug und mit korrekt dezent gepunkteter Krawatte.

»Ja, Miss Prentiss, ich meine, nein! – Miss Prentiss.« Seine sommersprossige Haut verfärbte sich altrosa, und seine linke Hand griff, wie um sich abzustützen, nach der Lehne des Stuhls, von dem er gerade aufgestanden war.

»Mr. Queen, Francis O'Bannon. Mein Assistent. Kommt aus Boston. Harvard, natürlich. Verläßliche politische Ansichten, ganz ordentlich was im Kopf, aber sehr zerstreut und leicht ablenkbar, besonders durch mich. Dennoch haben wir ihn gern bei uns, was, Spec?« Das Altrosa wurde tiefer. Sie genoß ihre Grausamkeit in abstoßender Weise. »Versteht sogar erstaunlich viel vom Zeitungmachen …«

»Selbstverständlich nicht soviel wie Sie, Miss Prentiss.«

Sie sah O'Bannon scharf an. »Richtig.« Erneut verfiel sie in Gelächter. »Was macht denn der Oberschlaumeier der Nation ausgerechnet in Wrightsville?« Sie fixierte Rima mit chirurgischen Blicken. »Oder ist es eine Liebesgeschichte? Oder so was in der Art?«

»Ich mag Sie nicht«, sagte Rima.

Malvina Prentiss fror ihr Lächeln ein. »Wie nett von dir, meine Kleine. Wer hat denn dir die feineren Schattierungen der Sprache beigebracht?«

»Ich weiß genug, um eine eklige Bemerkung wie Ihre zu verstehen, Miss Prentiss.«

Sie starrten einander an. Dann zuckte die Verlegerin mit den Achseln. »Nun, meine Liebe, es gibt in den besten Kreisen Leute, die mich nicht mögen; aber ich habe nicht geahnt, daß das so schnell beim Gossenvolk ankommt.« Sie steckte eine Zigarette auf ihren Silberhalter. O'Bannon sprang auf und griff nach dem silbernen Feuerzeug auf ihrem Schreibtisch. »Also gut, Mr. Big. Kommen Sie zur Sache.«

»Und ob ich zur Sache komme. Dieses Mädchen hier hat seinen Vater unter tragischen Umständen verloren; sie hat niemanden auf der Welt, und es hätte Ihnen gut zu Gesicht gestanden, Miss Prentiss, ein wenig freundlich zu ihr zu sein!«

»Warum muß sie mich auch so rotzfrech anpöbeln?« Wieder lachte sie. O'Bannon, der wie erstarrt neben ihrem Schreibtisch gestanden hatte, begann sofort ebenfalls zu lachen. »Worum geht es, Mr. Queen?«

Ellery legte ihr zwei Umschläge auf den Schreibtisch. »Bitte schauen Sie sich den Inhalt an, Miss Prentiss.«

Nach einer kurzen Weile schaute die Platinblonde wieder auf. »Was soll damit sein?«

»Die Ausschnitte sind mir in diesen beiden Umschlägen zugesandt worden. Zufällig von Ihnen?«

»Mit Sicherheit nicht. Spec, haben Sie die verschickt?«

O'Bannons Augenlider flatterten. »N-Nein, nein, Miss Prentiss.«

»Wir scheinen da einen unbekannten Presseagenten zu haben.« Sie runzelte die Stirn. »Setzen Sie sich, Mr. Queen. Sie auch, Rima. Da steckt mehr hinter.«

»Das sehe ich genauso«, sagte Ellery. »Nehmen Sie zum Beispiel die kuriose Zusammenstellung. Der Tod von Luke MacCaby. Sein Vermächtnis an Sebastian Dodd. Der Selbstmord von John Spencer Hart. Und das Verschwinden – wobei starker Verdacht auf Mord besteht – von Thomas Hardy Anderson.«

»MacCaby, Dodd und Hart gehören alle zu derselben Geschichte. Die Sache mit Anderson dagegen nicht. Warum sollte da jemand einen Zusammenhang sehen?«

»Das ist genau die Frage, Miss Prentiss, die ich Ihnen stellen wollte.«

Malvina Prentiss starrte ihn an, dann Rima und schließlich Francis O'Bannon.

»Irgendeine Idee, Spec?« fragte sie barsch.

»Nicht einen Funken«, antwortete O'Bannon, mit Bedauern zwar, aber Ellery hatte den Eindruck, daß sein Interesse an der Unterhaltung rapide zugenommen hatte. Und er war sicher, als O'Bannon die Brille abnahm und die Gläser mit einem gezackten, rechteckigen gelben Tüchlein zu polieren begann.

»Miss Prentiss, ich bin davon überzeugt, daß Andersons Tod in irgendeiner Weise mit den Ereignissen verknüpft ist, die ihm vorausgingen. Sollten Sie im Besitz von Informationen sein, die in diese Richtung weisen, dann weihen Sie mich bitte ein.«

»Sie belieben zu scherzen?«

»Sie halten keine Informationen zurück?«

»Warum, bitte, sollte ich bei einem Mordfall Informationen zurückhalten?«

»Das weiß ich auch nicht, Miss Prentiss. Warum tun Sie es?«

»Sie tappen im dunkeln herum, Mr. Queen. Der *Record* vertuscht nichts und hält auch kein Beweismaterial zurück. Nicht dieser *Record*, Mr. Q. Ganz im Gegenteil. Die Verlegerin dieses *Record* druckt alles, was Auflage bringt und Anzeigenkunden lockt.«

»Alles ist in diesem Falle ein sehr weites Feld.«

»Sie haben es begriffen.« Sie hätte ebenso gut über ihre Religion oder ihren Liebhaber sprechen können. »Als ich den *Record* von den Van Horns übernahm, war er ein betuliches, moralinsaures Blatt für Kleinstädter. Die ewigen Werte. Elbert Hubbard und die Männer im Kapitol. Und davor stapfte Frank Lloyd durchs Roggenfeld – als Freund der Farmer. Aber mit hehren Gefühlen oder edlen Gestalten hat noch keiner das große Geld gemacht. Trotzdem müssen wir natürlich vorläufig weiter volkstümeln und die Landeier bedienen. Lauter Lokalkram. Aber um zu expandieren, brauche ich nur einen netten schmutzigen Ehebruch, eine Scheidungsgeschichte mit Motel, den Selbstmord eines hohen Tieres oder einen Mord an irgendwem. Man nennt mich hier Lady Kotz! Macht mir gar nichts aus, im Gegenteil, ich bin stolz drauf! Wissen Sie, wie jämmerlich die Auflage zusammengeschrumpft war, bevor ich das Ding übernommen habe? – Auf 2800 und ein paar Zerquetschte. Ich verrate Ihnen auch, wie hoch sie heute ist – bezahlte Exemplare!« Ohne hinzuschauen, schnipste sie mit den Fingern in O'Bannons Richtung.

»32 291«, ratterte O'Bannon herunter.

»In einer 10 000-Seelen-Stadt. Sind wir denn Zauberer? Sicher. Irgendwie schon. Wir sind tief in die Territorien der anderen eingedrungen. Bannock. Slocum. Limpscot. Fyfield. Sogar Connhaven. Wir decken inzwischen den Süden des ganzen Bezirks ab. Sie sollten sich mal die Liste unserer Abonnenten zu Gemüte führen. Und vor allem: Das ist erst der Anfang. Geschäftsleute, die zu Lloyds oder Van Horns Tagen Dreißig-Zeilen-Anzeigen aufgaben, reißen sich heute um ganze Seiten. Und ich werde nicht eher lockerlassen, bis der *Wrightsville Record* zum führenden Blatt des Bezirks Wright, wenn nicht des ganzen Bundesstaates geworden ist! Nächsten Monat starte ich einen Rätselwettbewerb – mit Preisen im Gesamtwert von 10 000 Dollar. Nicht übel für ein Provinzblättchen, hm? Natürlich bin ich meinen Rivalen von der Bauerntrampelfraktion gegenüber im Vorteil – ich habe Geld, sie nicht – O'Bannon, warum sagen Sie mir nicht endlich, ich soll aufhören?«

O'Bannon murmelte etwas.

»Lassen mich hier einfach so herumprotzen! War ich schrecklich kindisch?« Malvina Prentiss lehnte sich weit zurück und behielt Ellery im Auge. »Sie kümmern sich also um Rima«, sagte sie. »Spec, warum haben wir unsere kleine Schönheit hier nicht groß rausgebracht?«

»Haben wir, Miss Prentiss.«

»Diesen Zurück-zur-Natur-Kitsch, klar«, murmelte sie ungeduldig. »Aber wer interessiert sich schon für so'n Naturkind? Wenn sie nicht gerade zwei Köpfe hat.« Sie musterte Rima erneut. »Schätzchen, wo hast du eigentlich diese Kleider her? Ich meine, wer hat sie bezahlt?«

»Wir kommen vom Thema ab«, erwiderte Ellery. »Wenn Sie also nicht mehr über den Fall Anderson wissen, als Sie gedruckt haben, Miss Prentiss ...«

»Warum so in Eile? Glauben Sie wirklich, daß in der Anderson-Geschichte richtig Zündstoff steckt? – Ich meine, im Zusammenhang mit MacCaby, Hart und Dr. Dodd?« Malvina fixierte Ellery nachdenklich, während sie mit einem langen silbernen Bleistift auf ihre Schneidezähne tippte.

»Was ich denke, ist nicht zur Veröffentlichung bestimmt. Rima ...«

»Und warum nicht?«

»Warum was nicht, Miss Prentiss?«

»Warum nicht zur Veröffentlichung bestimmt? Ich hätte Sie gern für den *Record*.«

»Bitte?«

»Ich meine, Sie übernehmen den Fall und geben mir die Exklusivrechte. Täglich eine Spalte vielleicht. Wir bringen die Geschichte. Die Affäre Anderson braucht etwas Pepp, und da wäre Ihr Name gerade jetzt eine große Hilfe. Das würden wir im Nu auch über die Agenturen los. Wir bräuchten nur noch einen knalligen Titel ... Spec!« O'Bannon zuckte zusammen. »An die Arbeit! Titel für Queens Spalte!«

»*Es war Mord*«, begann Q'Bannon mechanisch, »*Queens Beweis. Das Queen Quiz. Queens ...*«

»Queens Quatsch«, sagte Ellery knapp.

»Ach, kommen Sie«, herrschte Malvina ihn an. »So toll sind

Sie auch wieder nicht. Ich feilsche nicht mit Ihnen, Queen. Sie hätten völlig freie Hand. Und sämtliche Annehmlichkeiten, die meine Firma bietet – Laufburschen, Stenographinnen – blond oder brünett, ganz wie Sie wünschen –, ein unbegrenztes Spesenkonto und keine Diskussionen, wenn Bourbon draufsteht. Ihr eigenes Büro – oder auch meines, wenn Sie möchten. Nennen Sie mir Ihren Preis. Ich kann Sie gut gebrauchen und werde dafür auch zahlen. Mein Name ist Malvina O. Prentiss – O für opulent.«

»Ellery N. Queen ist mein Name – N für Nein«, sagte Ellery und nahm Rima beim Arm. »Dennoch herzlichen Dank.« Er geleitete sie zur Tür. Als er kurz zurückschaute, fiel sein Blick auf Francis O'Bannon, der sich gerade unbeobachtet wähnte und ihm mit einer Mischung aus Bewunderung und Neid nachstarrte.

»Wenn Ihr gefeierter Verstand dennoch zu einem anderen Schluß kommen sollte …« hörte er die Verlegerin noch rufen; der Rest jedoch ging im allgemeinen Gemurmel unter, das aus den Redaktionsräumen drang.

Als sie wieder auf der Lower Main Street angekommen waren, atmete Rima tief durch und schaute voller Erleichterung um sich.

»Ich weiß«, grinste Ellery. »Ich müßte auch dringend duschen.«

»Aber hat sie das alles wirklich so gemeint? Ich hätte nie gedacht, daß es solche Menschen überhaupt gibt.«

»Es gibt sie auch nicht, Rima. Die Frau ist reine Illusion. Das Silbermotiv verrät den Symbolismus. Sie kommt direkt von der Leinwand. Ihr ursprüngliches Zuhause war ein Buch. Ich muß schamvoll gestehen, daß ich selbst einmal eine Figur wie Malvina erfunden habe.«

»Aber das Buch habe ich nicht gelesen«, murmelte Rima mit einem Stirnrunzeln.

»Eine Bildungslücke, die wir schleunigst schließen werden.« Ellery führte die Straße hoch zu Ben Danzigs Leihbibliothek und Gemischtwarenladen in der Oberstadt. »Ihre literarische Bildung, Miss Anderson, ist unvollkommen, wenn Sie den literarischen Prototyp Malvina Prentiss nicht studiert haben ... Hm. Doch. Chandler. Oder Cain. Oder Gardner. Warten Sie hier einen Augenblick.« Er betrat den Laden und kam ein paar Minuten später mit einem purpurroten Buch wedelnd wieder heraus. Rima nahm es mit fragenden Augen an sich. »Das lesen Sie heute abend im Bett. Es ist nicht das Typischste seiner Art – Ben scheint bei seinem Sortiment den Schwerpunkt heutzutage mehr auf Fantasy-Geschichten zu legen – aber es ist drastisch genug, um Sie mit der Gattung vertraut zu machen.«

»Aber ist *das hier* nicht pure Fantasie?«

»Mein liebes Kind!« erwiderte Ellery leicht pikiert. »Lesen Sie doch bitte mal den Klappentext. ›Brutaler Realismus‹ – hier, sehen Sie?«

»Schon gut«, sagte Rima, offenbar noch immer nicht überzeugt, und steckte das Buch unter den Arm.

Sie standen vor Ben Danzigs Schaufenster, wo sie vor den nachmittäglichen Passantenströmen geschützt waren. Eine Gruppe von High-School-Mädchen und -Jungen schnatterte und schwatzte vor Al Browns Eisdiele nebenan; es ging um die üblichen Samstagabendverabredungen im Danceland in Pine Grove. Ein paar frühe Kinogänger bildeten vor der Kasse des Bijou bereits eine Schlange. Gegenüber hasteten die Leute ins Postamt; Mr. Graycee stand mit finsterem Blick vor seinem Reisebüro, J.C. Pettigrew rollte gerade die Markise seines Immobilienbüros ein, Mädchen eilten zum Kosmetikgeschäft auf der Lower Main Street, und die Eingangstüren des Einheitspreisladens gingen ständig auf und zu. Vor dem *Record*-Gebäude erhob sich mühsam eine müde Schar von Leuten, als ein Bus mit dem Ziel SLOCUM vom Square her um die Ecke bog, um seine Rückfahrt anzutreten.

»Ich verstehe jetzt, was Sie daran reizt, Ellery«, sagte Rima plötzlich.

Er wußte, daß sie an ihren Vater dachte.

»Sie wollen sicher schnell hier weg«, erwiderte Ellery fröhlich, »und ich kann es Ihnen nicht einmal verübeln. Lady Großkotz als Krönung eines vergeudeten Tages.«

»Aber heute morgen sah es noch so aus ...«

»Und dann sind alle Seifenblasen geplatzt. Hungrig, Rima?«

»Ja.«

»Wird auch Zeit, daß wir was zwischen die Zähne kriegen. Lassen Sie uns für heute Schluß machen und irgendwo zu Abend essen. Gold Gardens genehm?«

»Bitte nicht! Lassen sie uns irgendwo hingehen, wo es nicht so ... Bitte auch nicht in Miss Sallys Tearoome.« Sie kämpfte gegen Tränen an.

»Wie wäre es mit dem Square Grill? Dieser kleine Imbiß um die Ecke rum am Square. Da ist das Publikum eher ländlich. Kaffee wird ohne Untertassen serviert; und einmal habe ich dort ein wirklich hervorragendes Steak gegessen.«

»Oh ja!«

Als sie am Pressehaus noch einmal vorbeikamen, sagte Ellery beiläufig: »So geht es einem immer. Man sucht und sucht und sucht – und wird für seine Mühen nicht ansatzweise belohnt. Bis man eines Tages um irgendeine Ecke biegt – und da ist es.« Ihre Hand klammerte sich fester an seinen Arm. »Morgen, Rima, werden wir eine erste Bilanz ziehen. Und da man im Liegen am besten sieht, wo man steht, müssen wir erst einmal einen geeigneten Platz finden ...«

»Ellery!«

»Fort aus der Stadt.«

»Wirklich?«

»Lassen Sie uns das einmal überschlagen. Wir bräuchten ein paar Bäume, ein oder zwei Büsche, zwei Mooskissen, um darauf zu liegen. Piniennadeln zur Polsterung, wenn möglich. Ja, und vielleicht ein frisches Bächlein.«

»Ich weiß wo«, rief Rima aufgeregt.

»Großartig. Wo denn?«

»Ich habe es entdeckt, als ich durch die Wälder gestreift bin. Keiner in Wrightsville kennt es.«

»Wie weit?«

»Überhaupt nicht weit. Aber auf der Karte findet man es nicht.

Es gehört mir, ich bin die Entdeckerin. Ich habe ihm sogar einen Namen gegeben.«

»Welchen?«

»Raten Sie!«

»Nova Rima?«

»Völlig falsch.«

»Mount Anderson?«

»Versuchen Sie es noch mal!«

»Natürlich Ytaioa.«

»Sie haben's!« Sie flog förmlich in Mike Polaris' Grillstube.

Dienstag, 11. April

Als Ellery am nächsten Morgen zum Upham House kam, übergab ihm die Empfangsdame eine Notiz:

Lieber Ellery – Ich konnte einfach nicht mehr warten. Meine Rechnung habe ich mit Ihrem Geld bezahlt und bin nach Hause gegangen. Folgen Sie einfach der gezeichneten Karte.

P.S. Falls Sie sich heute besonders verschwitzt-und-prüde fühlen sollten, vergessen Sie nicht, eine Badehose mitzunehmen.

Rima

Sie hatte eine Route durch die Unterstadt gezeichnet. Die Hütte war durch ein schwarzes Kreuz markiert.

Ellery lief die Washington Street hinunter, überquerte die Cross Town Avenue – die Scheidelinie zwischen Ober- und Unterstadt –, und bog in die Plum Street ein. Dort suchte und fand er Homer Findlays Werkstatt, dessen Reklameschild im Foyer des Hollis den Verleih von Mietwagen versprochen hatte. Er nahm ein Plymouth Coupé von 1939 (oder ›coop‹, wie Homer es aussprach) mit etwas über zweiundneunzigtausend gefahrenen Kilometern.

Wieder in der Oberstadt angelangt, fand er eine Parklücke auf einem Parkplatz an der Wright Street. Er schlenderte die Washington Street bis zur Slocum Street hinauf und warf suchende Blicke in die Schaufenster. Im mittleren Teil des Blocks erspähte er ein Kurzwaren- und Einrichtungsgeschäft mit dem Schild PURDY'S – DRY GOODS & FURNISH'GS. Er ging hinein und kaufte zwei große Badetücher.

»Darf es noch etwas sein?« fragte Mr. Purdy.

Ellery zögerte. Er kam sich heute morgen nicht im mindesten verschwitzt vor. Andererseits aber … »Ja«, antwortete er mit fester Stimme. »Eine Badehose bitte.«

Mr. Purdy bedauerte, die Sommermodelle seien noch nicht gekommen, er könne aber gerne schauen, ob er noch eine übriggebliebene da habe ... Er kam wieder mit einem staubigen Karton, in dem drei Einteiler lagen, denen Mottenkugeln das richtige Aroma gaben.

»Die sind noch von voriger Saison übrig. Oder von der davor.«

Als Ellery sah, wie weit die schlaffen Teile die Beine hinunterreichen mußten, kam er zu dem Schluß, daß mit Mr. Purdys Rechenfähigkeiten etwas nicht stimmen konnte. »Nein danke, diese doch lieber nicht.« Mr. Purdy nickte betrübt.

»Sie können es ja mal bei den Gebrüdern Waldo versuchen. Im Granjon Block. Das sind zwar Schneider, aber seit Otis Holderfield zur Goldmine geworden ist und sich ausstaffieren läßt wie ein Filmstar, haben sich die Waldos was einfallen lassen, dekorieren nun ihr Schaufenster mit Bademänteln, Sakkos und womit nicht alles ... reden sogar davon, eine ganze Kollektion von Accessoires aller Art herauszubringen. Es würde mich nicht wundern, wenn Sie dort bekämen, was Sie suchen. Wahrscheinlich direkt aus Paris.«

Es gab keinen Grund, warum der bittere Unterton in Mr. Purdys Rede Ellery verwunderte, warum der Name Waldo auf ihn so irritierend gewirkt haben sollte. Vom Bürgersteig aus begutachtete Ellery, seine Badetücher unterm Arm, die Schaufenster nebenan. Es gab deutliche Anzeichen dafür, daß der Laden neuerdings florierte. Alles war frisch gestrichen; ein Fenster zeigte elegant drapierten Anzugstoff, das andere diverse Herrenaccessoires von offenbar gehobener Qualität. Ein brandneues Schild verkündete: WALDO BROS. EXCLUSIVE COUTURE. Dennoch juckte Ellery die Kopfhaut, und seine Finger fühlten sich kribbelig an. Als ob er kurz davor wäre, eine Entdeckung zu machen.

Ellery betrat das Geschäft. Bis ins Innere war der neue Wohlstand noch nicht vorgedrungen. Die Einrichtung war alt und kärglich, der Dreifachspiegel mehrfach gebrochen; und was Ellery von der Werkstatt im hinteren Teil durch den Kattun-Vorhang sah, wirkte schäbig und schlecht beleuchtet.

Ein extrem kleiner Mann, der über dem Oberhemd kein Jakkett trug, dessen Weste mit Fusseln abgeschnittenen Nähgarns übersät war und um dessen Hals ein Maßband hing, erschien an der mit Vorhängen ausgestatteten Tür. »Ja, bitte?« Plötzlich hellte sich seine Miene auf. »Oh, Sie sind doch der Gentleman, der gestern nachmittag in Holderfields Kanzlei war. Interesse an einem Anzug?«

Ellery vernahm keinerlei Geräusche aus der Werkstatt. Offensichtlich war David Waldo allein im Laden.

»Hätten Sie vielleicht eine Badehose für mich? Mr. Purdy von nebenan hat mir gesagt ...«

Das Jucken und Kribbeln war wirklich schlimm und schien schlimmer zu werden, je länger er sich in dem Geschäft aufhielt. Vielleicht kam es aber auch nur von den vorsichtigen Berührungen durch Waldos Hände, während er maßnahm. Was konnte das nur sein?

»Wir haben diese Kollektion hier ganz frisch reinbekommen ...«

»Wunderbar. Nach so etwas habe ich gesucht. Ach, ganz nebenbei gefragt – kannten Sie zufällig Tom Anderson?«

»Wen? Oh – nein, nicht näher. Furchtbar tragische Sache. Ich habe hier übrigens ganz hochwertige Gabardine ...«

»Das überrascht mich nicht. Ich meine, ich kann mir gut vorstellen, daß Ihre Kundschaft exklusiver ist. Hat sich nicht John Spencer Hart ebenfalls hier seine Anzüge schneidern lassen?«

»Ich wünschte, das hätte er. Aber Mr. Hart hat seine Kleider in Boston machen lassen. Dieses Kamelhaar übrigens, das wir für Mr. Holderfield ...«

»Sie hatten sicher das Glück auf Ihrer Seite. Ist Hart nicht mit enormen Schulden gestorben? Seinem Partner ist das ja nicht passiert, soweit ich weiß ... Wie hieß er noch gleich?«

»MacCaby.«

»Richtig. War MacCaby nicht ein Geizhals, wie er im Buche steht?«

»Das entzieht sich meiner Kenntnis. Wenn Sie jedoch vor der

Badesaison schon schwimmen gehen möchten, wäre da nicht ein Bademantel …?«

»Sie haben MacCaby also nicht gekannt?«

»Nein. Wäre das alles, Sir?«

»Neulich habe ich noch zu Dr. Dodd gesagt …«

Waldo fiel ihm ins Wort. »Sie kennen Dr. Dodd?«

»Ja natürlich. Ist er auch bei Ihnen Kunde?«

»Na so was.« David Waldo schmunzelte. »Wenn wir auf Dr. Dodd als Kunden angewiesen wären, könnten wir bald dichtmachen. Dennoch ein toller Mann. Sechs Dollar und fünfundneunzig.« Ellery verließ den Laden mit Badehose; das Kribbeln aber ließ nicht nach.

Woher mochte das nur kommen?

Er überquerte die Straße und betrat Jeff Hernaberrys Sportgeschäft, wo er einen Picknickkorb und eine Thermosflasche erstand. Danach war das Feinkostgeschäft Caravansary an der Reihe, das zwischen Logan's Market und Miss Addies Geschäft für Babybedarf lag. Dort fand er Nahrung für Leib und Seele; und als er den Laden verließ, war er ordentlich bepackt. Mehr konnte er beim besten Willen nicht zu Homer Findlays Coupé zurücktragen.

Nachdem er Rimas Karte sorgfältig studiert hatte, fuhr er die Washington Street bis in die Unterstadt hinein und bog dann links in die Congress Street ein, soweit sie führte.

Die Straße bot bereits nach kurzer Zeit ein recht schäbiges, ja fast ekelerregendes Bild. Sie verlief parallel zur Polly Street; dazwischen floß das verdreckte Flüßchen Willow River, in den alle Industrieabwässer und alle Fabrikabfälle der Unterstadt einmündeten und an der Rückfront der Arbeiterbehausungen vorbeitrieben. Manchmal war ein Flecken Grün zu sehen, vor allem Unkraut; Bäume gab es nicht. Dennoch fuhr Ellery langsam. Tom Anderson war diesen Weg zahllose Male gegangen, hatte seinen schwankenden Kurs an den baufälligen Fassaden vorbeigetragen. Wie oft mochte er auf dem rissigen Asphalt gestrandet sein? Ungefähr hier mußte es gewesen sein, daß Abe L. Jacksons jüngerer

Bruder Garrison ihn in jener Samstagnacht gesehen hatte, als Anderson vermutlich nüchtern zu seiner seltsamen Verabredung auf Little Prudy's Cliff gestrebt war. Mit wem hatte sich Rimas Vater in jener Nacht getroffen? Die Antwort konnte in einer der verfallenden Seitensträßchen zu finden sein, hinter einer der baufälligen Fassaden, im unreflektierten Gedächtnis eines betrunkenen Fabrikarbeiters, seiner schlaffbrüstigen Frau oder eines seiner verwahrlosten Kinder.

Oder sie lag im grenzenlosen Reich des Zufalls. *Das hat dann mit dem Individuum nichts zu tun ...*

Die schmale Straße endete plötzlich; mit enormer Abschüssigkeit stürzte sie in eine Schlucht, in der der Abfall von Jahren moderte. Ellery sah Berge von Dreck, zerbrochene Mauersteine, Blechdosen und allerlei Art Müll. Von der Schlucht her zog ein Gestank herauf, der Ellery den Atem verschlug. Der alleinige Gedanke daran, auf der wackligen Fußbrücke, die sich über den Abgrund spannte, durch die stechend säuerlichen Schwaden waten zu müssen, ließ ihn blaß werden. Auch jenseits der Brücke sah er einen Streifen aus Gestrüpp, Müll und Ödland. Und dahinter waberten die Sümpfe.

Ellery schloß den Wagen ab und hielt sich ein Taschentuch vor die Nase. Er war im Begriff, die Brücke zu betreten, als er Rima unter einer Gruppe seltsam verwachsener Bäume hervorrennen sah. Sie war barfuß und trug ein sarongartiges Kostüm, das offensichtlich aus den Resten eines alten Herrenanzugs zusammengeflickt war. Mit wehendem Haar spurtete sie über die Brücke.

»Ich habe auf Sie gewartet.«

Ellery kam sie angespannt und unglücklich vor. »Irgend etwas nicht in Ordnung, Rima?« fragte er.

»Nicht in Ordnung? Nein.« Und doch war es so.

»Diese Straßenkinder in der Congress Street sehen irgendwie beutelustig aus. Können wir den Wagen hier stehen lassen, während wir zu Ihrem Allerheiligsten laufen?«

»Da gehen wir nicht hin.«

»*Wie*?« Rima lief zum Wagen, und Ellery folgte ihr wild protestierend. »Aber warum denn nicht, Rima? Ich will es sehen!«

»Ein andermal.«

»Aber erst gestern abend haben Sie gesagt ...«

»Warum haben Sie einen Wagen mitgebracht?«

»Damit wir picknicken können. Hatten wir das nicht vor?«

»Wir hätten laufen können. Ich jedenfalls mache das immer so.«

»Sie meinen, Sie schwingen sich nicht von Ast zu Ast wie Tarzan?«

»Wer ist Tarzan?«

Ellery klärte sie auf, während er den Wagen aufschloß und sie einstiegen.

»Oh, also ein erwachsener Mowgli.« Rimas Stimme klang matt und lustlos. »Ich habe immer Balu und Bagheera gemocht. Shirkhan dagegen habe ich gehaßt. Biegen Sie rechts in die Shingle Street ein, Ellery. Das ist die Route 478A. Die fahren Sie hoch bis Twin Hill-in-the-Beeches, dann biegen Sie einmal noch ab.« Sie setzte sich bequem hin, starrte jedoch stur geradeaus.

Das war nicht Koketterie. Auch keine schiere Laune. Irgend etwas Schmerzliches mußte sie an diesem Morgen erlebt haben. Es mußte passiert sein, als sie zur Hütte zurückgekehrt war, nicht vorher. In ihrer Nachricht am Empfang des Upham House hatte sie ihn gebeten zu kommen. Konnte es sein, daß sie nach ihrem Ausflug in die große weite Welt erkannt hatte, welch erbärmliche Bruchbude ihr Heim war? Oder ...

Er durfte die Möglichkeit nicht ausschließen, daß etwas ganz anderes dahintersteckte, das für ihn im dunkeln lag.

Er fuhr schweigend.

Nach einer Weile begann sie unruhig auf ihrem Sitz hin und her zu rutschen. »Ich habe gestern abend das Buch gelesen.«

»Aha? Und? Wie fanden sie es?«

»Ich mußte lachen. Ist das das, was man unter einem Krimi versteht?«

»Eine bestimmte Art Krimi.«

»Aber Detektive sind doch in Wirklichkeit ganz anders, oder? Die rennen doch nicht durch die Gegend, küssen jedes Mädchen oder geben ihm einen Klaps auf den Po, schlagen pausenlos Leute zusammen und feuern mit ihrem Revolver nur so um sich?«

»Die meisten Detektive, die ich kenne, haben Bierbäuche, dauernd Blasen an den Füßen, schießen so gut wie nie und können es kaum abwarten, am Wochenende ihren Rasen zu sprengen.«

»Ja, und dann diese Ginger, die Dave Dirk immer Gingivitis nennt ...«

»Seine Sekretärin.«

»Die hat mich vielleicht genervt. Machte einen Unsinn nach dem anderen. Und warum hat sie Dirk immer als ›Chef‹ angeredet? Er war kein Polizeibeamter.«

»Aber ihr Chef.«

»Krimijargon«, murmelte Rima nachdenklich. »Ich habe darüber nachdenken müssen. Werden alle Detektive von ihren Sekretärinnen mit ›Chef‹ angeredet?« »Wohl alle, die eine haben.«

»Haben Sie eine?«

»Im Moment nicht. Aber Rima, ich bin ja auch kein Romanheld.«

»Das sollten Sie aber sein!« Beide lachten, und die Stimmung hellte sich auf.

Sie waren nun im nordöstlichen Teil der Stadt und fuhren die Hügel der Oberstadt hinauf. Der Name »Shingle Street« auf den Straßenschildern war verschwunden. Neugebaute Häuschen thronten am Hang über ihnen. Die Straße beschrieb eine Kurve; und jetzt sahen sie auch die Twin Hills, die an eine gigantische Brust erinnerten. Unterhalb, im Tal, blickten sie auf die Villengegend Twin Hill-in-the-Beeches. Hinter den Twin Hills verlief die exklusive Skytop Road, Wrightsvilles neueste und schickste Wohngegend. In weiter Ferne nickte das betagte Haupt des Bald Mountain.

Nach Rimas Anweisungen bog Ellery mit dem Coupé in einen schmalen, unbefestigten Weg ein, der kaum mehr war als eine

Feuerschneise, uneben und voller Schlaglöcher. Nach fünf mühsamen Kilometern endete die Straße vor einem Felsbrocken. Soweit Ellery sehen konnte, waren sie umgeben von dichtem Wald. Es war nichts auszumachen, was im entferntesten einem Weg ähnelte – bis auf den Weg hinter ihnen.

»Und jetzt? Fliegen wir?«

»Einfaches Laufen reicht auch.«

Ellerys Erinnerungen an die nächste Stunde bestanden aus flackernden Bildern von wehrhaftem Buschwerk, Brennesseln, Bäumen mit schmirgelpapierartiger Rinde und Boden, den man ständig unter den Füßen verlor. Er war zerkratzt, zerschunden und mehrfach in Fallen getappt. Rima huschte voraus und mied wie selbstverständlich alle bösen Fallen der Natur, als besitze sie so etwas wie elfenhafte Immunität. Gelegentlich blieb sie stehen, um sich mit einem machetenartigen Messer, das sie an der Taille des Sarongs trug, eine Schneise zu schlagen. Ellery klammerte sich in solchen Marschpausen hechelnd an einen Baum. Nach einer Ewigkeit, kurz bevor er den Aufstand gewagt hätte, sah er sich in die Vorhalle des Paradieses taumeln.

Sie waren auf einer kleinen Lichtung. Der Boden war moosbewachsen und mit Piniennadeln gepolstert. Auf drei Seiten wurde sie von mächtigen Pinien, über dreißig Meter hohen Buchen, Rotfichten, Balsam- und Schierlingstannen, Birken und Zedern bewacht. Die unbewaldete Seite bot einen klaren Teich, den ein Wasserfall speiste, der verspielt von einer Rinne im Granit herabplätscherte, den Teich füllte und als Bächlein irgendwo im Dunkeln wieder davongurgelte. Das Wasser glitzerte im Sonnenlicht, und auf der Lichtung war die Luft kühl und frisch und voller Wald- und Erdgerüche. Überall flatterten und zwitscherten Vögel.

»Ytaoia.«

»Gefällt es Ihnen?«

Ellery ließ sich auf dem duftenden Moos nieder und schloß die Augen.

Als er sie wieder öffnete, erhaschte er einen Blick auf einen sonnengebräunten Körper, der gerade ins Wasser sprang. Das

Messer und der Tweedsarong lagen auf einer Felsnase über dem Wasser.

Ihr Kopf tauchte aus dem Wasser auf, und ein braungebrannter Arm griff nach dem Felsvorsprung. »Wollen Sie nicht auch reinkommen?«

»Wenn es Ihnen ...«

»Papperlapapp.«

»Es ist zum ...«, begann Ellery, doch sie war längst lachend abgetaucht. Ellery zog sich hinter einer kleineren Buche seine Badehose an und kam sich dabei äußerst idiotisch vor. Sie planschten, tauchten und tollten im Teich. Später lagen sie auf dem Felsvorsprung, um in der Sonne zu trocknen; da Rima allerdings – aus welchem Grund auch immer – sein Badetuch verschmähte, mußte er die Augen geschlossen halten. Als er sie wieder aufschlug, hockte Rima im Schneidersitz neben einem der Badetücher, auf dem sie den Inhalt des Picknickkorbs ausgebreitet hatte – in ihrem Sarong.

»Lassen Sie uns endlich essen, Ellery. Ich habe Hunger.«

Sie aßen auf der Lichtung. Später flocht Rima einen Kranz aus Weinlaub für Ellerys Haar, während Ellery, wie ein laktischer Bacchus, den letzten Schluck Milch aus der Thermoskanne trank.

»Wenn Sie jetzt bitte mal mucksmäuschenstill sind, lade ich meine Freunde zum Tee. Ich kenne ein ganz bezauberndes Reh ...«

»Ich begrüße Bambis Mama ein andermal«, sagte Ellery, während er sich wieder niederlegte. »Bitte spielen Sie jetzt mal ein Weilchen Publikum, Rima. Ich habe das unbestimmte Gefühl, daß ich einen längeren Monolog halten werde.«

Es schien ihm so, als ob Rima damit der Spaß an ihrem Ausflug genommen war; aber sie streckte sich gehorsam neben ihm auf dem Moosbett aus und bettete ihren Kopf auf seine Brust.

Ellery schickte einen Rauchkringel zum Blätterdach hoch.

»Liebe Rima«, hob er an. »Nicht alles ist das, als was es erscheint. Es hat sogar ganze Philosophenschulen gegeben, deren Vertreter behauptet haben, daß der Schein grundsätzlich trügt und nichts so ist, wie wir es wahrnehmen. Ich wähle den Kompromiß: Wahrheit und Scheinwahrheit. Einiges ist wahr; einiges scheint jedoch nur wahr zu sein.

Wenn man ein Verbrechen aufklären will, ist es daher klug, sich dieser Ambivalenz immer bewußt zu bleiben; daher ist es meine Aufgabe, die einander scheinbar widersprechenden Elemente eines Mordfalls auseinanderzusortieren, und herauszufinden, was an ihnen wahr ist und was unwahr. Manche Fälle sind doppelgesichtiger als andere; und ich werde das Gefühl nicht los, daß unserer den Stempel des doppelköpfigen Janus trägt.«

»Sie und Daddy«, murmelte Rima, verstummte jedoch wieder, ohne zu erklären, was sie gemeint hatte. Dennoch glaubte Ellery, verstanden zu haben. Einen Augenblick lang beobachtete er ein Eichhörnchen, das zu seinem Astloch flitzte, um ihr Zeit zu geben, sich erneut zu konzentrieren.

»Drei Todesfälle«, fuhr er fort. »Oder zwei und ein mutmaßlicher. Luke MacCaby starb an seinem Herzleiden – vermutlich; John Spencer Hart durch eine Kugel im Kopf – Selbstmord genannt; und Ihr Vater im Treibsand unterhalb Little Prudy's Cliff – wiederum nur vermutlich, und vermutlich durch einen Gewaltakt. Das sind sehr viele bloße Annahmen; anscheinend die Wahrheit; es kann genauso gewesen sein; aber ebenso ist es möglich, daß nichts so war, wie es aussieht.

Lassen Sie uns mit der Prämisse anfangen, die der rätselhafte Briefeschreiber Anonymus uns geliefert hat: Er legt nahe, daß die drei Todesfälle beziehungsweise drei Ereignisse miteinander verknüpft seien. Wenn sie es denn sind ... ja, wenn; gibt es dann Hinweise auf eine solche Verkettung? Gibt es etwas, was sie alle gemeinsam haben? Ja. Dr. Sebastian Dodd. Dr. Dodd stellte sich als MacCabys Erbe heraus. Dr. Dodd wurde auf diese Weise Harts Geschäftspartner, der daraufhin durch eine Kugel starb. Und Dr. Dodd schenkte Ihrem Vater kurz vor dessen Verschwinden 5000 Dollar.

Wahrheit und Scheinwahrheit. Entweder waren die drei Ereignisse das, als was sie uns erscheinen, oder sie waren es nicht. Entweder ist Dodd, der in allen Fällen eine wichtige Rolle spielt, derjenige, als der *er* erscheint … oder *er* ist es nicht.«

Ellery starrte ins Leere. Rima schaute ihn entgeistert an. »Dr. *Dodd*?«

»Ich habe nicht ›Dr. Winship‹ gesagt. Warum denn nicht Dodd? Wenn alle drei Ereignisse das waren, wofür sie gehalten werden, dann handelte es sich um natürliche Entwicklungen. Wenn sie jedoch nicht waren, was sie scheinen, dann waren es unnatürliche Entwicklungen, hinter denen jemand steckt – mit anderen Worten, sie wurden auf kriminelle Weise herbeigeführt. Wenn wir also Dr. Dodds Geschichte in jeder Hinsicht als wahr anerkennen, dann ist Dr. Dodd derjenige, als der er erscheint, ein gutherziger, mildtätiger, unschuldiger Mensch; wenn wir Dr. Dodds Geschichte jedoch nicht als wahr anerkennen – in Teilen oder ganz –, dann wäre er das Gegenteil von dem, was wir zuvor glaubten: ein bösartiger, raffiniert vorgehender, tief schuldiger Mensch. Ein Verbrecher, Rima.«

»Ein Verbrecher?«

»Es gab drei Tote. Oder zwei und einen mutmaßlichen.«

»Ein *Mörder*?«

Ellery zündete sich seine Zigarette, die ausgegangen war, wieder an.

»Seien Sie vorsichtig mit dem Streichholz!« Rima nahm es ihm ab und verbuddelte es. »Warum sollte denn Dr. Dodd Mr. MacCaby umgebracht haben? Oder Mr. Hart? Oder Daddy?«

»Lassen Sie uns darüber nachdenken. Zuerst über MacCaby. Hat Dodd im Fall MacCaby so gehandelt, wie er sagt – als gutherziger, mildtätiger, unschuldiger Mann? Dann ist MacCaby in der Tat eines natürlichen Todes gestorben, genauer: an seiner Herzkrankheit. Dann ist es ebenso wahr, daß Dr. Dodd, wie er sagt, vor MacCabys Tod nichts von dessen Reichtum wußte. Und dann stimmt es auch, daß er nicht wußte, daß MacCabys Ableben ihn zu einem schwerreichen Mann machen würde.

Aber nehmen wir einmal an, Dodd ist in Wirklichkeit ein ganz anderer. Nehmen wir an, er ist ein durchtriebener Verbrecher, der sein finsteres Innenleben genial mit dem Alltagsgewand eines mildtätigen Asketen tarnt. Dann hätte MacCaby seinem Arzt kurz vor seinem Tod verraten, daß er ein reicher Mann sei und er ihm sein Vermögen vermachen werde. Dann hätte Dodd den Sterbeprozeß beschleunigt. Wie? Da er MacCaby mit Herztabletten behandelte, wäre es ein Leichtes für ihn gewesen, MacCaby eine ganz andere Schachtel mit ähnlich aussehenden Tabletten zu geben; und wenn MacCaby bei der nächsten Herzattacke eine davon genommen hätte, wäre er gestorben. Dodd, der herbeigerufen wurde, hätte seine Schachtel einfach wieder mitgenommen. Wahrheit und Scheinwahrheit. Die zwei Seiten der Medaille. Betrachten Sie die Vorderseite, ist Dr. Dodd die reinste Verkörperung der Unschuld. Betrachten Sie die Rückseite, und er ist der Teufel in Person.«

»Ich glaube das nicht«, sagte Rima. »Nicht Dr. Dodd.«

»Glaube spielt dabei nicht die geringste Rolle. Ich meine zwar, das schon einmal erwähnt zu haben – und bei meinen Denkmethoden kann man es sich nicht leisten, diesen Umstand zu ignorieren, Rima. Nehmen Sie doch das zweite Badetuch, wenn Ihnen kalt ist. Lassen Sie uns nun den Fall des verstorbenen John Spencer Hart anschauen. Möglichkeit Nummer eins: Dodd ist unschuldig. In diesem Fall hat er, wie er ja sagte, durch seinen Anwalt Otis Holderfield ein Routineschreiben an Hart schicken lassen, um eine vorläufige Aufstellung der Firmenfinanzen zu erhalten, ohne den leisesten Verdacht zu hegen, Hart könnte einen Teil des Geldes seines Partners veruntreut haben. Wenn er also nicht wußte, daß Hart gestohlen hatte, konnte er auch nicht ahnen, daß seine Aufforderung ihn in den Selbstmord treiben würde.

Aber da wäre noch Möglichkeit Nummer zwei: Dodd ist schuldig. Nehmen wir einmal an, MacCaby hat Dodd nicht nur verraten, daß er ihn als Erben seines Vermögens eingesetzt hatte, sondern noch etwas anderes. Wenn MacCaby clever genug war, in ein Unternehmen zu investieren, das später derart florierte wie die Wrightsviller Färberei, und wenn er so penibel mit seinem Geld war, wie seine Knauserei vermuten läßt, dann ist es gut denkbar, daß er ein Auge auf die Aktivitäten seines Partners hatte und seine eigenen Methoden, sein Management zu kontrollieren. Stellen Sie sich nun vor, MacCaby erzählt Dodd, daß er von Harts Spielsucht, seiner unverantwortlichen Spekuliererei wisse und auch von seinen Unterschlagungen. In diesem Fall hätte Dodd gewußt, daß, wenn er MacCaby erst einmal beseitigt hatte, seine Forderung nach Aufstellung der Finanzen für Hart, der noch keine Zeit gehabt hatte, seine Spuren zu verwischen, den Todesstoß bedeuten mußte. In Wrightsville kennt jeder jeden; Charakter und Persönlichkeit eines so prominenten Mannes wie Hart waren allgemein bekannt. Also mußte Dodd wissen, daß John Spencer Hart öffentliche Bloßstellung, Blamage und soziale Ächtung nicht würde ertragen können; daß für einen Mann wie ihn das Erdulden von Prozeß, Verurteilung und Gefangenschaft vollkommen außerhalb jeder Diskussion standen. Wenn also Dodd schuldig ist und über sein Verhältnis zu Hart die Unwahrheit gesagt hat, dann verwandelte sich seine an sich harmlose Forderung in eine Waffe, die nicht weniger tödlich war als der Revolver, der Harts Leben auslöschte.«

»Er hat Mr. Hart in den Selbstmord getrieben?«

»Nur wenn wir die Rückseite der Medaille betrachten. Und schließlich – das Verschwinden Ihres Vaters.« Ellery blickte sehr ernst. »Vorderseite: Dodd ist unschuldig. In diesem Fall hat er Ihrem Vater, wie er sagte, die 5000 Dollar gegeben, um einem Mann einen Neuanfang zu ermöglichen, der sich nichts sehnlicher wünschte und nichts dringender nötig hatte. Eine freundliche, großzügige, bewundernswert selbstlose Geste. Aber die Rückseite, wenn Dodd also lügt ... Nehmen wir an, Ihr Vater, Rima, ist über Beweismaterial gestolpert, mit dem sich Dodds Mord an MacCaby nachweisen ließ. Zum Beispiel die Tablettenschachtel, die Herzmedikamente hätte enthalten sollen. Wir haben zunächst angenommen, daß Dodd die Schachtel wieder mitgenommen hat, nachdem MacCaby gestorben war. Wenn aber Ihr Vater ihm zuvorgekommen wäre? Er war eng mit Harry Toyfell befreundet; möglicherweise war er in MacCabys Haus *persona grata*; ein Zufallsbesuch hätte unter Umständen ausgereicht, um das Mißtrauen Ihres Vaters, was MacCabys Tod anging, zu erregen. Da er ein kluger Mann war, hätte er die Tabletten sicher schnell gefunden. Und damit hätten wir einen Tom Anderson, der im Besitz des Beweismaterials ist, das Sebastian Dodd auf den elektrischen Stuhl bringen würde. In diesem Fall könnte die Investition in die Zukunft Ihres Vaters von Dodds Seite aus etwas weniger altruistisch gewesen sein. Mit anderen Worten: einfaches, schmutziges Schweigegeld.«

»Erpressung?« Was er in Rimas Augen sah, veranlaßte ihn dazu, die Äste über ihnen zu studieren. »Sie wollen damit sagen, mein Vater hätte Dr. Dodd erpreßt? Ist es das, was Sie meinen?«

»Wir theoretisieren doch nur, Rima. Und zwischen Theorie und Wirklichkeit stehen eine Menge Wenns.«

»Ich glaube *kein Wort davon*.«

»Am Ende werden Sie mit dem, was Sie glauben, wahrscheinlich über meine Theorien triumphieren. Ich hoffe es sogar für Sie. Aber in diesem Stadium unserer Überlegungen müssen wir uns strikt an den Verstand halten. Und der Verstand verweist auf Erpressung, wenn wir die Rückseite der Medaille vor Augen haben.

Lassen Sie uns noch ein wenig weiterspekulieren.

Tom Anderson hat 5000 Dollar dafür verlangt, daß er mit der Schachtel nicht zu Chief Dakin geht, und Dr. Dodd hat gezahlt. Ein paar Wochen vergehen. Und wieder steht Tom Anderson auf der Matte und verlangt mehr – nein, Rima, bitte hören Sie jetzt zu. Erpressung ist eine Krankheit, die chronisch verläuft und in Schüben kommt. Unersättliche Gier. Eine zweite Geldforderung ist unausweichlich, wenn es eine erste und einen Grund dafür gegeben hat.

Das Opfer eines Erpressers nun hat die Wahl, auf dreierlei Art zu reagieren: Der Betroffene kann immer weiter zahlen, er kann sich weigern zu zahlen, oder er kann es so arrangieren, daß er weder das eine noch das andere zu tun braucht. Wenn Tom Anderson so bald nach der ersten Forderung eine zweite nachschob, dann hätte Dr. Dodd erheblich dümmer sein müssen, als er es de facto ist, wenn er nicht eine Ahnung davon bekommen hätte, was ihm in Zukunft bevorstand … Forderungen in immer kürzeren Intervallen, vielleicht auch höhere Forderungen, und das für den Rest seines Lebens oder so lange, wie er dem Druck standhielt. Das ist keine Aussicht, die einen schuldig gewordenen Mann locken könnte, zumal einen solchen, der mit seinem Geld anderes vorhat. Aber stellen Sie sich vor, Dodd weigerte sich beim zweiten Mal zu zahlen. Es hätte die Gefahr bestanden, daß Anderson mit seinem Beweismaterial zur Polizei geht; das schließlich ist das Druckmittel des Erpressers. In diesem Fall hätte das Dodds Tod bedeutet. Sich zu weigern kam also auch nicht in Frage. Aber Dodd hatte noch die dritte Möglichkeit.«

»Mord.«

»Wenn wir uns weiter an diese Prämissen halten, ergibt sich die Folgerung, daß Sebastian Dodd sich in jener Nacht mit Ihrem Vater auf Little Prudy's Cliff verabredet hat, vorgeblich, um ihm das verlangte Geld zu übergeben, in Wirklichkeit jedoch, um ihn vom Felsen herunterzustoßen.«

Rima richtete sich auf. Sie zitterte. So verloren, ausgekühlt und blutleer sah sie aus, daß Ellery sich ebenfalls aufsetzte und einen Arm um ihre Schultern legte.

»Denken Sie immer daran: Das sind wahrscheinlich alles bloße Hirngespinste.«

»Vielleicht aber auch *nicht*.«

»Tja«, erwiderte Ellery. »Vielleicht.«

Und dann brach es ungestüm aus Rima hervor: »Und vielleicht will ich von dieser ganzen ›Wahrheit‹ nichts mehr hören!«

»Möglicherweise, Rima, ist Ihnen diese Entscheidung längst abgenommen.« Sie wand sich aus seiner Umarmung, lehnte sich auf ihren Fersen weit zurück und starrte ihn an. »Wenn man diese Art von Ungeheuer einmal beim Schwanz gepackt hat, kann man es nicht mehr loslassen. Ich zumindest nicht. Werden Sie mich im Stich lassen?«

Sie senkte den Blick. »Mir wäre schon danach.«

»Wegzulaufen?«

»Ja. Aber das mache ich nicht. Ich weiß, ich könnte es einfach nicht.«

»Ich hatte gehofft, daß Sie das nicht könnten. Also gut.« Ellery erhob sich und schüttelte dabei den Kranz aus Weinlaub ab. »Unsere Aufgabe ist es, eine der beiden Grundmöglichkeiten auszuschließen. Wir müssen herausfinden, welche Rolle Dr. Dodd in dem Ganzen gespielt hat.«

»Wie wollen Sie denn das anstellen?« »Das eigentliche Studium Dodds ist Dodd. Wir müssen ihn beobachten, Ermittlungen anstellen und Schlüsse ziehen. Wenn Beweismaterial existiert – so herum oder so herum – dann müssen wir es finden. Einer von uns, Rima, muß sich in den viktorianischen Bunker an der Ecke Algonquin/Wright Street einschleichen und dort erst einmal bleiben. Sie sind dafür geeignet.«

»Ach, deshalb haben Sie gestern zu mir gesagt …«

»Als meine Assistentin. In der allerromantischsten Dave-Dirk-Tradition. Ich werde Sie sogar Gingivitis nennen. Und mit der Zeit werde ich mich auch sicher daran gewöhnen, daß Sie mich mit ›Chef‹ anreden.«

Rima lächelte nicht zurück. »Ich hätte nie zu Ihnen kommen sollen. Was Sie wollen, ist eine Spionin und Lügnerin. Ich bin mir sicher, daß ich weder für das eine noch das andere Talent habe. Außerdem kommt mir das alles so albern vor. Nur weil die mathematische Möglichkeit besteht … Ellery, ich glaube nicht, daß ich das könnte.«

»Dann lassen Sie es. Ich werde schon einen anderen Weg finden.«

»Sie sind böse mit mir.«

»Nicht im geringsten.«

»Oh doch. Sie denken, es hätte etwas mit … Dr. Winship zu tun oder so was.«

»Hat es das nicht?«

»Nein!«

»Zu schade auch«, sagte Ellery. »Denn Dr. Winship ist Dodds Achillesferse. Ich meine, wie der auf Sie abfuhr …«

»Abfuhr?«

»Oh, ich vergaß; Sie haben eine klassische Erziehung genossen. – Er ist Ihrem Zauber erlegen.«

»Sie sehen da so viel hinein …«

»Und dann die herrliche Geschichte mit der Pinkle! Kam fast wie auf Bestellung. Aber gut, vergessen Sie's. Helfen Sie mir doch bitte beim Zusammenpacken, Rima. Oder möchten Sie noch eine Runde schwimmen, bevor wir aufbrechen? Es wird langsam kühl.«

»Ich habe nicht gesagt, daß ich es nicht täte.«

»Schwimmen?«

»Nein. Spionieren. Es ist nur …«

»Es ist schwer. Ich weiß, liebe Rima. Mord ist ein hartes Geschäft. Und Morde aufzuklären, ist ein noch härteres. Die Thermosflasche?«

Irgendwie schaffte Rima es, langsam wieder hochzuschweben. Wie eine Schneeflocke rückwärts. Sie machte einen solch elenden Eindruck, als würde sie gleich dahinschwinden.

»Was also erwarten Sie von mir, Ellery?«

Bei Ellery kam kein rechtes Triumphgefühl auf. Ohne besonderen Nachdruck antwortete er: »Seien Sie meine Augen, meine Ohren und meine Beine. Die Chancen stehen zehn zu eins, daß ich, sobald ich zurück im Hotel bin, eine Nachricht von Winship vorfinde, in der drinsteht, daß mit Gloria Pinkle alles zu Dr. Dodds Zufriedenheit erledigt ist und daß Sie die Stelle als Arztgehilfin gerne haben können. Wenn ich falschliegen sollte, muß ich eben noch ein bißchen in diese Richtung arbeiten. Aber das schaffen wir, Rima. Überlassen Sie das nur mir.«

»Und wenn ich die Stelle dann habe?«

»Passen Sie eine Chance ab, an Dodds Unterlagen zu Luke MacCaby zu kommen, seine persönlichen Notizen. Hören Sie genau hin, was er so sagt und wem er es sagt. Finden Sie über Winship – ohne sich zu verraten! – alles über Dodd heraus, was sich für uns lohnen könnte. Und berichten Sie mir alles, worüber Sie dabei stolpern. Auch wenn es noch so banal erscheint.« Sanft fügte Ellery hinzu: »Und machen Sie sich keine Sorgen wegen Winship. Er ist ein ernster, sehr einsamer junger Mann, und ich verhalte mich ihm gegenüber äußerst großzügig.«

Rima lächelte. »Und mir gegenüber?«

Ellerys Wangen röteten sich. »Da steckt eine höhere Moral hinter. Ich bespreche das mit Ihnen ein andermal. Aber Sie müssen unbedingt aufhören, Ihr Herz auf der Zunge zu tragen, Rima. – Sind Sie eigentlich verliebt in ihn?«

»Verliebt?«

»Das Wort Liebe führen Ihre Dichter doch ständig im Munde.«

»Ich weiß nicht, was Liebe ist. Ich habe ihn doch erst einmal gesehen.«

»Richtig«, sagte Ellery. »Behalten Sie das im Hinterkopf.« Ellery fühlte sich wie ein Mann, der gerade etwas verloren hatte. Allerdings nur einen Augenblick lang.

»In diesem Moment, Baby, grabscht sich Dave Dirk normalerweise seine Puppe, setzt einen halben Nackenheber bei ihr an, plaziert ein paar zynische Schmatzer auf ihrem perfekten Mund, schickt sie mit einem Klaps auf das Hinterteil in die Höhle des Löwen, so daß er zehn Seiten später dort aufkreuzen und sie den Klauen des lüsternen Gauners entreißen kann. Bereit?«

»Ellery, seien Sie doch nicht albern.«

»Sie scheinen nicht zu kapieren, wo's langgeht, Babe. Sie reden mich *niemals wieder* mit dem Vornamen an!« Ellery fauchte: »Verstanden, Gingivitis?«

Diesmal lachte sie. »Verstanden, Chef.«

»Ein bißchen respektvoller!«

»Chef.«

»Gut. Und vergessen Sie nicht, wer hier was zu sagen hat.«

»Was zu sagen?«

»Alles.«

»Oh, natürlich Sie, Chef!«

»Habe da meine Zweifel.« Ellery sah so kläglich aus, daß Rima lachte und lachte und mit ihrem überschwenglichen Gelächter gar nicht mehr aufhören konnte.

* * *

Ellery holte Rima abends um halb acht an der Fußgängerbrücke an der Congress Street ab. Sie hatte ihre schicken New Yorker Kleider wieder angezogen und lehnte, umringt von einer Schar staunender Kinder, am abblätternden Geländer der Brücke, unter der die Schlucht voller Müll gähnte.

Rima scheuchte sie fort und stieg schnell in Homer Findlays Wagen ein.

»Nun?«

»Ich schlage vor, zum Abendessen nach Slocum zu fahren, Rima«, sagte Ellery. »Zum Barred Rock Inn. Wie kommen wir am schnellsten von hier aus hin?«

»Auf der Shingle Street fünf Blocks in südlicher Richtung; dann in östlicher auf der Old Low Road über die Bahngleise drüber bis zur Route 478. Aber das meinte ich nicht. Ich meinte das mit …« »Das mit Dodd?« Ellery setzte energisch zurück und schoß dann nach vorn; womit er der überreichen Nachkommenschaft der Unterprivilegierten Beine machte. »Natürlich habe ich die Wette gewonnen.«

»Er hat angerufen?« Sie lehnte sich zurück und atmete tief aus.

»Er?«

»Also gut. Dr. Winship.«

»Allerdings nur dreimal. Ich war leicht enttäuscht von ihm.«

»Und was hat er gesagt?«

»Daß Miss Gloria Pinkle nicht mehr in Dodds und Winships Praxis beschäftigt ist. Es sieht so aus, als habe sie vor zehn Tagen heimlich Rafe Landsman geheiratet und bisher nicht den Mut gegabt, es irgendwem zu sagen, was Landsman ärgert. Ihre Flitterwochen haben sie in Parks verbracht. Dr. Dodd hat sie mit einem Monatslohn, seinen besten Wünschen und bei den Juwelieren Myers & Manadnock vom ›Gemporium‹ der Oberstadt geordertem Tafelsilber für 150 Dollar verabschiedet. Sie werden ihre Nachfolgerin. 35 Dollar Lohn die Woche, Kost und Logis. Auf letzteres«, fügte Ellery, während er den Plymouth vorsichtig über die wenig vertrauenerweckenden Bretter der Willow-River-Brücke steuerte, »bin ich ziemlich stolz.«

»Und ich soll da wohnen? Kann ich nicht.«

»Bitte vergessen Sie doch jetzt mal Ihr Lieblingsmärchen vom eingesperrten Vogel. Sie werden dort wohnen und sich wohlfühlen.«

»Ja, Chef.« Ihr Lachen verriet ehrliche Freude.

»Ich sehe, wir kommen der Sache näher. Nun ja, ein Heldenstück war das allerdings nicht; Dr. Winship bedurfte meiner Anregung kaum. Wir stimmten auf der Stelle darin überein, daß ein Mädchen, das auf der Welt niemanden hat, ein unschuldiges und unerfahrenes Mädchen, das keine andere Behausung hat als eine Waldhütte und das einem New Yorker Gauner ein paar hundert Dollar schuldet, sowohl eines anständigen Zuhauses als auch der Möglichkeit bedarf, einiges von ihren Einkünften zu sparen, damit der Kerl endlich von ihr abläßt. Sie kommen in beste Hände; Dr. Winship wiederholte das immer wieder, als wäre ich ein mißtrauischer Verwandter.«

»Sind Sie das etwa nicht?« Rima kicherte.

»Mrs. Fowler und Essie werden sich um Sie kümmern; mir ist dreifach versichert worden, daß Ihr Zimmer abschließbar ist und die Abende Ihnen gehören.« Ellery hupte an der Kreuzung, ohne Rima anzusehen. Kichert auch noch! Er bog links in eine Asphaltstraße ein, die eine Reparatur dringend nötig hatte. »Ist das die Old Low Road?«

»Ja … ich hatte nicht gedacht, daß ich da auch wohnen müßte.«

»Das wird schon alles. Sie fangen morgen um acht an. Dr. Winship wird Sie mit dem Wagen abholen.«

»Ach so. Also gut.«

»Seien Sie einfach da, wo ich Sie immer abgeholt habe. Um viertel vor acht … Sie brauchen sich allerdings nichts darauf einzubilden. Dr. Winship sagte, daß er auch Gloria Pinkle an ihrem ersten Arbeitstag abgeholt habe. Das ist sozusagen eine Art Standardhöflichkeit …«

»Ist ja *gut*!« »Chef.«

»Chef!«

Ellery betrachtete sie gelegentlich unsicher, während sie zu Abend aßen. Rima war bester Dinge. Sie strahlte, zwitscherte, plauderte.

Mittwoch bis Donnerstag, 12. bis 20. April

Am Mittwoch, frühnachmittags, nachdem er sich den ganzen Morgen mit diversen Tassen Kaffees im Hollis Coffee Shoppe hochgepäppelt, den *Record* gelesen, in der Eingangshalle herumgesessen hatte, sich die Haare in Luigi Marino's Hollis Hotel Tonsorial Parlor hatte schneiden lassen und ziellos in der Oberstadt umherspaziert war – sogar in der Carnegie-Bibliothek auf der State Street war er gewesen, und selbst Dolores Aikin am Schalter hatte ihn nicht wiedererkannt, wofür er aus unerfindlichem Grund dankbar war –, gestattete er sich schließlich einen Anruf.

Es war Rima, die den Anruf annahm. Sie klang professionell und zurückhaltend. Sicher doch, sie lebte sich gut ein. Dr. Winship hatte sich aber auch als extrem hilfsbereit erwiesen. Er hatte ihr (beim Frühstück und auch noch danach) eine Stunde lang erklärt, wie sie mit dem Sterilisator umgehen, wie sie die Patienten behandeln sollte und so weiter; und dann waren sie zum Krankenhaus aufgebrochen. Zuvor allerdings hatte er noch Zeit gefunden, zum Square zu eilen, um ihr einen Arbeitskittel zu besorgen, der ihm angemessener schien als das Fifth-Avenue-Kostüm. Seit die Diphterieepidemie wütete, favorisierten die Wrightsviller Schwesternkittel aus Nylon, sie komme sich schon fast wie eine richtige Krankenschwester vor. Die Kittel trockneten, müssen Sie wissen, in drei Stunden und waren bügelfrei ... Ach ja, sie trage flache weiße Schuhe, weiße Strümpfe und ... Ellery bemerkte in abfälligem Ton, er könne sich nicht entsinnen, Gloria Pinkle, Miss Andersons Vorgängerin, in solch properer Aufmachung gesehen zu haben. Oder hatte der Kittel vielleicht einen extrem großzügigen Ausschnitt, und hatte Dr. Winship ihn bezahlt? – Aber Rima lachte einfach in den Hörer; er solle sich da mal nicht vertun, *er, Ellery,* habe für den Kittel bezahlt, das hieß, sie mit seinem Geld, das sie von nächster Woche an zurückzahlen werde. Dr. Winship hatte ihr zwar angeboten zu zahlen, doch sie habe das nicht zugelassen. Wie traulich, sagte Ellery, woraufhin Rima zu lachen aufhörte und ihn kühl zurechtwies, er brauche nicht gleich zynisch zu werden; man konnte wohl im wesentlichen wirklich davon ausgehen, daß die Leute im besten Sinne menschlich seien, bemüht um Freundlichkeit und manchmal auch in der Lage, über ihren Schatten zu springen – selbst Harry Toyfell hatte heute morgen ein paar ermutigende Worte für sie gefunden, und Mrs. Fowler hatte ihr die Benutzung des Kühlschranks gestattet und sie in einem wunderschön altmodischen Schlafzimmer untergebracht, das so viel hübscher war als diese allamerikanische Standardausstattung im Upham House … sie hatte, um es zusammenzufassen, heute eine ganze Menge über das Leben gelernt. Sicher, unterbrach Ellery, das bezweifle ich nicht. Haben Sie aber auch …? Rima ignorierte Ellerys angedeutete Frage, entweder, weil sie nicht allein war oder aus irgendeinem anderen merkwürdigen Grunde, der tief in der weiblichen Psyche verborgen sein mochte. Statt dessen schwärmte sie weiter davon, daß sie überhaupt keine Schwierigkeiten habe, außer mit dem Tippen vielleicht; und daß Dr. Dodd *so* nett zu ihr sei, obwohl sie ihn nur kurz vor dem Beginn der Sprechstunden gesehen habe, als er gerade zum Krankenhaus aufbrach, und … Dinner? Sie werde es versuchen, obwohl Dr. Winship ja erwähnt hatte … außerdem war es ihr erster Tag … und die Pinkle hatte die Sachen wirklich in solcher Unordnung hinterlassen; sie mußte sich einfach ein paar Stunden Zeit nehmen, um sich mit den Krankenblättern vertraut zu machen … »Ja, Dr. Winship! Auf Wiederhören, Ellery.« Ellery hielt auf einmal nur noch den Hörer in der Hand.

Um halb sieben versuchte er es erneut. Als Essie Pingarn ihm jedoch sagte, Miss Anderson speise gerade mit Dr. Winship, erwiderte Ellery, das mache nichts, und sie solle ihr sagen, Onkel Ellery habe angerufen, und hängte ein.

Auf seinem Zimmer im Hollis wartete er bis fast um zehn.

Der nächste Tag war ebenfalls kein Erfolg. Am Telefon ließ sich Rima nichts entlocken; er stellte jedoch fest, daß sie mit einer gewissen Künstlichkeit sprach, als ob der Glanz des Neuen verblaßt wäre und es ihr bereits schwerfiel, noch frisch eingestellt zu klingen. Um halb sechs war er in Dodds Haus.

Rima saß allein im Wartezimmer und mühte sich mit einem einzigen geschwollenen Zeigefinger auf der Tastatur ab. Sie sah krank aus.

»Der Berg kommt zur Prophetin. Stimmt etwas nicht?«

»Ich konnte mit Ihnen doch nicht so ausführlich am Telefon sprechen ...«, sagte sie schnell.

»Wie kommen Sie voran, Rima?«

»Mit der Arbeit? Oh danke, das geht schon.«

»Ich meine nicht die Arbeit.« Er machte sich nicht einmal die Mühe, leiser zu sprechen, obwohl er von dort aus, wo er stand, Harry Toyfell beim Sprengen des Rasens vor dem Haus zuschauen konnte. Essie und Mrs. Fowler stritten sich irgendwo hinten im Haus. Die Sprechzimmer der Ärzte waren verlassen. »Haben Sie etwas herausgefunden?«

»Nein.«

»Haben Sie es überhaupt versucht?«

»Nein!«

»So etwas hatte ich bereits befürchtet«, sagte Ellery kühl. »Nun gut, Rima; was schlagen Sie vor?«

»Ellery, ich kann es einfach nicht.«

»Was können Sie nicht?«

»Herumschnüffeln. Schubladen durchwühlen wie ein Einbrecher.«

»Man könnte ja meinen, ich wäre Charles Dickens' Fagin. Aber sicher brauche ich das ganze verdammte Zeug nicht noch einmal wiederholen«, sagte Ellery in sanftem Ton. »Haben Sie Gespräche mitgehört?«

»Nein ...«

»Oder irgend etwas aus Winship herausbekommen?«

Sie antwortete nicht.

Ellery schürzte die Lippen. »Rima, ich werde Ihnen sagen, was ich mache.«

»Es tut mir leid, Ellery.«

»Ich fahre nach New York zurück.« Schweigen.

»Das hier ist die einzige Chance, die wir haben; und wenn Sie nicht in der Lage sind, sie zu nutzen, dann bin auch ich mit meinem Latein am Ende.« Er nahm ihre Hand. »Ich nehme es Ihnen nicht übel, Rima. Es ist wirklich hart. Ich war einfach zu brutal zu Ihnen. Sollten Sie es sich jedoch noch einmal anders überlegen, schicken Sie mir ein Telegramm. Oder, besser, rufen Sie an. Wenn Sie bitte etwas zu schreiben hätten … Das ist meine Nummer.«

Ihr rannen Tränen die Wange hinunter.

Ellery blieb noch einen Moment lang stehen und fühlte sich einfach nur unfähig. Er war wütend auf sich selbst.

Dann strich er ihr ermutigend über den Kopf, als wäre sie noch ein Kind, lief zurück zum Hollis und reiste ab.

* * *

Eine Woche später kehrte er auf ihre Bitte hin nach Wrightsville zurück. Sobald er seinen Koffer auf Zimmer 835 im Hollis Hotel abgestellt hatte, griff er zum Hörer des Zimmertelefons.

»Ellery.« Sie klang so kühl und beherrscht, als ob sie ein Geheimnis hütete. Bei ihrem Ferngespräch hatte sie noch ganz anders geklungen.

»Soll ich Sie abholen?«

»Machen Sie sich keine unnötige Mühe. Wir treffen uns um sieben im Square Grill.«

»Gut.«

Er probierte gerade Mike Polaris' Kaffee, als Rima das Lokal betrat. Er war überrascht, obwohl er er sich sagen mußte, daß eigentlich damit zu rechnen gewesen war. Sie konnte nicht ewig dasselbe Kostüm tragen. Nun trug sie einen Rock aus Sackleinen und einen Bolero aus demselben erstaunlichen Material; die Bluse war von Lachine's.

»Das ist jetzt der letzte Schrei«, lachte sie und rutschte auf den Hocker neben ihm. »Wußten Sie das etwa nicht?«

»Sackleinen?«

»Al Hummel sagt, *Vogue* hat damit getitelt. Als Damenmodengeschäft auf der Slocum, neben Jeff Hernaberrys Sportgeschäft. Fünf Dollar in bar und den Rest in Wochenraten. Ich habe eine Menge Sachen kaufen müssen. Aber apropos.« Sie legte einen kleinen Umschlag auf die Theke.

»Was ist das?«Eine neue Frisur hatte sie sich auch machen lassen. Zweifellos im Lower Main Beauty Shop.

»Erste Rate. Ich zahle meine Schulden ab.«

»Rima …«

»Nein.«

»Also gut.« Er steckte das Kuvert ein und bestellte zwei Steaks. »Ich höre?«

»Es ist nicht viel. Ich weiß nicht mal, ob es überhaupt etwas zu bedeuten hat.« Sie kramte in ihrer Tasche, allerdings nicht so, als ob sie nach etwas suchte. »Ich bin die Krankenblätter durchgegangen.«

»MacCaby?«

»Ich konnte da nichts Verdächtiges feststellen. Bis auf den Revolver.«

»Wo?«

»In D's Schreibtisch. Ich habe ihn nicht angerührt.«

»Die meisten Ärzte in der Gegend haben einen. Was ist mit seinen persönlichen Sachen? Konnten Sie einen Blick darauf werfen?« »Schon, aber da ist nichts Außergewöhnliches dabei, da bin ich mir sicher. Er hat ein Arbeitszimmer im hinteren Teil des Hauses, im Erdgeschoß. Ich war sogar drin. Keine der Schubladen war verschlossen …«

»Hat er einen Safe in dem Zimmer?«

»Ich glaube nicht. Keinen jedenfalls, den ich gesehen hätte.«

»Haben Sie etwas aus K. W. herausbekommen?«

»Nur daß er beunruhigt ist wegen Dr. Dodd.«

»Warum?«

»Weil Dr. Dodd so beunruhigt wirkt. Ken« – es kam mit enormer Selbstverständlichkeit – »Ken kann auch keine eindeutige

Diagnose stellen. Die physischen Symptome, sagt er, sind die eines Menschen am Rande eines Nervenzusammenbruchs. Aber Dr. Dodd will nicht darüber sprechen, wird jedesmal wütend und behauptet, es sei reine Überarbeitung. Er weigert sich aber, Urlaub zu machen oder zum Neurologen zu gehen.«

Das hatte eine längere Geschichte, dachte Ellery. Diese Zukkungen bekam man nicht über Nacht. »Da steckt mehr hinter als Überarbeitung, Rima.«

Sie wußte, was er meinte. Leer starrte sie auf die Theke und spielte mit ihrer Gabel. »Ja. Ich glaube, es hat etwas zu tun mit dem Raum auf der obersten Etage, obwohl ich Kenneth nichts davon verraten habe.«

»Mit einem Raum auf der obersten Etage?«

»Es ist ein Mansardenzimmer. Dr. Dodd läßt dort niemanden hinein. Nicht einmal Mrs. Fowler oder Essie dürfen dort putzen. Es ist immer verschlossen und es gibt nur einen Schlüssel. Der hängt an seiner Uhrkette.«

Ellery grinste. »Blaubarts Kammer?«

»Ich habe Ihnen doch gesagt, es ist wahrscheinlich nichts.« Mike knallte die Steaks vor ihnen hin, und Rima begann, langsam zu essen.

»Geht er oft dorthin?«

»Einmal am Tag.«

»Tatsächlich? Jeden Tag?«

»Ja, jeden Morgen. Es ist immer das erste, was er tut, sobald er angezogen ist. Er schließt auf, geht hinein und schließt hinter sich wieder zu.«

»Und wie lange bleibt er da meistens drin?«

»Manchmal nur ein paar Minuten. Manchmal auch länger. Aber niemals wirklich lange. Dann kommt er wieder heraus, schließt die Tür ab und geht hinunter zum Frühstück. Essie hat mir davon erzählt. Also habe ich ihn heimlich beobachtet.«

»Mrs. Fowler weiß nicht, was sich in dem Raum befindet?«

»Nein.«

»Winship? Haben Sie mit ihm darüber gesprochen?«

»Das hätte ich kaum gekonnt, ohne zu verraten, woher ich es weiß. Und er hat es nie erwähnt. Ich glaube nicht, daß er davon weiß.«

Sie aßen schweigend.

Schließlich fragte Ellery: »Und wie kommen Sie dort zurecht, Rima? Sind Sie glücklich mit Ihrer Arbeit?«

»Nun ja, ich vermisse die freie Natur, aber …« Sie legte eine Hand auf seinen Arm. »Es tut mir leid, Ellery, daß ich Sie umsonst hergebeten habe. Aber das wußte ich ja nicht. Und Sie hatten doch gesagt …« »Es war nicht umsonst.«

»Sie glauben, es ist wichtig?«

»Ja.«

»Aber was könnte es zu bedeuten haben?«

»Das weiß ich auch noch nicht, Rima. Das Zimmer muß untersucht werden.«

Rima wurde kreidebleich. Nach einer Weile stammelte sie: »Also gut. Ich versuch's … nur weiß ich nicht so recht … ja, und der Schlüssel …«

»Nein«, erwiderte Ellery mit Nachdruck. »Das erledige ich.«

Freitag, 21.April

Ellery begann mit der Erledigung seiner Aufgabe am nächsten Morgen. Kurz nach elf spazierte er zur Algonquin Avenue. Harry Toyfell düngte den Rasen. Er schaute nicht einmal auf.

»Morgen. Dr. Dodd zu Hause?«

»Sehen Sie denn seinen Wagen da drüben nicht?« Toyfell erhob sich und stützte den schweren Sack auf seine Hüfte. »Wo Sie gerade hier sind ...«, fügte er leise hinzu. »Irgend etwas über Tom Anderson herausgefunden?«

»Nichts Schlüssiges, Toyfell. Ich nehme an, auch Sie sind über nichts Besonderes gestolpert?«

Aber der Mann war längst wieder mit Rasendüngen beschäftigt.

Rima und Dr. Winship steckten die Köpfe über einem Stapel Krankenblätter zusammen. Durch einen Türspalt konnte Ellery Dr. Dodd sehen, der gerade seinen Arztkittel anzog. Als sie ihn sahen, sprangen Rima und der junge Winship – für Ellerys Geschmack – ein wenig zu hastig auf; Dr. Winship war sogar leicht rot geworden.

»Rima hat mir schon erzählt, daß Sie wieder da sind«, sagte er und schüttelte Ellery die Hand. »Sie hat Sie vermißt.«

»*Ich* habe sie vermißt, Dr. Winship. Aber ich war ja auch längst nicht so ausgelastet wie Sie hier. Guten Tag, Dr. Dodd!«

Der stämmige Mann kam mit seinen erstaunlich raumgreifenden Schritten herein. Er sah todelend aus. In seinen Gesichtszügen zuckte es unausgesetzt und in seinen Hängebacken schien es fast zu branden. Dennoch klang er recht leutselig.

»Ausgelastet! Wir schaffen es kaum, genug Vorräte an Diphtheriemedikamenten heranzuschaffen. Müssen überall Schluck-Impfungen vornehmen und bekommen kaum noch Schlaf! Unsere Kleine hier hat sich großartig gemacht. Ist mir und Kenneth eine große Hilfe.«

Rima lief purpurrot an und verschwand auf der Stelle mit ein paar Krankenblättern in Dr. Winships Sprechzimmer.

»Ich war recht erstaunt, als Rima uns erzählte, Sie seien nach New York zurückgekehrt, Mr. Queen. Ich dachte schon, Sie hätten aufgegeben.«

»Nein.« Ellery lud und richtete auf der Stelle seine größte Kanone. »Es liegt an den Hotels, Dr. Dodd.«

»Den Hotels?«

»Ich kann sie nicht länger als ein oder zwei Nächte ertragen. Alles, was darüber hinausgeht, ist für mich ein Alptraum der Schlaflosigkeit. Ich hatte diesmal nicht so viel Glück wie früher. Bei den meisten meiner Besuche in Wrightsville habe ich es vermeiden können, in ein Hotel zu gehen – meistens bin ich bei hiesigen Familien untergekommen. Aber Hermy Wright oder die Foxes habe ich Jahre nicht gesehen, und die Van Horns natürlich ...«

Er merkte direkt, daß der Schuß danebengegangen war. Dr. Dodds gequälte Augen verengten sich eine Sekunde lang. »Wie unangenehm für Sie«, murmelte er recht unbeteiligt und schob sofort eine Frage nach: »Dann sind Sie mit Ihren Nachforschungen zu Tom Andersons Verschwinden noch nicht weiter?«

»Leider war bislang alles vergeblich. Nun, Doctor, ich möchte Ihre kostbare Zeit auch nicht länger ...«

»Unsinn, Mr. Queen. Es tut mir gut, von Zeit zu Zeit auch mal einen Fremden zu sehen.«

»Wo mir gerade klar wird, wie verrückt er nach Ihrer Gesellschaft ist, Mr. Queen«, grinste Dr. Winship, »schaffen Sie es vielleicht, ihn dazu zu überreden, mal zwei Tage auszuspannen. Doc, wie wär's mit Lake Pharisee?«

»Um diese Jahreszeit? Blödsinn, Kenneth.«

»Was ist denn am Lake Pharisee?« fragte Ellery, als wüßte er nicht Bescheid.

»Der See liegt nördlich vom Quetonokis Lake, Mr. Queen – hoch in den Mahoganies«, erklärte Dr. Dodd. »Dort verbringen viele ihre Sommerferien. Viele von uns haben dort auch ein Sommerhäuschen. Wenn schon Angelsaison wäre ...«

»Sie könnten das Haus für den Sommer öffnen, Doc«, beharrte Dr. Winship, »und das Boot zu Wasser lassen.«

»Nein, Kenneth.«

»Könnte ich mir schön dort oben vorstellen, gerade um diese Jahreszeit«, sekundierte Ellery. »Besonders, weil man dann wohl alles für sich hat … Könnten Sie sich damit nicht anfreunden, Dr. Dodd? Ich würde mich selbst auch zu einem Tag Holzhacken einladen.«

»Wäre natürlich eine willkommene Abwechslung«, murmelte der Doctor. »Aber ich sehe nicht, wie ich das schaffen sollte … die Klinik … meine Patienten …«

»Nur für zwei Tage!« rief sein junger Partner. »Wer denken Sie eigentlich, daß Sie sind? Gott? Falls nötig, kann ich sicher Walter Flacker bitten einzuspringen – der schimmelt in seiner Praxis an seinem ach so exklusiven Hill sowieso vor sich hin. Ich jedenfalls mache mir um Ihre Patienten keine Sorgen, Doc. Wenn Sie vor lauter Arbeit noch tot umfallen – was nützt das Ihren Patienten?«

Ellery wollte es so erscheinen, als wäre Dr. Dodds Lebensmotor aus dem Takt gekommen und für einen Augenblick sogar stehengeblieben. Für einen Augenblick nur.

Es war kurios, wie gelb er anlief – und wie schnell er sich wieder fing.

Der Schweiß rann ihm über den kahlen Schädel, aber Ellery wußte, daß er zumindest einen Tag lang die Gelegenheit haben würde, Dr. Dodd zu seinem eigentlichen Studium zu machen.

Samstag, 22. April

Rima lag auf der überpolsterten Couch im Wartezimmer in fast vollständiger Dunkelheit. Die weiche, klare Stimme eines jungen Mannes sang etwas Zartes und Sehnsuchtsvolles in einer seltsamen Sprache, begleitet von einem fremdländischen Saiteninstrument. Neben sich konnte sie – durch das Lied hindurch – Kenneth Winship im Takt der Musik atmen hören und die Wärme seiner Hand auf ihrem Knöchel spüren; sie war wie eine kleine Sonne – energiespendend und doch voll glühender Gefahr. Sie wußte nicht, wie spät es war, es mußte wohl bald Mitternacht sein, Samstagnacht – doch was zählte die Zeit? Sie war nicht mehr als eine Maßeinheit; und Wissenschaft interessierte sie heute nacht nicht. Der Tag war so anstrengend gewesen mit so viel Schmerz, geröteten Gesichtern, pfeifendem Atem, hohem Fieber, apathischen Menschen im Krankenhaus, mit dem Zischen des Sterilisators, dem Krähen kranker Kinder. Sie war so erschöpft, daß sie sich benommen fühlte. Vielleicht war es auch diese seltsam altertümliche Musik, die sie benebelte.

Oder der brennende Fleck an ihrem Knöchel.

Der Gesang hörte auf, und die Hitze verflog, als sie fühlte und hörte, wie er von der Couch aufstand. Der Plattenspieler im Wohnzimmer jenseits des Flurs gab nur noch Kratzgeräusche von sich. Rima sah, wie seine hochgewachsene Gestalt unter dem schwachen Licht des Kronleuchters im Flur hindurchwandelte und schließlich von der Dunkelheit verschluckt wurde. Einen Augenblick später hörte das Kratzen auf, und dieselbe junge Stimme, die von demselben albernen Instrument begleitet wurde, hob erneut zu etwas an, was nach einem flehentlichen Schwur klang. Dr. Winship tauchte aus dem Flur auf und ließ sich wieder neben ihr nieder.

»Was war das, Ken?« flüsterte Rima.

»Eine italienische Ballade aus dem vierzehnten Jahrhundert. Erinnern Sie sich an das *Decamerone*? An Boccaccios junge Lebemänner, die vor der Pest von der Stadt aufs Land geflohen waren und dort vor Müßiggang nicht wußten, was sie mit sich anfangen sollten? Das war eines der Lieder, das sie zur Viola sangen.«

»Und dieses hier?«

»›Gloria in Cielo‹, selbe Periode. Ist aber trotzdem ganz anders, finden Sie nicht auch?«

»Ja.«

Ja, dachte Rima. So stimmte einfach alles; und das andere war, ja, das andere war … Sie spürte, wie er ihre Hand nahm, und fuhr mit einer krampfartigen Reflexbewegung hoch.

Und plötzlich stammelte er die absurdesten Worte. Sie hörte seine Stimme und wußte auch, was die Worte bedeuteten, aber sie schienen so unwirklich; sie klangen wie die Sprache des Balladensängers, unverständlich, aber klar wie das Glitzern des Sonnenlichts auf einem Wildbach und ungestüm wie Bilder eines Traums.

»Ich habe dich in dem Moment geliebt, in dem ich dich zum ersten Mal sah, Rima. Ich wußte, ich könnte niemals mehr glücklich werden, wenn du nicht in demselben Raum wärst. Ich weiß, ich bin ein schwerfälliger Ochse und du bist so klein und wundervoll, aber ich werde mich bemühen. Ich werde mich unglaublich bemühen, Rima, ganz unglaublich, Rima …«

Und während seine Worte sich wie die Schallplatte im Kreise drehten, stieß sie plötzlich hervor: »Ich liebe dich, Ken, ich liebe dich. Ich weiß zwar nicht, was Liebe ist, aber ich bin übervoll damit, und alles ist nur für dich, Darling, und es ist so, seit …«

Schließlich drehte sich nur noch die Platte, obwohl sich in Rimas Kopf auch alles zu drehen schien, in demselben, süßen, fast unerträglichen Rhythmus.

Es war Stunden oder Jahre später, als im Wohnzimmer auf der anderen Seite des Flurs plötzlich das Licht anging und Rima Dr. Dodds Stimme hörte. »Komisch, der Plattenspieler läuft. Wo ist denn hier einer?« Auf einmal war die Zeit wieder eine Maßeinheit; sie sprang auf, wobei sie sich mit den Waden gegen die Couch stützte. Kens große Hand gab ihr Halt, und sie hörte ihn sagen: »Alles in Ordnung, Darling. Sind nur Doc und Queen, die vom Lake Pharisee zurückkommen.« Als das Licht im Wartezimmer anging, sah sie Dr. Dodd und Ellery – verdutzt und dennoch sofort im Bilde – im Türrahmen stehen. Und alles war vorbei.

* * *

Später saßen sie, die drei Männer und Rima, im dämmernden Wohnzimmer herum, beredeten das Wunder, das sich ereignet hatte, und schmiedeten Pläne, auf welche Weise ihm denn offizielle Weihe zukommen sollte; und alle waren bester Dinge. Zumindest schien es Rima so. Sie saß gegen Kens Schulter gelehnt und war völlig zufrieden damit, zuzuhören und zu träumen, und dachte überhaupt nicht an ihren Vater oder an den Schatten, den die jüngsten Nöte über ihr Leben geworfen hatten. Sie wünschte nur, daß Ellery weniger und Ken mehr reden würde, damit sie seiner Stimme lauschen konnte. Doch Ellerys Redestrom riß nicht ab. Gerade war er dabei, von ihrem gemeinsamen Ausflug zu erzählen und davon zu schwärmen, welch gewiefter alter Waldläufer Dr. Dodd war. Die ganze Zeit über jedoch, die er so vor sich hin schwatzte, vermied er es, Rima anzusehen. Nach einer Weile wurde ihr klar, daß er ihren Blicken absichtlich auswich, und ihre Freude an dem Abend ließ nach.

Als Ellery plötzlich innehielt, dachte Rima, jetzt verhielte er sich aber allzu sonderlich und begann zu lachen; als jedoch Ken ihr den Mund zuhielt, überkam sie ein leises Schaudern.

»Haben Sie das gehört, Ken?« fragte Ellery mit einem gewissen Unterton.

»Ein Fenster. Irgendwo hinten im Haus.«

»Komisch«, sagte Dr. Dodd.

Sie horchten.

Diesmal hörte es auch Rima. Ein knarrendes Fenster wurde langsam geöffnet. Ein plötzliches Quietschen – Stille – ein weiteres Quietschen – wieder Stille.

»Einbrecher?« scherzte Rima.

Aber niemand schmunzelte. Dr. Dodd erhob sich.

»Doc, wohin gehen Sie?«

»Bin gleich wieder da.« Er huschte unter dem Kronleuchter im Flur vorbei und verschwand in der Dunkelheit des Wartezimmers.

»Was zum Teufel …« murmelte Kenneth Winship.

Dr. Dodd kam durch den Flur zurück; in seiner rechten Hand schimmerte etwas.

»Bitte, nein, Doc. Geben Sie den mir!«

»Kenneth …« »Um Himmels willen. Sie erschießen sich noch aus Versehen selbst!« Der junge Mann nahm ihm den Revolver ab. »Doc, außerdem ist da nichts, wovor wir uns fürchten müßten.« Dr. Dodds Zähne klapperten hörbar. Ken legte eine Hand auf seinen kräftigen Arm. »Ist gut, Doc.« Das Zähneklappern hörte auf; und Ellery hörte Dodd etwas brummeln. »Sie bleiben alle hier …«

»Nein!« flüsterte Rima.

»Verlassen … verlassen Sie mich nicht«, brachte Dr. Dodd mühsam hervor.

Aber Ken war bereits im Flur. Rima eilte ihm hinterdrein.

Dr. Dodd begann wieder zu flattern.

»Ist alles in Ordnung, Doctor«, sagte Ellery. Er nahm den Mann beim Arm, der sich hart und verkrampft anfühlte wie Holz. »Wir gehen vorsichtig hinterher. Es besteht keine Gefahr. Ken war bei der Army.« Dennoch handelte Winship natürlich richtig … Der Tag in den Wäldern hatte Ellery eines ganz klar gemacht: Sebastian Dodd hauste in einer Welt, die von Schimären und Monstren bevölkert war, in der er die Beute war. Wessen Beute? Ellery wußte es nicht.

Ken stand an der Tür am Ende des Flurs und horchte. Rima lehnte platt an der Wand. Ken schaute zurück; Ellery nickte in Richtung Kronleuchter – Dodds Arm hatte er noch immer fest im Griff – und bewegte sich hinüber, bis er den Lichtschalter berühren konnte.

In der Dunkelheit des Flurs pfiff Dodds Atem groteske Melodien.

Die Tür am anderen Ende des Flurs wurde jäh aufgestoßen, und ein bogenförmiger Lichtstrahl aus dem Raum dahinter wurde sichtbar; dann blitzte es auf, und man sah Kens linke Hand vor einer unsichtbaren Wand; sie drückte auf einen Lichtschalter.

Dann hörten sie Ken ruhig sagen: »Keine Bewegung!«

Ellery rannte den Flur hinunter, streifte Rima, blieb stehen.

Der Raum war ein Arbeitszimmer mit einem Schreibtisch im Stil der Jahrhundertwende, ebensolchen Bücherregalen, einem schwarzen Ledersofa und zwei Fenstern auf der Außenseite; einer der Flügel des rechten Fensters stand offen. Einige der Schubladen waren herausgezogen, und in einer von ihnen stak eine große, schmutzige Hand, während die andere eine Taschenlampe hielt. Dahinter kauerte die massige Gestalt Nicole Jacquards.

»Was wollen Sie denn hier, Jacquard?« fragte Ken.

Die Zunge das Mannes kam ein Stück heraus, zog sich dann aber wieder zurück.

»Wonach«, fragte Ellery, »haben Sie gesucht?«

Jacquard stierte nur; er sagte nichts.

»Nick.« Dodds Stimme. Zittrig. »Habe ich Ihnen je eine Rechnung für Emilies Operation geschickt? Oder dafür, daß ich dem kleinen André das Bein gerettet habe? Für die letzten drei Geburten Ihrer Frau? Ist das die Art, wie Sie mir das alles danken, Nick?«

Jacquard antwortete nicht. Seine glasigen Augen irrten umher.

»Aus dem bekommen Sie gar nichts heraus«, sagte Rima. »Der kennt nur Saufen und Klauen. Nicht einmal mein Vater hat etwas an ihn ranbringen können.« Die ganze Vergangenheit vibrierte in ihrer Stimme mit. Jacquard leckte sich die Lippen.

»Queen, nehmen Sie den Revolver hier und halten Sie ihn in Schach«, sagte Ken Winship, »während ich ein Seil holen gehe, um ihm die Pranken zu fesseln ...«

Das wird dich lehren, nie mehr den Blick von einem in die Ecke gedrängten Mann zu lassen, dachte Ellery, während er die

Arme hoch und nach hinten riß, Rima umstieß und auch Dr. Dodd herunterdrückte, sich auf sie stürzte und sie mit seinem Körper schützte. Im ersten unachtsamen Moment, in dem Winship den Kopf kurz abgewandt hatte, war Jacquard mit animalischer Behendigkeit aufgesprungen, um nach dem Revolver zu schnappen. Die beiden Männer waren mit lautem Krach zu Boden gegangen – Ken noch immer im Besitz des Revolvers. Ellery blieb keine Zeit zu helfen; deshalb hatte er sich rückwärts auf Rima und den alten Doctor geworfen, sobald Jacquard losgesprungen war. Alle drei stürzten in demselben Moment zu Boden. Kurz darauf fiel ein Schuß, und alle erstarrten.

Einen oder zwei Augenblicke lang sah man die beiden Männer ineinander verkeilt auf dem Boden liegen, bevor Rima aufkreischte und sich in demselben Moment unter Ellery hervorkämpfte, in dem er auf die beiden Gegner zusprang.

Er spürte warmes Blut auf seine Hände rinnen, als er die Männer berührte.

»Ken!« schrie Rima.

Dann rief sie überglücklich: »Es ist nicht Ken! Es ist nicht Ken!«

Kens Augen waren weit aufgerissen; Ellery mußte ihm auf die Beine helfen. Er indes versuchte, sich aus Ellerys Griff zu befreien, und starrte unverwandt auf Nick Jacquard. »Nein, Ken, nein«, sagte Ellery. »Lassen Sie das Dr. Dodd machen.«

Nach einer Weile schaute Dr. Dodd auf; in seinen Augen flakkerte ein seltsames Licht. »Er ist tot.«

»Tot?« schrie Ken fassungslos.

»Direkt ins Herz, Kenneth. Er ist tot.«

»Ich habe ihn umgebracht.«

»Darling, er wollte dir die Waffe abnehmen«, beschwichtigte Rima und klammerte sich an ihn. »Wir haben es alle gesehen, Ken. Es war nicht deine Schuld. Wir haben es alle gesehen.«

»Im Krieg habe ich einmal einen Deutschen erwischt. In Italien. War ein Brocken wie dieser Jacquard. Erst drehte er eine Pirouette wie ein Ballettänzer, dann knickten ihm die Knie ein und er fiel aufs Gesicht; sein Hinterteil ragte in die Höhe wie das eines betenden Arabers. Tot?«

»Bringen Sie ihn hier raus«, murmelte Ellery in Dr. Dodds und Rimas Richtung. »Und, Doctor, geben Sie ihm etwas. Sagen Sie ihm immer wieder, daß es nicht seine Schuld war. Machen Sie schon! Ich muß Dakin benachrichtigen!«

* * *

Polizeichef Dakin, der längst im Bett war, wie es sich gehörte, erschien morgens um viertel vor zwei; und Ankläger Chalanski, der auf einer Party in der Skytop Road gewesen war, kam erst um viertel nach, was ihm aber, wie er bemerkte, eine Lehre sein solle, »denn selig sind die Guten, denn sie werden die Kopfschmerzen erben – aber wo ich schon bei Kopfschmerzen bin … was war bloß in diesen *Manhattans* drin? … Na, das hier macht uns jedenfalls keine Kopfschmerzen, was, Queen?« Der Ankläger vom Bezirk Wright reichte Ellery eine schlaffe Hand, wobei er nicht zu bemerken vergaß, daß das Verbrechen Ellery wohl genauso auf dem Fuße folge wie ein Gerichtsvollzieher, was Ellery veranlaßte hinzuzufügen, daß er eher denke – oder zumindest hoffe –, es sei anders herum.

Niemand, mit der interessanten Ausnahme von Harry Toyfell, schien den Tod des *Stadtdiebs* zu bedauern, zumindest nicht für die Gesellschaft. Ken war mit seinem Seelenzustand beschäftigt, Rima mit Ken; Essie Pingarn, die mit ihren strammen Lockenwicklern und in einem erstaunlich eleganten, gesteppten Morgenmantel mit großen roten Rosen darauf die Treppe hinuntergerannt und hereingestürzt war, fiel erst einmal in Ohnmacht. Nachdem Dr. Dodd sie wiederbelebt hatte, vergoß sie reichlich Tränen religiöser Natur. Mrs. Fowler war zwar blaß geworden, machte ihren puritanischen Genen jedoch alle Ehre, indem sie mit Kaffeekannen herumlief, an ihrem Hörgerät nestelte und verkündete, der Herr habe seine eigenen Wege, Haltlosigkeit und Sünde zu bestrafen. Dr. Dodd wirkte beinahe fröhlich und scherzte mit Chief Dakin über seinen Waffenschein, erzählte ihm Geschichten über Patienten, die an Schußverletzungen gestorben waren; *er* schien es nun zu sein, der den anderen Rückhalt gab – was Ellery nicht weiter verwunderte, denn er hatte viele Männer gesehen, die die Gegenwart des Todes trügerisch aufmunterte. Dakin und Chalanski behandelten Jacquard wie eine Akte auf einem Aktenstapel. Harry Toyfell wirkte in seinem erdfarbenen Morgenmantel und den verbeulten Pantoffeln wie ein mittelalterlicher Mönch. Er beugte sich über den massigen Körper seines einstigen Trinkbruders, der nun endgültig zum Wrack geworden war, mit verbissenem Stoizismus. Toyfell schlief in einem Raum über der Garage, die hinter dem Gebäude lag und vor langer Zeit als Kutschenhaus gedient hatte. Er war durch den Hintergarten geschlurft; und die Erdkrümel an seinen Pantoffeln waren nah am toten Gesicht seines Freundes.

»Nein, ich habe einen festen Schlaf«, antwortete er Ankläger Chalanski. »Und ich habe nichts gehört, bevor Ihre Sirenen mich geweckt haben.«

»Wäre für Jacquard vielleicht besser gewesen, wenn Sie etwas gehört hätten«, bemerkte Dakin.

Toyfell schüttelte den Kopf. »Es hätte ihn früher oder später sowieso erwischt«, erklärte er. »Nick war ein ungehaltener, zorniger Mensch. Er irrte durch sein Leben wie durch ein Labyrinth, dessen Ausgang er nie fand.«

»Na, jetzt hat er ihn ja gefunden«, sagte Chalanski feixend und wandte sich ab.

Toyfell blieb bei dem Toten.

Aus dem Nichts erschien – plötzlich wie ein Blitzschlag – Malvina Prentiss. Ellery war rechtzeitig ans Fenster getreten, um Zeuge ihrer Ankunft in einem raketenförmigen Cabrio zu werden, dessen irisierende Silberlackierung die verschreckten Straßenlaternen spiegelte. Dakins Männer hatten das Gelände rund um Dodds Haus abgesperrt; dahinter drängte sich eine Menschenmenge. Alle, die Polizisten eingeschlossen, starrten mit offenem Mund auf das silberne Monstrum. Wie Chalanski kam ganz offensichtlich auch sie von einer Party; sie trug ein gewagtes, polynesisch dékolletiertes Abendkleid aus Silberlamé und ein segelartiges Cape aus einem anderen silbrigen Material. Als sie heranwehte und Francis O'Bannon in ihrem Windschatten hinter sich her zerrte, wirkte sie etwa so einheimisch wie eine Kriegsherrin von der Venus. O'Bannon zumindest war nicht auf einer Samstagabendparty gewesen. Er brauchte dringend eine Rasur, sein properer Bostoner Anzug war zerknittert und die Schnürsenkel eines Schuhs schleiften über den Boden. Wenn er mürrisch und rebellisch aussah, dann nur sehr vorübergehend. Sobald sie das Haus erreicht hatten, hielt er bereits Block und Bleistift bereit und trottete hinter seiner Chefin her, ohne auch nur die geringste Eigenkontur zu zeigen.

Miss Prentiss war, wie es schien, gekommen, um der Gerechtigkeit auf die Sprünge zu helfen.

Als man ihr die Fakten mitteilte – Chalanski gab sich mit seiner zerzausten Frisur liebenswürdig, wie es sich für einen Mann empfahl, der eine Kandidatur für den Kongreß zu ergattern versuchte, und hoffte, daß sein volksnahes Einer-von-uns-Image bei der Wählerschaft auch über die Presse ankäme –, begannen ihre edlen Nüstern zu vibrieren, als wäre ihr der Geruch von Korruption in die Nase gestiegen; und sie verlangte ein Interview »mit dem Mörder dieses bitterarmen Vaters von zwölf nun verwaisten Kindern«. Ein Anschlag auf sie – beinahe verübt von einer gewissen Rima Anderson – wehrte der Gentleman aus New York ab. Er war es auch, der lächelnd erklärte, daß der Schuß sich zufällig gelöst habe, einzig Folge der Dummheit Jacquards sei und daß jeder Versuch des *Record*, die Öffentlichkeit vor der Verhandlung gegen Dr. Winship aufzuwiegeln, zynisch, ungerecht, voreingenommen und ein Schulbeispiel schmutzigsten Sensationsjournalismus wäre, der mit allen Mitteln Auflage schinde – und jetzt sind Sie dran, Miss Prentiss! Miss Prentiss lachte; damit war der Fall erledigt. Er drohte nur einmal wieder akut zu werden, als Harry Toyfell gedankenverloren murmelte: »Der Mensch, der in der Zeitung die Wahrheit zu finden hofft, wird auch die Wanderheuschrecke bitten, seine Felder zu schonen.«

Als Miss Prentiss schließlich in einer Silberwolke verschwand – O'Bannon mit seinem Notizblock voller Steno-Gekrakel hinter sich her schleifend –, holte jedermann tief Luft.

So herrschte angemessene Stille, als zwei Männer von Duncans Bestattungsunternehmen Nicole Jacquard forttrugen, um ihn einstweilen zwischenzulagern, bis Coroner Grupp seinen Spaß hätte und ein Geschworenengericht von ehrenhaften Bürgern wie Dr. Winship zusammentreten konnte. Dr. Dodd murmelte leise, daß man sehen müsse, was man für Jacquards Witwe und die Kinderschar tun könne. Harry Toyfell schlurfte hinter den Männern bis zur großen Ulme hinterher. Sein langes, schmales Gesicht erinnerte an das eines tief weisen Mönches.

Dakin beriet sich mit Chalanski, der der Meinung war, daß es nicht notwendig sei, Dr. Winship den Unannehmlichkeiten eines Zellenaufenthaltes vor der Gerichtsverhandlung auszusetzen; man könne ihn ja der Form halber inhaftieren, aber bis zum Verhandlungstag mit der Auflage zu erscheinen freilassen. Als man sich darauf geeinigt hatte, verließen alle das Haus und gingen zu ihren Wagen.

Ellery gelang es nur unter Ächzen, in Dr. Dodds altersschwaches Vehikel zu klettern; eine bleierne Müdigkeit hatte ihn erfaßt. Nichts stimmte mehr, nichts paßte zusammen; die Verbindung zwischen dem Schicksal Andersons und den Todesfällen MacCaby und Hart war so diffus wie immer, vielleicht sogar noch diffuser. Die Ereignisse der vergangenen Nacht hatten der Verwirrung noch eins draufgesetzt. Und doch konnte er sich dem Rätsel nicht entziehen. Es zerrte so heftig an ihm, daß sein Kopf schmerzte. Ich sehe den Wald vor Bäumen nicht mehr, dachte er, als Dr. Dodd den Motor anließ. Ich muß …

Aber dann sah er doch etwas.

Wie eine Doppelbelichtung, dachte er, und das Blut schoß ihm heiß durch die Adern, denn er sah tatsächlich dasselbe Gesicht in doppelter Ausführung. Zwei winzige Männlein in Oberhemden, rutschenden Hosen und Lumberjacks, die in identischer Weise über ihren Vogelschultern hingen, standen nebeneinander auf der Veranda eines kleinen Holzhauses, von Dodds Haus gesehen direkt gegenüber, auf der Algonquin Avenue.

Und guckten.

Die kleinen Schneider vom Granjon Block auf der Washington Street.

Die eineiigen Waldo-Zwillinge.

Welcher war David und welcher war Jonathan? Er hatte Jonathan noch nie gesehen. Nicht, daß das etwas ausgemacht hätte. Jonathan zu sehen hieß, David zu sehen. Sicher würde man Unterschiede finden, wenn man sie mit Röntgenstrahlen untersuchte und in Mikrometern rechnete; sogar Unterschiede in ihren Fähigkeiten würden sich sicher feststellen lassen; dennoch waren sie eine Posse der Natur. Nur – wen kümmerte das? Als Dr. Dodds Wagen schließlich davonstotterte, fragte sich Ellery noch immer, warum bei ihm alle Alarmglocken schrillten, bloß weil er die unwesentliche Entdeckung gemacht hatte, daß die Gebrüder Waldo, die für Otis Holderfield schneiderten, direkt gegenüber von Otis Holderfields Schutzheiligem wohnten, dem vom Schicksal begünstigten Dr. Sebastian Dodd.

Sonntag, 23. April

»Wie bitte?« fragte Ellery. Er hörte noch immer das Glockengeläut, das zum Gottesdienst der First Methodist Church einlud, und Dakins kantiges Gesicht schien in den Konturen seltsam verschwommen. Er rieb sich die Augen. Rima war auch da; sie saß – ohne Ken Winship – auf der Kante von Manager Brooks Bett. »Ich dachte, Jacquard sei tot. Oder habe ich das alles nur geträumt, Dakin?«

»Ich sagte ja auch nicht Jacquard, sondern ich sagte Jacquards Haus. Wissen Sie, Mr. Queen«, sagte der Polizeichef, »er hat in einem Haus gewohnt. Auch wenn es mehr was von einem Hühnerstall hatte mit der ganzen Brut; aber trotzdem muß man es als Haus bezeichnen, auch wenn es an der Polly Street liegt und ihnen die Ratten aus der Hand fressen.«

»Oder *gleich Ihre Hand*«, ergänzte Rima.

»Tatsache ist, ich habe die 5000 Dollar von Rimas Vater heute morgen da drüben gefunden.« Der letzte Schwindel war schlagartig verschwunden, und Dakin hatte seine kantigen Züge wieder. »So«, sagte Ellery wie der kleine Hercule Poirot, stand auf und schloß das Fenster. Ihn fröstelte. Das mußte jetzt ausgerechnet an einem ausgesprochen kalten Aprilsonntag sein. »Also was, Dakin?«

»Also was? Ich hatte gedacht, Sie wären überrascht«, sagte Dakin in erstauntem Ton.

»Das habe ich auch gedacht«, fügte Rima hinzu.

»Also wirklich; Sie hätten Kaffee mitbringen sollen, Dakin. Wo dachten Sie denn, daß Jacquard Geld versteckt, das ihm nicht gehört?«

»Warum haben Sie dann nicht dort gesucht?« Dakin war so früh am Morgen besonders schwer zu ertragen, zumal an einem Sonntag. »Und jetzt fragen Sie mich nicht, warum *ich* bisher nicht da war. Nun, Sir, ich war nicht da, weil niemand es für nötig gehalten hat, mir davon zu erzählen, daß Anderson mit Dodds 5000 Dollar wieder zu Holderfield zurückgekommen ist und ihm aufgetragen hat, sie im Fall, daß ihm etwas zustieße, Nicole Jacquard zu geben. Auch hat mir niemand gesagt, daß Holderfield das wirklich gemacht hat. *Deshalb* habe ich dort nicht eher gesucht, Mr. Queen! Und Holderfield werde ich was erzählen, daß er noch lange an mich denkt!«

»Sie haben ja recht, Dakin«, stöhnte Ellery. »Liegt wohl daran, daß mir von Kindesbeinen an eingeschärft worden ist, bei heiklen Sachen den Mund zu halten. Ach, ganz nebenbei – von wem wissen Sie das alles eigentlich?« »Von mir«, sagte Rima. »Ich hatte so schreckliche Alpträume, daß ich wußte, ich muß zu Chief Dakin. Ken und Dr. Dodd wissen nichts davon. Auch niemand sonst. Ken war schon in der Klinik und Dr. Dodd schlief noch.«

»Klingelt mich mitten in der Nacht aus dem Bett, das Herzchen hier«, sagte Dakin. »Jetzt lassen Sie bitte diesen Warte-nur-bis-ich-dich-allein-erwische-Blick, Mr. Queen, denn sie hat sich als ein besserer Freund der Polizei erwiesen als Sie. Oder haben Sie darauf gewartet, daß Jacquard anfängt, das Geld auszugeben, damit Sie selbst den großen Entdecker spielen können?«

»Das ist unserer langen Freundschaft unwürdig«, sagte Ellery betont würdevoll. »Ich brauche dringend einen Kaffee ... Naja, aber Sie haben es, und das ist die Hauptsache. Die Frage ist nur, was fangen Sie damit an? Ach – und haben Sie zufällig auch den Umschlag gefunden, den Anderson laut Holderfield beigelegt hatte?«

»Zur zweiten Frage: Nein. Jacquard muß den Brief vernichtet haben. Zur ersten: Nun ja, Dr. Dodd hat das Geld Tom Anderson geschenkt, und da Anderson nicht mehr unter uns weilt ...«

»Deshalb bin ich hier«, sagte Rima und fixierte Ellery. »Ich will das Geld nicht. Dr. Dodd hat das Geld an bestimmte Bedingungen geknüpft, und Daddy hat nicht mehr lange genug gelebt, um diese Bedingungen zu erfüllen. Also sollte das Geld dahin zurückgehen, wo es herkam. Und dahin wird es zurückgehen.«

Dakin warf Ellery einen flehentlichen Blick zu. »Tja«, sagte er schließlich und ging zur Tür. Rima folgte ihm. »Warten Sie«, rief Ellery. Beide blieben stehen. »Rima, ich treffe Sie in der Lobby. Ich brauche keine fünf Minuten, um mich anzuziehen.«

Dakin machte ein vorwurfsvolles Gesicht, als sie hinausgingen.

* * *

Ellery nahm Rima mit zum Café; sie nahmen fünf Tische vom nächsten Reisenden entfernt Platz. Rima wollte nur einen Kaffee, danke; also bestellte Ellery zwei Kännchen Kaffee. »Was haben Sie Dakin sonst noch erzählt?«

»Nichts sonst.«

»Warum haben Sie ihm überhaupt etwas gesagt?«

»Ich dachte, er sollte es einfach wissen.«

»Soso. Sie dachten, er sollte es einfach wissen. Ist Ihnen eigentlich klar, daß man im Krieg für so etwas erschossen wird?«

»Ich wußte bislang nicht, daß Dakin der Feind ist.«

»Sie argumentieren wie ein Levantiner«, brummte Ellery. »Natürlich ist er das nicht. Aber Sie sind eingeschworen, auf Ihren Chef. Und der bin eigentlich ich, wie Sie sich sicher erinnern!«

»Ellery.«

»Ja?«

»Ich kündige.«

Ellery nickte; und ein paar Minuten lang hielten sich beide an ihrem Kaffee fest. Schließlich zündete sich Ellery eine Zigarette an und blies ein Fragezeichen in die Luft.

»Ja. Nach dem, was letzte Nacht geschehen ist – Ken und ich … Ellery, ich kann es einfach nicht mehr. Ich kann nicht herumschnüffeln und gleichzeitig Ken so nahe sein. Da ist etwas geschehen, womit weder Sie noch ich rechnen konnten, als wir unsere Absprache getroffen haben. Ich bin sicher, Sie verstehen meine Lage.«

»Natürlich.« Natürlich. Aber passiert war ihm so etwas noch nie. Das kam davon, dachte er reumütig, wenn man Menschen nicht als Menschen betrachtete, sondern als Schachfiguren. »Sie sind vollkommen im Recht, Rima. Eine Liebesbeziehung braucht Vertrauen … Es ist nur … Sie respektieren hoffentlich auch meinen Standpunkt?«

»Sie meinen, daß ich Ken nichts sagen soll?«

»Wegen seiner Loyalität Dodd gegenüber. Er würde sich vermutlich furchtbar aufregen und in seiner Wut Dodd ins Bild setzen. Und das könnte alles verderben.«

»Sie wollen weitermachen?« fragte Rima erstaunt.

Ellery war ebenso irritiert. »Aber sicher.« Dann fügte er etwas unmotiviert hinzu: »Sie wissen ja, Rima, daß Dodd ein sehr kranker Mann ist.«

»Sie meinen seine Nervosität?«

»Seine Phobie.«

»Phobie?«

»Es sind nicht nur die Nerven – oder Sorgen, Rima. Es ist die nackte Angst. Keine vorübergehende, normale Furcht, sondern krankhafte Angst. Obsessive Angst. Und ich glaube, daß genau das mich in Wrightsville festhält. Vor was auf der Welt hat Dodd so entsetzliche, irrationale Angst? Und in welchem Zusammenhang könnte das mit den Todesfällen MacCaby und Hart stehen? Mit dem Schicksal Ihres Vaters? Mit Jacquard?«

»Mit *Jacquard*?« »Ja.«

»Aber Jacquards Tod …« Sie war verwirrt.

»Genau. Erst MacCabys Tod, dann Harts Tod, dann der mutmaßliche Tod Ihres Vaters und nun Jacquards Tod. Alle miteinander verwoben. Sie erinnern sich, Rima? Das Doppelspiel.«

»Aber – aber es war doch seine eigene Schuld.«

»Gütiger Himmel, ich habe es doch nicht auf Ihren Liebsten abgesehen! Der arme Ken war in jedem Falle nichts anderes als ein Instrument des Schicksals. *Das* meinte ich nicht. Ich meinte – natürlich theoretisch – die beiden Seiten der Medaille. Erste Möglichkeit: Jacquard, ein bedeutungsloser kleiner Dieb, brach in das Haus des neuesten Millionärs der Stadt ein. Nach Mitternacht, in fast völliger Dunkelheit, wie Sie sich erinnern werden.

Warum? Ganz offensichtlich, um etwas zu stehlen. Was? Alles, was nicht niet- und nagelfest war. Ort, Zeit, Umstände, das Opfer seiner Wahl, der allgemein bekannte Charakter des Einbrechers – alles paßt in dieser simplen Version wunderbar zusammen.

Doch was ist, wenn wir die andere Seite der Medaille betrachten – mit Dodd als dem Bösen? Fest in den Klauen einer todbringenden Phobie? … Verfolgen wir das Ganze bis zu Jacquard.«

»Ich verstehe nicht …«

»Lassen Sie uns weiterhin annehmen, Dodd brachte MacCaby des Vermögens wegen um, trieb Hart in den Selbstmord, um die alleinige Kontrolle über die Färberei zu erlangen, tötete Ihren Vater, um weitere erpresserische Geldforderungen abzuwehren. Wenn es so war, dann war Ihr Vater im Besitz von Material, das Dodds Schuld eindeutig bewies – im Besitz der Tablettenschachtel etwa, die Dodd MacCaby gab, oder irgend etwas anderem. Darauf kommt es nicht an.

Kommen wir zu Tom Anderson. Anderson ist ein kluger Mann. Er weiß, daß Dodd ein Mörder ist und daß ein Mann, der zweimal gemordet hat, dies auch ein drittes Mal tun wird. Und er, Anderson, setzt nun Dodd unter massiven Druck. Er weiß, in welche Gefahr er sich damit begibt. Also versteckt er sein Beweismaterial.

Er versteckt es; aber wie genau geht er vor? Er deponiert bei Holderfield einen versiegelten Brief mit der Anweisung, daß wenn ihm – Anderson- – etwas zustoßen sollte, der Umschlag Nick Jacquard zu übergeben sei. In den Umschlag hat er nicht nur die 5000 Dollar gesteckt, die er von Dodd hatte, sondern auch einen Brief an Jacquard, in dem er Jacquard über Dodds Verbrechen, über das Beweisstück und dessen Versteck ins Bild setzte. So daß Jacquard Dodd, wenn er denn glaubte, aller Probleme ledig zu sein, da er Anderson getötet hatte, einen ordentlichen Strich durch die Rechnung machen konnte, indem er ihn weiter erpreßte. Sie waren doch Freunde, nicht wahr? Und Anderson hatte sich verändert; der ehrwürdige Literaturprofessor war er schon lange nicht mehr.«

Rima sagte nichts, aber der Zorn stand ihr ins Gesicht geschrieben.

Ellery ließ sich nicht beirren und fuhr fort. »Und wo hatte Tom Anderson das Beweismaterial versteckt? Was hat denn Jacquard, Andersons Erbe sozusagen, gestern nacht gemacht? Er ist in Dodds Arbeitszimmer eingebrochen. Stellen Sie sich bitte vor, Andersons Brief hätte folgenden Satz enthalten: ›*Ich habe das Beweisstück am letzten Ort versteckt, an dem Dodd danach suchen wird – in seinem eigenen Arbeitszimmer.*‹ Dodd selbst hat uns erzählt, Anderson sei mindestens zweimal in Dodds Haus gewesen. Nehmen wir einmal an, die Gespräche über das Geld haben nicht, wie Dodd sagte, in seinem Wartezimmer stattgefunden, sondern in seinem Arbeitszimmer. Und nehmen wir an, Dodd wurde kurz herausgerufen, und Anderson war eine Weile allein im Arbeitszimmer! Sie sehen also, wohin uns diese Überlegungen führen, Rima? Zu einem Jacquard, der bei Dodd einbricht, um an das Beweismaterial zu kommen, mit dem Anderson Dodd erpreßt hatte, weshalb Dodd ihn beseitigte. Dodd, Dodd, und noch einmal Dodd. Dodd, der angstzerfressene, phobiengeplagte Mensch. Immer wieder Dodd. Das ist der Grund, warum ich unbedingt Zugang zu diesem Haus bekommen muß, Rima. Natürlich ist das nur eine von zwei Theorien. Aber wenn es gelänge, den Beweis zu finden – dessen Jacquard nicht mehr habhaft wurde –, wäre eine der Alternativen damit ausgeschlossen. Es wäre dann klar, wohin uns unsere Ermittlungen führen. Oder etwa nicht, Rima?«

Rima lächelte frostig. »Entschuldigen Sie, Mr. Queen. Aber das glaube ich einfach nicht. Was Sie da ausspinnen, wäre allenfalls akzeptabel als eine Art pervertierte Dichtung. Aber pure Einbildung bleibt es. Sie hätten in Coleridges Tagen leben sollen. Oder mit De Quincey Opium rauchen. Ich gehe jetzt zurück zu Ken und Dr. Dodd, einem sanftmütigen, von Sorgen gebeutelten Mann … wahrscheinlich kostet ihn die ständige Überarbeitung die letzten Nerven. Er ist einfach ausgebrannt – aber doch kein Mörder, nicht die Nemesis eines reichen und eines törichten

Mannes, eines armen Schluckers und eines Diebes … Ellery, was haben Sie?« Ellery hockte zusammengekauert da und schien seelenruhig zu beobachten, wie die Zigarette seinen Zeigefinger anschmorte – als wäre er ein Yogi.

»Ellery!« Sie schlug ihm auf die Hand, und der Stummel fiel mit einem beleidigten Zischen in seine Kaffeetasse. »Was ist los mit Ihnen?«

Mit einem Schlag war Ellery wieder zurück im Café des Hollis und sprang so plötzlich auf, daß er beinahe den Tisch umgeworfen hätte.

»Ellery! Wo wollen Sie hin?«

»Zu Dodd! … Rechnung bitte. Ich meine … Verflucht, ich kann auf das Wechselgeld nicht warten. Schläft noch, sagten Sie? Rima, kommen Sie!«

»*Wovon reden Sie überhaupt*?«

Aber er war schon draußen und winkte dem Taxi, das dort stand.

* * *

»Dr. Dodd«, begann Ellery, »ich werde Ihnen jetzt ein Märchen erzählen.«

Sie hatten Dodd in seinem Arbeitszimmer vorgefunden; er saß im Pyjama und ausgefranstem, schwarzem Morgenmantel an dem Schreibtisch, an dem Jacquard am Vortag seinen letzten Auftritt gehabt hatte. Mit beiden Händen umfaßte er die wild tanzende Tasse und schlürfte schwarzen Kaffee, während er aus dem Fenster starrte, das zum Garten hinausging. Nichts war zu sehen außer Harry Toyfell, der um ein Beet mit Narzissenschößlingen herum die Erde umgrub. Ken war gerade dabei, Dodd über einen Patienten zu berichten, bei dem er soeben Visite gemacht hatte, doch Dodd schien gar nicht zuzuhören. An diesem Morgen war es nicht so sehr Dodd selbst, der zitterte, sondern er schien den Erschütterungen eines permanenten Erdbebens ausgesetzt zu sein.

Er versuchte zu lächeln, aber das Lächeln zerbarst in zahllose chaotische Einzelzuckungen. Er schien fasziniert zu sein von Toyfells Bewegungen, vom Aufwerfen und Niederregnen der Erdkrumen.

Ken Winship war ebenfalls nicht in bester Verfassung; Rima streichelte sanft über seine müden Lider. »Ellery, ich glaube nicht, daß das der richtige Zeitpunkt dazu ist.«

Und ob es das war, dachte Ellery.

»Nur ein Märchen«, wiederholte er. »Aber man muß daran glauben. Und weil man daran glauben muß, Dr. Dodd, sollten Sie mir so konzentriert zuhören, wie Sie nur können.«

Dodds Aufmerksamkeit war ihm sicher, doch hielt sich Ellerys Triumphgefühl in engen Grenzen, als er sah, wie es den Mann vor Angst schier zerriß.

»Ich sagte Ihnen doch ...« begann Ken.

»Darling, bitte hör zu«, bat Rima.

»Ich muß allerdings ganz am Anfang beginnen ... Nach Wrightsville bin ich mit einer Theorie gekommen; und nach dieser Theorie war Tom Andersons Tod nur ein Glied in einer Kette, genauer gesagt, das dritte. Das erste Glied war der Tod Luke MacCabys und das zweite der Tod John Harts. Gestern nacht starb Nick Jacquard; und gestern nacht fügte ich meiner Theorie die Annahme hinzu, daß Jacquard das vierte Glied der Kette bildet.«

»Von was in aller Welt sprechen Sie, Ellery?«

»Ken, bitte hören Sie zu.«

»Dr. Dodd, heute morgen wurde aus meinem bloßen Theoriegebäude Gewißheit. Die Todesfälle MacCaby, Hart, Anderson und Jacquard stehen in einem eindeutigen Zusammenhang. Und zwar, nebenbei bemerkt, auch in genau dieser Reihenfolge. Inwiefern sie nun zusammenhängen ...«

»Was?« krächzte Dr. Dodd.

»Ich möchte, daß wir es gemeinsam herausfinden, Doctor«, sagte Ellery. »MacCaby starb als erster. Wie würden Sie MacCaby beschreiben?«

Dodd klammerte sich an die Schreibtischkante. »Wie meinen Sie das?«

»Nicht körperlich. Sondern als Persönlichkeit.«

»Ein Exzentriker.«

»Nein, mehr in gesellschaftlicher Hinsicht. Worüber sie sich in Wrightsville am meisten das Maul zerrissen haben, nachdem er gestorben war.« Ellery unterbrach sich einen Moment. »Jedermann dachte, er sei ...?«

»Ein armer Mann?« Dodd schielte über den Schreibtisch hinweg.

»Obwohl er ein Wirklichkeit was war?«

»Ein wohlhabender Mann.«

»Kommen wir zum zweiten Todesfall, Hart. Wie würden Sie nach denselben Kriterien Hart beschreiben, Doctor?«

»Er hat Geld unterschlagen.«

»Richtig. Aber was ist der Grund dafür, daß Hart am Ende seines Lebens genauso armselig dastand wie der elendste Habenichts aus der Unterstadt?«

»Daß jeder dachte, er sei Millionär, während er in Wirklichkeit keinen Penny mehr in der Tasche hatte?«

»Ja. Der Mittellose stellte sich als reich heraus und umgekehrt. In unserer Gesellschaft, wo das Anhäufen von Geld zur Lieblingsbeschäftigung der meisten Bürger geworden ist, wird der Verlust desselben zur Katastrophe. Schlimmer kann es kaum kommen. Also war es – nach den Kriterien unserer Gesellschaft – das Entscheidende an Luke MacCaby, daß man ihn für arm hielt, obwohl er reich war; und das Entscheidende an John Spencer Hart war – anders herum –, daß man ihn für reich hielt, obwohl er in Wirklichkeit arm war.

Und jetzt beschreiben Sie bitte Tom Anderson.«

»Ist in Ordnung, Doctor«, begann Rima.

»Nein«, beharrte Ellery. »Lassen Sie uns auf das Sozialökonomische konzentrieren. Wir haben uns bis jetzt mit den Vermögensverhältnissen der Betroffenen beschäftigt, nicht wahr? Reichtum – Armut. Was war nach diesen Kriterien Tom Anderson?«

»Arm.«

»Mehr als arm – oder eher weniger. Armut ist ein relativer Begriff, Doctor, wie der des Vakuums. Aber Tom Anderson war das absolute Extrem. Ökonomisch gesehen ein Aussätziger. Rima, in New York haben Sie mir erzählt, wie man Ihren Vater in Wrightsville noch nannte, wenn man nicht auf seine Trunksucht anspielte.«

»Den *Stadtbettler.*«

»Er wurde also auch *Stadtbettler* genannt. Und Jacquard, der in dieser rätselhaften Ereignisfolge der nächste war? Wie nannte man ihn?«

»Einen kleinen Dieb … den *Stadtdieb.*«

»MacCaby war der reiche Mann; Hart der arme Mann, Anderson der Bettler, Jacquard der Dieb.« Ellery legte eine Kunstpause ein. Dann fuhr er leichthin fort: »Reicher Mann, armer Mann, Bettelmann, Dieb.« Wieder schwieg er einen Moment. Als niemand etwas sagte und ihn alle nur leer anstarrten, riß Ellery sein Jackett auf, warf seine Krawatte über eine Schulter und tippte mit einem energischen Zeigefinger auf seinen obersten Hemdknopf. *»Reicher Mann«* – einen Knopf darunter – *»armer Mann«* – noch einen tiefer – *»Bettelmann«* – auf den vierten – *»Dieb!«*

Jetzt verstanden sie. Er brachte seine Krawatte in Ordnung und knöpfte sein Jackett wieder zu. »Ich weiß, ich weiß, ich hab sie nicht mehr alle. Vier Männer sterben, alle unter völlig … erwachsenen Umständen, und da kommt der mit einem Kinderreim, einem Zahlenspiel für die Kleinen, einem absurden Abrakadabra. ›Was wird einmal aus dir, wenn du groß bist, mein Junge? Zähl es an deinen Knöpfen ab!‹ Und dann tippt Junior mit seinen Patschfingern auf seine glänzenden, kleinen Knöpfe und piepst: ›Reicher Mann, armer Mann, Bettelmann, Dieb …‹ Sagen Sie's schon! Geben Sie zu, daß dies die Formel ist – ob verrückt oder nicht –, mit der sich die Geister der vier Toten beschwören lassen – MacCaby, Hart, Anderson und Jacquard! Sie sind doch ein Mann, der an vierblättrige Kleeblätter glaubt – warum glauben Sie dann nicht auch, daß vier Männer im Rhythmus eines Verses gestorben sind?«

Der Schweiß rann Dr. Dodds fleckigen Schädel in Strömen herab. »Ich weiß nicht, was ich dazu sagen soll«, stammelte er.

»Sie müssen es glauben! Lassen Sie es sich nur einmal durch den Kopf gehen! Betrachten Sie es sich von allen Seiten! Schlafen Sie drüber! Untersuchen Sie es meinetwegen wissenschaftlich. – Was sonst könnte es bedeuten? Was sonst könnte es sein? Vier Männer sterben nach der Logik eines Kinderreims. Lächerlich! Verrückt! Aber wahr.«

»Zufall.« Ken Winship konnte seinen Zorn nicht verbergen.

»Vier? Einer sicher, zwei vielleicht, drei möglicherweise noch – aber vier, Ken? Nein. Das ist kein Zufall. Da steckt ein Plan dahinter.«

»Wessen Plan?«

Rima sagte nichts, aber sie war totenbleich geworden.

Dr. Dodd tupfte sich nervös den Schädel.

»Doc, jetzt seien Sie doch nicht kindisch! – Schaun Sie, Ellery.« Ken klang auf einmal sehr sachlich. »Das wäre sicher eine großartige Story für einen Ihrer Romane, aber lassen Sie den romantischen Kinderkram einmal beiseite. MacCabys Herz versagte. Hart hat sich eine Kugel in den Kopf gejagt. Anderson – von dem wissen wir nicht einmal, ob er tot ist. Und Jacquard … Und Sie behaupten, da stecke ein planender *Kopf* hinter?«

»Es bleibt dabei … *Reicher Mann, armer Mann, Bettelmann, Dieb.* Ein Plan, Ken. Kein Zufall. Ein Kopf, der Regie führt – möglicherweise, ohne sich die Hände schmutzig zu machen. Ich glaube fest daran. Ich habe gar keine Wahl. Und Sie, Doctor« – Ellery lehnte sich weit über den Schreibtisch –, »*Sie* haben auch keine.«

»Ich?« Dr. Dodds Augen irrten ziellos umher. »Warum?«

»Das Ganze ist noch nicht zu Ende.«

»Was ist noch nicht zu Ende?« fragte Ken gereizt.

Rima war erschreckend schweigsam.

»Augenblick, Kenneth.« Der schlotternde Mann war auf einmal seltsam ruhig. Langsam intonierte er: »*Reicher Mann, armer Mann, Bettelmann, Dieb; fröhlich, traurig, böse, lieb; Schippe, Eckstein, Herz und Treff; Doctor …*«

»Nein, Rima.« Winship sprang lachend auf. »Darauf soll es also hinauslaufen ...«

»Doktor«, nickte Ellery. »Dr. Dodd, Ken. Indiziert. Auf der schwarzen Liste.«

Dodd begann erneut zu zittern. Man mochte ihn kaum anschauen.

»Die fünfte Person in Ihrem Reim ist ein ›Doktor‹; und das heißt also: Dr. Sebastian Dodd. In einer Stadt mit dreizehn praktischen Ärzten, vier Zahnärzten – und ich weiß nicht, wie vielen sonstigen Medizinern – bedeutet ›Doktor‹ in einem Kinderreim natürlich Doc Dodd. Queen; wer nimmt hier eigentlich wen aufs Korn? Und warum?« Ken klang nun äußerst geladen.

»Ich verstehe Ihre Wut, Ken«, erwiderte Ellery ohne Bitterkeit. »Oberflächlich betrachtet, ist es Schwachsinn oder Schlimmeres. Aber graben wir einmal tiefer. Dr. Dodd ist der einzige Doktor in Wrightsville, der zu allen vier Toten – MacCaby, Hart, Anderson, Jacquard – in eindeutiger Beziehung stand. MacCaby war Dodds Patient; Dodd erbte sein Vermögen. Dodd wurde so Harts Geschäftspartner und schließlich alleiniger Besitzer des MacCaby-Hart-Unternehmens, weil Hart sich umbrachte. Dodd gab Anderson kurz vor seinem Verschwinden 5000 Dollar. Und es war Dodds Haus, in dem Nick Jacquard umkam – durch eine Kugel aus Dodds Revolver. *Das* ist es, warum ›Doktor‹ in unserem Vers Dr. Dodd bedeutet, Ken. Nennen Sie es Kaffeesatzleserei oder Paranoia; dennoch bleibe ich der festen Überzeugung, daß jemand Dr. Dodd auf seine Liste gesetzt hat – als Nummer fünf. Erkennen Sie das doch endlich! Und treffen Sie Vorkehrungen zu Dr. Dodds Schutz! Ich biete Ihnen meine Hilfe an, wenn Sie ...«

»*Ken!*«

Auf Rimas Aufschrei hin wirbelte Dr. Winship herum. Aber Ellery hatte ihn schon zur Seite gedrängt.

Sebastian Dodd stand aufrecht hinter seinem Schreibtisch. Sein Mund stand offen, und seine Augen bargen nichts als namenlosen Schrecken wie Käfige wilde Tiere.

Gerade in dem Moment, in dem Ellery bei ihm war, stürzte er vornüber.

* * *

»Schock«, sagte Ken in offiziellem Ton. Sie standen außerhalb Dodds Schlafzimmer, in dem Rima am Bett wachte. Beide Männer waren nervös und gereizt.

»Sein Herz ist gesund; wäre dem nicht so, Queen, dann hätten Sie ihn jetzt auf dem Gewissen!«

»Er ist kränker, als ich dachte. Aber ich hatte keine andere Wahl. Jemand hat es auf ihn abgesehen. Ich mußte ihn warnen. Er muß verdammt auf sich aufpassen!«

»Ich werde auf ihn aufpassen. Morgen früh ist er wieder auf den Beinen.«

»Ich wäre Ihnen gerne behilflich, Ken.«

Winship antwortete nicht.

»Es hat doch keinen Zweck, wenn wir uns hier anknurren wie zwei fremde Rüden. Sie haben Rima und ein langes Leben vor sich, und ich kann mein Gewissen nicht einfach so ausblenden. Wir schulden Dr. Dodd beide etwas. Der einzige Dienst, den wir ihm jetzt erweisen können, ist, auf ihn aufzupassen und herauszufinden, was hier gespielt wird.« Ellery fügte ruhig hinzu: »Mich wird sowieso niemand davon abhalten.«

»Ich glaube einfach nicht an diesen Unsinn«, knurrte Ken Winship.

»Dodd aber. Sie haben ja gehört, was er sagte, als Sie ihn wiederbelebten. Arbeiten wir nun zusammen, Ken, oder gegeneinander?«

Ken entspannte sich plötzlich. »Ach, verdammt, was soll ich mich hier lang rumstreiten. Dann packen Sie doch Ihre Sachen im Hollis zusammen und ziehen in einen dieser Räume. Wenn Sie recht behalten, Ellery, dann … dann schenke ich Ihnen eine ganze Sammlung von Kinderversen!«

Montag, 24. April

Er hätte den Schlüssel vom Schlüsselbund nehmen können, als Dodd unter dem Einfluß starker Beruhigungsmittel schlummerte, dachte Ellery; aber im Weg waren der wehrhafte, geharnischte Ken und die kleine loyale Rima, die paradoxerweise vor seinem Gewissen Wache stand, gerade weil sie zur anderen Seite übergelaufen war.

Er war dann zum Hollis gefahren, um seinen Koffer zu holen; und als er zu Dodds Haus zurückkehrte, erwies sich Ken als ein Verbündeter, der seine Waffen dennoch stets schußfertig hielt. Ellery ließ er nicht eine Minute allein. Am Sonntagabend war es Ellery unter dem Vorwand, »das Haus zu inspizieren«, gelungen, den jungen Doctor ins Dachgeschoß zu manövrieren. Sie hatten Schubladen geöffnet, in Winkeln herumgestochert, die mit historischem Mobiliar und allem möglichen Plunder aus dem vergangenen Jahrhundert vollgestopft waren – dies waren zur Glanzzeit des Anwesens die Dienstbotenzimmer gewesen –, als sie schließlich zu einer schmalen Tür mit modernem Schloß gelangt waren, die sich nicht öffnen ließ. »Was ist denn hier drin?« hatte Ellery betont beiläufig gefragt. »Weiß der Kuckuck. Vielleicht die etwas feudaleren Erbstücke der Familie Dodd. Hat der Doc nie erwähnt.« Ken war einfach weitergegangen. Das war also das gewesen; und als sie wieder nach Dr. Dodd schauten, fanden sie ihn aufrecht im Bett sitzend, wie ein alter Frosch in der Lähmung versiegender Lebenskräfte, wie ein breiter Klecks auf dem Lilienmuster der Flickendecke.

Ihre Unterhaltung mit ihm geriet zu einer Trauersymphonie, in der Winships und Rimas Partien viel zu lebhaft gespielt waren. Und die Coda fiel gänzlich anders aus als erwartet. Der Doctor drückte Ellery seinen Dank für dessen Bemühungen aus, und er sei auch mehr als willkommen im Haus; aber er habe Zeit gehabt, über alles nachzudenken, und er habe erkannt, daß alle Vorsichtsmaßnahmen reine Zeitverschwendung seien. »Ich brauche nicht bewacht zu werden, Mr. Queen. Ich muß sterben, und zwar durch niemandes Hand. An manchen Phänomenen kann man keine Biopsie vornehmen. Trotz unserer Sulfonamide, Atombomben, Elektronenmikroskope und Achtzig-Meter-Teleskope haben wir nicht einmal den Schatten einer Ahnung davon, was die Welt im Innersten zusammenhält. Wir wissen darüber so viel, wie diese Amöbe im Wasserglas weiß, was in diesem Raum vor sich geht. Alles, was wir tun können, ist abzuwarten und uns nicht zu sehr zu ängstigen.« Es war ihm sogar gelungen zu lächeln; doch dieses Lächeln wirkte noch deprimierender als die ungepflegten Bartstoppeln auf seinen Hängebacken. Während er sprach, lagen seine Kleider auf einem Stuhl neben dem Bett, und der Schlüsselbund schaute heraus; aber er war so unerreichbar wie der Kleine Wagen im Weltall.

Als Ellery um zwei Uhr morgens barfuß in den Flur geschlichen war, hatte er Dr. Dodds Tür verschlossen gefunden. In seiner Enttäuschung war ihm dies vorgekommen wie ein infantiler Versuch, sich vor einem heranrollenden Schwerlaster zu verbarrikadieren, obwohl eine abgeschlossene Tür ja weniger Brachiales abzuhalten vermochte. Fluchend war Ellery ins Bett zurückgekrochen.

So kam es, daß er im Morgengrauen – barfuß, im Pyjama und fröstelnd – flach ausgestreckt auf der gefährlich steilen Schräge des Daches auf der Rückseite lag und Zentimeter für Zentimeter auf das Fenster der Kammer im Dachgeschoß zurobbte, die stets verschlossen war. Er hatte beschlossen, aufs Dach zu klettern, nachdem er sich – noch bevor es zu dämmern begonnen hatte – vom hinteren Garten aus die Lage des mysteriösen Mansardenzimmers zwei Stockwerke höher angesehen hatte. Der helle Lichtstrahl seiner starken Taschenlampe, die einen Stammplatz in seinem Koffer innehatte, war auf eine beschädigte Jalousie gefallen. In der vagen Hoffnung, dies sei seine Chance, war er zum Dachgeschoß hochgestiegen, war in eines der Kämmerchen direkt neben dem verschlossenen Raum eingedrungen, hatte dessen Mansardenfenster geöffnet und war aufs Dach hinausgekrochen. Gottseidank fand er die Dachrinne mit einem altem, aber stabilen Kupfergitter gesichert; und es gelang ihm, indem er sich gegen das Gitter stemmte, zum Fenster nebenan zu klettern. Als er dort anlangte, stellte er fest, daß der einzig lohnende Einblick in den Raum nur erreichbar war, wenn er sich an die glupschäugige Überdachung des Mansardenfensters hängte wie eine krumme Wimper – wobei seine eine Hälfte durch nichts Substantielleres mehr gestützt wurde als die nebelschwere Luft der Morgendämmerung.

Es war mittlerweile hell genug; und die Jalousielatte war weit genug eingeknickt, um ihm einen fast vollständigen Einblick ins Innere zu gewähren. Wenn er nun tote Körper (oder lebendige) erwartet hatte, dann war der Einblick enttäuschend; was er von dem Raum sehen konnte, wirkte unbewohnt und spärlich möbliert. Ein Schreibtisch aus dem vorigen Jahrhundert mit integrierten Regalen für eine kleine Handbibliothek, den eine vergangene Generation dort hinterlassen hatte, stand auf dem nackten Boden; ebenso ein klobiger Sessel aus derselben Periode. Auf dem Regal an der Seite des Tisches, die er sehen konnte, standen ein paar Bücher. Auf dem Regälchen unterhalb der Tischplatte befanden sich Gegenstände, die er nicht identifizieren konnte; und auf der Tischplatte selbst lagen, soweit er erkennen konnte, zwei Stapel Spielkarten mit der Rückseite nach oben. Sonst war in dem Raum nichts auszumachen als Spinnweben und Staub. Ellery wandte sich vom Fenster ab und setzte sich mit angewinkelten Knien und den nackten Füßen gegen das Kupfergitter gestemmt aufs Dach. Er zündete sich eine Zigarette aus der Schachtel an, die er klugerweise in eine seiner Pyjamataschen gesteckt hatte. Dort saß er nun auf dem eingedellten Dach und rauchte – neugierig bestaunt von den Bergen im Norden – unter der aufgehenden Sonne von Wrightsville seine Zigarette. Er war schmutzig und verschwitzt, und er dachte fieberhaft nach. Ein älterer Landarzt stand jeden Morgen auf und schloß sich in einer Geheimkammer auf dem Dachboden ein, um … was zu tun?

Um Patiencen zu legen? Bücher zu lesen? Zu beten?

* * *

Die Sonne war erst einen Fingerbreit höher geklettert, und seine Beine waren erst ein bißchen steif. Der Doctor war ein Frühaufsteher, und diesen Morgen hatte er allen Grund, noch früher aufzustehen … Das Dach schien sich mit den Jahren geschält zu haben; durch seine dünne Haut konnte Ellery hören, wie jemand sich an der schmalen Tür zu schaffen machte.

Er nahm sich Zeit, um sein Auge wieder am Guckloch zu plazieren. Schließlich hatte er sich an der Mansarde in Position gebracht. An der Sonne in seinem Rücken und dem Schatten auf der Jalousie konnte er nichts ändern, das lag allein in Gottes Hand.

Aber Dr. Dodd war blind für Lichtveränderungen. Er trug seinen Alltagsanzug aus blauem Serge. Der Schlüssel baumelte am Bund und berührte seinen Oberschenkel. Er stand hinter dem Tisch und starrte auf die Tischplatte. Und, ja, vielleicht bewegten sich seine Lippen. Hinter ihm versperrte die Tür jedermann den Eintritt.

Plötzlich setzte er sich; seine zittrige große Hand schloß sich um einen der Kartenstapel.

So saß er da – der Arm stützte sich auf die Tischkante, die Hand lag auf dem Stapel.

Die Bewegung kam ruckartig, wie aus einem Krampf heraus. Seine Hand teilte den Stapel wie ein Henker den Kopf vom Rumpf. Einen Augenblick lang saß er bewegungslos da und hielt einen Teil des Stapels in der Hand, während die andere Hälfte noch auf dem Tisch lag. Dann gab er den Blick auf die Karte frei, die zuoberst lag.

Ein Pik-As – Schippen-As im Volksmund.

Dr. Dodd knallte die Karten auf den Tisch zurück und erhob sich mühsam. Es gelang ihm nicht, den Schlüssel ins Schloß zu stecken, er mußte seine linke Hand zu Hilfe nehmen, um die rechte ruhig zu halten.

Dann jedoch ließ er beide Hände fallen und stand still da. Bot er seinen Rücken als Zielscheibe? – Irrtum. Das war noch nicht die Kapitulation. Dr. Dodd drehte sich um – langsam zwar, aber er drehte sich –, und schleppte sich schwerfällig zu seinem Altar zurück.

Er zelebrierte eine zweite Messe.

Diesmal ging er sehr zögerlich zu Werke. Der Mann, der seinen Gott zum zweiten Mal befragt, weiß, daß es ein drittes Mal nicht gibt.

Dr. Dodd legte seine Hand auf den zweiten Stapel. Dann nahm er die Hand, darin einen Teil der Karten, wieder fort. Nach einer Ewigkeit schaute er nach. Das Seltsamste war, daß er nicht mehr bebend über dem Schreibtisch lehnte, sondern dahinter stand wie bereits im Griff der Totenstarre, die kein Wenn oder Aber mehr erlaubte – und gegen die nichts mehr auszurichten war.

Er blickte auf ein zweites Pik-As.

Nach einer längeren Zeit legte Dr. Dodd die Karten wieder auf den Stapel zurück und marschierte bemerkenswert festen Schrittes zur Tür, schloß sie auf und ging hinaus; den Raum verließ er kaum verändert.

Ein Weilchen später fand Ellery sich hockend auf den gewellten Ziegeln wieder, während er von oben versunken den Garten betrachtete, der sich unterhalb seines Nabels erstreckte. Neben einem Tulpenbeet lehnte eine erdverkrustete Schippe an der Garagenwand; aber sie erschien ihm nicht halb so furchteinflößend wie die Schippen aus Druckerschwärze und Pappe in den Händen von Dr. Dodd. Die Karo-Neun hatte dem Schlächter-Herzog von Cumberland in einem anderen Zeitalter dazu gedient, die schottischen Jakobiter mit einem Todesfluch zu belegen. Diese Karte, frisch von Culloden Moor, war jedoch mit Schrift versehen gewesen. Stand auch auf Dr. Dodds beiden Assen etwas?

Und wer war der Schlächter-Herzog von Wrightsville?

Dr. Dodd hätte geantwortet, es ist der Edelmann mit der Sense, der Überbringer der schwarzen Botschaft. Sagte ihm den Tod zweimal voraus, als ob er sichergehen wollte, daß er nicht mißverstanden wurde.

Ellery saß gründlich verwirrt auf Dr. Dodds Dach.

Schließlich kroch er zu dem anderen Mansardenfenster hinüber. Er war wieder eingestiegen und wollte gerade das Fenster schließen, als er ein schmales Gesicht in einem anderen Fenster entdeckte, einen Stock unter ihm, quer über den Garten hinweg, im ersten Stock des Garagenbaus.

Harry Toyfell.

Sofort fiel der Vorhang.

Ellery ging auf den Flur des Dachgeschosses hinaus. Im Haus herrschte Friedhofsstille; von Dr. Dodd war nichts zu sehen oder zu hören. Als er den Knauf von Dodds verschlossener Kapelle vergeblich herumzudrehen versuchte, war er nicht nur wegen Dodds heimlicher Aktivitäten beunruhigt.

Wie lange hatte der Gärtner mit dem gewaltigen Unterkiefer hinter dem Vorhang seines Zimmers über der Garage gespäht? War er Zeuge seiner akrobatischen Einlage auf dem Dach geworden? Würde er seinem neuen Arbeitgeber gegenüber eine philosophische Bemerkung fallen lassen?

Es war ärgerlich. Ellery ging hinunter zu seinem Schlafzimmer, duschte, wusch seinen verschmutzten Pyjama aus und zog sich an – alles in ziemlicher Hast.

Als er wieder im Flur war, verharrte er kurz, um die Lage zu erkunden. Rimas Tür war geschlossen; Kens Tür war geschlossen; Dr. Dodds Tür stand offen, ebenso die von Mrs. Fowler und Essie.

Ellery ging nach unten.

Dr. Dodd war weder in seinem Sprechzimmer noch in seinem Arbeitszimmer.

Kaffee wärmte die Küche. »Nein, bitte nur Kaffee, Mrs. Fowler. Ich dachte, ich hätte Dr. Dodd gehört. Ist er auf?«

»Der Doc steht immer mit den Vögeln auf«, schrie Mrs. Fowler fröhlich. »Kenne keinen anderen Mann, der so früh auf is'. Obwohl man ihm 'nen Tag Bettruhe hätte verschreiben sollen, so verhärmt, wie der heut' früh aussah. Kein Frühstück, danke, nimmt seinen Hut und marschiert davon. Ich sag' Ihnen, alle Männer sind Kindsköpfe, aber am schlimmsten sind die Weißkittel!«

»Wohin ist er gegangen? Oh, danke, Mrs. Fowler. Zum Krankenhaus?«

»Er hat nichts gesagt, aber da müßte er eigentlich sein. Hat mir nur aufgetragen, Ihnen, Miss Anderson und Dr. Winship zu bestellen, man sähe sich dann bei der gerichtlichen Untersuchung. Oh, dieser schreckliche Jacquard!«

Ellery stellte seine Tasse ab und ging zu seinem Zimmer zurück. Besonders leise huschte er an den geschlossenen Türen vorbei. Ich könnte Dodd natürlich fragen, dachte er. Aber ein Mann, der eine Tür mit einem Schlüssel abschließt, öffnet sie gewöhnlich nicht wegen eines Wortes. In keiner Sprache der Welt. Und danach wäre er um so hysterischer auf der Hut.

Ellery öffnete seinen Koffer, der seine unaufrichtigen Seiten hatte. Unter dem doppelten Boden, wo er bedauerlicherweise einiges branchenübliche Werkzeug verstauen mußte, nahm er dies und jenes heraus. Dann trat er wieder auf den Flur und schlich an den schlafenden Türen vorbei zum Dachgeschoß.

* * *

Ein Weilchen später beugte er sich über Chief Dakins Schreibtisch. »Dakin, ich muß Sie bitten, mir dabei zu helfen, etwas Illegales zu tun.«

»Klar doch«, erwiderte Dakin und erhob sich eilfertig. »Aber wir müssen uns beeilen, wenn wir heute nachmittag die Untersuchung durchführen wollen. Welches Verbrechen begehe ich?«

»Sie arrangieren die technischen Details. Haben Sie einen Schlosser in der Stadt?«

»Millard Peague. Hat einen kleinen Laden an der Kreuzung Crosstown/Foaming.«

»Wie gut ist er?«

»Der hat für mich schon so manches erledigt; manchmal kriegt er sogar Aufträge aus Connhaven. Was soll Millard denn für Sie tun?«

»Einen Schlüssel von einem Wachsabdruck anfertigen, den ich zufällig bei mir habe.« Ellery legte ein sorgfältig eingewickeltes Bündel auf Dakins Schreibtisch.

Dakin setzte sich wieder. »Von wem?«

»Das«, antwortete Ellery, »spielt sicher keine Rolle?«

»Ich könnte Sie hochnehmen, Mr. Queen.«

»Und ich«, schmunzelte Ellery, »könnte Sie hängenlassen.«

»Also gut, feilschen wir …«

»Zu meinen Bedingungen, Dakin. Sie lassen diese kleine Sache für mich erledigen, ohne Fragen zu stellen oder die Öffentlichkeit zu informieren, und ich sage Ihnen, in welches Schloß der Schlüssel paßt, wenn die Zeit dazu gekommen ist.«

»Verraten Sie mir aber folgendes«, beharrte der Polizeichef. »Haben Sie vor, dort etwas herauszuholen?«

»Nein.«

»Haben Sie vor, etwas *hinzubringen*?«

»Kalt, Dakin, ganz kalt.«

»Warum wollen Sie dann überhaupt rein?«

»Sagen wir, wegen Mordes – und belassen es dabei?«

»Sie sind knallhart«, stöhnte Dakin, während er aufstand und nach seiner Mütze griff. »Und ich bin Wachs in Ihren Händen. Geben Sie das Ding schon her, ich schau mal, was Millard damit anfangen kann.«

* * *

Die gerichtliche Untersuchung des Todes von Nick Jacquard wurde durchgeführt wie ein chirurgischer Eingriff unter den kundigen Fingern von Coroner Grupp, der der Verhandlung in Richter Eli Martins altem Gerichtssaal im Bezirksgericht vorsaß. Grupp machte flinke Schnitte im Gewebe und band hinderliche Arterien wie die in ihrem Leid übersprudelnde Witwe Jacquard und ihren betrübten Priester, Father Crétien aus der Unterstadt, geschickt ab. Die Jury behandelte er, als hätten die Leute das eigentliche Sagen, was nicht stimmte. In wunderbar kurzer Zeit war die Sache vorüber. Dr. Winship wurde zu seiner und Rimas verschämter Erleicherung von den ehrenwerten Bürgern ebenfalls freigesprochen; und die Witwe wurde – außerhalb ihrer Hörweite – von der Jury dazu beglückwünscht, nicht nur von der Last eines solch tumben Ehemanns befreit worden zu sein, sondern, Gerüchten zufolge, von Dr. Sebastian Dodd einen erheblich auskömmlicheren wöchentlichen Unterhalt für sich und Nicoles Nachkommenschaft erwarten zu dürfen, als der Verblichene ihr selbst zur Blütezeit seiner Raubfeldzüge hatte bieten können. Das Urteil der Jury des Coroners lautete: »Es ist eine in jeder Hinsicht gute Sache«; obwohl man sich natürlich erheblich offizieller ausdrückte; und die Atmosphäre im Gerichtssaal war so gelöst und optimistisch, daß der Ankläger Chalanski – leutselig und laut – Mr. Queen gegenüber den Wunsch äußerte, das Datum der Vorwahlen für den Kongreß-Kandidaten erheblich vorzuziehen.

Ellerys Interesse an dem Verfahren war minimal; seine Augen wichen jedoch nicht von Sebastian Dodd, der tief in den Sitz gerutscht war und mit seinem Schicksal Waffenstillstand geschlossen zu haben schien. Kein Wort verlor er darüber, wo er den ganzen Morgen über gewesen war. Und nach der Verhandlung war Dodd ohne Umwege zu seinem Haus an der Ecke Algonquin/ Wright gegangen und hatte sich in seinem Schlafzimmer eingeschlossen. Er wolle den Rest des Tages ein wenig ausspannen, ließ er wissen; seine Sprechstunden seien in den Morgenstunden längst von Rima abgesagt worden, und Ken könne seine abendlichen Hausbesuche übernehmen. Er sei glücklich, sagte er, sehr glücklich, daß die Sache so gut ausgegangen sei; wenn Mrs. Fowler vielleicht auch so gut wäre, ihm ein Tablett vor die Tür zu stellen? Das war ganz nach Mrs. Fowlers Geschmack gewesen, deren einzige Medizin gegen jegliche Art von Leiden aus Doppelt- und Dreifachportionen warmer Mahlzeiten bestand. Als Ellery später an Dodds Tür vorbei schlich, fand er das Essen auf dem Tablett erkaltet. So hatte Mrs. Fowler es bestimmt nicht dort abgestellt; und Ellery konnte nur mit Mühe der Versuchung widerstehen, dagegen zu treten und so die lastende Stille im Haus zu brechen.

Sie alle waren verstört von den seltsamen Zuständen Dodds, sogar Essie, die kurz vor dem Dinner in Tränen ausgebrochen und auf ihr Zimmer geflüchtet war. Auch Harry Toyfell wirkte unruhig; seine überlangen Kiefer mahlten in der Küche vor sich hin und machten jede Unterhaltung unmöglich. Mrs. Fowler servierte, und es war sehr die Frage, was unerträglicher war – ihr Dauergeschwätz oder das Schweigen bei Tisch. Ken tat nicht einmal so, als sei er hungrig; fortwährend blickte er zur Decke. Rima beobachtete ihn besorgt; sie war wie eine kleine Insel der Hilflosigkeit. Ellery stocherte lustlos im Essen herum. Auf seinem Oberschenkel spürte er die Kühle des Schlüssels, den Dakin in seine Hand hatte gleiten lassen, als sie den Gerichtssaal verließen.

Schließlich warf Ken seine Serviette auf den Tisch. »Ich muß fort, einen Hausbesuch machen.«

»Ken, meinst du nicht, es wäre besser, wenn du dich um Dr. Dodd kümmern würdest?« Jetzt war es heraus.

»Was soll ich denn machen, Darling? Seinen Blutdruck messen?« Dr. Winship klang ungehalten. Er küßte Rima, entschuldigte sich und fuhr mit quietschenden Reifen davon.

»Rima«, begann Ellery.

»Nein«, entgegnete sie mit fester Stimme, »ich werde jetzt *nicht* zuhören. Ich wüßte nicht, was es zu bereden gäbe, und außerdem muß ich für Ken und Dr. Dodd Rechnungen schreiben; und wenn Sie nichts einzuwenden haben, Ellery, dann mache ich mich jetzt an die Arbeit.«

Niemand schien sich unterhalten zu wollen außer Mrs. Fowler, und ihr Geschnatter war es schließlich auch, das Ellery auf die obere Etage trieb.

Von seinem Zimmer aus konnte er er das Geklapper von Rimas Schreibmaschine und das beleidigte Geklirr von Mrs. Fowlers Geschirr hören, doch das betonte die Stille nur. Das Schlüsselduplikat in seiner Tasche trieb ihn zum Fenster seines Schlafzimmers, eines Eckzimmers, das in einem kleinen Erker lag. Von seinem Fenster aus konnte er die Fenster von Dr. Dodds Schlafzimmer sehen. Dodds Licht brannte; es hatte den ganzen Abend über gebrannt. Ab und zu sah Ellery ihn am Fenster vorbeidriften wie ein Pantoffeltierchen auf dem Objektträger.

Es war unmöglich, die verschlossene Kammer im Dachgeschoß zu betreten, solange Dodd noch wach war. Sie befand sich fast unmittelbar über Dodds Schlafzimmer; und der alte Holzboden quietschte und ächzte bei jedem Schritt.

Um halb zehn hörte Ellery Mrs. Fowler mit schweren Schritten die Treppe hochkommen; sie klopfte an Essie Pingarns Tür, heraus drang nur Essies Schluchzen. Einen Moment später ging Mrs. Fowlers Licht an, und noch ein wenig später hörte Ellery das Rauschen von Wasser. Er stöhnte auf. Die Nacht zuvor hatte Mrs. Fowlers abendliches Bad exakt eine Stunde und zehn Minuten gedauert.

Ellery verließ sein Zimmer und ging den Flur hinunter. Der Lichtspalt unter Dodds Tür erschien ihm wie ein Burggraben. Das Tablett war nicht mehr da; Mrs. Fowler mußte es fortgenommen haben.

Er klopfte.

Er klopfte noch einmal.

»Ja? Wer ist da?«

»Queen.«

»Oh.« Dodd klang heiser, als hätte er stundenlang vor Publikum gesprochen. »Ja?«

»Ich habe nur gesehen, daß bei Ihnen noch Licht brennt, Doctor. Darf ich reinkommen?« »Nun, äh – ich wollte eigentlich gerade zu Bett gehen …«

Das Licht war aus; der Wassergraben verschwand. Ellery hörte das Quietschen von Bettfedern.

»Geht es Ihnen gut, Doctor?«

»Bestens. Habe mich heute abend wunderbar ausruhen können. Haben Sie alles, was Sie brauchen, Mr. Queen? Zufrieden mit dem Abendessen?«

»Ja, danke. Gute Nacht, schlafen Sie gut.«

»Danke …«

Ellery lief mit lautem Schritt weiter den Flur hinunter. An der Treppe blieb er stehen. Seiner Uhr nach verharrte er dort eine ganze Stunde lang regungslos, und er brauchte weitere zehn Minuten, um die etwa viereinhalb Meter zu Dr. Dodds Tür zurückzuschleichen. Er stützte sich mit beiden Händen gegen den Türrahmen und preßte ein Ohr an die Tür.

Der Atem ging ruhig und tief; manchmal hörte man ein leichtes Schnarchen. Einmal auch eine Art Wimmern.

Ellery richtete sich wieder auf. Noch immer klapperte unten Rimas Schreibmaschine; Ken war noch nicht zurück. Am anderen Ende des Flurs war das Oberlicht über Mrs. Fowlers Tür dunkel.

Vorsichtig schlich Ellery zur Treppe zurück, die zum Dachgeschoß führte.

* * *

Diesmal benutzte er eine bleistiftkleine Taschenlampe.

Der Schlüssel war mit einem Ölfilm überzogen; geräuschlos steckte er ihn ins Schloß zu Dr. Dodds Allerheiligstem. Dann nahm er die Taschenlampe zwischen seine Zähne, packte den Türknauf fest mit der linken Hand und drehte mit der rechten. Doch der Schlüssel rührte sich nicht.

* * *

Ellery hätte zu Boden sinken und heulen können; statt dessen überkam ihn Wut. Das war die lächerlichste Angelegenheit, in die er je seine Nase gesteckt hatte. Der Fall bestand aus nichts als geschlagenem Schaum, tanzenden Seifenblasen und dem Angstblick in den Augen eines Mannes; was letztlich an festem Boden blieb, hätte keinen Zwerg tragen können.

Er stieg die Treppen zum ersten Stock hinunter, wühlte erneut in seinem Koffer, kehrte zum Dachgeschoß zurück und fertigte zähneknirschend einen zweiten Wachsabdruck des Schlosses an.

Als er gerade fertig war, hörte er einen Wagen in der Einfahrt; und als er mit einem Hut auf dem Kopf im Erdgeschoß anlangte, saß Rima im Wartezimmer auf Kens Schoß und hatte ihre Arme um seine Schultern geschlungen.

»Bleiben Sie sitzen«, sagte Ellery lächelnd. »Ich möchte nur kurz an die frische Luft. Sie sehen todmüde aus, Ken.«

»Er geht auch gleich zu Bett. Wo ich Sie übrigens auch vermutet hatte, Ellery«, erwiderte Rima spitz.

»Kann einfach nicht schlafen. Bevor ich's vergesse: Dr. Dodd schlummert tief.«

»Ich wollte gerade hoch und nach ihm schauen«, sagte Ken verlegen. »Wenn er aber schläft … Wohin wollen Sie?«

»Ich habe mir gedacht, das beste ist, ich vertrete mir noch ein wenig die Füße, um endlich müde zu werden. Aber wo wir vom Schlaf reden, Ken – Ihre reizende Eroberung hier hat den ganzen Abend Ihre verdammten Rechnungen getippt.«

»Ich weiß, und ich habe ihr ordentlich eingeheizt deswegen. Ich habe dir doch gesagt …«

Ellery trat hinaus in die Nacht. Es wehte ein scharfer Wind, und ihn fröstelte, als er um die Ecke zur Wright Street bog. Die alkoholgetränkte Schwüle von Jack's Palace Bar and Grill war nahezu einladend. Ellery ging hinein und bestellte ein Bier. Er nippte so lange daran, bis das Interesse, das sein Erscheinen geweckt hatte, wieder eingeschlafen war, und schlich dann zur Telefonzelle.

»Dakin? Gehen Sie eigentlich nie nach Hause?«

»Ach, wissen Sie, seit meine Frau tot ist, ist da nicht mehr viel Zuhause zum Heimgehen. Aber ich war gerade auf dem Sprung. Was ist los?«

»Der Schlüssel, den Peague gemacht hat, paßt nicht. Ich habe einen neuen Abdruck dabei.«

»Wo sind Sie?«

»Unwichtig. Ich bin gleich bei Ihnen drüben.«

Dakin wartete auf den Stufen zwischen den grünen Lichtern auf ihn.

»Gobbin braucht nicht noch längere Stielaugen zu kriegen«, sagte Dakin milde. »Er hat einen direkten Draht zu Malvina Prentiss' Büro. Wo haben Sie das Ding?«

Ellery gab ihm den Abdruck, den Chief Dakin sorgsam in seiner Aktentasche verstaute. Sie schlenderten in östlicher Richtung die State Street entlang, am Gerichtsgebäude vorbei.

»Heute abend klappt das aber nicht mehr, Mr. Queen.« »Wann sind Sie bei Peague?«

»Morgen früh, ist das erste, was ich mache. Morgen mittag haben sie den neuen Schlüssel.

Irgendwelche Neuigkeiten für mich?«

»Nein. Neuigkeiten für mich?«

»Nein.«

Schweigend trennten sie sich an der Kreuzung State und Upper Whistling Street.

Dienstag, 25. April

Nick Jacquard lag flach auf einem Felsvorsprung und starrte auf den kleinen See, der aus braunem Zucker zu sein schien und Millionen von Leuchtkäfern gleich unter dem Mond funkelte. Ellery schielte über Jacquards fleischigen Rücken hinweg und sah unten im braunen Zucker ein Gesicht, das in die Kristalle gebettet war; plötzlich wurde der Zucker zu Strömen sich windender Lava, und Rauchschwaden verdunkelten das Gesicht, bevor Ellery es erkennen konnte, obwohl es so ausgesehen hatte, als flehe es darum, erkannt zu werden. Das flutende Mondlicht färbte sich scharlachrot und ergoß sich in die Lava. Nick Jacquard warf seinen zottigen Kopf zurück; Ellery erkannte, daß er nun ein Hund war, der in blinder Angst das ihm unverständliche Dunkel der Nacht anheulte. Seine hündische Trauermelodie war so durchdringend, daß Ellery aufschrie und sich die Ohren zuhielt. Das Jaulen klang nun gedämpfter, und Ellery erwachte – die feuchtgeschwitzten Kissenzipfel an seine Ohren gepreßt.

Der Hund jaulte noch immer.

Ellery setzte sich im Bett auf und blinzelte auf seine Armbanduhr. Nach drei. Seine Haut war noch immer schmierig feucht; irritiert lief er zum Fenster und versuchte, wach zu werden.

Das Jaulen kam vom Garten her oder von jenseits des Gartens. Es war der monotone Schreckensgesang aus Ellerys Traum. Der Mond war nicht zu sehen. Der einzige Lichtschein kam von einem Fenster am anderen Ende des Hauses.

Dr. Dodds Schlafzimmerfenster.

Und Dodd stand am Fenster, die Arme erhoben, als wolle er in den Gardinen Halt finden – ein riesiger, flehend bittender Schattenriß.

Das Heulen dauerte an.

Das Heulen dauerte an, und Ellery wurde plötzlich wieder klar im Kopf, es prickelten ihm die Haarwurzeln.

Den Mann im Fenster ließ er nicht aus den Augen.

Ein Hund, der in der Nacht heult; und vor kurzem das doppelt gezogene Pik-As.

Der Lärm ließ nicht nach. Ellery fragte sich, wie irgend jemand es fertigbringen mochte zu schlafen. Dodd stand regungslos an seinem Fenster.

Erst kurz vor Morgengrauen gab das Tier Ruhe. Erst jetzt erwachte der erstarrte Dodd wieder zum Leben. Seine Armschatten lösten sich von den Gardinen, und dann war das Fenster leer. Kurze Zeit später wurde das Licht gelöscht.

Ellery kroch ins Bett zurück, um es mit dem Schlaf noch einmal zu versuchen. Aber der Schlaf war ein sensibles Pflänzchen heute nacht, dahingewelkt im Atemhauch eines Hundes. Und der Rhythmus dieses teuflischen Kinderreims ging ihm nicht aus den Ohren. *Reicher Mann, armer Mann, Bettelmann, Dieb; fröhlich, traurig, böse, lieb; Schippe, Eckstein, Herz und Treff; Doctor …* Ellery fühlte sich ein wenig wie Sisyphus, der endlos oft versuchte, einen Stein vorwärts zu rollen, der jedoch genauso endlos oft wieder zurückrollte.

* * *

Der Morgen wartete mit einer weiteren Heimsuchung auf.

Ellery kroch gerade auf den Felgen die Treppe hinunter, als er auf dem Etagenabsatz über dem vorderen Flur plötzlich innehielt. Ein lautes Geräusch – eine Mischung aus Geschrei und Gebrüll – hatte die morgendliche Stille jäh zerrissen. Man hörte Schritte – mal ein Getrappel, mal ein Gestampfe –, dann ein Krachen und einen dumpfen Aufprall. Die Stimme erhob sich erneut in rasendem Zorn.

Ellery war mittlerweile im rückwärtigen Flur und blickte irritiert um sich.

»Mrs. Fowler! Essie! Wo kommt das her?«

»Aus Dodds Arbeitszimmer«, kreischte Mrs. Fowler. »Sie bringen ihn um, Mr. Queen!«

Der Geräuschkulisse nach zu schließen, mochte dem schon so

sein. Ellery warf sich mit aller Wucht gegen Dodds Tür; beinahe brach er sich das Genick. Aber die Tür gab nach.

Dr. Dodd rannte durch das Zimmer und fuchtelte mit einem zusammengerollten Exemplar des *Wrightsville Record* wild in der Gegend herum, schlug damit gegen die Wände, die Bücherregale, den Schreibtisch und auf den Boden; er folgte dabei einer grotesken Choreographie der Raserei. Der tanzende Doctor begleitete sich selbst mit einem Beschwörungsgesang – halb Gebet, halb Verwünschung –, mit genau der Musik also, die bestens zu seiner Darbietung paßte. Eines der Fenster, die zum Hintergarten hin offen standen, rahmte das finstere Antlitz Harry Toyfells. Schließlich löste Ellery das Rätsel. Dodd führte nicht etwa einen rituellen Tanz auf, sondern er versuchte, einen Vogel zu töten. Es war ein kleiner, unscheinbar gefiederter Vogel, ein Spatz oder eine Ammer, der sich offensichtlich durch das offene Fenster in Dodds Arbeitszimmer verirrt hatte. Dodd und der Vogel hatten sich gegenseitig überrascht, als er nach unten gekommen war. Warum der Anblick der verängstigten kleinen Kreatur, die verzweifelt zwischen den unsichtbaren Parabeln der ärztlichen Zeitungshiebe auf- und niederflatterte, Dr. Dodd so in Rage versetzt hatte, war Ellery zunächst ein Rätsel.

»Dr. Dodd. Doctor ...«

»Hinaus mit dem verdammten Viech!« keuchte der Doctor. »Hinaus damit, sage ich!«

»Ellery ...« Rima hatte sich einen alten Morgenmantel von Mrs. Fowler übergeworfen. Sie war blaß.

»Sehn Sie zu, was Sie bei Mr. Spatz ausrichten können – ist ja vermutlich ein alter Freund von Ihnen. – Doctor! Dr. Dodd! Hören Sie endlich auf damit!«

Es gelang ihm, den massigen Mann in einen Sessel zu bugsieren, während Rima noch immer mitten im Zimmer stand und zwitschernde Laute von sich gab. Der Vogel, der auf dem höchsten Bücherregal hockte, antwortete trotzig. Nach kurzer Zeit flog er – offenbar durch Rimas Einzwitscherungen beruhigt –, auf ihre Schulter, blieb dort einen Moment lang sitzen, strebte dann aber dem offenen Fenster zu und surrte wie eine Pistolenkugel an Harry Toyfells Kopf vorbei.

»Ein Vogel.« Rima klang erschüttert. »Und Sie wollten ihn umbringen, Doctor.« Dr. Dodd kauerte in seinem Sessel.

»Trinken Sie das.« Ellery hielt ein Glas an seine gelblichen Lippen. »Rima, wo ist Ken?«

»Er mußte heute ganz früh zu einer Besprechung ins Krankenhaus. Dr. Dodd, was war denn los?«

Dodd antwortete nicht. Das Glas schob er beiseite.

»Wir sollten lieber sofort Ken oder einen anderen Arzt holen«, sagte Rima mit gesenkter Stimme. Im Fensterrahmen hing noch immer Toyfells düsteres Maskengesicht. Mrs. Fowler und Essie klammerten sich an den Türpfosten.

»Keinen Arzt«, sagte Dodd steiflippig. »Mir fehlt nichts. Lassen Sie mich bitte ein wenig auf dem Sofa ruhen, dann sieht alles schon wieder ganz anders aus.«

Sie verließen ihn, auf dem schwarzen Ledersofa liegend, mit dem Gesicht zur Wand.

»Nervös war er ja immer schon«, flüsterte Mrs. Fowler geräuschvoll im Flur. »Aber in letzter Zeit ist er zu einem völligen Wrack verkommen. Ich weiß wirklich nicht, wie das alles weitergehen soll.«

»Hat Angst vor 'nem Vögelchen«, schniefte Essie Pingarn. »Wennse mich fragen, Mrs. Fowler, der wird noch ganz seine Mutter.«

»Essie!« zischte die Haushälterin, und Essie stolzierte davon.

»Was hat Essie damit gemeint – ›ganz seine Mutter‹«?

Mrs. Fowler flüchtete sich in ihre Schwerhörigkeit. »Was?«

Ellery wiederholte seine Frage.

»Ich fürchte, ich versteh' Sie nicht. Außerdem muß ich mich jetzt sowieso um Ihr Frühstück kümmern …«

»Mein Frühstück kann warten, Mrs. Fowler. Sie haben Essie genau verstanden. Wenn sie davon weiß, kann es ja so ein großes Geheimnis nicht sein. Was ist mit Dr. Dodds Mutter, Mrs. Fowler?«

»Fragen Sie Dr. Winship. Ja genau, fragen Sie ihn. Ich muß jetzt Wäsche sortieren, und …«

»Er ist im Moment nicht da, Sie allerdings schon. Reden Sie.«

Die Haushälterin blickte ängstlich zur geschlossenen Tür des Arbeitszimmers. »Seine Mutter ist im Slocum State Hospital gestorben«, flüsterte sie schließlich und hastete davon.

Das erklärte einiges.

Aber nicht genug.

Ellery schaute ins Wartezimmer. Rima telefonierte; sie versuchte Dr. Winship zu erreichen.

Ellery winkte kurz und ging quer durch den Flur zum Eßzimmer.

Als er sein erstes Ei köpfte, begriff er plötzlich. Teilweise.

Ein Vogel, der ins Haus kam, war eines der ältesten schlechten Omen. Ein Vogel, der ins Haus kam. Wie ein Hund, der nachts heulte. Oder wie das Schippen-As.

Sie alle kündigten das unmittelbare Bevorstehen des Todes an.

* * *

Ellery kam um kurz nach zwölf mit dem neuen Zweitschlüssel in seiner Tasche von Dakins Büro zurück. Das Wartezimmer war voll; Rima und Dr. Winship rannten herum wie gehetzte Verkäufer während eines Räumungsverkaufs. Dennoch gelang es ihm, Dr. Winship kurz zu sprechen.

»Es ist die Sache mit Jacquard«, sagte Ken verzweifelt. »Die Hälfte der Leute hier haben nichts Schlimmeres als akute Gafferitis. Die Wrightsviller interessieren sich hauptsächlich für zweierlei: für Lokalpolitik und die Probleme anderer Leute.«

»Wo ist Dodd, Ken? Er ist nicht in seinem Arbeitszimmer.«

»Er hat sich davongemacht, bevor die Sprechstunden anfingen. Er sagte, er wolle ein wenig frische Luft schnappen. Ich habe ihm zugeredet. In seinem Zustand wäre er hier nur eine Belastung für uns.«

»Ken, was ist los mit Dodd?«

»Wenn ich das nur genau wüßte! Er ist hochnervös, mit klarer Tendenz zur Hysterie.«

»Mit klarer Tendenz zur Hölle! Hat Rima Ihnen nicht erzählt, was heute morgen geschehen ist?«

»Doch, natürlich. Wenn das so weitergeht, muß ich einen Psychiater hinzuziehen, sonst bricht er uns noch völlig zusammen. Ich wünschte, ich hätte mehr Zeit, um mich um ihn zu kümmern. Aber im Moment habe ich zwei Praxen am Hals ...«

Rima huschte herein. »Mrs. Broadbeck ist fertig zur Untersuchung, Ken. Sie *weiß*, daß es ein Tumor ist.«

»Dann habe ich einen Eierstock! Ich habe ihr letzten Monat schon gesagt, daß sie schwanger ist. Rima, habe ich es dir heute schon gesagt?«

»Nein, Darling.«

»Ich liebe dich. Wer ist nach der Broadbeck dran?«

Ellery verließ das Wartezimmer. Er war an Harry Toyfell vorbeigegangen, der gerade auf dem Rasen vor dem Haus einige Rosenstöcke pflanzte. Essie Pingarns Staubsauger heulte im Eßzimmer. Er steckte den Kopf durch die Küchentür; Mrs. Fowler hing am dortigen Apparat und diktierte den Leuten von Logan's Market die Einkaufsliste.

Während Ellery die Stufen hochstieg, rieb er mit dem Daumen über den Schlüssel in seiner Hosentasche.

* * *

Als er es endlich bis in die Dachkammer geschafft hatte, war er vage enttäuscht. Er wußte zwar nicht genau, was er sich von dem Teil des Raumes versprochen hatte, der sich seiner Sicht entzogen hatte, als er über dem Dach hing; aber sicher hatte er nichts so Unspektakuläres erwartet wie das verrostete eiserne Becken und die kleine Elektrolampe, die er nun vor Augen hatte.

Der übrige Raum war exakt so, wie er ihn gesehen hatte. Die zwei Kartenstapel auf dem Tisch, die Ansammlung von Gegenständen auf dem Regälchen darunter, der klobige Sessel.

Die Kammer war eng und roch moderig. Bräunlich verfärbte Tapete blätterte von den Wänden.

Er nahm den ersten Kartenstapel und sah ihn sich durch, er nahm den zweiten. Völlig gewöhnliche Karten. Er legte sie so wieder zurück, wie er sie vorgefunden hatte.

Dann ging er in die Hocke, um sich das kleine Regal genauer anzusehen, das den Schreibtisch in ganzer Breite unterhalb der Tischplatte entlanglief. Darauf befand sich eine Sammlung von Gegenständen, die miteinander so viel zu tun hatten wie die Dinge, die man in der Hosentasche eines Jungen fand. Ein Haufen Kieselsteine. Eine Packung Salz. Ein kleines Kästchen mit verschiedenen Ringen; manche sahen älter aus, andere neu und modern. Ein wertvolles Stück war nicht darunter. Ein Paar rote Würfel. Ein verrostetes Plätteisen, das so alt aussah wie das Haus selbst. Absurderweise ein Bündel Pfeile – alte Indianerpfeile. Trödel, dachte er, wie man ihn in Creecher's Barn kurz vor Connhaven fand, wo es alles gab, vom Unterrock einer Salem-Hexe bis zur Schuhschnalle des Predigers Increase Mather. Ansonsten brauchte man nur irgendwo nachzugraben. Jungs fanden ständig Pfeilspitzen, Maisstampfer und was nicht alles; dies war von Indianern dicht bevölkertes Gebiet gewesen. Sieben Pfeile und ähnlicher Kinderkram.

Doch während er da hockte und in Sebastian Dodds planlos bestückter Schatzkammer mit ihren Kieseln, Salz, Ringen, Würfeln, Plätteisen, Pfeilen und dem Rest Inventur machte, da schienen sie sich zu Instrumenten eines Orchesters zu formieren; aus verschiedenem Material, verschieden geformt, verschieden groß – aber alle band die gleiche Funktion an die gleiche Bestimmung.

Und nun erahnte, ja, hörte Ellery die schräge Musik, die Dr. Dodds Orchester spielte; aber wirklich verstehen konnte er sie nicht, denn er war ein Mann der Vernunft, und einige Dinge, von denen er zwar wußte, entzogen sich dennoch hartnäckig seinem Verstand.

Der Dodd, der diese Dinge gesammelt hatte, konnte nicht von

einem gewöhnlichen Menschen gerettet werden. An diese Aufgabe konnten sich nur Experten heranwagen.

Als Ellery die kleine Tür wieder hinter sich zuschloß, hatte er einen ausgesprochen schalen Geschmack auf der Zunge. Am Sonntag hatte er Dodd einen Vers vorgesprochen und ihm das ultimative Verhängnis prophezeit. Kein Wunder, daß Kenneth Winship so außer sich gewesen war. Er hatte gewissermaßen das Licht in einem Raum gelöscht, in dem ein Kind schrie, weil es sich im Dunkeln fürchtete.

* * *

Als Ellery die Treppe herunterkam, sprang Rima von ihrem Tisch auf und zog ihn in den Flur.

»Dr. Dodd ist wieder da. Und was soll ich Ihnen sagen?«

»Was?« fragte Ellery.

»Er ist in seiner Praxis und behandelt Patienten!«

»Komisch«, murmelte Ellery.

»Sie und Ken sagen dasselbe. ›Das ist unnatürlich‹, hat Ken gemeint.«

»Das ist es auch.«

Rima stapfte zurück ins Wartezimmer.

Nachdem der letzte Patient gegangen war, sprach Ellery mit Dodd. Er sah müde aus, war aber ruhig. »Dieses alberne Theater heute morgen, Mr. Queen …«

»Ich freue mich, Sie in alter Frische zu sehen!«

»Ich muß mich übernommen haben. In meinem Alter geht das eben nicht mehr so …« Er lachte sogar. »Ich darf gar nicht daran denken, was Ihnen durch den Kopf gegangen sein muß … Sind Sie mit Mrs. Fowler zufrieden?« Er legte Ellery sogar in freundschaftlicher Manier die Hand auf die Schulter.

Doch Ellery spürte, wie sie zitterte.

Donnerstag, 27. April

Plötzlich lebte alles auf, als wäre die halbe Nachricht schon die gute. Zugleich konzentrierte sich alle Wachsamkeit im Haus auf Dr. Dodd, bereit zu reagieren auf das leiseste Zucken seiner Mundwinkel. Aber dem Doctor schien es wirklich besser zu gehen. Leichten Fußes kam er allen Verpflichtungen nach; Hausbesuche machte er bei Tag und bei Nacht. Auch kümmerte er sich wieder um seine Patienten im Krankenhaus und war häufiger dort. Er wagte sogar kleine Scherze wie die Rede von und Anspielungen auf Ärzte und Krankenschwestern im allgemeinen. Rima arbeitete fleißig daran, die Stimmung zu halten; sie zwitscherte fröhlich und brachte sie alle zum Lachen, als sie erzählte, wie Ken versucht hatte, ihr in gestohlenen freien Stunden beizubringen, seinen Wagen zu fahren. Mrs. Fowler äußerte ihre Erleichterung in einer Serie von Kuchen, Torten und Plätzchen – und Essie Pingarn packte ihren Koffer wieder aus. Selbst Harry Toyfell wirkte weniger düster, wenn er seine Beete abschritt und Sämlinge umpflanzte. Am Mittwoch hörte Ellery gar, wie er unbeholfen ein Liedchen pfiff.

Wenn Ken noch Zweifel hegte, dann gab er sich jedenfalls allergrößte Mühe, sie zu unterdrücken.

Denn immer noch haftete der plötzlichen Fröhlichkeit des Doctors und ihrem dankbaren Echo etwas Künstliches an. Alle wirkten wie Schauspieler, die sorgfältig geprobte Gefühle mimten.

Ellery schlenderte durchs Haus. Es gab nichts weiter für ihn zu tun, als immer wieder über denselben schwankenden Grund zu streunen, der ihm keinen sicheren Tritt erlaubt hatte. Doch festen Boden unter den Füßen konnte er nirgends finden. Da war die Vergangenheit, da war der rätselhafte Reim – und zwischen ihnen nichts als Treibsand. Dakin wußte nichts. Nichts war geschehen, nichts hatte sich verändert. Ein reicher Mann war tot; ein armer Mann war tot; ein Bettler war verschwunden, wenn nicht tot; ein Dieb war zweifellos tot – und da war nun dieser

Doctor, der gerade das Scherzo seiner Trauersymphonie anstimmte. Wer komponierte was im Fegefeuer?

Als Ellery Mittwoch nacht endlich Schlaf fand, war er in der Stimmung, aufzugeben und zurückzufahren.

Aber das war erst Mittwoch nacht.

Am Donnerstag kam Dr. Dodds Symphonie zu einem furiosen Finale – *fortissimo.*

Ellery saß mit Winship bereits am Frühstückstisch, als Rima die Treppen hinuntereilte und verlegen gähnte. »Es tut mir leid, Kenny. Guten Morgen, Ellery! Ich habe verschlafen, ich meine …«

Ken gab ihr einen Kuß. »Sie und der Doc. Ich hätte ja noch bis nach dem Frühstück gewartet, aber ich werde dringend drüben im Krankenhaus gebraucht. Dr. Flacker will einen Luftröhrenschnitt machen, und er ist ein wenig nervös …«

»Sagten Sie eben«, fragte Ellery, »›Sie und Doc‹?«

»Wie?«

»Dr. Dodd? Hätte verschlafen?«

»Ja. Er ist noch nicht runtergekommen.«

»Doch, muß er sein. Ich habe im Vorbeigehen in sein Zimmer geschaut. Er war schon auf und davon.«

»Aber Mrs. Fowler hat doch gesagt …« Ken sprach nicht weiter.

Es entstand eine kurze Pause.

»Jetzt sei doch nicht albern«, sagte Rima munter. »Das war vermutlich ein nächtlicher Notfall oder so was. Er hat einen eigenen Telefonanschluß neben dem Bett, und ich … erinnere mich jetzt ganz deutlich daran, daß ich nachts ein Telefon habe klingeln hören. Könntet ihr beiden bitte aufhören, mich so anzustarren?«

»Sind Sie sicher, Rima, daß nachts ein Telefon geklingelt hat?«

»So gefragt – nein, natürlich nicht. Ich könnte es auch nur geträumt haben. Oder er ist extrem früh aufgestanden und vor dem Frühstück noch spazierengegangen. Seit ich hier wohne, hat er das schon zweimal gemacht. Ich weiß einfach nicht, warum ihr immer alles so … Da ist er! Die Klingel! Hat wohl seinen Schlüssel vergessen. Essie? Ist das Dr. Dodd?«

»Nee, is' ein Polizist«, näselte Essie. »Sagen Sie mal – sind Sie nich' Mrs. Gotchs Junge … Dodie? Der, der bei der Marine war? Mensch, sind Sie groß geworden!«

Schon waren sie im Flur. Sie hatten nicht einmal bemerkt, wie sie gerannt waren. Mrs. Fowlers Kopf erschien im Küchentürspalt. Harry Toyfell, an dessen Kinn Ei hing, erweiterte den Spalt.

»Mr. Queen? Dr. Winship?« Es war ein junger Beamter, groß und ernst dreinschauend. Die junge Generation. Ellery kannte ihn nicht. »Chief Dakin hat mich zu Ihnen geschickt.«

»Dem Doc ist etwas zugestoßen«, murmelte Ken.

»Ja, Sir«, erwiderte Mrs. Gotchs Junge respektvoll. »Wir haben seine alte Kiste drüben an der Route 478 in einem Abwasserkanal gefunden. Kurz hinter den Bahngleisen. Er war aus der Kurve geschleudert worden und dann durch die Betonmauer der Überführung gekracht. Der Wagen ist ein Haufen Schrott.«

»Aber Dr. Dodd«, sagte Ken. »Dr. Dodd!« Mit eigentümlichem Taktverständnis antwortete der junge Beamte: »Ich würde sagen, Dr. Dodd ist ziemlich tot.«

* * *

Dr. Dodd war in der Tat sehr tot. Beim Zusammenprall mit der Betonwand war er mit dem Kopf voran durch die Windschutzscheibe in den Kanal geschleudert worden; der Wagen war ihm gefolgt und auf ihn gekracht. Es hatte eine Stunde gedauert, die Leiche aus den Wagentrümmern zu befreien. Einen der Polizisten, der jung war wie Mrs. Gotchs Dodie und neu bei der Polizei, hatte man nach Hause schicken müssen.

Coroner Grupp, Staatsanwalt Chalanski, Malvina Prentiss, Francis O'Bannon und ein Fotograf des *Record* waren da. Eine kurze Zeitlang war auch das pausbäckige Gesicht von Otis Holderfield zu sehen; nachdem der Anwalt mit Dakin und Chalanski gesprochen hatte, verschwand er jedoch wieder. Zwei Krankenwagen standen am Unfallort, einer vom Wrightsville General Hospital und einer vom Bezirkskrankenhaus jenseits von Slocum. Polizeiwagen bildeten zwei Reihen zu beiden Seiten der Überführung. Am Abwasserkanal gab es ein dichtes Gedränge. Auf einem nahe gelegenen Feld schimpfte ein Farmer laut mit zwei Jungen, die über seinen Salat und seine Radieschen getrampelt waren. Es war warm in der Sonne, die Luft war klar – ein wunderschöner Tag.

»Nein, Doc«, sagte Dakin zu Ken, als sie am Kanal standen. »Sie werden ihn nicht anschauen. Das lasse ich nicht zu!«

»Ich bin doch Arzt!« brüllte Ken. »Gehen Sie mir aus dem Weg!« »Nein, Sir. Das kommt nicht in Frage«, sagte Dakin. Rima nahm Ken beim Arm und ging mit ihm zu einem Felsen, wo sie sich niedersetzten. Sie hielt seine Hand.

Dakin nickte Ellery herbei.

Also sah Ellery Dr. Dodd; oder vielmehr sah er genug von Dr. Dodd, um zu bestätigen, daß es Dr. Dodd war – aber ein solcher Dr. Dodd, der Ellery den Magen herumdrehte. Aber er riß sich zusammen und bat die Beamten, die Leiche umzudrehen. Er starrte auf das herab, was einmal Dr. Dodds Hinterkopf gewesen war. Schließlich taumelte er hinüber zu der Dreiergruppe Coroner, Chalanski und Prentiss. Sie unterhielten sich, und Francis O'Bannon stand an der Seite seiner Chefin und hielt den Notizblock bereit.

»Der Hinterkopf, Dr. Grupp ...«, schluckte Ellery.

»Ich bin über seinen Hinterkopf im Bilde«, unterbrach Grupp gereizt. »Wie würde wohl Ihr Hinterkopf aussehen, wenn Sie durch eine Windschutzscheibe fliegen und dann etwa sieben Meter über scharfkantige Felsen hinunterpurzeln würden – und Ihnen zu guter Letzt auch noch die Karre auf den Schädel plumpste?«

»Mr. Queen, stehen Sie auf Miss Prentiss' Gehaltsliste?« fragte Staatsanwalt Chalanski mit einem subtilen Lächeln. »Sie interessiert sich auch für seinen Hinterkopf.«

»Sie nicht, Chalanski?« sagte Malvina Prentiss. Die Sonne spiegelte sich auf ihrer Harlekinbrille, als sie den Kopf zurückwarf, woraufhin Chalanski sich veranlaßt fühlte, sein Standbein zu wechseln. »Mir scheint, Ihr Leute hier wollt das Ganze möglichst fix als gewöhnlichen Highway-Unfall abtun.«

»Was soll denn das heißen?« fragte Chalanski, diesmal ohne zu lächeln. »Coroner, sagten Sie nicht, es sieht so aus, als sei er seit fünf Uhr tot?«

»Nur eine grobe Schätzung. Absolut inoffiziell.«

»Was wollte Dodd um fünf Uhr morgens auf dem Highway?«

»Er war Arzt«, antwortete eine trockene Stimme. »Und er hat in seinem ganzen Leben keinen Hausbesuch verweigert.« Die Stimme gehörte Chief Dakin. »Und er hatte seinen Arztkoffer dabei, Miss Prentiss.«

»Und wenn schon – wer hat ihn gerufen? Haben Sie Ihren hypothetischen Patienten schon ausgemacht? Das sollte nicht mal für einen Wrightsviller Polizisten zu schwer sein.«

In Dakins farblosen Augen war ein Flackern. Aber er antwortete ruhig: »Sie sollten uns eine Chance geben. Der Unfall ist erst wenige Stunden her.«

»Und selbst wenn Sie jemanden finden – wer sagt, daß ihn niemand verfolgt hat? Stellen Sie sich nur vor, kurz vor der Überführung hätte ihm jemand den Weg versperrt und zum Anhalten gezwungen, ihm auf den Kopf geschlagen und seinen Wagen mit einem Bewußtlosen am Steuer in die Tiefe gestoßen?«

»Dann würde ich sagen, dieser Jemand hat das perfekte Verbrechen begangen«, bemerkte Chalanski, wieder lächelnd. »Miss Prentiss, irgendeinen Anhaltspunkt muß man schon haben, bevor man wild spekuliert. Wenn jemand seinen Wagen gestoppt hat, dann gibt es davon keine Spuren auf der Straße. Wenn jemand Dodd auf den Kopf geschlagen hat – was theoretisch möglich, weil jetzt nicht mehr entscheidbar ist, wie Coroner Grupp zugestanden hat –, dann haben wir dennoch die Waffe nicht gefunden, mit der das geschah. Oder sie steckt irgendwo in dem blutigen Schrott und ist nicht mehr identifizierbar. Wenn man Dr. Dodds

Wagen mit hoher Geschwindigkeit gegen die Betonmauer hat knallen lassen, dann werden wir das nicht nachweisen können, weil die Reifenspuren sich nicht von solchen unterscheiden, die bei einem gewöhnlichen Unfall dieser Art entstehen. Anders ausgedrückt, Miss Prentiss, sprechen die Fakten, die wir zur Zeit haben, für einen normalen Verkehrsunfall, wie sie jedes Jahr zu Tausenden auf unseren Straßen passieren. Sollte sich jedoch etwas ergeben, was in die andere Richtung weist, Miss Prentiss, dann werden Sie die erste sein, die davon erfährt.«

»Ist jetzt gut, Chalanski. Kommen Sie«, sagte Coroner Grupp; auf der Stelle folgte ihm der Ankläger. Chief Dakin folgte beiden.

Das Fehlen von Beweisen, dachte Ellery. Schon wieder. Wie wahr. Schon wieder ergaben sich zwei Möglichkeiten. Entweder – oder. Unfall oder Mord. Natürlicher oder gewaltsamer Tod. Vorderseite oder Rückseite der Medaille.

Reicher Mann tot; armer Mann tot; Bettelmann tot; Dieb tot – und nun Doktor tot.

»Wie?« fragte Ellery. »Entschuldigen Sie, Miss Prentiss, ich fürchte, ich habe nicht zugehört.«

»Ich sagte«, wiederholte die Verlegerin mit eisigem Blick, »worauf warten Sie noch, Mr. Queen? Auf ein Zeichen vom Himmel? *Die* warten nur noch auf Charlie Duncan mit dem Leichenwagen, der die Einzelteile davonkarren soll. Aber Sie sind kein Leichenbestatter. Oder etwa doch?«

»Ich fürchte ...«

»Es sind alle diese Todesfälle, Mr. Queen«, fügte Francis O'Bannon beschwichtigend hinzu. »MacCaby, Hart, Anderson, Jaquard und nun Dodd. Das beschäftigt uns natürlich auch ...«

»Wenn auch ganz anders, Spec, wenn auch ganz anders«, unterbrach ihn seine Chefin harsch. »Faktum ist, daß ein berühmter Schnüffler – wie lange jetzt eigentlich? – in unserer schönen Stadt weilt und es so aussieht, als stürben mehr Leute, je länger er hier ist. Wann schreiben Sie endlich Kriminalgeschichte mit einer Ihrer atemberaubenden Deduktionen? Wann fangen Sie endlich an mit Ihren Ermittlungen, Mr. Spürhund?«

Wenn ich es ihr sofort sage, dachte Ellery, solange Dodd noch als Wrack herumliegt und sein Wagen noch nicht kalt ist: Wüßten Sie gern, Miss Prentiss, wer der nächste sein wird? Das könnte ich Ihnen nämlich verraten, Miss Prentiss. Sie würden dann lachen, und ich müßte mit Ihnen lachen. Weil wir es wissen und zugleich nicht wissen. Weil wir sehen und zugleich blind sind. Wir würden handeln und uns doch nur im Kreis herumdrehen.

»Sagen Sie mir«, sagte sie, »da Sie nicht willens zu sein scheinen, diese grundlegenden Fragen zu beantworten, sagen Sie mir, Mr. Queen – glauben *Sie* an einen Unfall?«

»Ich weiß es nicht.«

Die Frau lächelte. Es war ein radioaktives Lächeln, und Ellery dachte: Oh, all ihr Möchtegern-Rosalind Russells dieser Welt! Er beobachtete sie, als sie sich zu O'Bannon herumdrehte. Wie ein Blitz. »Als Aufhänger nehmen wir Mord – mit Fragezeichen, Spec. Stellen Sie ihn in die suggestive Reihe: MacCaby, Hart, Anderson, Jacquard, Dodd. Was steckt dahinter? Wer will Wrightsville entvölkern? Warum? *Und wer ist der nächste?* Das ist die Schlagzeile, Spec: *Wer ist der nächste?* Pratt!« rief sie ihrem Fotografen zu. »Haben Sie Queen? Warum nicht? Kommen Sie her! ›Berühmter Detektiv am Tatort Fragezeichen?‹« Malvina Prentiss lächelte Ellery mechanisch an. »Wir kriegen Sie noch, Ellery.«

Francis O'Bannon, mit ernstem, konzentriertem Gesicht unter dem Rotschopf, schrieb und schrieb.

Montag, 1. Mai

»Es war die Angst aller Ängste«, sagte Ellery.

»Was für eine *Angst*?« fragte Kenneth Winship.

»Angst vor dem Tod.«

Sie saßen in Dodds Wohnzimmer herum und warteten auf Otis Holderfield. Bis jetzt hatten sie es vermieden, über die Ereignisse der letzten Tage zu sprechen – die Polizei, den Obduktionsbericht, die gerichtliche Untersuchung, die Beerdigung, Mrs. Fowlers Lamento, Essies hysterische Ausbrüche, die geschmacklos trockenen Kommentare des Philosophen Toyfell, das neugierige Telefon, die Besuche der Sensationslüsternen, die fordernden Fragen des *Record* ... Das Haus war jetzt, da Dr. Dodd nicht mehr war, erfüllter von ihm, als es je gewesen war, als er noch durch seine Flure polterte. Ein sehr mitgenommen wirkender Holderfield hatte jedoch Sonntagnachmittag nach der Beerdigung übellaunig seine Stimme erhoben und verkündet, er werde an nächsten Morgen mit dem Testament des Verstorbenen zu Dodds Haus kommen, das Dr. Dodd, wie er gereizt erklärte, erst wenige Tage vor dem Unfall aufgesetzt hatte. Dies hatte dazu geführt, daß das Interesse an Dodds Todesumständen wieder auflebte. Staatsanwalt Chalanski hatte wissen lassen, er werde bei der Testamentseröffnung dabei sein; auch Chief Dakin hatte durchblicken lassen, daß mit ihm zu rechnen sei. Malvina Prentiss hatte verbissen angekündigt, daß die Presse ihrer Verantwortung, über das Ereignis zu berichten, keineswegs ausweichen werde. Ihre Montagsausgabe – ein Vorabexemplar, das auf dem Wohnzimmerboden lag, wo Dr. Winship es hingeschleudert hatte – beschrie die Wahrscheinlichkeit, daß mit der Testamentseröffnung »das Motiv des Mörders« endlich ans Tageslicht käme. (Der *Record* vom Freitag hatte lediglich die Frage aufgeworfen, ob es auch Mord gewesen sein könne. Am Montag jedoch hielt er schon die Antwort parat; und die stand – zumindest für den *Record* - außerhalb jeder Diskussion. Was Coroner Grupp und Ankläger Chalanski zur Verweiflung trieb, denn in der Zwischenzeit hatte sich nichts anderes ergeben als das, was schon der Augenschein hatte vermuten lassen. Wesley Hardin, 54, Gemüsegärtner, dessen Farm ungefähr auf halber Strecke zwischen Wrightsville und Slocum an der Route 478 lag, hatte sich bei der Polizei gemeldet. Er sei derjenige gewesen, der Dr. Dodd am Donnerstag kurz nach vier Uhr morgens angerufen und gebeten habe, sofort zu kommen, denn sein Sohn Calvin, 9, delirierte im Fieber, und er fürchtete, das Kind habe sich die Diphterie gefangen. Als Dr. Dodd nicht kam, hatte Mr. Hardin das Krankenhaus angerufen; man hatte einen Krankenwagen geschickt und Calvin in Quarantäne gesteckt – als klaren Fall von Diphterie. Das war es also gewesen; die Jury des Coroner hatte das Urteil gefällt, es habe sich um einen »tödlichen Unfall« gehandelt, wovon der *Record* jedoch nicht die geringste Notiz genommen hatte.)

»Angst vor dem Tod«, wiederholte Ellery, während sie auf Holderfied, Dakin, Chalanski und den *Record* warteten. »Sie hatte sich zu einer Phobie ausgewachsen. Und solange man das nicht weiß … Wußten Sie denn nicht, Ken, daß Dr. Dodd sich manisch mit allem beschäftigte, was mit dem Tod zu tun hatte?«

»Nein! Ein Arzt, der ihm ständig begegnet …«

»Wird ihn um so mehr fürchten, wenn etwas mit ihm nicht stimmt. Dodd war so besessen vom Tod, daß er versuchte, sich gegen den Sensenmann zu wappnen.«

»Gegen wen?« fragte Rima erschrocken.

»Nun, okkulte Praktiken haben meist zum Ziel, die Zukunft vorherzusagen; und jeder, der dies versucht, wird auch von der fanatischen Hoffnung getrieben, die Zukunft beeinflussen zu können.«

»*Okkulte Praktiken*?«

»Nur so«, nickte Ellery, »erklärt sich die Vielzahl von Gegenständen, die Dodd in der verschlossenen Kammer aufbewahrte, die ich Ihnen heute morgen gezeigt habe. Ein Häuflein Kieselsteine, Bücher, Ringe, Plätteisen und Brenner, Salz, Würfel, Spielkarten und so weiter. Der Okkultismus wird in vielen Formen praktiziert, und jede dieser Formen hat ihre Tradition, was so weit geht, daß einige wissenschaftlich klingende Namen haben wie zum Beispiel Pessomantie, Hellseherei mittels Steinen. Bücher, Ringe, rotglühendes Plätteisen, Salz, Würfel – und Spielkarten natürlich –; jede dieser Praktiken hat vorgeschriebene Rituale, und jede von ihnen ist in Dodds Dachkammer vertreten. Eine solche Sammlung habe ich schon lange nicht mehr gesehen.«

»Aber *Dodd*?« fragte Rima matt.

»Sie glauben mir nicht. Also gut; lassen Sie uns die Pfeile nehmen, sieben Stück an der Zahl. Unser Christentum hat keineswegs das Monopol auf solche Praktiken; die Mohammedaner, zum Beispiel, sind darin alte Meister. So machen sie Weissagungen unter anderem mit Hilfe von sieben Pfeilen. Es befinden sich sieben ›prophetische Pfeile‹ in der großen Moschee von Mekka. Manche Fachleute behaupten zwar, es seien nur drei. Aber das ist unwichtig. Wichtig ist, daß man aufgrund der sieben Pfeile dort oben – zusätzlich zu den anderen Gegenständen, die alle eine ähnliche Funktion haben – einfach nicht mehr um die Feststellung herumkommt, daß Dr. Dodd seit langem versucht hat zu ergründen, was die Zukunft ihm bringen würde und dabei zahlreiche einschlägige Praktiken ausprobierte, unter anderem auch die mohammedanische. Und da die wichtigste Frage an die Zukunft diejenige ist, wann und wie man sterben wird, ist es ganz offensichtlich, daß das Objekt seiner Phobie der Tod war. Ich selbst sah ihn fassungslos zwei nacheinander gezogene Schippen-Asse anstarren. Ein Hund heulte in der Nacht, und Dodd wachte schlaflos am Fenster. Ein Vogel verirrte sich in sein Arbeitszimmer, und er wurde hysterisch … alles Todesomen. Wenn man an das Zeug glaubt. Und er glaubte daran. Als er schließlich davon überzeugt war, daß sein Tod unmittelbar bevorstand, streckte er die Waffen. Sie haben ja selbst gesehen, wie er sich die letzten Tage vor seinem Tod verhalten hat.«

Dem war kaum mehr etwas hinzuzufügen; und es sagte auch niemand mehr etwas, bis Essie von der Tür aus »*Sie* sin' da!« quäkte.

* * *

Otis Holderfield marschierte herein, gefolgt von Chalanski, Dakin, O'Bannon vom *Record* und einem Mann, der aussah wie ein gealterter, wohlhabender Sherlock Holmes. Er wurde vorgestellt als Dr. Farnham Farnham, Internist und Mitglied des Vorstands des Wrightsville General Hospital. Einen Augenblick später erschienen Mrs. Fowler und Toyfell, die neben Essie in der Tür stehen blieben.

Rechtsanwalt Holderfield versuchte erst gar nicht, seine Gefühle zu kaschieren. Er knallte seine Handschuhe aus Antilopenleder und seinen beigefarbenen Homburg auf den Kaminsims und öffnete den Reißverschluß seiner Aktenmappe aus Alligatorenleder mit einem Ausdruck der Mißbilligung, die nicht nur seinen verstorbenen Klienten, sondern auch dessen irdisches Nachwirken betraf.

»Es macht mir gar nichts aus, verstehen Sie«, begann er; es klang wie das Resümee eines Selbstgesprächs, das er zuvor mit sich geführt hatte. »Weniger als gar nichts. Ich bin nur dazu da, dem Willen meines Klienten gemäß zu handeln, haha! Der Mensch hat schließlich das Recht, über seine weltlichen Güter frei zu verfügen, nicht wahr? Uns ziemt's nicht zu fragen, uns ziemt's nicht zu klagen, hmm? Es sei denn, jemand zweifelt an seiner Zurechnungsfähigkeit, was allerdings unwahrscheinlich ist, wenn man sich vor Augen führt, daß mein Klient ledig gestorben ist und, soweit mir bekannt ist, auch keine Blutsverwandten hinterläßt. Nicht, daß es darauf ankäme. Mein Klient hat sich sicher ganz genau überlegt, was nach seinem Ableben mit seinem Vermögen geschehen sollte, sobald er sich einmal dazu durchgerungen hatte, ein Testament zu machen. Er hatte nie eines gemacht bis letzte Woche – hat es immer vor sich hergeschoben.«

»Menschen, die fürchten, sterben zu müssen«, sagte Ellery, »neigen dazu.«

»Lesen Sie schon vor, Holderfield, machen Sie«, bat der Ankläger ungeduldig. »Testamente sprechen normalerweise für sich.«

»Ja«, sagte O'Bannon mit erstaunlicher Schärfe. »Der *Record* interessiert sich sehr für den Wortlaut.« Dann blinzelte er schüchtern zu Ellery hinüber. »Sagten Sie, Dr. Dodd fürchtete sterben zu müssen?«

»Wer hat denn keine Angst vorm Tod?« brummte Dakin. »Machen Sie, Holderfield.«

Otis Holderfield hatte ein elegant gebundenes Dokument aus seiner Aktentasche geholt und blickte nun mit einer Bitterkeit darauf herab, die nicht zu übersehen war.

»Ich, Sebastian Dodd, wohnhaft in Wrightsville, gebe dies als meinen letzten Willen kund ...«

Der kleinwüchsige Anwalt nahm die Testamentseröffnung in Angriff, als wäre sie ein Feind, der so schnell und gründlich erledigt werden mußte, wie es nur ging. Der Erblasser verfügte, daß die Wrightsviller Färberei, die den Hauptanteil seines Vermögens ausmacht, verkauft werden solle. Anwaltskosten, Steuern und sonstige Forderungen waren mit dem Geld zu begleichen. Die massive Hypothek, die auf seinem Haus an der Algonquin Avenue/Wright Street lastete, solle ebenfalls davon getilgt werden. Das Haus selbst mit seiner Büroeinrichtung, dem Mobiliar, sonstiger Ausstattung, persönlichem Besitz und Effekten et cetera solle seinem Partner Dr. Winship zur Verfügung gestellt werden. Im Falle, daß er sich dafür entscheide, solle er dort, vom Tag seines Ablebens an gerechnet, fünf Jahre lang mietfrei wohnen dürfen, vorausgesetzt, daß besagter Dr. Winship das Haus und Anwesen in gutem Zustand hielte, die Steuern zahle et cetera; nach Ablauf der fünf Jahre oder zu einem früheren Zeitpunkt, sollte Dr. Winship das Anwesen früher verlassen wollen, sollte das Haus, das Mobiliar etc. verkauft und der Erlös dem Vermögen zugerechnet werden.

Die Summe von 1000 Dollar in bar ging an »meine Haushälterin, Mrs. Regina Fowler.« (Mrs. Fowler wollte fast aufspringen, verlegte sich jedoch darauf, an ihrer Schürze zu nesteln.)

Die Summe von 500 Dollar in bar ging an »Essie Pingarn, das Hausmädchen.« (Essie Pingarn schaute zunächst ungläubig drein, dann fröhlich – und brach schließlich in Tränen aus.)

Der große Restanteil des Vermögens war in einen Fonds einzuzahlen, der »MacCaby-Dodd-Stiftung Städtisches Krankenhaus« heißen und vom Vorstand des Wrightsville General Hospital als Treuhänder verwaltet werden solle, der zugleich als Testamentsvollstrecker eingesetzt wurde. Er solle ebenso dafür Verantwortung tragen, besagtes Krankenhaus »wenn notwendig, von Grund auf neu zu errichten, um Wrightsville die moderne Krankenhauseinrichtung zu ermöglichen, die seine Einwohnerzahl und sich daraus ergebende Notstände erforderten. Der Neubau sollte eine Kinderstation der Art erhalten, die in meinem Memorandum vom 19. Februar dieses Jahres entworfen ist.« (Dr. Farnham Farnham erlaubte sich ein Lächeln voller Genugtuung.)

Nach ein paar weiteren juristischen Ausführungen knallte Anwalt Holderfield den Deckel auf das Dokument und ließ übellaunig vernehmen: »Das wäre es.« »Einwände, Dakin?« fragte Ankläger Chalanski nach einer Schweigeminute.

»Keine Einwände.« Chief Dakin erhob sich. Es war nicht zu erkennen, ob er enttäuscht oder erleichtert war. Ellery, der ihn genau beobachtete, kam zu dem Schluß, daß Dakin dem psychischen Anschein nach erleichtert war.

»Und was ist mit Ihnen, Mr. O'Bannon?« fragte der Ankläger, während er Malvina Prentiss' Schatten unverhohlen spöttisch ins Visier nahm.

»Was ich persönlich denke, Mr. Chalanski«, erwiderte O'Bannon, »wird wohl kaum von Belang sein. Was allerdings der *Record* denkt, das wird er zweifellos auch drucken.« Mit einem typisch dyspeptischen Harvard-Lächeln entfernte sich O'Bannon, nicht ohne seinen Notizblock in seine Tasche zu stopfen.

»Ich werde das mit dem Vorstand alles besprechen, Dr. Farnham«, sagte Otis Holderfield kühl, »wann es Ihnen denn gelegen ist. Ich werde den Rest des Tages in meiner Kanzlei sein, für den Fall, daß Ihre Anwälte interessiert sind. Wenn Sie, Gentlemen, also nichts mehr hätten …«

»… außer der Anwaltsrechnung«, sagte Chalanski trocken, nachdem Holderfield gegangen war, »die ich unters Mikroskop legen würde, Dr. Farnham. Nun, liebe Mitbürger, ich möchte dennoch zum Ausdruck bringen, daß die Vertreter des County zufrieden sind. Nicht wahr, Mr. Queen? Ist doch gut, daß es so seinen Ausgang genommen hat. Miss Anderson, Dr. Winship … Kommen Sie mit, Dakin; Dr. Farnham?«

»Wie Sie wissen, Winship«, sagte Dr. Farnham, der sich zum ersten Mal äußerte, als er sich verabschiedete, »hat Dr. Dodd in den Vorstand eine Lücke gerisssen. Im Lichte dieser mehr als großzügigen Spende an das Wrightsviller Volk, die wir Sebastian Dodd zu verdanken haben, wäre es mehr recht als billig, wenn Sie seinen Posten im Vorstand übernehmen würden, und ich werde sicher Empfehlungen …«

Doch Ken schüttelte lächelnd den Kopf. »Vielen Dank, Doctor, aber ich kann Ihr Angebot nicht annehmen. Ich werde verdammt hart darum kämpfen müssen, mich über Wasser zu halten. Fragen Sie mich in fünf Jahren noch einmal.«

Alles lachte; aber als alle gegangen waren, lastete Schweigen über den Zurückgebliebenen. Es war Ellery, der nach einer Weile zu sprechen begann.

»Sie müssen Holderfields Groll verstehen. Sich den ganzen Batzen aus den gierigen kleinen Händen wegschnappen lassen zu müssen, das muß einen ja irre machen. All die Bombengeschäfte, die er erwartete – zum Beispiel den Verkauf der Färberei, der ihm als Testamentsvollstecker und Treuhänder saftige Honorare eingebracht hätte – weggeschnappt. Der arme alte Otis. Ist nur noch eine Frage der Zeit, bis die Waldo-Brüder ihn bedrängen werden, doch bitte endlich die Schneiderrechnungen zu begleichen, die da zusammengekommen sind.«

»Und O'Bannon«, grinste Ken. »Haben Sie sein Gesicht gesehen? Der *Record* kann kaum das Wrightsviller Krankenhaus beschuldigen, den Doc umgebracht zu haben. Oder Mrs. Fowler für die 1000 Dollar, die er ihr vermacht hat – oder Essie für die 500.«

»Oder Harry Toyfell«, murmelte Ellery, »für sein Garnichts.«

»Oder mich für meines! Nun, Baby, sollen wir unser großzügiges Erbe antreten? Sagt dir Docs Angebot zu?«

»Das überlasse ich ganz dir, Darling«, sagte Rima ernst. »Es werden bestimmt viele von Dr. Dodds ehemaligen Patienten jetzt woanders hingehen. Es wäre unter den Umständen vielleicht günstig, keine Miete zahlen zu müssen. Ken …«

»Ja.«

»Ich bin froh darüber, daß er dir nichts vermacht hat.«

»Hä?« Ken und Ellery tauschten erstaunte Blicke. »Warum das?«

»Ach, nur so. Ich bin einfach … froh.«

Ken lachte und schloß sie in seine kräftigen Arme. »Du bist genauso taktvoll wie ein Editorial des *Record*. Darling, du bist mit einem Mann verlobt, der es im Leben nie richtig zu Geld bringen wird! Alles, was ich vom Leben je erwartet habe, ist eine gewisse Sicherheit, dich und genug Taschengeld, um mir ab und zu eine gute Platte leisten zu können. Der Rest – Liebe und Medizin, aber eben kein Geld. Wo ich aber gerade von Liebe spreche – würdest du denn mit mir hier weiterleben wollen?«

»Mit dir? Mit dir würde ich auch auf einem Baum hausen! Ich wünschte, das könnten wir …«

Sie küßten sich. »Dann laß uns heiraten.«

»Wann?«

»Jetzt. Morgen.«

»Aber Ken …!«

»Kein Wort mehr«, sagte Ellery. »Ich glaube, ich muß mal an die frische Luft.«

»Ellery, nein!« Rima lachte. »Ken hat mich schon vor längerem gefragt; es geht nur noch um den Zeitpunkt. Sie *müssen* hierbleiben, um meine Interessen zu vertreten.«

»Sie können Ihre Interessen verdammt gut allein vertreten. Ich bin es leid, Ihren blöden Onkel abzugeben.«

»Ach, jetzt tun Sie doch nicht so. Hören Sie lieber zu. – Ken, das ist so bald!«

»Also gut, ziehen Sie hier aus«, knurrte Rimas Verlobter. »Es wird ziemlich bald übles Gerede geben, wenn Sie bleiben, trotz Mrs. Fowler und Essie. Nicht daß mich das jucken würde, Sie verstehen, aber Wrightsviller können es einem ganz schön heiß machen, wenn man erst mal in der Pfanne gelandet ist. Rima, der Doc hat für uns Schicksal gespielt. Wir *müssen* heiraten.«

»Ken hat recht«, sagte Ellery. »Sie beide könnten nicht einfach aus dem Haus verschwinden und irgendwo zur Miete wohnen – oder in der Sumpfhütte, die ich, ganz nebenbei bemerkt, noch immer nicht gesehen habe! –, das wäre absolut undenkbar. Wenn Sie also als Krankenschwester unbedingt Ihren Doktor heiraten müssen, Rima, dann Augen zu und durch!«

Sie beschlossen, sich am nächsten Morgen vom Stadt-Amtmann Caiaphas Truslow im Rathaus eine Genehmigung zu besorgen und dann zum Friedensrichter Burleigh Pendleton nahe der Kreuzung an der Route 16 zu gehen. »Natürlich«, bemerkte Ken, »wird 'Aphas die frohe Kunde überall verbreiten; aber wir werden vollendete Tatsachen geschaffen haben, bevor er viel Unheil anrichten kann. Ein Anruf beim *Record* direkt nach der Trauung sollte üble Nachrede im Keim ersticken.« Ken schaute finster drein. »Ich wünschte, wir könnten wenigstens zwei Wochen in die Flitterwochen fahren.«

»Liebster Ken, nicht meinetwegen ...«

»Ich habe jetzt nicht nur meine eigenen Patienten am Hals, sondern auch die vom Doc. Weil noch immer die Diphterie wütet, werde ich sie auch nicht an Kollegen los. Die bedanken sich.«

»Ken, ich bewundere deine Opferbereitschaft, für mich bist du die wahre Reinkarnation des Hippokrates! Wirklich.«

»Vielleicht vergißt du die ganze Sache ja auch lieber. Der Doc hat immer gesagt, ein Arzt hätte keine Zeit für die Ehe. Und was kann ich dir schon bieten? Sicher nicht das, was ich mir erhofft hatte.«

»Darling, ich *will* gar keine Flitterwochen!«

»Ich aber! Ein Mann, der heiratet, hat einen Anspruch darauf!«

So ging es eine Zeitlang weiter; Ellery wurde währenddessen zunächst gebeten, für Ken Trauzeuge zu spielen, und schließlich herzlich eingeladen, als Gast im Hause der Winships zu bleiben.

»Sind Sie wahnsinnig?« stöhnte Ellery. »Mit einem frischverheirateten Paar soll ich hier kampieren? Was glauben Sie eigentlich, was in meinen Adern fließt – Kamillentee? Winship, ich habe mir schließlich einiges verkneifen müssen, was Rima angeht.«

»Dann geben Sie also auf«, murmelte Rima, bevor Ken etwas erwidern konnte.

»Aufgeben? Was?«

»Das, weshalb Sie hergekommen sind. Nicht, daß ich Ihnen das verübeln könnte …«

»Da kann gar keine Rede von sein«, entgegnete Ellery beleidigt. »Es ist nur …«

»Dann müssen Sie bleiben«, beschloß Rima mit Ihrer unschlagbaren Logik. »Und wenn Sie schon bleiben müssen, dann können Sie nicht jetzt in ein Hotel ziehen. Der *Record* würde sich abenteuerliche Geschichten dazu einfallen lassen.«

»Ellery, das Haus ist riesig. Rima und ich werden Quadratkilometer von Privatsphäre haben. Das ist nicht das Problem.« Ken stand auf und suchte nach seiner Pfeife. »Die Frage ist nur: Was machen wir jetzt?«

»Das ist es ja.« Rima hatte ihm die Antwort erspart. »Ellery, was ist unser nächster Schritt?«

»Nun … da Dodd tot ist«, sagte Ellery düster, »sind meine Denkbahnen ziemlich vorgegeben.«

»Wie meinen Sie das?«

»Sie erinnern sich doch an die beiden Möglichkeiten, mit denen ich dauernd jonglieren mußte, Rima. Sie sind nun auf eine geschrumpft. Es vereinfacht vieles ganz wunderbar.« Doch er versuchte vergeblich, ein Leuchten in seine Augen zu bringen.

»Zwei Möglichkeiten?« fragte Ken. »Was für Möglichkeiten?«

»Oh je, Darling. Das ist ein bißchen kompliziert.« Rima sah Ellery nervös an. Als er nickte, hellte sich ihre Miene auf. »Ellery sagte, es gäbe zwei Blickwinkel, von denen aus man den Fall betrachten könne. Wenn man ihn von der einen Seite betrachtete, dann war Dr. Dodd der Mann, für den man ihn hielt. Wenn man sich die Sache allerdings von der anderen Seite besah, dann war er …« Etwas in Kens Blick brachte sie zum Schweigen.

»Dann war er was?«

»Kriminell«, sagte Ellery knapp.

»Sie haben den Doc verdächtigt … *wessen* verdächtigt, zum Teufel?«

»Des Mordes an MacCaby. Mr. Hart in den Selbstmord getrieben zu haben. Von Tom Anderson erpreßt worden zu sein und ihn Little Prudy's Cliff hinuntergeschubst zu haben.«

»Infames Gesabber … Lassen Sie Ihr Hirn mal auf Eiterherde untersuchen!« »Schon gut. Klingt jetzt absurd. Aber nicht, bevor Dodd starb.«

»Warum zum Henker sollte sein Tod irgend etwas ändern?«

»Lebend war Dodd theoretisch ein Mörder. Tot ist er theoretisch ein Opfer. Und sicherlich ein unschuldiger Mann. Also hat er auch die Wahrheit gesagt. Luke MacCaby ist an einer Koronarkrankheit gestorben, was genau das auch immer war. Dodd hat John Spencer Hart auch nicht absichtlich in den Selbstmord getrieben; und als er Anderson die 5000 Dollar gab, dann nicht, weil er erpreßt wurde, sondern aus reinem Altruismus. Und da Anderson auch kein Erpresser war, enthielt das Schreiben, das er bei Holderfield zusammen mit dem Geld deponierte, vermutlich nur die Bitte an Jacquard, das Geld für Rima aufzubewahren – und nichts sonst. Und als Jacquard, nachdem er Ihr Geld unterschlagen hatte, Rima, hier einbrach, dann nicht, um ›belastendes Material‹ gegen Dodd zu suchen, sondern um einen simplen Einbruch zu begehen.

Mit Dodd als Unschuldigem befinden wir uns auf einer geraden Spur – ohne Abzweigung. Wir sind also wieder da angelangt, wovon wir ausgegangen waren: bei einer Serie von Todesfällen, die präzise dem Muster eines Kinderverses folgen. Reicher Mann MacCaby; armer Mann Hart, Bettelmann Anderson; Dieb Jacquard; Doctor Dodd.«

»Aber *warum*?«

»Das«, murmelte Ellery, »bleibt die Frage.«

Ken schüttelte den Kopf. »Da gibt es keine Frage, Ellery. Sie veranstalten das reinste Schattenboxen hier. Ein alter Mann mit chronischer Herzinsuffizienz stirbt schließlich dran; ein Geschäftsmann, dem die Aufdeckung von Veruntreuungen droht, jagt sich eine Kugel in den Kopf; eine mittelloser Mann, der plötzlich in den Besitz von 5000 Dollar gelangt, stirbt vermutlich bei einem versuchten Raubüberfall, weil der Täter nicht wußte, daß er das Geld bei einem Anwalt deponiert hatte. Ein gemeiner Dieb bricht in ein Haus ein und versucht, als er überrascht wird, in den Besitz einer Schußwaffe zu gelangen, die schließlich im Handgemenge gegen ihn losgeht. Ein überarbeiteter, hochneurotischer Doctor kommt bei einem nächtlichen Hausbesuch von der Straße ab. Für jeden einzelnen Todesfall gibt es eine natürliche Erklärung. Warum sollte man die zusammenbasteln, nur weil sie zufällig mit einem beliebigen Kinderreim zusammenpassen?«

»Das ist es ja«, sagte Ellery. »Eben *weil* sie es tun. Oh, ich weiß, daß das albern klingt. Aber was wäre Ihre Erklärung dafür?« Ellery bekam keine Antwort. »Mir ist das angeboren. Mein Verstand frißt sich bei lebendigen Hirnzellen selbst auf. Und dieses ist die Art von Problem, die mir keine Ruhe läßt. Ich könnte nicht davon lassen, selbst wenn ich es wollte. Zumal«, fügte er prompt hinzu, »das noch nicht das Ende ist.«

»Was ist nicht das Ende?«

»Dr. Dodds Tod.«

»Jetzt fängt er *damit* wieder an!«

»Warte mal, Ken«, bat Rima.

»Dodd hat mir die Sicht vernebelt. Es ist jemand anders, der mit MacCaby, Hart, Anderson, Jacquard verwickelt war. Und mit Dodd natürlich.«

»Und wer soll das sein?« fragte Ken.

»Otis Holderfield. Es war Holderfield, der MacCabys Testament aufgesetzt hat. Als Dodd Holderfield bat, seine rechtlichen Angelegenheiten zu regeln, war es Holderfield, der vorschlug, das Schreiben an Hart aufzusetzen, und der es auch formulierte. Dodd brauchte nur noch zu unterschreiben. Der Brief war die direkte Ursache von Harts Selbstmord. Es war Holderfield, der Anderson die 5000 Dollar von Dodd aushändigte. Es war auch Holderfield, der auf Andersons Bitte hin das Geld wieder in Verwahrung nahm. Es war Holderfield, der das versiegelte Kuvert Nick Jacquard übergab. Und es war Holderfield, der als Dodds Anwalt dessen Testament aufsetzte.«

»Sie meinen also, dieser kleine Lackaffe von Holderfield«, fragte Ken ungläubig, »steckt hinter allem, was passiert ist?«

»Nein. Auch wenn Sie mich ohrfeigen könnten – es besteht Grund zu der Annahme, daß er das nächste Opfer sein wird.«

»Ach *diese* Leier schon wieder!«

Aber Ellery summte durch seine Zähne: »*Reicher Mann, armer Mann, Bettelmann, Dieb; traurig, fröhlich, böse, lieb; Schippe, Eckstein, Herz und Treff; Doctor, Anwalt* …« Er breitete die Hände aus. »Der nächste in der Serie muß Anwalt sein; und Holderfield ist der einzige Anwalt, der bis zum Hals in allem drinsteckt, was bis jetzt geschehen ist.«

* * *

Sie schwiegen, bis sie eine Stimme von der Tür her vernahmen. »'Tschuldigense.«

Es war Harry Toyfell.

»Ich möchte gern mit Ihnen sprechen, Dr. Winship.«

»Worüber, Harry?«

»Es ist Dr. Dodd gewesen, der mir diese Arbeit gegeben hat. Vielleicht ist es ja der falsche Moment. Aber ich wüßte gern, wo ich jetzt dran bin.«

»Oh.« Ken wirkte verlegen. »Natürlich, ich wollte auch schon mit Ihnen darüber sprechen. Ich werde mich in Zukunft selbst um das Haus kümmern müssen; die Ausgaben sind einfach zu hoch … Vielleicht, Harry, wäre es besser, wenn Sie sich nach einer neuen Stelle umsähen. Sofort.«

Harry Toyfell schien nicht überrascht zu sein. Es wirkte so, als ob er niemals etwas anderes erwartete als das Schlimmste und nur dann überrascht war, wenn es anders kam.

Er schlurfte außer Sichtweite.

»Mr. Toyfell! Warten Sie!« sagte Rima leise. »Darling, ich weiß, daß es praktischer wäre, damit anzufangen, die Ausgaben zu kürzen; und ich habe ihn persönlich auch nie … besonders gemocht; aber könnten wir ihn nicht noch wenigstens ein Weilchen beschäftigen? Er hat es *so* schwer gehabt …«

»Mensch, es sind nicht die Kosten, Rima«, schnaufte Ken rotgesichtig. »Aber er ist ein verdammter Unglücksbringer!«

»Dann haben Sie es also auch bemerkt?« murmelte Ellery.

»Ich bin ja nicht blind! Toyfell arbeitete für MacCaby, und MacCaby starb. Dann ging er zu Hart, und der brachte sich um. Er hatte zwei Freunde – Tom Anderson und Nick Jacquard – und wo sind *die*? Und kaum tritt er seine Stelle beim Doc an, kommt der auch um. Nenn mich abergläubisch …«

»Nein, Darling. Ich habe das so bisher nicht gesehen … Ken, würde es Dir was ausmachen, wenn ich etwas für ihn täte?«

»Herrje! *Ich* werde etwas für ihn tun. Ich möchte ihn nur nicht mehr um mich haben. Toyfell!«

Der Gärtner war wieder sichtbar.

»Harry, ich weiß, das kommt jetzt sehr plötzlich. Ich dachte, ich zahle Ihnen Ihren Lohn weiter, bis Sie etwas Neues haben.«

»Und Sie können in meiner Hütte drüben in den Sümpfen wohnen, Mr. Toyfell«, fügte Rima hinzu. »Bis Sie wieder eine Anstellung haben. Es sind noch ein paar Konserven da; und ich habe dort Gemüse angepflanzt, das …«

Aber Toyfell schüttelte seinen länglichen Kopf; seine krokodilartigen Kiefer öffneten sich in der grotesken Imitation eines Lächelns. »Tom hat Sie gut erzogen, Rima. Sehr christlich. Geben ist seliger denn nehmen. Einen fröhlichen Geber hat Gott lieb. Diese Weisheit werden Sie in keinem Medizinbuch finden. Aber ich werde heute abend fort sein.«

Er trottete davon, ohne Ken noch einmal angeschaut zu haben, das einzig sichtbare Zeichen dafür, daß seine Stoikerhaut doch Kratzer bekommen hatte.

* * *

Es war ein bemerkenswert veränderter Otis Holderfield, der Ellery an diesem Nachmittag in seinem Büro empfing. Er war bester Dinge. Einer der Waldo-Brüder – Ellery vermochte nicht zu erkennen, welcher – eilte mit einer Handvoll Textilmustern fort; die attraktive Sekretärin war immer noch da; und die modernen englischen Schuhe des kleinen Advokaten lagen höher als sein Kopf. Er schien sich wieder zu fühlen wie Krösus.

»Nehmen Sie Platz, Mr. Queen! Freut mich außerordentlich, daß Sie mich beehren! Ich hoffe nur, ich habe mich heute morgen nicht allzu sehr blamiert. Ein Anwalt sollte sich niemals von seinen Gefühlen überwältigen lassen, das ist sein Todesurteil, haha! Als ich zurückkam, habe ich die Sache noch einmal überdacht und bin zu dem Schluß gekommen, daß ich gar nicht so schlecht dastehe. Nein, Sir. Natürlich war es ein harter Schlag, ein solches Vermögen wie das Dodds aus der Hand geben zu müssen; aber das bekommen wir schon hin. Ganz sicher bekommen wir das hin. Was führt Sie her?«

»Sie.«

»Ich?« Holderfield war alarmiert. »Wie meinen Sie das?«

»Holderfield, haben Sie eine Lebensversicherung abgeschlossen?«

Der Anwalt nahm die Zigarre aus dem Mund. »Ich kapier' den Witz nicht.«

»Nehmen wir einmal an, ich hätte Grund zu vermuten, daß Sie sterben werden.«

Holderfield starrte ihn verständnislos an. »Das werden *Sie* auch.«

»Aber, wie ich hoffe, nicht vor der Zeit.«

»Sie meinen, ich werde vor der Zeit sterben?«

»Jeder Tag könnte Ihr letzter sein.«

»Was wird das hier?« fragte er leutselig, »sind Sie plötzlich Geldeintreiber für die Mafia geworden? Wer will denn Geld von mir – und warum?«

»Ich kann es Ihnen nicht verdenken«, sagte Ellery betrübt. »Und dennoch hätte ich heute nacht kein Auge zumachen können, wenn ich Sie nicht gewarnt hätte. Es gibt Zeiten, Mr. Holderfield«, fuhr Ellery fort, indem er aus dem Fenster zur Washington Street hinunterschaute, »Zeiten einer merkwürdigen Zuspitzung, in denen fast alles schiefzugehen scheint, nichts mehr Sinn ergibt, und alles, was uns bleibt, unsere gemeinsame Sprache ist. Aber ich glaube nicht, daß Sie auch nur die leiseste Ahnung haben, wovon ich hier rede.«

»Das ist richtig«, grinste der Anwalt. Aber seine Augen waren wachsam.

»Also werde ich Ihnen mein Lieblingsmärchen dieser Tage erzählen müssen. Es war einmal ein geiziger alter Mann namens MacCaby«, begann Ellery und und verknüpfte die Schicksale der fünf Toten in seiner Erzählung mit dem Kindervers. *»Doctor, Anwalt …«*

Ellery wandte sich vom Fenster ab. Otis Holderfields Kopf war zurückgeworfen, er hielt sich mit den Händen den Bauch und lachte so heftig, daß ihm Tränen in die Augen geschossen waren.

»Sie finden das komisch?«

»Das Komischste, was ich je gehört habe.«

So komisch ist das nicht, dachte Ellery. Und plötzlich kam er auf den Gedanken, daß Holderfield vielleicht etwas wußte, etwas, was er nie preisgegeben hatte, und daß er vielleicht deshalb so unbändig lachte. Nicht weil er amüsiert war – sondern weil er es nicht war. Er vertuscht etwas, dachte Ellery. Und ich bin da auf etwas gestoßen. Wenn ich nur wüßte, was das sein könnte!

»Natürlich treiben Sie hier nur Scherze mit mir«, keuchte der Anwalt, während er sich die Augen rieb.

»Nein.«

»Sie meinen das ernst?«

»Ja.«

»Himmel! Schaun Sie her, Mr. Queen. Ich bin nicht so phantasiebegabt wie Sie.« Er wedelte mit seiner Zigarre durch die Luft. »Verstehen Sie mich bitte nicht falsch. Ich finde es sehr nobel von Ihnen, mich zu warnen. Aber stellen Sie sich mal vor, wie das wirkt, wenn ich Chief Dakin um Polizeischutz bitte, weil … haha!«

»Ich bezweifle sehr, daß er Sie schützen könnte.«

»Warten Sie bitte eine Minute, Mr. Queen!« Sein Telefon klingelte. »Wer, Floss? … Hä? Gut, stellen Sie ihn durch. Hallo? … Ja … Oh … Naja, vielleicht könnte ich ja. Ja, doch, sicher könnte ich … Nein, nein, keineswegs selbstlos von mir. Warten Sie ab, bis Sie gesehen haben, in welchem Zustand er ist, haha! Wie? … Hören Sie bitte; ich bin keiner von euren Wrightsviller Millionären. Sagen wir, 85 den Monat und Unterkunft. Mehr geht beim besten Willen … Sie wissen, wo es ist? … Okay, dann bis heute abend.« Holderfield hängte ein. »Und Sie kommen hier mit 'nem Trauerflor, Queen! Das ist mein Glückstag. Ich werde Sie jetzt hinausbegleiten.«

»Glückstag?«

»Ich habe ein kleines Häuschen drüben an der Upper Curling. Im Garten wuchert das Unkraut nur so. Ich habe darüber nachgedacht, einen Gärtner und Diener anzustellen, und – Simsalabim! – ich habe gerade den besten Mann des ganzen Bezirks angeheuert. Ich fühle mich Ihnen verpflichtet, Mr. Queen. Werde Sie in meinem Testament bedenken, haha!«

Harry Toyfell hatte einen neuen Chef gefunden.

Als Ellery auf Buzz Congress und den Aufzug wartete, spürte er, wie eiskalte Mäuse seinen Rücken hinunterhuschten. Es war lächerlich – aber sie waren da.

Dienstag, 2. Mai

Rima und Ken wurden nach Kens Sprechstunden am Dienstagnachmittag in Burleigh Pendleton's Arbeitszimmer getraut, Trauzeugen waren Ellery und eine strahlende Mis' Pendleton.

»Ein gutes Omen«, lachte Ken, als sie zu seinem Wagen zurückgingen. Der Kreuzungsverkehr floß fröhlich heimwärts. »Burleigh läßt Mis' Pendleton nur dann Trauzeugin sein, wenn sie nüchtern ist. Habt Ihr gehört, wie temperamentvoll er gesprochen hat? Wir haben einen verdammt guten Start, Mrs. Winship.«

»Gesegnet seien sie. Gesegnet seien sie alle.« Rima hing am Arm ihres Mannes, als hätte sie Angst, er könnte ihr abhandenkommen.

»Steigen Sie ein, Ellery.«

»Diesmal nicht«, sagte Mr. Queen hohl und gequält. »Jeder kommt einmal an die Grenzen dessen, was er verkraftet; und hier ist die meine. Machen Sie beide, aber lassen Sie mich zur Ruhe kommen. Ich werde den *Record* benachrichtigen. Sie brauchen nicht eigens in der Stadt zu halten.«

»Ach, Ellery ...«

»Nix ach Ellery. Ich will nicht mal wissen, wo es hingeht.«

»Hoch zu den Durkee's Falls.«

»Nur über Nacht. Aber wir dachten, Sie würden wenigstens beim Hochzeitsdinner dabei sein.«

»›Welch grauser Lärm des Wassers mir im Ohr, und so hör ich nichts‹. Gott kräftige und segne Eure Verbindung; und möge keiner von euch ausscheren. So, und jetzt haut endlich ab, bevor ich zusammenbreche und anfange zu flennen.«

»Wir sind morgen früh wieder zurück!« rief ihm Ken hinterher, als sie davonfuhren.

Ellery stand am Tor des Friedensrichters, bis sich die Abgase von Hymens Triumphwagen mit dem Nebel in den Bergen vermischt hatten.

Er begann, mit den Händen in den Hosentaschen die Route 16 hinaufzuschlendern und fragte sich, wie es sich wohl anfühlen mochte, glücklich zu sein. Rima war glücklich, so glücklich, daß sie wie in Trance schien. Ken war glücklich, mit dem typisch männlichen Überschwang, den er dennoch unter Kontrolle zu halten versuchte. Mis' Pendleton war auch glücklich, vielleicht in freudiger Erwartung der Flasche, die sie Gerüchten zufolge im Hühnerstall versteckte. Ob Burleigh Pendleton glücklich war, konnte Ellery nicht sagen; er war ein Yankee schottischer Abstammung. Aber zumindest spendete er Glück. Das Leben in und um Wrightsville herum ging weiter; die Leute arbeiteten, tranken, stritten, liebten sich. Sie starben und sie heirateten – jeder war Teil des Ganzen.

Und hier war er nun, etwa so unentbehrlich wie ein Kropf.

Ellery stand draußen vor Gus Olesens Straßenkneipe; sie lag nur knapp hundert Meter von Burleigh Pendleton entfernt – eine Kombination, die sich wohl für beide Geschäftsleute rechnete.

Er ging hinein.

* * *

Die Kneipe war voll; die Männer kippten hier ein Bier und einen Schnaps oder auch mehr, bevor sie von der Fabrik oder vom Büro nach Hause gingen. Jedermann schien sich gut zu amüsieren bis auf einen, der allein in einer Nische hockte und ganz offensichtlich litt. Ellery ging zu ihm hin und sprach ihn an: »Ich bin ein armer Verzweifelter, und woanders ist kein Platz mehr. Darf ich mich zu Ihnen setzen, oder müssen wir uns erst prügeln?«

Aggressiv erwiderte der Mann: »Setztense sich schon, wennse nicht anders können.« Als er aufblickte, erkannte Ellery unter dem Filzhut – der aussah, als hätte ein Elefant darauf herumgetrampelt – das ehemals ordentlich gekämmte rote Haar und das Gesicht von Francis O'Bannon. »Kennen wir uns nicht? Ach was, sagense nix. Interessiert mich alles nicht.«

»Hallo, O'Bannon.« Ellery setzte sich hocherfreut. In betrunkenem Zustand war O'Bannon ein völlig anderer Mensch. Seine rosa Plastikbrille hing an einem Ohr, und ein Fleck, der vermutlich vom Whisky stammte, verunzierte seine dezente Krawatte. Aber das war es nicht. Das Funkeln seiner Augen kam von einem Feuer, das in seinem Innern loderte und dessen Luftklappe nicht entfernt worden war. Er dünstete Männlichkeit aus, wild und ungestüm. »Was ist los? Hatten Sie und Malvina 'ne kleine Auseinandersetzung, alter Junge?«

»Hören Sie mal, Sie Trottel ...«

»Queen ist der Name.«

»Queen, hören Sie, trinken Sie erst mal was.«

Ellery füllte eines der unzähligen Gläser, die auf dem Tisch verteilt waren, aus O'Bannons amtierender Flasche. »Cheers!«

»Runter damit. Wie sagten Sie, war der Name?«

»Queen. Aber Sie und Malvina ...«

»Queen, wenn Sie den Namen dieser Schlampe in einer Kneipe aussprechen, dann beleidigen Sie damit einen ehrenwerten Berufsstand! Diese versilberte Houri! Dieser schlankärschige Hitler! Die Nerven eines Goldbarrens, das Gewissen eines Buchmachers, die Seele eines Presseagenten und der Ehrgeiz einer Kopflaus! Und kein bißchen mehr Herz als Gefrierfleisch. Sie wedelt mit dem Hintern vor dir rum und verlangt, daß du an nichts anderes denkst als an die bezahlten Anzeigen der letzten Woche. Es gibt Bräute, Mr. Queen, die faßt man einfach nicht. Sie kauft sich für 95000 Dollar ein Haus auf der Skytop Road, dekoriert es mit Schnickschnack für 50000 Dollar, die jedem Dekorateur die Augen übergehen lassen würden – und schläft dann in einem weißgetünchten Kabuff mit nix drin als 'nem Krankenhausbett und 'nem einfachen Stuhl. Sie hat eine Klassiksammlung im Wert von 10000 Mäusen und einen Plattenspieler für 2500; und alles, was sie sich anhört, ist Kinderkram wie Bozo, Babar, Christopher Robin und Frank Luther, der Mother-Goose-Verse singt. Aber Kinder haßt sie. Verrückt!«

»Vielleicht hat sie einmal ein Kind verloren? War sie denn je verheiratet?«

»Dreimal. Der erste war ein millionenschwerer Schweinezüchter um die siebzig; der zweite Ballettänzer; der dritte war so ein Schmarotzer, der Korsetts trug und in der Schauervilla seiner Vorfahren im Kimono und mit Reitpeitsche umherparadierte. Vielleicht verstehen Sie das ja wirklich. Ich zumindest komm da nicht mehr mit. Eines Tages werde ich ihr jedenfalls mit einer Überschrift in Großbuchstaben den Schädel einschlagen.«

»Sagen Sie Ihr doch einfach mal tüchtig Bescheid. Das gibt nicht gleich so eine Schweinerei.«

»Mr. Green«, sagte O'Bannon finster, »jeder wird auf seine Weise verrückt.«

»Warum kündigen Sie nicht, wenn es so unerträglich ist?«

»Warum interessiert Sie das überhaupt?«

»Ich versuche zu helfen, wenn ich sehe, daß jemand Hilfe braucht. O'Bannon, wenn Sie jemals Harvard Square gesehen haben, dann höchstens, um eine Geschichte über die Balzrituale der jungen Semester für den *American Weekly* zu schreiben. Warum machen Sie so auf akademisches New England-Pflänzchen?«

»Jesses! Der Kerl schafft mich. Sagen Sie, wollen Sie das wirklich wissen?«

»Der ganze Abend liegt vor uns.«

»Sie werden mir nicht glauben.«

»Ich bin äußerst fantasiebegabt. Probiern Sie's aus!«

»Dann hören Sie sich das mal an – Breen, nicht wahr? Ich hab diese Katastrophenfrau das erste Mal bei einer der letzten Nominierungen für die Präsidentschaftskandidatur gesehen. Sie ärgert mich, wenn Sie verstehen, was ich meine. Und zwar auf der Stelle. Haben Sie je ein Weib gekannt, mit deren Hals Sie gerne das täten, was der Bauer mit Euterzitzen tut? Sagenhaft, kennt alle Prominenz, und gerade erst die allerersten Falten an den entsprechenden Stellen; und dieses Bitte-faß-mich-nicht-an-du-Bauerntrampel-ich-bin-was-Besseres. Mensch, soweit ich weiß, war sie da, um sich selbst nominieren zu lassen, wäre ihr jedenfalls zuzutrauen. Naja, wie auch immer, ich dackel ihr hinterher; denn das müssense zugeben, Feeney, rassige Formen hat sie. Aber irgendwas sagt mir: ›O'Bannon, laß diesen gefrorenen

Klumpen Chanel keine Macht über dich kriegen!‹ Also halte ich mich zurück, verstehn Sie? Na, und dann komme ich nach New York zurück, wo ich zu der Zeit Klinken putze, um irgendwo Lokalredakteur zu werden, und worauf, Sweeney, stoße ich in einem Fachblatt? Auf einen Artikel über diese Verlegerin, die in einer dämlichen Kleinstadt in New England eine angebliche Zeitung gekauft und große Chancen habe, den nationalen Spinnerpreis zu gewinnen. Und wie sollte sie auch anders heißen als Malvina Prentiss, meine Traumfrau von der Kandidaten-Nominierung! Ich frage einfach dreist bei ein paar arbeitslosen Kumpeln herum und kriege raus, daß Malvina für ihr Käseblatt einen Assistenten mit knallharter journalistischer Erfahrung sucht. Aber da ist ein Haken. Ich höre, daß sich viele dafür interessieren und aus persönlichen Gründen auch nichts dagegen haben, sich in der Pampa zu vergraben, die auch sonst in Frage kommen. Aber der Bewerber muß vornehm sein, möglichst von den Pilgervätern abstammen und – das jetzt wörtlich – »eine solide Harvard-Ausbildung genossen haben«. Was sie will, ist also offenbar einen journalistischen Schlägertypen, der im Charles River getauft wurde und sich das erste Mal die Milchzähne an einem Silberservice von der Copley-Plaza durchgebissen hat. Nun ja, ich heiße nicht zufällig O'Bannon. Jeder Ire in Amerika hat zumindest einen Cousin in Boston, und meiner heißt ebenfalls Francis O'Bannon. Cousin Francis hat vornehm blasse Hände, Back Bay-Manieren, einen M. A. von Harvard und hat jetzt 'ne Kneipe am Revere Beach. Nachdem ich zwei Wochen bei ihm verbracht hatte, bekam ich langsam das Gespür für meine Back Bay-Herkunft. Ich frischte mein Wissen über den Boston, den Yard, Copey und Radcliffe auf und verbrachte dann noch eine weitere Woche in Cambridge, um die Sprache der Einheimischen, ihre seltsamen Bräuche und Angewohnheiten zu studieren. Dann hab ich mir noch diese Fensterglasbrille für zwanzig Dollar zugelegt und bin zu guter Letzt noch um vier Uhr morgens zu einem Bestattungsinstitut in Harvard, um mir die Kleider eines Ehemaligen der Uni zu leihen, der keine Verwendung mehr für sie hatte.

Mit der Magisterurkunde meines Cousins unter dem Arm und einem Empfehlungsschreiben von Präsident Conant, das ich schlicht gefälscht hatte, bin ich schließlich per Zug nach Wrightsville gekommen. Das ging ganz fix.«

»Die Frage ist nur«, sinnierte O'Bannon, indem er sich neu einschenkte,»wer wen über den Tisch gezogen hat. Und wer am Ende gewinnt. Mr. Greeley, Sex ist das dritte Standbein der Menschheit. Er sollte gemeinsam mit falschen Busen, Kartoffelchips mit Minzgeschmack und ererbtem Vermögen abgeschafft werden. Auf alles, was wir hassen!«

»Wollen Sie das Malvina«, sagte Ellery, »nicht lieber selber sagen?«

O'Bannon machte eine Bewegung, als hätte man ihm in den Rücken geschossen. »Wo ist sie?« fragte er vorsichtig.

»Steht in der Tür und verschafft sich einen Überblick.«

»Zur Hölle mit ihr.«

»Sie kommt auf uns zu.«

»Ich werde ihr ordentlich Bescheid sagen, das werde ich.«

»Aha«, sagte Ellery. »Sie hat mich entdeckt.«

O'Bannon drehte sich zur Wand – mit dem Kopf zwischen den Schultern. »Lenken Sie sie ab. Los, bewegen Sie Ihren Hintern schon!« Seine Finger nestelten nervös an der Krawatte.

»Zu spät.«

O'Bannon sprang auf die Füße. »So! Sie dachten also, Sie könnten mich betrunken machen, was?« schrie er wutentbrannt und richtete einen ungnädigen Zeigefinger auf Ellery. »Sie Lump, Sie! Wird Sie enttäuschen, daß ich das meiste Zeug, das Sie mir einflößen wollten, heimlich auf den Boden gekippt habe! Oh, hallo, Miss Prentiss ...«

»Spec.« Das Word glitt so weich aus ihrem Mund wie eine Schneeflocke auf einen Kuchen aus Eis. »Wissen Sie eigentlich, wie lange ich schon nach Ihnen suche? Sie sind ja besoffen!«

»Miss Prentiss. Der Hundsfott hier hat mich angerufen und mich dazu überredet, ihn in dieser Kaschemme zu treffen. Er hatte eine sehr plausible Begründung, die mir im Moment leider nicht einfallen will. Dann hat er mich mit Whiskey abgefüllt und mit unverschämten Fragen gelöchert, Miss Prentiss, mit einer ganzen Menge unverschämter Fragen. Natürlich wird er das leugnen … Wie hießen Sie nochmal? …«

»Queen«, sagte Ellery. »Möchten Sie sich nicht zu uns gesellen, Miss Prentiss?«

»Danke.« Sie setzte sich neben Francis O'Bannon und beäugte ihn neugierig. »Setzen Sie sich, Spec, Sie sehen lächerlich aus. Rücken Sie Ihren Hut zurecht. Ich wußte ja gar nicht, daß Sie menschliche Züge haben.« O'Bannon setzte sich grummelnd. »Aber warum Spec, Queen? Nicht gerade fair von Ihnen. Wo ich herkomme, da nimmt man solche Typen nicht ernst.«

Ellery blutete das Herz für O'Bannon. »Ich glaube, daß Sie O'Bannon unterschätzen, Miss Prentiss. Er hat nicht ausgepackt.«

»Was sollte er auch auspacken? Sie müssen ja schon sehr verzweifelt sein, wenn Sie beim *Record* nach Spuren suchen.«

»Das hab ich dem Kerl auch gesagt, Miss Prentiss!«

»Halt's Maul, Spec.« Malvina lachte. »Ich habe im Archiv nachgesehen, Ellery. Das hier ist Ihr viertes Match in Wrightsville, und Ihr Punktekonto ist perfekt. Eine Serie von … wie nennt man das noch in der Sportredaktion, Spec?«

»Asse.«

»Eine Serie von Assen, Ellery. Und so wie es aussieht, haben Sie jetzt ein weiteres im Ärmel.«

»Ich glaube nicht«, sagte Ellery mit einem Lächeln, »daß es das ist, was ich diesmal im Ärmel habe, Miss Prentiss.« Ihr Gelächter hatte ihn an Holderfields Lachen erinnert; und ihm war aufgegangen, daß für Holderfield als echtem Wrightsviller vom geschriebenen Wort eine Magie ausging, die bloßem Hörensagen abging. Es im *Record* zu lesen, konnte Holderfields Heiterkeit vielleicht dämpfen.

Malvina Prentiss runzelte die Stirn; O'Bannon blinzelte ihn interessiert an.

»Sie haben etwas herausgefunden.«

»Den Namen des nächsten Kandidaten.«

»Ach, kommen Sie!«

»Sie reden wie sein Wahlwerber!« sagte O'Bannon ungehalten.

»Sie schmeicheln mir außerordentlich«, erwiderte Ellery. »Das ändert jedoch nichts daran, daß mir einige Zusammenhänge klargeworden sind. Nummer eins, MacCaby, war ein reicher Mann. Nummer zwei, Hart, erwies sich als armer Mann. Reicher Mann, armer Mann. Tom Anderson wurde *Stadtbettler* genannt. Nick Jacquard, der vierte Mann, der von uns ging, hieß nur *Stadtdieb* ...«

»Reicher Mann, armer Mann, Bettler ... Dieb?« murmelte O'Bannon. Er fuhr zusammen. »*Reicher Mann, armer Mann, Bettelmann, Dieb, fröhlich, traurig, böse, lieb; Schippe, Eckstein, Herz und Treff; Doctor* ... Dr. Dodd!«

»*Anwalt*«, ergänzte Malvina Prentiss flink. »Spec ...«

»Oh, nein«, stöhnte O'Bannon. »Nein, Miss Prentiss.«

»Sie haben es selbst heruntergeleiert. Was sonst könnte dahinterstecken?«

»Sie können so was doch nicht drucken!«

»Warum nicht?«

»Ganz Amerika würde sich von den Hummerfanggründen in Maine bis zum duftenden Strand der Baja California totlachen!«

»Queen lacht nicht.«

»Er hat es sich ja auch ausgedacht.«

»Nicht ich«, sagte Ellery. »Sie brauchen sich nicht so zu haben, O'Bannon. Stellen Sie sich bloß einen Wahnsinnigen vor, und es ergibt plötzlich Sinn.«

»Sie sind Romanautor!«

»Diesen Roman habe ich nicht geschrieben.«

Malvina Prentiss trommelte mit ihren silbern lackierten Fingernägeln auf die Tischplatte. »Sind Sie endlich fertig, Spec? Mensch, wir suchen doch schon elend lange nach einem Zusammenhang! Ob das nun hinhaut oder nicht. Ich denke zwar schon, aber letztlich ist es egal. Ich schreib das Ding, und Sie fahren morgen früh nach Boston – ach was, Sie fahren heute abend noch. Nehmen Sie meinen Caddy und recherchieren Sie die Herkunft dieses Reims oder Spiels, oder was auch immer es ist. Bringen Sie jedes Buch mit, das Sie nur finden können, wo irgendwas dazu drin steht. Können Sie noch fahren?«

»Ich bitte Sie!« entrüstete sich O'Bannon.

Die Frau in Silber erhob sich. »Kompliment, Queen, wie Sie das kombiniert haben. Mein Angebot für eine eigene Kolumne steht. Geld spielt keine Rolle.«

Ellery schüttelte den Kopf. »Ich bin allergisch gegen Mühlsteine am Hals, Miss Prentiss. Rima Anderson und Kenneth Winship sind übrigens heute nachmittag von Friedensrichter Burleigh Pendleton getraut worden. Sie sind über Nacht weggefahren. Aber fragen Sie mich nicht, wohin.«

Malvina schien überrascht. Doch ihr Kommentar blieb knapp: »Unser Naturkind scheint sich herauszumachen, was? Spec, los jetzt.«

»Danke, daß Sie mich nicht verpfiffen haben, Kumpel«, murmelte O'Bannon, stand mühsam auf, sah sich verstohlen um, berührte die Flasche, rief dann aber: »Komme ja schon, komme ja, Miss Prentiss!« und eilte seiner Chefin hinterher.

Ellery starrte auf O'Bannons Flasche.

Geheimnisse in Goldbraun.

Was sonst sollte er tun?

Ellery griff nach der Flasche.

Samstag, 13. Mai

O'Bannon verschwand; Rima und Ken kehrten zurück; Malvina machte sich an die Titelgeschichte des *Record*, O'Bannon kam wieder; und Ellery köchelte in der Maisonne vor sich hin wie ein auf dem Herd vergessener Topf oder zog sich in den Schmollwinkel zurück und versuchte, das Zwitschern der Jungvermählten zu überhören. Rima erinnerte ihn an ein frisch gepaartes Vogelweibchen, das emsig mit dem Nestbau beschäftigt war. Sie ging einkaufen, riß Gardinen von den Fenstern, sorgte für neue Vorhänge, griff diplomatisch in Mrs. Fowlers und Essies eingefahrene Alltagsroutine ein, empfing Patienten, tippte Krankenblätter, nahm Anrufe entgegen, schleppte ihre Bücher aus der Sumpfhütte ins Haus, machte den Führerschein in Kens altem, aber zuverlässigem Packard, kündigte an, sie werde das Haus selbst renovieren, verbrachte jede freie Minute in Whitbys Malergeschäft und studierte Tapetenmuster, überholte die Garderobe ihres Mannes – die sie für blamabel erklärte – und fiel abends müde und überdreht zugleich ins Bett. Ken hörte man ständig pfeifen, selbst dann, wenn der Plattenspieler, der Ellerys Hochzeitsgeschenk gewesen war, schwieg. Oft schallten jedoch Mozart, Bach und Haydn durchs Haus; und das kalkulierte Ebenmaß dieser Musik war wie Hohn für Ellery, der sich vergeblich bemühte, die offenen Gleichungen im Kopf zu lösen. Manchmal trieb es ihn mit einer Hacke oder Insektengift in den Garten; aber das beschwor lediglich das Bild des gekündigten Gärtners Harry Toyfell herauf, und der ließ ihn sogleich an Otis Holderfield denken, den er sich nicht aus dem Kopf schlagen konnte; das Gärtnern war somit auch keine Hilfe.

Der *Record* betete den mörderischen Vers herunter; und O'Bannon widerfuhr Gerechtigkeit. Die ganze Stadt brach in Spottgelächter aus. Von den Müllbergen der Unterstadt bis zu den Palästen am Hill hallte es in hämisch schrillem Ton *Reicher Mann, armer Mann.* Der Reim wurde zum stolzen städtischen Eigentum; und ernste Geschäftsleute griffen auf ihn zurück, wann immer die Stimmung aufgelockert werden wollte. Floyd Lycoming vertonte ihn, und die His Hollis Hummadours hatten ihre Premiere damit, als in der Oberstadt zum jährlichen Maitanz aufgespielt wurde. Am nächsten Tag sang die ganze Stadt mit; und Lycoming nutzte es für seine Sendung auf KWRI die ganze folgende Woche als Erkennungsmelodie.

In seinem Editorial feuerte der *Record* zurück, im Dunkeln zu pfeifen sei ein Zeichen der Angst. Die unglaubliche Malvina, so schien es, hatte die ersten Kratzer auf ihrer polierten Rüstung: Die Kränkung ließ sie gegen Windmühlen kämpfen. Der Spott brachte sie nur um so mehr in Rage; *Wer ist der Anwalt?* blieb stur ihre Schlagzeile. Selbst auf den Fluren des Bezirksgerichts und den Anwaltskanzleien des Bezirks schien das Gelächter widerzuhallen; Richter Lysander Newbold, der im Frühjahr den Vorsitz leitete, machte zum erstenmal, seit man denken konnte, eine geistreiche Bemerkung: Als ein Verteidiger eines Morgens nicht zur Verhandlung erschienen war, schmunzelte Richter Newbold neckisch und sagte: »*Cherchez l'avocat*!«

Wie der *Record* berichtete, verweigerten Ankläger Chalanski und Polizeichef Dakin jeglichen Kommentar. Eines Tages jedoch rief Essie Pingarn Ellery ans Telefon; am anderen Ende der Leitung war die säuerliche Stimme von Chief Dakin zu hören. »Ich nehme an, das haben Sie uns eingebrockt, Mr. Queen. Wer ist denn der Anwalt, der angeblich der nächste sein soll?«

»Otis Holderfield, denke ich«, sagte Ellery zerknirscht. »Vielleicht hört er ja auf *Sie*, Dakin. Wenn er aber unvernünftig bleibt, dann stellen Sie ihn unter Polizeischutz.«

»Ich habe weder die Zeit noch die Leute, noch das Geld, um hier Spielchen zu treiben«, schnauzte Dakin. »Wir haben für eine Stadt von 10000 Einwohnern dazusein. Übrigens ist Holderfield bei *mir* gewesen und hat mir erzählt, was Sie ihm vorgefaselt haben. Er macht Sie verantwortlich für den ganzen Zirkus und findet die Sache keinesfalls lustig. Und ich schon gar nicht!«

»Nun, da bin ich ja beruhigt, daß ihm das Lachen vergangen ist.«

»Mr. Queen, ich habe über das alles nachgedacht und kann Ihnen auch gleich sagen, zu welchem Schluß ich gekommen bin.«

»Der wäre?«

»Dieser Quatsch mit *Reicher Mann, armer Mann* war zuviel des Guten. Es ist bisher nicht ein einziges Verbrechen nachgewiesen! Ich fürchte, auf dieser Basis kann ich Sie nicht mehr unterstützen.« Chief Dakin hatte abrupt eingehängt.

Ellery schlich davon.

* * *

Ellery war allein im Wohnzimmer und blätterte an diesem Samstagabend lustlos ein Exemplar von *Mother Goose-Kinderreimen* durch, das er in der Carnegie-Bücherei am Abend zuvor ausgeliehen hatte. Ken machte Hausbesuche; Rima war zu Logan's Markt gegangen, um ihre Wochenbestellung aufzugeben, ein Akt hausfraulicher Initiative, an die sich Mrs. Fowler noch nicht recht gewöhnt hatte; Ellery konnte sie in der Küche mit Töpfen klappern hören. Essie war irgendwo im oberen Stockwerk mit dem Teppichkehrer zugange. Plötzlich ging mit einem Knall die Eingangstür auf. Ellery blickte auf. Rima stand vor ihm, keuchend.

»Otis Holderfield ...«

Als er losstürmte, um Hut und Jacke zu holen, stieß Rima kurzatmig hervor, was sie wußte. Sie war bei Logan's und stand gerade an der Fleischtheke an, als sie Schreie von der Straße her hörte. Die Leute drängten von allen Seiten her über die Straße auf den Granjon Block zu. Sie hatte einen kurzen Blick auf etwas erhascht, das ausgestreckt vor der Schneiderei der Gebrüder Waldo auf dem Bürgersteig lag. Aber bevor sie Genaueres erkennen konnte, hatte sich der Kreis von Gaffern schon geschlossen.

»Ein Taxifahrer sagte, es sei der Anwalt Holderfield ... aus dem Fenster gestürzt ...«

Die Südostecke, wo Slocum und Washington Street aufeinandertrafen, war abgesperrt. Am Samstagnachmittag ging es in der

Oberstadt am lebhaftesten zu; mehrere hundert Menschen drängten gegen die Polizisten, die eine Kette gebildet hatten. In den Eingangstüren, die sich innerhalb der Absperrung befanden, waren bleiche Gesichter zu sehen, darunter die der Zwillingsbrüder Waldo. Ein Polizist lehnte sich weit aus einem Fenster im dritten Stock des Granjon Block, auf dem OTIS HOLDERFIELD, RECHTSANWALT in aufgeklebten Lettern prangte. Auf dem Bürgersteig direkt unter ihm standen Chief Dakin, Malvina Prentiss, Francis O'Bannon und ein paar Uniformierte um einen mit Zeitungspapier bedeckten Haufen herum.

Ellery brüllte etwas. Dakin erspähte ihn, sagte etwas, und ein Polizist ließ ihn durch.

Ellery hob einen Zipfel Zeitungspapier vorsichtig an. Holderfield lag mit grotesk verdrehten Gliedmaßen auf dem Bürgersteig, als hätte er Gelenke wie ein Schlangenmensch. Er trug keine Jacke. Seine maßgeschneiderten Hosen waren nun alles andere als makellos, und sein Seidenhemd tarnte sich unter Schmutz, Staub und Blut.

Ein Krankenwagen der freiwilligen Feuerwehr, die zwei Plätze weiter an der Ecke Minikin Road und Lincoln Street ihre Wache hatte, war rückwärts bis nahe an die Absperrung wenige Meter von dem Zeitungspapierhaufen herangefahren.

Die Menge gaffte schweigend.

Als Ellery sich erhob, sagte Chief Dakin: »Ein Anwalt war es ja, Mr. Queen.« Seine Stimme klang äußerst feindselig.

»Nicht nur ein Anwalt, Dakin. Sondern Holderfield.«

»So.«

»Es ist passiert, Dakin. Kann keiner mehr ungeschehen machen.«

»So.« Ellery sah ihn an; die Spannung in der Luft war körperlich spürbar. »Sie klingen, als ob Sie mir die Schuld gäben, Dakin«, bemerkte er in freundlichem Ton.

»Nicht die Schuld. Aber manchmal ... setzt man jemandem Flausen in den Kopf, und er macht es dann.«

»Oh, verstehe.«

»Man wird sich um ihn kümmern. Kommen Sie mit nach oben. Chalanski ist da und befragt meine Männer.«

Auf Holderfields Schreibtisch lagen einige aufgeschlagene Gesetzeswerke; ein Block mit liniertem gelbem Papier verriet, daß er an Unterlagen zu einem Fall gesessen hatte, der, wie Chalanski sagte, in der folgenden Woche zur Verhandlung kommen sollte. Holderfields elegantes Jackett war über seine Sessellehne gebreitet, und am Garderobenständer hing sein 20-Dollar-Hut.

»Holderfield hat seiner Sekretärin, Flossie Bushmill, um halb drei frei gegeben«, fuhr Chalanski fort. »Sie hatte gewöhnlich samstags frei, aber wie sie sagt, mußte noch eine Menge Korrespondenz raus. Holderfield ist dann mit ihr runtergefahren; sie sind zum Kelton Grill rübergeschlendert, um zusammen zu Mittag zu essen. Sie trennten sich dann vor dem Lokal; sie sah ihn zum Granjon Block zurückgehen. Buzz Congress hat ihn im Aufzug mit hoch genommen. Er war allein.«

»Buzz sagte, er habe schlechte Laune gehabt«, fügte Chief Dakin hinzu. »War nicht zu den üblichen Kalauern aufgelegt. Flossie Bushmill bestätigt das. Sie sagen beide, er sei seit Dr. Dodds Tod so gewesen, ganz besonders übellaunig in der letzten Woche.«

»Buzz sah, wie er die Tür zu seinem Büro aufschloß und hineinging. Danach hat ihn niemand mehr lebend gesehen.«

»Bis auf seinen Mörder«, sagte Malvina Prentiss. »Dafür gibt es nicht den geringsten Anhaltspunkt, Miss Prentiss«, erwiderte Chalanski milde. »Irgendwann ist Holderfield von seinem Schreibtisch aufgestanden und ans Fenster getreten, das, nebenbei bemerkt, offen stand. Es war für einen Maitag heiß; er wollte vermutlich ein wenig frische Luft atmen. Und dann stürzte er aus dem Fenster –«

»Oder sprang«, ergänzte Dakin. Er fixierte Ellery.

Der Ankläger jedoch schüttelte den Kopf. »Das bezweifle ich, Dakin. Einige der Briefe, die Dakin heute diktiert hat, bezogen sich auf Termine am Montag und so weiter. Und seine Aufzeichnungen sind klar und exakt, nicht wie das zittrige Gekritzel eines Mannes, der mit dem Gedanken an Selbstmord spielt. Nein«, sagte Chalanski, »es war ein Unfall. Es wäre nicht das erste Mal, daß jemand an einem heißen Tag ans Fenster tritt, ihm schwindelig wird und er hinausstürzt.«

»Oder hinausgestoßen wird«, lächelte Malvina Prentiss.

Der Ankläger richtete einen anklagenden Blick zum Himmel und trat ans Fenster.

»Haben Sie denn mit den anderen Mietern der Büros hier gesprochen?« fragte Ellery.

»Da gibt es niemanden zu befragen«, antwortete Dakin. »Der letzte vor Holderfield, der das Gebäude verlassen hat, war Rechtsanwalt Wendell Wheeler vom zweiten Stock, der verspätet zu einer Verabredung zum Golf zum Country Club aufbrach, um viertel nach vier. Buzz Congress ist mit ihm runtergefahren. Buzz ist um fünf nach Hause gegangen, da endete auch seine reguläre Dienstzeit. Einen Nachtdienst gibt es nicht, und wer länger hier ist, muß deshalb die Treppen benutzen. Wir haben die Ladenbesitzer im Erdgeschoß befragt ...«

»Auch die Waldo-Brüder?« murmelte Ellery zu seinem eigenen Erstaunen.

»Natürlich«, erwiderte Dakin gereizt. »Die haben keine Sonderrechte. Aber niemand hat nach fünf jemanden das Haus betreten oder verlassen sehen.«

»Wenn da aber doch jemand gewesen wäre«, fragte Francis O'Bannon. »Hätten die Ladenbesitzer das überhaupt bemerkt? Haben sich wirklich alle auf dem Bürgersteig gesonnt – am umsatzträchtigsten Nachmittag der Woche?«

»Gut kombiniert, Spec«, sagte seine Chefin. »Die Sache ist die, Gentlemen – es kann sich sehr gut um Mord gehandelt haben, und das wissen Sie auch. Entweder ist Holderfields Mörder vom Haupteingang an der Washington Street aus oder über die Granjon Alley durch den Hintereingang ins Haus gelangt, entweder von der Slocum oder der Wright Street aus. Und auf demselben Wege wieder hinaus.«

Chalanski drehte sich herum. »Ich hätte Ihre Beweisführung gerne etwas konkreter, Miss Prentiss.«

»Lesen Sie den *Record*«, versetzte sie. »*Reicher Mann, armer Mann, Bettelmann, Dieb; fröhlich, traurig, böse, lieb; Schippe, Eckstein, Herz und Treff; Doctor, Anwalt …*«

»*Rothautchef*«, schloß Chalanski mit einem breiten Grinsen. »Dakin, haben wir Rothäute in der Stadt? Denn wenn es nach Miss Prentiss – und Mr. Queen? – geht, dann ist jemand mit Namen Hiawatha das nächste Opfer unseres Phantomkillers.«

»Haben Sie Indianer in Wrightsville?« fragte Ellery.

»Nein!« brüllte Dakin.

»Ich meine nicht notwendigerweise jemanden mit Truthahnfedern auf dem Kopf. Ein entfernterer Zusammenhang tut's auch. Zum Beispiel jemanden mit Indianerblut, der ursprünglich – verzeihen Sie – von einem Indianerhäuptling abstammt?«

»Soweit ich weiß, Mr. Queen«, antwortete Chalanski gravitätisch, bevor Dakin wieder hochgehen konnte, »paßt diese Beschreibung auf niemanden in der Stadt. Sie können aber gern Dolores Aikin von der Bücherei fragen. Sie kann die Genealogie der Wrightsviller auswendig.«

»Notieren Sie das, Spec.«

»Ich habe diese Aikin letzte Woche schon gefragt. Kein Häuptling.«

»Was bitte«, stöhnte Polizeichef Dakin, »soll all das hirnverbrannte Zeug mit Otis Holderfield zu tun haben? Na los, verraten Sie's mir! Mr. Chalanski, ich glaube, ich bin hier fertig. Und wenn Sie auch nichts mehr hätten …«

»Augenblick noch«, bat Ellery. »Was Holderfields Tod betrifft, Gentlemen, so können Sie sich mit Ihrem gesunden Yankeeverstand heiser schreien, aber um die Tatsache, daß der Reim als nächsten einen Anwalt vorsah und auch tatsächlich ein Anwalt als nächster starb, kommen Sie nicht herum. Und zwar nicht bloß ein Anwalt, sondern ein Anwalt, der bis zu seinen Pausbacken in dem MacCaby-Hart-Anderson-Jacquard-Dodd-Fall steckte. Das können Sie nicht einfach ignorieren. Sie können es auch nicht durch Spott entkräften … Ja, natürlich mag Holderfield aus dem Fenster gestürzt sein – tragischer Unfall. Er mag sich auch absichtlich hinausgestürzt haben – Selbstmord. Aber er kann genauso gut von jemandem hinausgestoßen worden sein, der in einem günstigen Moment ins Haus geschlichen war, in dem er sicher sein konnte, nicht gesehen zu werden. Von den drei Theorien ist es die Mordtheorie, die unsere schlechten Verse stützen. Fragen Sie mich nicht nach einer Erklärung, ich habe keine. Ich erwarte auch nicht, daß Ihre Jury, Mr. Chalanski, ein anderes Urteil fällen wird als ›Tod durch Unfall‹. Die Mühlen der Justiz können so etwas einfach nicht verarbeiten. Aber ich bitte Sie – und Sie auch, Dakin –, inoffiziell die Augen offenzuhalten, gerade auch, was die letzte Konsequenz betrifft.«

»Was für eine letzte Konsequenz?« brummte Dakin.

»Da in Wrightsville keine Indianer leben, gibt es nur noch eine andere Möglichkeit.«

»Sie meinen, da ist mehr hinter?«

»Nicht in dieser Version, nein. Aber wie der Zufall es will, gibt es den Vers in zwei Varianten.« Dieser ewige Dualismus, dachte Ellery. »In der ersten lautet er *Reicher Mann, armer Mann, Bettelmann, Dieb; fröhlich, traurig, böse, lieb; Schippe, Eckstein, Herz und Treff; Doctor, Anwalt, Rothautchef*. In der alternativen Version endet er auf *Doctor, Anwalt …«*

»Kaufmannchef«, sagte O'Bannon.

»Genau.«

Dakin stieß einen Verzweiflungsseufzer aus, und Chalanski warf die Hände hoch.

»Um ehrlich zu sein«, fuhr Ellery fort, »würde ich, wenn ich im Einzelhandel erfolgreich wäre – besonders als Chef – heute nacht schlecht schlafen. Dieses letzte potentielle Opfer bringt eine neue Nuance ins Spiel. Es gibt keinen ›Kaufmannchef‹, der bislang mit einem der anderen Todesfälle zu tun gehabt hätte. Wir können diesen letzten Tod also nicht nur nicht verhindern; wir haben nicht einmal die leiseste Vorstellung davon, wer als nächster die Ehre hat. Vielleicht, Mrs. Prentiss«, sagte Ellery in die Stille des Büros hinein, »könnten Sie dem Wrightsviller Seelenfrieden zuliebe darauf verzichten, das zu drucken.« Am

Abend machte Ellery sich unter dunklen jungen Blättern auf den Weg zur Upper Curling Street. Eine Gruppe von Leuten aus der Oberstadt stand auf dem gesprungenen Asphalt des Weges vor dem Haus, zu dem er wollte. Es waren Männer wie Frauen; einige von ihnen hatten getrunken. Ihre angespannten Mienen und ihr Schweigen gefielen ihm gar nicht. Ellery arbeitete sich sehr vorsichtig durch die Grupe hindurch.

Es handelte sich um ein heruntergekommenes kleines Gebäude, das dringend einen neuen Anstrich nötig hatte. Wie viele der sehr alten Häuser Wrightsvilles wirkte es wie geschrumpft, eingesunken; seine Inneneinrichtung war gleichmäßig miniaturhaft und schäbig. Er hätte es sicher bald abgestoßen, dachte Ellery, wenn sich die Dinge anders entwickelt hätten; nun jedoch war es dabei, ihn loszuwerden.

Er fand Dakin im gelblich beleuchteten Flur, der eine windschiefe Kommode durchwühlte, während ihm Harry Toyfell dabei zusah. Toyfell trug einen zerrissenen grauen Pullover, der bis zu seinem wurzelähnlichen, knorrigen Hals zugeknöpft war, als sei er erkältet. Seine Augen konnte man gerade noch erkennen.

»Ich gehe Holderfields persönliche Habe durch«, brummte der Polizeichef. »Sieht ganz danach aus, als würde Otis' Tod viele Leute äußerst traurig machen. Außer Schulden hat er nicht viel hinterlassen.«

»Aha?« sagte Ellery. »Bleiben Sie noch, Toyfell«, sagte Ellery, als Toyfell sich abwandte. »Ich bin Ihretwegen hergekommen.«

Toyfell hielt inne.

»Hat sein Haus mit einer zweiten Hypothek belastet, sie werden seinen Wagen konfiszieren; und wenn der ganze Plunder 200 Dollar wert ist, dann freß ich 'nen Besen. 164 Dollar auf dem Konto, keine Ersparnisse, keine Aktien oder Wertbriefe, keine Lebensversicherung. Ein paar offene Forderungen gibt es; und natürlich schuldet ihm der Dodd-Fonds noch einiges. Aber es wird Monate dauern, um das gegen seine unbezahlten Rechnungen aufzurechnen; und danach bleibt vermutlich nicht einmal genug, um ihm einen Grabstein zu kaufen. Den Waldos schuldet er allein über tausend Dollar.«

»*Vanitas, vanitas*, hm, Toyfell?« sagte Ellery.

»Lebe wie ein Narr, und du stirbst arm«, erwiderte Harry Toyfell. »Lebe wie ein Bettler, und du stirbst als Narr. Am Ende kommt es aufs gleiche raus. Reichtum umgibt uns überall, und jeder ist frei in seiner Entscheidung, daran teilzuhaben.«

»Das hat sich Nick Jacquard auch gedacht«, ergänzte Dakin trocken. »Und auf seine Weise auch Holderfield. Sie können sich also an nichts erinnern, Harry, das Holderfield gesagt oder getan haben könnte, was erklären würde, wie er starb?«

Toyfell bleckte das Zahnfleisch. Ellery fragte sich, ob er lachte.

»Nicht mehr als die anderen.«

»Welche anderen?« Dakin sah Papiere durch.

»Doc Dodd, Nick Jacquard, Tom Anderson, Mr. Hart, Mr. MacCaby.«

»Aha, Sie glauben also auch, daß es da eine Verbindung gibt?«

»Vielleicht.«

»Inwiefern?«

»Ich weiß es nicht«, sagte Toyfell. »Vielleicht durch mich.«
»Durch Sie!« Dakin stand auf. »Wie meinen Sie das?«

Toyfell zuckte die Achseln. »Jeder, für den ich gearbeitet habe oder mit dem ich sonst zu tun hatte, ist gestorben. Sie nennen mich Jonah, den Unglücksbringer. Wenn wir hier in einer Gegend lebten, in der noch geteert und gefedert würde, würde man mich wohl so aus der Stadt peitschen.« Er unterbrach seine Rede, aber seine Kiefer mahlten weiter. »Wahrscheinlich finde ich nicht mehr so schnell neue Arbeit.«

Dakin dachte länger darüber nach. Schließlich machte er mit entschlossener Miene die Kommode zu. »Ich werde dafür sorgen, daß man Sie in Ruhe läßt, Harry. Aber natürlich müssen Sie hier raus. Einer vom Sheriffsbüro kommt heute oder morgen her.«

»Hätten Sie denn eine Bleibe, Harry?« fragte Ellery.

»Ich werd schon was finden.«

»Deswegen bin ich heute abend nämlich rübergekommen. Es gibt noch immer die Hütte Andersons. Rima hat mich noch einmal gebeten, Ihnen zu sagen, daß Sie dort jederzeit einziehen können.«

»Danken Sie Rima herzlich. Vielleicht komme ich diesmal darauf zurück.«

Er begleitete sie zur Haustür.

»Schließen Sie lieber fest ab, Harry.«

»Nein, Sir.«

»Das ist eine gräßliche Meute da draußen.«

»Ich bin so wie sie, Dakin. Nicht besser, nicht schlechter. Ich werde nicht davonlaufen, und ich werde mich auch nicht verbarrikadieren.«

Man hörte, wie er durch den dunklen Flur davonschlurfte, noch bevor die Tür ins Schloß fiel. Die Menge vor dem Haus löste sich auf. Die beiden Männer standen in den lila Schatten der Veranda, bis auch der letzte gegangen war, während sich das Haus hinter ihnen allmählich in Dunkel hüllte.

»Schwierig, aus dem Mann schlau zu werden«, knurrte Dakin.

»Wie aus den Schriften von Thomas Paine«, sagte Ellery. »Nein danke. Ich geh zu Fuß. Gute Nacht.«

»Gute Nacht«, erwiderte Dakin steif.

Mittwoch, 24. Mai

Das Feuer brach elf Tage später aus.

Ellery wurde mitten in der Nacht durch die Sirenen geweckt. Er kletterte aus dem Bett und suchte panisch nach seinem Morgenmantel und seinen Pantoffeln, in völliger Gewißheit, daß er die Hitze der Flammen unter den Fußsohlen bereits spüren konnte. Das Zischen von Wasser unter Hochdruck und das Heulen der Löschzüge schienen äußerst nahe zu sein.

Rima und Ken schlüpften im Flur in ihre Morgenmäntel. Essie flennte irgendwo. Vom Erdgeschoß schrie Mrs. Fowler hoch: »Feuer! Feuer! Es brennt!«

Von der Helligkeit und Gluthitze her hätte der ganze Straßenzug in Flammen stehen können. Als sie aber neben Mrs. Fowler und Essie am Vordertor standen, konnten sie erkennen, daß der Brandherd ein kleines Holzhaus direkt gegenüber der Algonquin Avenue war.

»Die Waldos!« rief Ken. Er raste auf die Straße, Ellery hinterdrein, und Rima schrie ihnen nach, sie sollten zurückkommen.

Vier Löschzüge waren im Einsatz. Die Straße war voller Feuerwehrleute und Freiwilliger. Es war jedoch klar, daß sie nur noch versuchen konnten, das Feuer daran zu hindern, auf benachbarte Gebäude überzugreifen. Dem Haus der Waldos konnte man sich nicht nähern. Hohe Flammen schlugen aus Türen und Fenstern; das ganze Haus schien zu glühen.

Eine rußgeschwärzte Gestalt lag mitten auf der Straße.

»Dr. Winship ist da!«

»Der hier hat 'ne üble Rauchvergiftung. Die Ambulanz ist noch nicht hier.«

Ken rief Rima etwas zu; einige Augenblicke später kam sie mit Decken und seinem Arztkoffer vom Haus zurückgerast.

Der kleine Mann wand sich und stöhnte.

»Wer von beiden sind Sie?«

»David. Ist mein …?« Er verlor das Bewußtsein.

Ellery lief zum Feuerwehrhauptmann Everitt Apsworth hinüber, ein hochgewachsener Mann vom Lande, der gut Dakins Bruder hätte sein können. Chief Apsworth kaute mechanisch Tabak und spuckte in Richtung Feuer.

»Wo ist Jonathan Waldo, Chief?«

»Noch da drin. Wir sind nicht an ihn rangekommen. Ein Glück, daß wir David raus haben. Die haben geschlafen wie betäubt.«

»Das waren sie auch«, sagte eine Stimme. Ellery sah zur knienden Rima hinunter.

»Schlafmittel?«

»Sie waren Dr. Dodds Patienten. Ich habe ihre Krankenblätter in den Händen gehabt. Sie litten an chronischer Schlaflosigkeit. Dr. Dodd hat ihnen immer Nembutal verschrieben, damit sie schlafen konnten. Sie haben es regelmäßig genommen.«

»Das wär's dann.« Chief Apsworth stürzte auf einen seiner Männer zu und schimpfte mit ihm.

Als David Waldo im Krankenwagen fortgebracht wurde, sagte Ken: »So entsetzlich schlecht ist sein Zustand nicht. Den anderen haben sie nicht mehr herausholen können?«

Als es zu dämmern begann, gelang es ihnen schließlich. Der kleine Körper war vollkommen verkohlt.

* * *

»Kaufmannchef?« fragte Dakin geduldig. »Nicht Jonathan, Mr. Queen. Nicht annähernd. Ein Nullachtfünfzehn-Schneider. Außerdem war Jonathan nicht einmal Daves Geschäftspartner, zumindest nicht im juristischen Sinne. Ich habe mich mit Mr. Gonzalez von der Wrightsville National Bank unterhalten, und der erzählt mir, das Geschäft habe Dave gehört. Auch das Haus lief auf seinen Namen. Wo also ist Ihr Kaufmannchef?«

»Ich weiß es nicht«, stöhnte Ellery.

»Diesmal sind Sie endgültig auf dem Holzweg.«

Ellery biß die Zähne zusammen. »Die Waldos waren Otis Holderfields Schneider und Sebastian Dodds Patienten. Sie hatten teil an dem neuen Wohlstand, der mit MacCabys Tod ausgebrochen war. Und nun haben sie auch teil am Tod, Dakin.«

»Reichlich dünn, Mr. Queen.« Dakins Miene wurde milder. »Warum geben Sie nicht auf? Es ist ja nicht so, daß ich nicht auch kurz davor gewesen wäre, mich von diesem Unsinn einwikkeln zu lassen; aber dann hab ich mich einfach zusammengerissen und Vernunft angenommen.« »Wo ist das Feuer ausgebrochen?«

»Im Keller. Ein Nachbar hat gesehen, wie die Flammen aus den Kellerfenstern schlugen. Dann ist das ganze Haus in Flammen aufgegangen.«

»Klingt das nicht nach Brandstiftung?« fragte Ellery verzweifelt.

»Nein. Die Waldos hatten ein Vorratslager von Reinigungsessenzen im Keller, die sie im Laden brauchten. Ihr Haus war eines der ältesten auf der Algonquin Avenue, das brannte wie Zunder. Nein, Mr. Queen.«

»Das Feuer ist von selbst ausgebrochen, nehme ich an.«

»Man nennt diesen Effekt«, erklärte Dakin mit sanfter Stimme, »Selbstentzündung. Haben Sie zufällig schon mal etwas von defekten Elektroleitungen gehört?«

»Gibt es Beweise?«

»Sie haben den rauchenden Aschehaufen heute morgen gesehen.«

»Haben Sie David Waldo schon vernommen?«

»Es darf noch keiner zu ihm.«

Ellery verließ Dakins Büro und schlenderte im Zwielicht der Dämmerung zum Platz hinüber. Er hatte den Tag begonnen wie ein Hamster im Rad; entsprechend war auch der Fortschritt, der zu verzeichnen war. Nichts war entschieden. Das Feuer konnte zufällig ausgebrochen sein – es konnte aber auch jemand gelegt haben. Johnathan Waldo war zwar kein Kaufmannchef gewesen, aber er war tot. Entweder – oder.

Dakin hatte recht. Das Vernünftigste war es, seine Sachen zu packen und den nächsten Zug nach New York zu nehmen.

Das Neonschild auf dem Pressegebäude leuchtete schon. Ellery betrat den Platz.

Er war niemals zuvor so gründlich durcheinander gewesen. Es war ja nicht nur so, daß er offenkundig versagte – er versank im Chaos. Er konnte nicht einmal sicher sein, daß der Tod von Jonathan Waldo und das knappe Entkommen seines Zwillingsbruders mit seinem Schema zu tun hatten. Ihre Verbindung zu den anderen Toten war mehr als dürftig. Er konnte Dakin verstehen. Dakin hörte einfach nur auf seinen Verstand.

Vielleicht ist ja gerade das das Problem, dachte Ellery. Er verläßt sich auf seinen gesunden Menschenverstand. Und dieser Fall lag jenseits davon.

Er stand vor der korallenfarbenen Eingangstür des *Record*.

Einem plötzlichen Impuls folgend betrat er das Gebäude und fragte nach O'Bannon.

Der Assistent von Malvina Prentiss hockte in einem boudoirähnlichen Büro und bearbeitete mit zwei lustlosen Fingern die Tastatur einer rosafarbenen Schreibmaschine.

»Wenn das eine Erpressung werden soll«, sagte er, ohne aufzublicken, »dann bitte, tun Sie sich keinen Zwang an, sagen Sie's ihr, und zur Hölle mit Ihnen. Ich hab sowieso die Nase gestrichen voll.«

»Daraus entnehme ich, daß Malvina nicht im Haus ist. O'Bannon, sind Sie in Boston fündig geworden?«

»Fündig in Boston? Hä?«

»Quellen für unsere Verse.«

»Ach ja! Natürlich. Die stehen da irgendwo im Regal.« Er hackte weiter auf die Tasten ein. »Ich mache für Lady Kotz gerade einen groben Entwurf für die Fortsetzung über den Waldo-Großbrand. Was wissen Sie darüber, Joe?«

»Etwa soviel wie Sie wahrscheinlich.« Ellery hatte die Bücher erspäht. »Noch ein paar rosa Rüschen an den Regalen, und sie sehen aus wie Spitzenhöschen. Sind das alle Bücher?«

Ellery ließ sich mit den Büchern auf einem seegrünen Plastikstuhl nieder. Es waren nicht mehr, als man bequem auf einmal tragen konnte: Burton Stevensons *Home Book of Modern Verse*; William H. Newells *Games and Songs of American Children*; ein Band mit dem Titel *The Music Hour* von Osbourne McConathy und noch ein paar andere. Er begann in den Seiten zu blättern.

»Sie werden da nichts finden«, sagte O'Bannon. »Ursprünglicher Autor des Verses unbekannt. Aufregend, was? Haben Sie schon mit David Waldo gesprochen?«

»Nein.«

»Ich auch nicht. Was hat Dakin Ihnen gesagt?«

»Was hat er denn Ihnen gesagt?«

»Fragen Sie ihn doch. Ich habe einen Vertreter der Feuerversicherung interviewt. Der ist gar nicht glücklich. Sind Sie glücklich, Queen?«

»Nein.«

»Niemand ist glücklich. Nicht einmal Malvina. Ist Ihnen eigentlich klar, daß diese Stadt kurz vor einem hysterischen Massendurchfall steht?« Ellery hatte aufgehört zu blättern und starrte auf ein paar einzelne Wörter. »Queen, glauben Sie eigentlich, die Waldos waren auch auf der schwarzen Liste?«

»Ja.«

Die Schreibmaschine hörte auf zu klappern. »Haben Sie ›ja‹ gesagt?«

»Ja.«

»Das darf ...«

»Doch!« Ellery sprang auf. Die Bücher ließ er einfach zu Boden fallen. »Warten Sie einen Moment!«

Doch Ellery war fort. O'Bannon hob die Bücher auf, kopfschüttelnd.

* * *

»Zwei Möglichkeiten«, sagte Ellery nach dem Dinner. »Schon wieder zwei. Aber das ist nicht das Eigentliche. Wichtig ist allein ein Komma.«

Rima sah ihren Mann an. Ken fixierte Ellery stirnrunzelnd.

»Ein Komma, ein Komma.« Er stolzierte mit langen Schritten im Wohnzimmer auf und ab und zog wie besessen an seiner Zigarette. »O'Bannon hat es mit eigenen Augen gesehen, aber er war blind. Alle waren blind. Wie endete noch die zweite Variante des Reims?«

»*Doctor, Anwalt, Rothautchef*«, sagte Rima.

»Nein, die hatten wir aus gutem Grund verworfen. Die andere.«

»*Doctor, Anwalt, Kaufmannchef.*«

»Macht sieben Opfer eines Wahnsinnigen. Sieben Leichen. Aber – oh! – das Komma!« Er lachte und rieb sich die Hände.

»Was soll denn das jetzt schon wieder?« brummte Ken.

»Nun, Dr. Winship, es sieht ganz danach aus, als gäbe es von der zweiten Variante zwei Subvarianten. Schon wieder zwei, verstehen Sie? Die erste Subvariante endet auf *Doctor, Anwalt, Kaufmannchef.* Aber lesen Sie Fachliteratur dazu, und Sie stoßen auf folgende Version: *Doctor*, Komma, *Anwalt*, Komma, *Kaufmann*, KOMMA, *Chef!*

»Kaufmann, Komma, Chef«, echote Rima. »Kaufmann *und* Chef? Zwei getrennte ...?«

»Wunderbar, nicht wahr? Ja, zwei getrennte Wörter, Rima. Kaufmann, Chef. Macht aus sieben Elementen acht. Haut das hin? Aber ja! Die Waldos waren zwar keine Handelschefs, aber sie waren Kaufleute mit einer Schneiderei ... Kaufleute. Unser Jemand hält sich also an die zweite Subvariante, an die mit acht Elementen. Nummer sieben war Jonathan Waldo.«

»Dann wird es noch ein achtes Opfer geben«, sagte Rima bang.

»*Chef?*« murmelte Ken.

»Was für ein Chef? Chef wovon?«

Ellerys Euphorie ließ schlagartig nach. »Jetzt haben Sie mich. Die einzigen Chefs in Wrightsville, die diesen Titel tragen, sind der Polizeichef und der Feuerwehrchef.« Ellery warf seinen Zigarettenstummel in den Kamin. »Verdammt, jetzt gucken Sie mich nicht so an! Natürlich werden mich Dakin und Apsworth für verrückt erklären lassen! Aber was sonst sollte ich denken? Was sonst könnte ich tun? Ich gehe zu Bett!«

Donnerstag, 8. Juni

Am Heldengedenktag schüttete es; die jährlichen Feierlichkeiten waren jedoch durch mehr getrübt als durch regenschwere Wolken. Mr. Holmes aus der Oberstadt, der Vergleichende Literaturwissenschaft lehrte, murmelte etwas Hardyeskes über die Macht des Schicksals. Andere Redner klangen weniger hochtrabend. Manche sagten, die Feier sei seit 1939, dem Jahr, in dem Murdock Wheeler, Wrightsvilles letzter lebender Veteran der Grand Army of the Republic, gestorben war, nicht mehr das Wahre gewesen; andere schrieben das unstete Flackern des Vaterlandsfeuers eher kürzer zurückliegenden Ereignissen zu.

Alle schienen erleichtert zu sein, endlich nach Hause gehen zu können.

Am nächsten Tag klarte das Wetter auf, Wrightsville jedoch blieb finster. Keiner wußte warum, aber es war überall in der Stadt zu spüren.

Zumindest war dies der spontane Eindruck eines Außenseiters. Ellery mußte sich eingestehen, daß es vielleicht seiner eigenen Chemie zu verdanken war, nicht der der Stadt, daß er alles in trübe Farben getaucht sah. Er war Stunden und Tage durch die Stadt gestrichen und hatte die Tauben in dem großen alten Haus an der Algonquin Avenue ihrem Turteln überlassen.

Nichts Neues ergab sich. Schlicht gar nichts.

An einem Tag suchte Ellery Andersons Hütte in den Sümpfen auf. Es war ihm gelungen, sie ausfindig zu machen, nachdem er eine Weile in einem Zustand steigender Erregung umhergestolpert und umhergeirrt war, als hoffe er endlich etwas zu finden, woran er anknüpfen konnte. Doch alles, was er sah, war eine hübsche kleine Hütte, die das Wetter über all die Jahre schwarz gefärbt hatte. Sie war zugewachsen mit Rosen, Flieder und Wikken; hinten befand sich ein Anbau mit moosgrünem Brunnen und einem Gemüsegarten. Innen saß Toyfell mit einigen der Bücher, die Rima dort hinterlassen hatte.

Der *Stadtphilosoph* wirkte ruhig. »Was mehr braucht ein

Mensch? Sagen Sie mir nicht, ich sei nicht gleichrangig mit dem reichsten Mann auf dem Hill! Was hätte er, was ich nicht habe? Sorgen. Was habe ich, was er nie erlangen wird? Freiheit. Ja, Sir, besser als hier ginge es mir nirgends … Die Waldos? Tut mir sehr leid. Aber zumindest kann mich dafür niemand verantwortlich machen!«

Auf seinem Rückweg machte Ellery einen Abstecher zu Little Prudy's Cliff. Ein paar Minuten stand er dort oben und versuchte, in der schlammigen Masse unterhalb der Felsen zu lesen. Sie gab ihr Geheimnis nicht preis.

An einem anderen Tag, als ihn ein plötzliches Verlangen nach der Gesellschaft von Holderfields ehemaliger Sekretärin packte, lief er hinüber zum Granjon Block.

»Wo wohnt sie?« fragte Ellery den ältlichen Mann, der den Lift bediente.

Butt Congress grinste. »Bei Flossie Bushmill müssen Sie früher aufstehen, Mr. Queen. Sie ist fort.«

»Fort? Aus der Stadt?«

»Ja. Mit so einem Werbetrommler für eine Bostoner, nun ja, Firma, die Damenunterwäsche herstellt. Ich hab's kommen sehn, Mr. Queen! Und dann wird sie ihn fallenlassen und sich jemand anderen angeln. Die hält's nirgendwo lange. Seit ihr Vater tot ist, schon gar nicht mehr. Jake Bushmill, der Hufschmied. Hat echtes Pionierblut, diese Flossie.« Der alte Mann lachte krächzend.

An wieder einem anderen Tag besuchte Ellery das Wrightsville Gereral Hospital, nachdem Ken ihn hatte wissen lassen, daß es David Waldo besser ging. Doch der diensthabende Assistenzarzt auf der Männerstation schüttelte den Kopf.

»Er wird hysterisch, sobald ihm irgend jemand Fragen stellt. Chief Apsworth, ein Mann vom *Record* und die Leute von der Feuerversicherung haben es allesamt nicht geschafft, auch nur ein Wort aus ihm herauszubekommen. Kommen Sie besser nächste Woche wieder, Mr. Queen.«

Als Ellery es am darauffolgenden Donnerstag noch einmal

versuchen wollte, war Waldo gegangen. Er war drei Tage zuvor entlassen worden.

Mit einiger Wut im Bauch versuchte Ellery seine Fährte aufzunehmen. Seine Verärgerung wich schnell.

Nach seiner Entlassung am Morgen des 3. Juni war Waldo nach Slocum gefahren. Dort hatte er einen Schneider namens Elbert Scolly aufgesucht, der sich, so schien es, schon seit längerem bemüht hatte, das Geschäft der Waldos aufzukaufen. Waldo hatte Scolly signalisiert, daß er nun bereit sei zu verkaufen, allerdings nur unter der Bedingung, daß er das Geld innerhalb von 24 Stunden bar auf die Hand bekäme. Scolly, ein echter Neuengländer, hatte ein gutes Geschäft gemacht; denn Waldo hatte sich schließlich mit einer Summe zufriedengegeben, die dem wirklichen Wert seiner Lagerbestände, seiner Ladeneinrichtung, den günstigen Mietbedingungen in guter Geschäftslage und dem guten Kundenstamm in keiner Weise entsprach. Beide waren dann in Scollys Lieferwagen nach Wrightsville zu einer Besprechung mit Sam Izzard von der Firma Finegold & Izzard, Upham Block, gefahren, den Steuerberatern der Waldos. Alle erforderlichen Papiere waren dann in der Wrightsville National Bank aufgesetzt worden. Scolly war nach Slocum zurückgefahren, um die Angelegenheit mit seiner eigenen Bank zu besprechen, und David Waldo war nach einem letzten kurzen Besuch in seinem Geschäft verschwunden. Ellery gelang es nicht herauszufinden, wo er zuletzt übernachtet hatte. Am Dienstagmorgen war er wieder aufgetaucht, hatte seine Konten bei der Public Trust Company und der Wrightsville National Bank aufgelöst, seine Rechnungen beglichen, Scolly und ein paar Bankvertreter getroffen und das Geschäft besiegelt. Um halb drei hatte er sich von Ed Hotchkiss zum Bahnhof fahren lassen. Seinen neuen Koffer und die neue Brieftasche voller Dollarnoten, die er bei sich trug, hatte er bei Eppie Simpson in der Lederwarenabteilung des Bon Ton erstanden. Die Bearbeitung der Forderungen an die Feuerversicherung hatte er Lymen Hinchley, dem Versicherungsmakler der Public Trust Company, anvertraut.

Gabby Warrum, der Bahnhofsvorsteher, konnte sich nicht entsinnen, David Waldos Gesicht im Fenster seines Kabäuschens gesehen zu haben. »Hab aber gesehen, wie er in den Fünfzehnuhrzwölfer Richtung Süden gestiegen ist.«

Es handelte sich, wie Ellery wußte, um einen Bummelzug nach Connhaven, der an jedem Baum hielt.

Waldo hatte keine Adresse hinterlassen. Lyman Hinchley hatte er lediglich versprochen, »in ein paar Wochen« Kontakt mit ihm aufzunehmen. Scolly, Izzard, Mr. Lorrie Preston von der Wrightsville National, Hinchley, Eppie Simpson und alle anderen, die während jener 24 Stunden mit Waldo zu tun gehabt hatten, stimmten in ihrem Eindruck überein, daß er »der nervöseste Mann« gewesen sei, den sie je gesehen hätten. Sie führten dies auf das schreckliche Branderlebnis zurück – und auf den Schock, den Jonathans Tod ausgelöst hatte.

»Sie wissen ja, wie das bei eineiigen Zwillingen ist«, sagte Lyman Hinchley. »Sehr zarte und mit dem anderen im Gleichklang schwingende nervliche Konstitution.«

Es gab jedoch keinen Hinweis darauf, daß David Waldo das Grab seines Bruders auf dem Twin Hill-Friedhof vor seinem Verschwinden aufgesucht hatte.

»Dakin, Sie müssen Waldo für mich finden«, sagte Ellery am Donnerstagabend im Büro des Polizeichefs. Er sah erschöpft aus, sein Wunsch klang dringend.

»Aber *warum*?«

»Ich kann es Ihnen nicht sagen. Ich weiß es selbst nicht.«

»Sie müssen einen Grund haben!«

»Vielleicht weil ich glaube, daß Waldo etwas weiß. Vielleicht weiß er nicht einmal, daß er es weiß …«

Dakin hielt den Kopf schief. »Daß er was nicht weiß?«

»Das müssen wir dringend herausfinden. Dakin, verstehen Sie denn nicht?« Ellery versuchte, geduldig zu wirken. »Dave Waldo könnte den Schlüssel zu allem in der Hand halten.«

Der Polizeichef starrte Ellery an wie ein Gelähmter eine heransurrende Hornisse. »Sie sind der Mann, der alberne Kinderverse ausbuddelt, die auf ›Chef‹ enden«, sagte er mit bitterem Unterton. »Aber ich atme noch und Ev Apsworth sagt, es sei ihm nie besser gegangen. Warum lassen Sie mich nicht einfach in Ruhe?«

»Wenn Sie es nicht tun, Dakin, dann muß ich selbst ran. Ich werde dafür jedoch erheblich länger brauchen als Sie mit den Möglichkeiten, die Sie haben, und wenn ich ihn dann endlich habe …«

Schließlich warf Dakin die Hände hoch und erklärte sich bereit, nach David Waldo suchen zu lassen.

Rima und Ken waren im Bijou und sahen sich einen Film an. Ellery hatte sich entschuldigt. Nun saß er allein im Wohnzimmer und lauschte einer Aufnahme der Huddersfield Choral Society: Holsts »Hymn of Jesus«. Zum ersten Mal kam ihm die Musik seltsam fremd und wie weit entfernt vor – als plötzlich das Telefon im Wartezimmer klingelte.

»Für Sie, Mr. Queen«, sagte Essie. »Ferngespräch.«

Er riß sie beinahe um, so hastig stürzte er an ihr vorbei.

»Dakin?«

»Tag.« Dakin klang matt.

»Sie haben ihn gefunden!«

»In einem Bauernhaus im Huxton, nordwestlich von Connhaven.

Wir haben ihn dazu überredet mitzukommen. Er hockt jetzt in einem Zimmer des Connhavener Hotels Dorcas.«

»Wo ist das?«

»Sehen Sie direkt, wenn sie auf der 478 nach Connhaven reinfahren. Zimmer 412.«

»Dakin, lassen Sie ihn nicht aus den Augen! Ich bin in zwei Stunden da!«

»Und was dann?« fragte Dakin säuerlich, aber Ellery hatte eingehängt.

Er stellte den Plattenspieler ab, schmiß Holst zurück zwischen Haydn und Humperdinck, kritzelte eine Notiz für Rima und Ken und rannte die Treppen hoch, um Hut und Jackett zu holen. Kurz bevor er zur Tür hinaus war, stoppte er, ging zurück und öffnete seinen Koffer. Völlig meschugge, sagte er zu sich selbst, während er im doppelten Boden kramte. Er fragte sich, ob sie noch immer dort drin war. Sein Vater hatte sie ihm mit dem ihm eigenen Humor vor Urzeiten zum Geburtstag geschenkt. Sie war noch drin; als Ellery sein Schlafzimmer verließ, spürte er ihr Gewicht und kam sich äußerst albern vor.

Homer Findlays neuester Gebrauchtwagen, ein Buick Roadmaster, stand fahrbereit am Straßenrand. Bereits seit Freitag stand er dort vollgetankt.

Innerhalb von drei Minuten war er auf der Route 478, pfiff im Wind und streckte bequem seine langen Beine aus, denn vor ihm lag eine Fahrt von gut 120 Kilometern, über Slocum, Bannock, Agunquin, Scottstown und Fyfield nach Connhaven.

* * *

Dakin erhob sich vom Sofa in der Hotellobby. »Ich hatte mir schon Sorgen gemacht. Es ist fast Mitternacht.«

»Ich hatte nicht mit der siebzehn Kilometer langen Umleitung bei Fyfield gerechnet. Weiß er, daß ich komme?«

»Hab's ihm gesagt. Einen Freudentanz hat er allerdings nicht gerade aufgeführt.«

»Hat er geredet?«

»Nein.«

Einer von Dakins jüngeren Leuten in Zivil gab von einer Nische neben dem Aufzug per Nicken ein Zeichen. Sie huschten auf die andere Seite des Flurs, und Dakin öffnete die Tür von Zimmer 412, ohne anzuklopfen.

David Waldo lag auf dem Bett, die Plüschdecke hatte er sich bis unter sein winziges Kinn hochgezogen. Zwar wirkten seine Haare und Augenbrauen angesengt, sonst aber schien ihm körperlich nichts zu fehlen. Ein anderer junger Polizist saß im einzigen Sessel unter einer Lampe, deren Licht mit Zeitungspapier gedämpft war. Er stand auf, als Dakin und Ellery hereinkamen.

»Ich habe versucht, Mr. Waldo dazu zu überreden, seine Kleider abzulegen und es sich bequem zu machen«, sagte der junge Beamte. »Aber er will sich nicht mal die Schuhe ausziehen.«

»Ist gut, Jeep.«

Jeep verließ den Raum. Ellery nahm die Zeitung von der Lampe herunter und ging hinüber zum Bett.

»Wie geht es Ihnen, Mr. Waldo?«

Der zierliche Schneider hielt die Augen fest geschlossen.

»Mr. Waldo.« Waldo blinzelte. »Ist es Ihnen zu hell so?«

»Nein.« Die Augen gingen auf. Sie waren blutunterlaufen und schienen auf etwas in Waldos Innerem gerichtet zu sein.

Ellery setzte sich auf die Bettkante. »Ich habe die letzten beiden Monate meines Lebens hier unten verbracht, weil ich fest davon überzeugt bin, daß in Wrightsville ein Mörder frei herumläuft, ein Mörder, der seine Spuren jedesmal so raffiniert verwischt, daß nicht einmal festgestellt werden kann, ob überhaupt ein Verbrechen begangen wurde. Ich glaube, daß das Feuer, das Ihren Bruder getötet hat und beinahe auch Sie getötet hätte, Teil einer Mordserie war, die mit dem Tode Luke MacCabys begann. Ich kann das zwar nicht beweisen – auch sonst kann ich nichts beweisen –; deshalb ist es immens wichtig, daß Sie mir so gut helfen, wie Sie nur können. Und es ist auch in Ihrem persönlichen Interesse, sofern Sie am Leben hängen. Aus diesem Grund habe ich Chief Dakin gebeten, nach Ihnen zu suchen; und aus diesem Grund bin ich heute abend von Wrightsville hergefahren, um mit Ihnen zu sprechen.«

David Waldo zitterte. »Ich muß also auch sterben.«

»Nein. Nicht, wenn wir uns austauschen und die Sache zusammen durchstehen.«

»Aber ich weiß überhaupt nichts.«

»Warum sind Sie geflohen?«

»Ich habe Angst.«

»Wovor? Vor wem?«

»Ich weiß es nicht, ich weiß es nicht. Das Feuer ist gelegt worden. Jemand wollte uns umbringen. Ich hatte einfach nur Glück, sonst wäre ich auch umgekommen.«

»Warum glauben Sie, daß es Brandstiftung war? Haben Sie etwas gehört? Sind Sie gewarnt worden?«

»Nein. Aber der *Record* … der Reim … Kaufmann … Jetzt bin ich kein Kaufmann mehr! Ich habe alles verkauft! Und Sie werden mich nicht zurück nach Wrightsville bringen! Ich gehe nicht!« Der kleine Mann wurde hysterisch. Ellery und Dakin mußten ihm zeitweilig den Mund zuhalten. Zuletzt weinte er nur noch leise in sein Kissen.

Ellery saß mit krummem Rücken auf der Sesselkante und betrachtete stirnrunzelnd die ältliche, fragile Gestalt auf dem Bett.

»Ich trample auf keinem rum, der schon am Boden liegt«, sagte Dakin trocken. »Aber Sie und diese Prentiss haben dem armen Dave in Gemeinschaftsarbeit ziemlich kalte Füße verpaßt, und das ist auch schon die ganze Geschichte.«

»Nein«, murmelte Ellery geistesabwesend.

»Queen, ich kann hier nicht wegen solcher Eseleien rumsitzen. Was haben Sie vor?«

»Ich bleibe.« Ellery stand auf. »Dakin, würden Sie mir Ihre Männer hierlassen?«

»Jetzt hören Sie bitte mal gut zu, Mr. Queen …«

»Was ist, wenn Sie irren, Dakin? Stellen Sie sich nur vor, morgen früh klingelt Sie die Polizei von Connhaven aus dem Bett und …«

»Schwachsinn!« Dakin riß die Tür auf; einen Augenblick später waren seine Beamten im Zimmer. »Ich fahre zurück in die Stadt. Sie befolgen Mr. Queens Anordnungen, bis Sie von mir hören.« Er polterte den Flur hinunter, auf die Treppen zu, und riß dabei wütend an seinem Hut.

»Sie sind Jeep. Ich erinnere mich vom Fall Van Horn her an Sie. Ihren Nachnamen habe ich allerdings nie erfahren.«

»Jorking, Sir. Mein Dad ist Schweinezüchter, ein Stückchen hinter der Old Low Road an der Route 478.«

»Und Sie kenne ich noch überhaupt nicht«, sagte Ellery zu dem anderen Polizisten.

»Plaskow, Sir. Phil Plaskow.«

»Ach ja. So, Jungs. Ich versuche jetzt, aus dem Mann hier an Informationen rauszuholen, was nur geht. Ihre Aufgabe ist es, ihn zu schützen. Können wir hier irgendwo ein paar Sandwiches und Kaffee bekommen?«

»Ein Lokal drei Blöcke stadteinwärts hat die ganze Nacht geöffnet«, erwiderte Jorking.

»Prima. Bringen Sie genug für uns vier mit, Jeep, und zwei Liter schwarzen Kaffee.« Ellery gab ihm eine Zehn-Dollar-Note. »Phil, Sie verschanzen sich weiter in der Nische gegenüber auf dem Flur und halten die Augen offen. Sieht nach einer ziemlich langen Sitzung aus.«

* * *

Um ein Uhr nachts saß David Waldo in dem Sessel; obwohl es eine warme Nacht war, hatte er sich in eine Decke gehüllt. Zwei Tassen dampfend heißen Kaffees hatte er bereits intus, klagte aber noch immer über Kälte. Sein Gesicht hatte jedoch wieder etwas Farbe, und mit Ellery allein zu sein, schien ihm gut zu tun.

»Wie ich ja bereits sagte, Mr. Waldo«, begann Ellery, während er seine Tasse auf der Kommode abstellte, »habe ich nicht die leiseste Ahnung, in welche Richtung sich dieses Gespräch entwikkeln wird. Also lassen Sie uns dort ansetzen, wo auch der Fall begann. Kannten Sie Luke MacCaby?«

»Kaum, Mr. Queen.«

»Heißt das, Sie haben ihn gelegentlich gesehen?«

»Ein- oder zweimal, vor Jahren, auf der Straße. Jemand hat mich auf ihn aufmerksam gemacht.«

»Wer war das?«

»Ein Ladenbesitzer, meine ich. Vielleicht war es Jeff Hernaberry – der mit dem Sportgeschäft.« Waldo sprach sehr stockend. Ellery lächelte ermutigend. »Ja, es war Hernaberry.«

»MacCaby hat sich nie einen Anzug von Ihnen oder Ihrem Bruder machen lassen? Auch nichts stopfen, reinigen oder bügeln lassen …?«

»Nein.«

»Erinnern Sie sich, daß jemals jemand mit Ihnen über MacCaby gesprochen hätte?«

»Jeff Hernaberry …«

»Außer Hernaberry.«

»Nein.«

»Auch nicht Otis Holderfield?«

»Nun ... nein ... ich glaube nicht. Vielleicht hat ja Mr. Holderfield etwas zu Jonathan gesagt ...«

Die Stimme des Schneiders begann zu beben. Ellery ließ das Thema Holderfield umgehend fallen.

Er stellte ein paar weitere Fragen, die allerdings mehr darauf angelegt waren, Waldos Vertrauen wiederzugewinnen, als daß Ellery sich von den Antworten irgend etwas versprach. Dann kam er zu John Spencer Hart.

»Nein, Mr. Hart hat seine Kleider in Boston schneidern lassen, soweit ich weiß. Ich meine auch, daß ich Ihnen das schon einmal gesagt habe.«

»Ja, an dem Tag, an dem ich diese Badehose bei Ihnen gekauft habe. Wo hat er bügeln lassen?«

»Er hatte einen Kammerdiener, der das erledigt hat. Das wußte jeder. Wir haben nie für ihn gearbeitet.«

»War jemand von der Belegschaft der Färberei Kunde bei Ihnen?«

»Die Färberei. Ja, George Churchward hat sich vor einiger Zeit zwei oder drei Anzüge auf einmal machen lassen. Aber wir haben nie Anzüge für ihn gebügelt oder gereinigt.«

»Hat Churchward jemals Mr. Hart erwähnt?«

»Nicht daß ich mich erinnerte.«

»Oder MacCaby?«

»Ich glaube nicht ...«

Ellery ließ auch John Spencer Hart nach einer Weile fallen und fragte nach Thomas Hardy Anderson. Waldo konnte auch über ihn nichts sagen. Er hatte Anderson nicht gekannt, nur eben als eines der Stadtoriginale. Anderson hatte nie eine Gelegenheitsarbeit für die Brüder verrichtet; auch hatten weder David noch – seines Wissens – Jonathan Anderson jemals Geld gegeben. Kontakt zu seinen Trinkbrüdern Jacquard und Toyfell hatten sie ebenfalls nicht gehabt. Und so weiter und so fort.

Als Ellery auf Sebastian Dodd zu sprechen kam, wurden seine Antworten jedoch ergiebiger. Ja, sie waren seit Jahren seine Patienten gewesen. Nichts Besonderes zwar – ihre jährliche Grippe, Jonathans Neigung zu Pollenallergien jeden Juni – nichts Besonderes hieß natürlich, bis auf ihre chronische Schlaflosigkeit; die nämlich war höchst dramatisch: Der Doctor hatte ihnen Nembutal verschrieben, und sie hatten es sehr viel regelmäßiger genommen, als er eigentlich geraten hatte. Aber ein Schneider war eben wie ein Geiger; seine Hände waren sein Kapital. Und wenn er nicht schlief, dann zitterten sie, und er verdiente keinen Cent, weil er die Nadel nicht führen konnte. Oh, ja, sie hatten viel von Doc Dodd gehalten ... Salz der Erde ... selbstlos bis zur Selbstaufgabe, immer zuvorkommend. Außerdem war es ja bequem, daß er direkt gegenüber praktizierte ...«

»Wann haben Sie Dodd zum letzten Mal gesehen?«

»Moment, warten Sie. Wann ist er nochmal gestorben?«

»In den frühen Morgenstunden des 27. April. Es war ein Donnerstag, bevor es hell wurde.«

»Donnerstag. Ja. Dann habe ich ihn zwei Tage vor seinem Tod noch gesehen.«

»Am Dienstag, dem 25. April? Wo, Mr. Waldo?«

»In Mr. Holderfields Kanzlei.«

Dort war Dodd also später am Morgen hingegangen. Es war der Morgen mit dem eingesperrten Vogel gewesen; später hatte Ellery bei Dakin vorbeigeschaut, um sich das zweite Schlüsselduplikat von Millard Peague abzuholen. Als er zurückkam, war Dodd nicht mehr da.

»Sie haben Dodd zwei Tage vor seinem Tod in Holderfields Büro gesehen. Was wollte er da, Mr. Waldo?«

»Sein Testament machen.«

»Aha. – Und was haben Sie dort gemacht?«

»Wir waren Zeugen, Mr. Queen. Mein Bruder und ich. Mr. Holderfield rief uns unten im Laden an und erklärte, er brauche zwei zusätzliche Zeugen für das Testament, ob wir nicht bitte hochkommen könnten. Das haben wir getan. Dr. Dodd saß da, er sah ziemlich abgehärmt aus. Mr. Holderfield rief dann seine Sekretärin, diese Flossie Bushmill, herein; Dr. Dodd erklärte, das

Dokument, das vor ihm liege, sei sein Letzter Wille, er unterschrieb es, und Floss Bushmill, mein Bruder und ich unterschrieben als Zeugen. Dann sind wir wieder nach unten gegangen – ich meine Jonathan und ich. Das Ganze hat nicht einmal fünf Minuten gedauert. Aber natürlich war ja alles bis ins Detail vorbereitet.«

Ellery wandte sich Otis Holderfield zu. Die Fragen prasselten nur so auf Waldo ein: was für ein Verhältnis die Waldos zu dem verstorbenen Anwalt gehabt hatten, wann sie ihn kennengelernt hatten und unter welchen Umständen. Er bat Waldo, sich jede einzelne Situation in Erinnerung zu rufen, in der er mit Holderfield zu tun gehabt hatte, jede Besprechung wegen neuer Schneideraufträge, jede Anprobe, jede Lieferung, die Bemerkungen, die Holderfield dazu gemacht hatte, so gut er sich eben daran erinnern konnte. Er lancierte Waldo bis zu Holderfields Todestag, jenem Samstag, und suchte den Tag nach Hinweisen ab wie ein Arzt einen Körper nach gebrochenen Knochen; selbst nach Faktensplittern suchte er, nach irgendeinem Detail, einem Umstand, der ihm nicht bekannt war. Er war sicher, daß David Waldos Gedächtnis etwas Entscheidendes zu entlocken war, auch wenn es sich um eine Winzigkeit handelte. Es mochte zwar reichlich infantil anmuten, aufgrund von rein gar nichts sicher zu sein, aber er war sicher.

Nur fand er nichts.

Waldos Kopf sank langsam nach vorn. Seine Augenlider, gelblich gedunsen vor Erschöpfung, krochen immer wieder über seine Augäpfel wie Larven über faulende Beeren, um sich dann ruckartig wieder zurückzuziehen.

»Sind Sie zu müde, um weiterzumachen? Möchten Sie vielleicht ein wenig schlafen?«

»Unmöglich. Das Nembutal ist mir ausgegangen. Es liegt am Licht. Bitte dämpfen Sie es ein wenig.«

Ellery deckte die Lampe wieder mit der Zeitung ab und ging zur Tür. Phil Plaskow hockte in der Nische neben dem Aufzug, und Jorking kauerte weiter hinten im Flur, neben einer Tür, durch die lautes, vielstimmiges Gelächter drang. Jorking war schnell wieder wach.

»Extrem großzügiges Hotel. Das ist eine größere Party da drinnen. Wie geht's voran, Mr. Queen?«

»Wie in Kunsthonig. Jeep, glauben Sie, es wäre Ihnen möglich, noch mehr Kaffee zu besorgen?«

»Es ist noch was in der Thermoskanne. Phil, ist der noch heiß?«

»Warm.«

Ellery schloß die Tür wieder und hielt die Kanne an Waldos Lippen. Der Schneider versuchte zu schlucken, mußte aber würgen.

»Keinen mehr, bitte!«

»Dann lassen Sie uns noch einmal von vorn beginnen.«

Waldo stöhnte auf.

* * *

MacCaby.

Hart.

Anderson.

Jacquard.

Dodd.

Holderfield.

Jonathan Waldo.

Die Wände begannen zu wanken, der Boden kippte weg.

MacCaby.

Hart.

Sperr zwei Männer ein paar Stunden lang in einem Hotelzimmer ein, dachte Ellery, und es beginnt nach Gruft zu riechen.

Anderson.

Jacquard …

Waldo wurde schlecht. Ellery mußte ihn zur Toilette stützen. Ellery schwitzte selbst, und der Boden schien wirklich nicht mehr verläßlich zu sein.

MacCaby.

Hart.

Anderson.

Sie hatten sich gerade wieder zu Dodd zurückgehangelt, da zischte Ellery durch die Zähne: »Als Sie Zeuge waren bei Dodds Testament, Mr. Waldo, erinnern Sie sich an irgendwas, was Dodd zu Holderfield gesagt haben könnte, oder umgekehrt, über …«

»Nein«, winselte David Waldo. »Lassen Sie mich in Ruhe.«

»… über eine dritte Person zum Beispiel? Oder über Befürchtungen? Oder etwas, was Ihnen zum damaligen Zeitpunkt irgendwie seltsam vorkam?«

»*Sie* sind es, der mich hier umbringt! Ich hab Ihnen tausendmal geantwortet. Sie bringen mich um!«

»Ich versuche, Ihr Leben zu retten. Denken Sie nach, Mann! Irgend etwas dieser Art? Antworten Sie!« Ellery schüttelte ihn vehement.

»Wie war die Frage?«

Ellery mußte selbst kurz nachdenken. Dann wiederholte er sie.

»Ich kann mich nicht entsinnen.« Waldos Augen flossen über vor Selbstmitleid. »Wie soll ein Mensch sich denn an so etwas erinnern? Mitten in der Nacht?«

»Sie haben keine Wahl!«

»Wir kamen die Treppen hoch …«

»Sie kamen die Treppen hoch, Sie, Jonathan – und dann?«

»Wir kamen hoch, nachdem er uns unten angerufen hatte. Es war drei Tage, bevor Doc Dodd starb. Ich war da, mein Bruder und dieses Flitt-«

»Ja«, seufzte Ellery. Es war zwecklos. Aus dem Mann war einfach nichts herauszuholen, weil da nichts war. Wieder eine Sackgasse. Er konnte genauso gut …

»Es war drei Tage, bevor Doc Dodd starb«, sagte Waldo in jämmerlichem Ton. »Mein Bruder, ich …«

»Was haben Sie gerade gesagt, Mr. Waldo?«

»Sie haben kein Recht, mich hier festzuhalten. Ich habe nichts verbrochen. Ich bin ein freier Bürger …«

»Ja, sicher sind Sie das, und sicher haben Sie nichts verbrochen. Aber was haben Sie eben gesagt, Mr. Waldo? Wie viele Tage, bevor Dodd starb?«

»Drei.«

»Drei?«

»Drei!«

»Ich wünschte, Sie würden bei einer Version bleiben«, sagte Ellery in fast beleidigtem Ton. »Irren Sie sich da nicht, Waldo? Das würde nämlich Montag bedeuten. Vorhin haben Sie gesagt, es seien zwei Tage vor Dodds Tod gewesen, daß Sie Zeuge gespielt haben. Das wäre Dienstag. Bitte denken Sie nach!«

Waldo blinzelte matt. »Alles dreht sich um mich herum, Mr. Queen. Das ist es, was los ist.«

»Was nun, Waldo – zwei oder drei Tage vor Dodds Tod?«

»Zwei … oder drei?« murmelte der Schneider. »Lassen Sie mich überlegen …«

»Der Tag, an dem Holderfield Sie angerufen und gebeten hat hochzukommen, um bei der Unterzeichnung von Dodds Testament Zeuge zu sein. War das der Dienstag oder der Montag, bevor der Doctor starb?«

Zu Ellerys Bestürzung begann Waldo zu weinen. »Sie lassen mich noch immer nicht in Frieden!« schluchzte er aufgebracht. »Ich bin in keinem Zustand, das sehen Sie doch! Ich kann keinen klaren Gedanken fassen. Ich kann nicht!«

Ellery riß sich zusammen. »Natürlich können Sie nicht, Mr. Waldo. Aber versuchen Sie's! *Schlafen Sie nicht ein*!« Er klopfte dem zarten Mann kräftig auf den Rücken, und Waldos Augen öffneten sich wieder. »Es ist nur ein winziges Detail. Aber genau diese Details sind es, die mich nicht loslassen. Waldo, war es Dienstag oder Montag?«

»Welchen Unterschied macht das schon, ob der eine Tag oder der andere …«

»Waldo. Sie waren Zeuge, als Dodds Testament unterschrieben wurde. War das zwei Tage vor dem Unfall oder drei? Dienstag oder Montag?«

»Chnnnnh?«

»Waldo, ich brech Ihnen Ihr Streichholzgenick mit meinen bloßen Händen, wenn Sie jetzt einschlafen! *Dienstag oder Montag*?« »Es war ...« Waldos Stimme war rauh vor Haß. »Es waren ... beide Tage«, sagte er triumphierend. »Ja, Sir, das ist es! Beide Tage. Jetzt habe ich Ihre Frage beantwortet, und damit ist es gut. Ich bestehe auf meinen Rechten. Ich werde ...«

»Beide Tage? Hören Sie, Waldo, das klingt doch nicht gerade wahrscheinlich, finden Sie nicht? Das haben Sie gerade nur gesagt, damit ich mich endlich zufriedengebe. Niemand ist an zwei aufeinanderfolgenden Tagen Zeuge, wenn jemand sein Testament macht. *So* kommen Sie hier *nicht* raus! Antworten Sie mir!«

Waldos Zähne klapperten. »Es waren beide Tage, bestimmt. Wir waren zweimal Zeugen. Ich erinnere mich nun ganz genau daran, Mr. Queen. Können wir jetzt nicht endlich aufhören? Mir wird schon wieder übel. Ich spüre schon ...«

»Sie waren zweimal Zeugen, als Dr. Dodd sein Testament machte? War Dodd an beiden Tagen zugegen? Am Montag, und dann noch einmal am Dienstag?«

»Genau so war es. Mr. Holderfield hat uns beide Male hochgerufen, Jonathan und mich. Diese nichtsnutzige Sekretärin war auch beide Male dabei. Wenn Sie mir nicht glauben wollen, dann los! Fragen Sie doch die! Sie wird Ihnen schon sagen ...«

»Sie sind sicher?«

Waldo antwortete nicht.

»Waldo! Sind Sie absolut sicher, daß es zwei aufeinanderfolgende Tage waren?«

Waldos Kopf fiel zur Seite. »Wa-«

»Sicher! Absolut überzeugt! Irrtum ausgeschlossen!« Ellery beugte sich über ihn; ein Schweißtropfen löste sich von Ellerys Nase und fiel auf Waldos lichtes graues Haar. »Waldo? ... *Waldo*.« Das Kinn des kleinen Schneiders war auf die Decke gesunken, und seine Haut schimmerte wächsern.

Ellery zog sein Jackett an. Der Lärm von der Party weiter hinten den Flur entlang hatte aufgehört. Waldos Atem ging schwer und geräuschvoll.

Ellery öffnete die Tür. Jorking hatte irgendwo einen Stuhl aufgetrieben und saß nun im Flur; sein Kopf war gegen die Korridorwand gesunken. Gähnend stand er auf. »Wie spät ist es, Sir?«

»Zwanzig vor vier. Waldo ist auf dem Stuhl eingeschlafen, Jeep. Bitte stören Sie ihn nicht.« Phil Plaskow kam von der gegenüberliegenden Seite des Flurs dazu. »Ich schlage vor, daß Sie sich in Schichten abwechseln. Während der eine sich ausruht, wacht der andere. Sie sollten auch beide bei ihm im Zimmer bleiben. Ich halte es für besser, wenn wenigstens ein Augenpaar immer auf Waldo gerichtet ist. Bestellen Sie Ihr Essen vom Zimmer aus und bleiben Sie hier, bis Sie von Dakin oder mir hören. Vielleicht komme ich zurück, vielleicht auch nicht. Bleiben Sie aber in jedem Falle bei Waldo, bis Sie abgezogen werden. Ich glaube nicht, daß er Schwierigkeiten machen wird.«

Ellery blieb vor der Tür stehen, bis er hörte, wie sich der Schlüssel im Schloß drehte.

Dann klingelte er nach dem Aufzug.

* * *

Die Kühle das Nachtwindes strömte an ihm vorbei, willkommene Erfrischung nach den Stunden in der aufgeheizten Luft des Hotelzimmers. Er kurbelte das Fenster des Buick so weit herunter, wie es nur ging.

Gemächlich fuhr er den verlassenen Highway entlang.

Die Hartnäckigkeit der Dualitäten in diesem Fall war bemerkenswert. Entweder – oder. Vorderseite der Medaille – Rückseite. Sogar den Kinderreim gab es in zwei Varianten, dessen letzter Vers wiederum in zwei Schreibweisen existierte. Und nun hatte Dodd sein Testament zu allem Überfluß auch noch zweimal vor Zeugen unterschrieben, an zwei aufeinanderfolgenden Tagen.

In jedem Fall konnte jeder Verdächtige doppelgesichtig sein, jede Auskunft doppelzüngig, jede Handlung doppeltes Spiel, jedes Motiv doppelbödig und jede Spur doppeldeutig … nun gut, das hatte man immer im Hinterkopf. Aber bei diesem Fall reichte die Doppeldeutigkeit bis in den Tod selbst hinein. Jeder Todesfall zeigte sich von zwei Seiten; die Geschichte jedes Opfers hatte zwei mögliche Versionen, wenn man von der generellen Dualität ausging.

Die Scheinwerfer eines Wagens hinter ihm leuchteten in seinem Rückspiegel auf, die rasch größer wurden. Ellery fuhr noch langsamer, und der Wagen schoß an ihm vorbei, in die Dunkelheit, die vor ihnen lag.

… Es war, als ob der Fall als Ganzes, dieses Gewebe aus Verworrenem, eine zweite Bedeutung verberge, die einem in die Augen springen müsse, wenn man das tödliche Muster lang genug betrachtete.

* * *

Einige Zeit später raste wieder ein Wagen an Ellery vorbei; diesmal allerdings in entgegengesetzter Richtung.

Ellery beachtete ihn nicht. Es war derselbe Wagen.

* * *

Ein paar Minuten fuhr der schnelle Wagen wieder in nördlicher Richtung. Er holte schnell auf, überholte den Buick diesmal jedoch nicht, sondern näherte sich bis auf hundert Meter.

Und folgte ihm unauffällig in diesem Abstand.

* * *

Nach einer Weile verringerte sich der Abstand merklich. Die Scheinwerfer des Wagens hinter ihm irritierten Ellery derart, daß er wachsamer wurde. Doch plötzlich schwenkten die Scheinwerfer zur Seite, und Ellery vergaß sie wieder.

Der Wagen hinter ihm war in einen ungepflasterten Weg eingebogen. Seine Scheinwerfer gingen aus, dann der Motor. Er hatte wenige Meter hinter der Abbiegung am Wegesrand geparkt.

* * *

Ellery trat energisch auf die Bremse, und der Buick quietschte empört. Er war beinahe durch eine Straßensperre gebrochen.

Ellery befand sich auf der siebzehn Kilometer langen Umleitungsstrecke zwischen Connhaven und Fyfield, auf einer armseligen Landstraße, deren zwei Fahrspuren von Schaufelbaggern und von großen Lastwagen, die Ladungen von Kiesel oder Bauschutt transportierten und auf der Staatsstraße im Einsatz waren, die ein paar hundert Meter weiter parallel verlief, aufgerissen worden waren. Stützpfeiler, Rohrleitungen, hölzerne Auflageböcke und das Skelett einer kleinen Brücke lagerten auf dem weichen Untergrund der Seitenstreifen, Warnfeuer überall.

Die beiden Böcke, die den Weg versperrten, standen direkt nebeneinander. Auf beiden stand VORSICHT GEFAHR.

Ellery hielt an.

Er war kurz vor Mitternacht in südlicher Richtung auf dieser Straße gefahren, und nirgends war sie abgesperrt gewesen.

Dieselben Haufen entlang der Seitenstreifen; Warnfeuer, aber keine Aktivität, Arbeiter längst fort.

Waren sie mitten in der Nacht noch einmal gekommen, um weiterzuarbeiten?

Ellery stellte die Scheinwerfer aus, damit sich seine Augen an die Dunkelheit gewöhnen konnten.

Doch außer den rauchigen kleinen Flammen zu ebener Erde schien sich nichts zu bewegen, und die Straße vor ihm führte, soweit er dies an den Warnfeuern erkennen konnte – normal geradeaus.

Dummerjungenstreich, dachte Ellery. Was sich die Landjugend eben unter einem Samstagabendspaß vorstellte.

An dieser Stelle wucherte der Wald zu beiden Seiten der Straße. Er konnte Grillen und Ochsenfrösche hören. Aber keinen menschlichen Laut. Und das einzige Licht kam von den Warnfeuern.

Dennoch war ihm nicht wohl zumute.

Ellery machte die Scheinwerfer wieder an. Er verspürte einen deutlichen Widerwillen dagegen, aus dem Wagen zu steigen. Draußen in der zirpenden Nachtlandschaft mit ihren Hunderten von flackernden Augen lauerte etwas Feindseliges. Dann jedoch ärgerte Ellery sich über sich selbst, öffnete die Tür und trat auf die Straße.

Er huschte parallel zum Licht seiner Scheinwerfer zu den Straßensperren; als er die rechte von ihnen anheben wollte, glaubte er, ein dumpfes, verstohlenes Geräusch zu hören, das nach einem Schritt klang.

Ellery drehte sich um.

Doch da stand nur sein geduldig schnaufender Buick auf der dunklen Straße hinter ihm.

Er schob die andere Sperre zum linken Straßenrand und eilte zum Wagen zurück.

Er sprang hinein, schloß die Wagentür und löste die Handbremse.

Als er sich wieder aufrichtete, hörte er das Geräusch erneut.

Diesmal ganz nah. Am Wagen. Am Fahrersitz.

Er warf sich zur Seite, wußte jedoch schon in diesem Augenblick, daß es zu spät war und das schimmernde Etwas, dessen Spiegelung Ellery noch aus dem Winkel des linken Auges auf dem Armaturenbrett gesehen hatte, ein Revolverlauf gewesen war, der über den Rand des offenen Fensters gegen seinen Ellenbogen gefeuert hatte.

Zwei Schüsse hörte er, dann durchzuckte ein unerträglicher, reißender Schmerz seine linke Seite.

In den Sekundenbruchteilen zwischen den beiden Schüssen und der Erschütterung seines gepolsterten Sitzes machte Ellery eine tiefgehende Erfahrung. Es war ihm, als ob der Blitz des Todes in das Dach gefahren war, das die Architektur des Falls verdeckte, es fortriß und den Blick auf die schreckliche Wahrheit in ihrem Innern einen ewigen Augenblick lang freigab, bevor alles in tiefer Nacht versank.

* * *

Ellery erwachte in einem zähen Gewirr von Wahnbildern und Schmerz zum Leben. Als er die Augen öffnete, sah er Licht. Er brauchte eine Weile, um sich darüber klar zu werden, daß er auf seiner rechten Seite auf dem Wagensitz lag und daß die Lichter vom Armaturenbrett kamen. Er versuchte, sich aufzusetzen; nach einiger Zeit gelang es ihm schließlich, indem er sich auf den rechten Arm stützte, während sein linker funktionslos herabbaumelte und die ganze linke Seite vor Schmerz brannte. Als er es geschafft hatte, aufrecht zu sitzen, schaute er an sich herunter. Von der Schulter abwärts war seine gesamte linke Seite in lebhafte Farben getaucht.

Um ihn herum wurde es wieder dunkel.

Als er das zweite Mal zu sich kam, fand er sich noch immer sitzend, und trotz seiner Schmerzen gelang es ihm, seine Umgebung wahrzunehmen. Nichts schien sich seit dem Vorfall verändert zu haben. Die Welt lag noch immer in tiefer, zirpender Nacht, die Warnfeuer flackerten noch, die Straßensperren lagen dort, wo er sie hingeschoben hatte. Er versuchte den linken Arm zu heben, um auf die Uhr zu schauen; aber der Arm rührte sich nicht. Plötzlich fuhr auch durch seinen Arm dieser brennende Schmerz, den er in der Seite hatte. Bewegen konnte er ihn jedoch nicht. Der Fleck auf seinem Ärmel und seiner Seite hatte sich beträchtlich ausgebreitet. Seltsam wohlig und warm klebte der Stoff auf seiner Haut.

Der Motor lief. Die Notbremse war nicht gezogen. Er fragte sich, ob er es schaffen konnte. Dann wurde ihm klar, daß er keine andere Wahl hatte. Er manövrierte seine Füße in Stellung, packte das Lenkrad mit der rechten Hand und fuhr los.

Längere Zeit später bog er behutsam in Wrightsvilles State Street ein.

Die Nacht wich einer blassen, nervösen Dämmerung; die Ulmen, die die Straße säumten, wirkten erfreut, und auch Ellery schien sich zu freuen, als er den Buick vor dem Bezirksgericht parkte. Er zog den Zündschlüssel ab, machte die Scheinwerfer aus, robbte zur rechten Tür hinüber und stieg aus. Vorsichtig lief er den Weg hinunter, auf die grünen Zwillingslampen der Polizeiwache zu; auf den Stufen stolperte er jedoch und schlug auf die linke Seite. Er spürte, wie Blutkrusten aufrissen und es warm an ihm herunterrann. Von dort, wo er lag, beobachtete er wie von ferne, fast gleichgültig, wie sich ein neuer Fleck bildete.

Er versuchte aufzustehen, überlegte es sich jedoch anders und kroch zur Eingangstür. Die Schwierigkeit bestand darin, die Tür zu öffnen; denn um dies zu tun, mußte er sich auf den linken Arm stützen, und das kam keinesfalls in Frage. Er brütete eine Weile über dem Problem. Mit dem rechten Arm konnte er sich zwar aufstützen, hatte dann aber keine Möglichkeit, an die Tür zu kommen. Schließlich rollte er sich auf den Rücken und schlug mit der rechten Faust gegen die Tür.

Nach längerer Zeit öffnete sich die Tür, und ein Mann mit kahlem Scheitel und schwarzem Haarkranz schaute erschrocken zu ihm hinunter.

»Dakin. Holen Sie Dakin«, sagte Ellery bemüht deutlich. Er versuchte noch, ermunternd zu Lieutenant Gobbin aufzuschauen; aber schon war es wieder Nacht.

* * *

Als er dieses Mal zu sich kam, lag er auf einem Sofa und starrte auf ein Foto von J. Edgar Hoover, dessen eine Gesichtshälfte sich hinter einem Trinkwasserspender grotesk aufblähte. Ein Mann in kragenlosem Oberhemd, das vorne von einem großen goldenen Kragenknopf zusammengehalten wurde, bandagierte gerade seinen linken Arm.

»Wir haben ihn wieder, Dakin«, sagte der Mann grinsend.

Ein Mann, der am Fenster gestanden hatte, kam auf Ellery zu.

Ellery erkannte, daß es Dakin war, der einen altrosafarbenen Pyjama und darüber ein Polizeicape aus schwarzem Gummi trug.

»Sie sind Coroner Grupp«, stellte Ellery fröhlich fest, als hätte er gerade eine großartige Entdeckung gemacht.

»Wie fühlen Sie sich?«

Ellery sah, daß er von der Hüfte aufwärts nackt war. Die Haut über seinen Rippen leuchtete gelb, grün, violett und kirschrot, und sein linker Arm war bis zur Schulter bandagiert.

»Nicht gut«, antwortete er.

»Trinken Sie das.«

Ellery würgte etwas Übelschmeckendes hinunter und sank erschöpft zurück.

»Halb so schlimm«, hörte er Coroner Grupp wie aus weiter Ferne sagen. »Überwiegend Schock und Blutverlust. Wir sollten ihn ins Krankenhaus bringen.«

»Nein, nicht ins Krankenhaus!« sagte Ellery. »Um keinen Preis der Welt!«

»Um keinen Preis der Welt«, murmelte Dakin.

»Ich muß etwas erledigen, Dakin.«

»Er muß etwas erledigen«, stöhnte Dakin. »Nun gut, dann halten Sie ihn warm und lassen Sie ihn ein paar Stunden lang nicht aufstehen, Dakin.«

Das nächste, was Ellery mitbekam, war der Sonnenschein im Raum. Dakin war angezogen. Ellery lag unter einer Decke. In seinem Arm pochte es unerbittlich laut, und sein Torso fühlte sich an wie gehäutet.

»Schon etwas besser?« fragte Dakin.

Ellery versuchte es vorsichtig und stellte zu seiner Freude fest, daß er sich aufsetzen konnte. »Geht mir wunderbar.«

»So sehen Sie aus. Ich habe mit Jorking und Plaskow telefoniert. Keiner von ihnen weiß etwas von der Sache.«

»Wie geht es Waldo?«

»Gut. Wie kommt es, daß Sie das hier getragen haben?« Dakin hielt ein seltsam anmutendes Kleidungsstück hoch.

Ellery nahm es an sich. »Hatte so eine Ahnung.« Ein Klumpen

formlosen Metalls war darin eingebettet. »Kein Wunder, daß es mir so vorkam, als hätte mich ein Pferd getreten. Direkt über dem Herzen. Nun ja, Dakin, ich schleppe schon so einigen nützlichen Krimskrams in meiner Tasche mit mir herum; und gestern abend hatte ich das Gefühl, daß endlich Zahltag war. Es schien mir gerechtfertigt, eine kugelsichere Weste anzulegen, bevor ich nach Connhaven losfuhr. Zu dumm auch, daß sie ärmellos ist. Wie groß ist das Loch, daß man mir in den Arm gepustet hat?«

»Groß genug. Die Waffe kann keine zwanzig Zentimeter vor Ihnen losgegangen sein. Haben Sie gesehen, wer geschossen hat?«

»Nein.«

»Ich dachte, der Chef der Feuerwehr, Apsworth, oder ich wären als Zielscheibe für den letzten Mord vorgesehen gewesen«, sagte Dakin trocken. »Wie ging es noch? *Doctor, Anwalt, Kaufmann, Chef?* Oder mordet man jetzt nach *Ringel, ringel, Rose?*«

»Es ist nach wie vor derselbe Vers, Dakin«, erwiderte Ellery mit einem matten Lächeln. »Wissen Sie, ich hatte ganz vergessen, daß auch ich ein Chef war. Zumindest für einen einzigen Menschen in dieser Stadt.« Ellery verstummte.

Dakin brummte unwillig und trat ans Fenster. »Lassen Sie's mich wissen, wenn Sie Ihre Muttersprache wieder beherrschen.«

Ellery legte sich zurück und ordnete seine Gedanken.

Schließlich verkündete er: »Dakin, ich kenne jetzt die ganze Geschichte.« Dakin drehte sich herum. »Es ist eine unglaubliche Geschichte, aber auch eine sehr gewöhnliche. Einfach wie ein Kinderspiel. Die Sache ist nur, man muß drauf kommen. Ist Chalanski schon auf?«

»Wie?« Dakin klang hilflos.

»Wir sollten Chalanski lieber einweihen. Sie beide müssen allerdings erst eine Menge verdauen, bevor wir das tun können, was getan werden muß. Könnten Sie ihn bitte anrufen und ihn bitten, sofort rüberzukommen – und vielleicht eins von seinen Hemden mitzubringen? Ich fürchte, dieses hier hat ein wenig gelitten.«

* * *

Sie näherten sich Dodds Haus in drei Wagen. Einer fuhr weiter bis zur Rückseite und bewachte dort die Küchentür, den Garten und den Weg zu dem mit blauem Stuck verzierten Wohnblock. Dem zweiten entstiegen drei Beamte; einer bezog am Eingangstor Position, einer lief die Veranda hinauf, und der dritte schlenderte über die Straße zu dem rußigen Schutt, der einmal das Haus der Brüder Waldo gewesen war. Aus dem dritten Wagen stiegen Ellery mit dem Arm in einer Schlinge, Chief Dakin, Ankläger Chalanski und zwei Detectives in Zivil. Als sie die Veranda erreichten, hatte einer der Streifenpolizisten aus dem zweiten Wagen, Officer Dodie Gotch, die Eingangstür bereits geöffnet und stand im Flur. Mit einer Hand umgriff er Essie Pingarns versteinerten Ellenbogen. Mrs. Fowler war weiter hinten im Flur und nestelte wild an ihrem Hörgerät herum.

Rima und Ken saßen bei ihrem Sonntagsfrühstück. Beide standen langsam auf, während sie Ellerys Arm, Dakin, Chalanski und die beiden bulligen Zivilmänner anstarrten. Sie hatten Pistolen gezogen und einer blockierte die Tür zum Flur, während der andere sich zur Küchentür bewegte und sich dann mit dem Rükken dagegenlehnte.

»Ellery.«

»Wir haben Ihren Zettel gestern abend gefunden ...«

»Was ist mit Ihrem Arm passiert?«

»Was geschieht hier?«

Ellery ließ sich vorsichtig auf einem Stuhl nieder und lächelte über den Tisch hinweg. »Auf mich wird nicht jeden Tag geschossen, Rima. Gerade Sie werden das verstehen.«

»Geschossen?«

»*Was ist hier los?*«

»Nun ja, Ken«, sagte Ellery. »Es ist etwas los, von dem ich wollte, es wäre nicht los. Ich fürchte, Sie werden damit auch nicht glücklich sein; und wenn ich überzeugt wäre, daß es noch etwas nützen würde, dann würde ich Sie bitten, den Raum zu verlassen.«

Kens Augen wurden schmal. Er schaute Rima an. Aber da war nichts. Nichts als Blässe.

»Es geht um ein Kinderspiel«, fuhr Ellery fort. »Um ein harmloses Spiel, das es zumindest war, bis ein krankes Gehirn es als Vorlage zu einer Mordserie mißbrauchte. *Reicher Mann, armer Mann, Bettelmann, Dieb; fröhlich, traurig, böse, lieb; Schippe, Eckstein, Herz und Treff, Doctor, Anwalt, Kaufmann, Chef.* Bis gestern abend waren die sieben Opfer nach Plan gestorben. Heute in den frühen Morgenstunden ist nun der der achte Mordversuch unternommen worden, auf einer Umleitungsstraße zwischen Connhaven und Fyfield. Jemand hat Straßensperren aufgestellt, ist mir gefolgt, hat abgewartet, bis ich anhielt, dann einen Revolver in mein offenes Fenster gehalten und zweimal abgedrückt – keine zwanzig Zentimeter von meinem Herzen entfernt. Mordversuch Nummer acht war ein Fehlschlag, weil ich aus unbestimmtem Grund gestern eine kugelsichere Weste trug. Darum ist der ›Chef‹ nicht gestorben.

Aber der Anschlag auf mein Leben war keineswegs ein reiner Mißerfolg. Er identifizierte mich als ›Chef‹. Was ich natürlich nicht bin. Oder vielleicht doch? Ich entsann mich, daß ich in dieser Stadt eine kurze Zeitlang für genau einen Menschen ›Chef‹ gewesen war. Es handelte sich nur um einen Scherz; aber jeder Spezialist für Geisteskrankheiten wird Ihnen bestätigen, daß Psychopathen keinen Sinn für Humor haben. Die eine Person, die mich als ›Chef‹ kannte, ist daher auch die einzige, die auf mich geschossen haben kann. Aber warum noch lange darum herumreden? Nennen wir doch das Kind beim Namen, Rima!«

Aus ihren Wangen war jede Farbe gewichen.

»Was nennen?« brüllte Ken. Ellery stand auf. »Ken, Rima ist der einzige Mensch in Wrightsville oder sonstwo auf der Welt, der mich jemals ›Chef‹ genannt oder mich als solchen gesehen hat.«

Ken kniff die Augen immer weiter zusammen. »Und deshalb soll Rima … was sein?«

»Es hat sieben Todesfälle in Wrightsville gegeben«, erklärte Ellery ihm behutsam. »Und alle sieben folgten einem Kinderreim. Zuerst starb ein Mann, der sich als reich herausstellte.

Dann starb einer, der sich als arm erwies. Dann starb einer, der in der Stadt sowohl als Bettler als auch als Trinker bekannt war – welch edles Erbgut! Schließlich ein Mann, der als Dieb bekannt war; ein Doktor, ein Anwalt, ein Kaufmann. In exakt dieser Reihenfolge. Und zu guter Letzt der Anschlag auf mein Leben ... ›Chef‹. Da es Rima gewesen sein muß, die versucht hat, den ›Chef‹ zu erledigen, muß es ebenso Rima gewesen sein, die Kaufmann, Anwalt, Doktor, Dieb, Bettelmann, den armen und den reichen Mann umgebracht hat. Das ist es, was Rima deshalb ist, Ken.«

»Augenblick mal«, sagte Ken. »Augenblick.« Er schien zu versuchen, sich zu konzentrieren. »Letzte Nacht. Da war sie daheim. Bei mir.«

»Ich fürchte«, begann Ankläger Chalanski milde, »Ihre Aussage als ihr Ehemann, Dr. Winship ...«

»Also gut, Dr. Winship. Ganz unter uns ... Können Sie beschwören, daß Rima Sie gestern nicht schnarchend zurückgelassen und Ihren Wagen genommen hat, Mr. Queen nach Connhaven gefolgt ist, ihn auf dem Rückweg in einen Hinterhalt gelockt hat und zu Ihnen ins Bett zurückgekrochen ist, bevor Sie heute morgen aufgewacht sind?«

Ken setzte sich unvermittelt. »So wie wir die Sache sehen, Dr. Winship«, fuhr Chalanski mit einem Hüsteln fort, »ist Ihre Frau ... ich meine, diese Sache mit dem Kindervers ... Ich meine, ähm, daß eine Geisteskrankheit die einzige Erklärung darstellen würde, die Sinn ergäbe, zumindest zu diesem Zeitpunkt. Ich versichere Ihnen, daß wir jede Rücksicht nehmen werden, die vereinbar ist mit ...«

»Das kann doch nicht Ihr Ernst sein«, murmelte Ken. Er schaute zu Ihnen hoch, sprang auf und schrie sie an. »Sie sind ja völlig verrückt! Konstruieren hier eine Mordanklage gegen meine Frau auf der alleinigen Basis von infantilem Schwachsinn, den sich ein Paranoiker ersten Ranges ausgedacht hat! Ich werde gerichtlich gegen Sie vorgehen wegen Freiheitsberaubung und Rufmordes –!«

Er hielt inne. Ein Mann in Zivil war im Flur erschienen und gab Chief Dakin betont heimlich Zeichen.

»Schon gut, Charlie. Was gibt's?«

»Kann ich Sie einen Moment sprechen?«

Dakin trat auf den Flur. Der Mann in Zivil redete mit gesenkter Stimme auf ihn ein. Im Eßzimmer passierte nicht viel, außer daß Kenneth Winship um den Tisch herumgegangen war und nun neben Rima stand. Währenddessen hatte sich der Mann, der an der Küchentür stand, ebenfalls bewegt. Rima klammerte sich an ihre Stuhllehne und hielt die Augen fest geschlossen. Chalanski schürzte die Lippen, sagte jedoch nichts. Ellery wechselte das Standbein.

»Gut, Charlie, lassen Sie ihn abschleppen«, sagte Dakin schließlich. Chalanskis Lippen waren plötzlich nicht mehr geschürzt, Ellery stand gerade, und Rima öffnete die Augen. Ken fixierte zornesrot den Polizeichef.

Dakin stand wieder in der Tür, breitbeinig. Chalanski eilte hinzu, und nach einer Weile gesellte sich auch Ellery zu ihnen. Dakin flüsterte etwas und schmunzelte leicht. »Das wär's dann wohl«, sagte Ellery schließlich in ziemlich müdem Ton und trat zu den anderen beiden auf den Flur hinaus, als ob es keinen Grund mehr gäbe zu bleiben.

»Was zum Henker«, fragte der Doctor heiser, »geht hier vor?«

Chalanskis kantige Gesichtszüge waren gelassen. »Wir können es Ihnen auch gleich sagen, Dr. Winship. Ein Vergleich zwischen frischen Reifenspuren, die in der Nähe der Stelle gefunden wurden, an der der Anschlag auf Mr. Queen verübt wurde, und den Reifen Ihres Packard haben ergeben, daß sie eindeutig von Ihrem Wagen stammen. Da Sie nur einen Wagen besitzen, muß ergo Ihre Frau sich dort befunden haben, wo Mr. Queen es mit zwei Kugeln zu tun bekam. Natürlich ist das nicht wasserdicht; aber wenn wir sie im Gefängnis erst einmal ein paar Tage auf dem Grill hatten, kriegen wir die Geschichte schon aus ihr raus. Ich brauche Ihnen nicht noch einmal zu sagen, Doctor, daß wir ihr jeden erdenklichen Schutz gewähren werden, den wir ihr geben können. Die ganze Stadt ist nervös wegen dieser Morde, und es gibt eine Menge böses Gerede. Dennoch bin ich absolut zuversichtlich, daß wir mit allen Schwierigkeiten fertig werden, die auf uns zukommen.« Der Ankläger unterbrach seine Rede abrupt und brummte: »Kommen Sie, Dakin, lassen Sie es uns endlich hinter uns bringen.«

Dakin zog ein Blatt aus seiner Jackentasche. »Ich habc hier einen Haftbefehl gegen Mrs. Rima Winship, geborene Anderson, wegen … Mr. Chalanski, soll ich das besser so vorlesen, wie es da steht?« Chalanski nickte.

Dakin begann mit tonloser Stimme zu lesen. Das Dröhnen seiner Baßstimme schien kein Ende mehr zu nehmen. Kenneth Winships Mund stand leicht offen, sein Atem ging geräuschvoll. Rimas Augen waren wieder geschlossen.

Schließlich befahl Dakin: »Crabbe, abführen!«

Der bullige Beamte, der nahe bei den Winships stand, sprang auf, erwischte Ken an der Schulter und wirbelte ihn nach einer Seite herum; beinahe fiel er hin. Bevor er sein Gleichgewicht wiedergewonnen hatte, gab es ein klickendes Geräusch, und Rima starrte auf ihre Handgelenke.

»Kommen Sie.« Der Polizist packte mit seiner Pranke ihren Oberarm und begann, sie durch den Raum zu zerren. Es sah aus, als hielte er sie mit nur einer Hand schwebend über dem Boden.

Rima schrie vor Schmerz auf. Ein einziges Mal.

Und dann war plötzlich Dr. Kenneth Winship in der Tür und versperrte ihnen mit weit ausgebreiteten Armen den Weg.

»Dakin.«

»Machen Sie es sich doch nicht noch schwerer, Kenny«, sagte Chief Dakin.

»Dakin …«

»Hinter Ihnen steht ein Mann mit Schußwaffe. Machen Sie keine Dummheiten. Zur Seite!«

»Nehmen Sie ihr die Handschellen ab. Sie war es nicht.«

»Ich weiß, Kenny. Kommen Sie, aus dem Weg.«

»Sie war es nicht, sage ich Ihnen! Ich muß es schließlich wissen! Sie weiß es auch – deshalb hat sie nichts gesagt! Sie hat den Wagen gestern abend nicht gefahren, Dakin, aber sie konnte sich denken, wer es getan hat!« »Sie hat ihn nicht gefahren, wie?« erwiderte Dakin geduldig. »Wer dann, Kenny? Der Mann im Mond?«

»Ich war's. Ich habe auf Queen geschossen. Ich habe hinter der ganzen Sache gesteckt. Fünf von ihnen habe ich auf dem Gewissen. Anderson, Jacquard, Doc Dodd, Holderfield, Waldo. Ich habe das Ganze geplant, sage ich Ihnen! Das ganze verdammte Ding!«

* * *

»Ich hatte keine andere Wahl, Rima«, sagte Ellery. »Es gab keinen einzigen Beweis. Mir stand nur eine Waffe zur Verfügung: Kens Liebe zu Ihnen. Also mußten wir Theater spielen, Rima – das gewaltsame Eindringen mit Polizeiaufgebot, Ihre sorgfältig inszenierte Verhaftung, der pünktliche Auftritt von Charlie Brady mit der erfundenen Nachricht, daß die Reifenspuren zusammenpaßten ... natürlich gab es keine solchen Spuren ... Es war grob, und es war grausam; aber glauben Sie mir, Rima, es gab keine andere Möglichkeit, Kens Schuld zu beweisen.«

Das Haus war so still, als wäre eine neue Mordtat geschehen; und die Menschen, die sich auf der Algonquin Avenue versammelt hatten und still der Dinge harrten, würden darauf warten, daß man einen Sarg hinaustrüge. Was sie vielleicht wirklich taten. Rima lag reglos auf ihrem Bett.

»Ken glaubte, daß er der einzigen Sache in der Welt hinterher war, die er wollte«, fuhr Ellery fort. »Aber er hatte keinen Erfolg. Indem er jedoch versagte, fand er Sie. Das war der große Moment in seinem Leben, Rima, und wenn man Morde ausradieren könnte wie Bleistiftspuren, dann hätte Ken sich selbst gefunden, indem er Sie fand. Doch Mord läßt sich nun einmal nicht einfach beiseitewischen. Und da kam Ken eine neue Erkenntnis: Von einem bestimmten Zeitpunkt an verliert der Mörder die Kontrolle über die Ereignisse; und die Ereignisse beginnen ihn zu kontrollieren. Es war zu spät, Rima.

Und für Sie war es ebenfalls zu spät. Früher oder später wäre Ihnen aufgefallen, daß etwas nicht stimmte. Früher oder später hätten Sie auch Verdacht geschöpft. Und irgendwann hätte sich der Verdacht in Gewißheit verwandelt.« Ellery hatte vorgehabt, ihr noch sehr viel mehr zu sagen; wie jung sie war, wie die Zeit Wunden heilte und so weiter; aber ihr reserviertes Schweigen, diese Unnahbarkeit in ihrem Leiden, das dem Herabsinken eines getroffenen Vogels glich, brachte ihn zum Schweigen. Unentschlossen stand er auf. »Rima, kann ich noch irgend etwas für Sie tun?«

Die tiefe Ironie des Schicksals, die in dieser Frage lag, stieß ihm erst auf, als er auf ihre unschuldige kleine Gestalt herabschaute. Dann jedoch wurde er gewahr, daß seine ›Triumphe‹ in Wrightsville in seinem Mund niemals etwas anderes als den schalen Geschmack von Hohn hinterlassen hatten.

Immerhin in diesem Punkt war die Sache stimmig.

Dienstag, 13. Juni

»Aber aus Chalanski oder Dakin bekommen wir kein Wort heraus«, sagte Malvina Prentiss. »Wenn sie denn überhaupt etwas wissen, was ich schwer bezweifle.«

»Der einzige außer Ihnen«, sagte Francis O'Bannon mit seinem gedrechselten Harvard-Akzent, »der uns die ganze Geschichte liefern kann, ist Winship. Aber so wie es aussieht, spricht er nicht einmal mit seinem Anwalt.«

»Warum hat er es getan, Ellery, und wie haben Sie den Fall geknackt? Das ist es, was der *Record* wissen möchte – bevor AP, UP und INS Sie befragen – und wenn Sie meinen, daß Sie einfach so in den Zug steigen können ...«

In der Roadside Tavern herrschte Flaute; es war am mittleren Nachmittag eines grüngoldenen Sommertages. Die Gaststube wirkte wie ein Schiff, das einsam und ohne Wind auf der See trieb; Gus studierte auf der Kommandobrücke ein Formular zu Pferdewetten, und über allem hing Bierdunst. Ellery konnte sich nicht aus der Sache herauswinden. In gemessenen Sätzen hatte er Chalanski gegenüber die Entwicklung der Winship-Tragödie dargelegt; die Mühlen der Justiz waren in Bewegung; man würde ihn hier bis zum Prozeßbeginn nicht mehr brauchen, und es schien ihm nichts übrig zu bleiben, als den nächsten Zug Richtung Süden zu nehmen. Doch ein Gefühl der Unvollständigkeit hielt ihn zurück. Wegen Rima natürlich. Einerseits bedrückte ihn die Auswegslosigkeit ihrer Lage. Was sollte sie tun? Wohin sollte sie gehen? Wie sollte sie leben? Sie hatte nichts. Wenn alles vorbei war, dann hatte sie kein Zuhause, keinen Mann, kein Einkommen, kein Geld – und keine Freunde mehr. Ellery hatte fieberhaft über das Problem nachgedacht. Schließlich hatte er sich an das Naturgeschichtliche Museum in Slocum und an Dr. Josiah Bull erinnert; als er wieder aus Slocum zurückgekommen war, konnte er jedoch nicht einmal mit ihr sprechen. Sie hatte sich in Dodds Haus eingeschlossen, weigerte sich, jemanden zu sehen, weigerte sich auch, ans Telefon zu kommen. Also hatte er eine Nachricht zur Algonquin Avenue geschickt – Überbringer war Hosy Dowling, der ältliche Laufjunge des Telegraphenamts im Bluefield Block, und das war es denn gewesen. Dann hatte Ellery seine Abreise vorbereitet. Dennoch … etwas hielt ihn. Wie konnte er Wrightsville ohne ein Wort des Abschieds verlassen? Er hatte sich sogar kurz der Phantasievorstellung hingegeben, mit ihr noch einmal Ytaioa zu besuchen. Die Verzögerung hatte fatale Folgen gehabt. Rosalind Russell und ihr Mann Freitag hatten ihn am Bahnhof abgefangen, und nun nahmen sie ihn in die Zange. Er kam nicht darum herum, wie Scheherazade eine Art Lösegeld zu entrichten, damit er zu seinem bereits aufgegebenen Koffer und dem nächsten Direktzug, der um zwei nach sechs ging, zurück konnte.

»Was mich die ganze Zeit hindurch am meisten beschäftigt hat«, begann Ellery mit einem Seufzen, »war die dumme Frage nach dem Motiv. Je mehr ich mir die Hirnwindungen verrenkte, desto mehr kam ich zu der Überzeugung, daß die Verbrechen nicht das Werk eines geisteskranken Mörders darstellten. Geisteskranke machen keinerlei Versuche, ihre Verbrechen zu tarnen – meist setzen sie sich damit sogar groß in Szene –; bei unseren Todesfällen gab es jedoch nicht einmal die Gewißheit, daß es sich überhaupt um Morde handelte. Jedes einzelne Opfer konnte auch eines natürlichen Todes oder durch Unfall gestorben sein – bis auf mich geschossen wurde. Und als klar wurde, daß die Morde einem vorgegebenen Muster folgten, war ich mir sicher, daß ein gesunder Verstand dahinter steckte, der Regie führte. Denn der typische geisteskranke Mörder folgt keinem fest vorgegebenen Muster.

Lustlos nahm Ellery einen Schluck Bier. O'Bannon kritzelte wie ein Besessener in sein Notizbuch.

»Ich bin jedes denkbare Motiv durchgegangen. Haß. Rache. Eifersucht. Angst vor Mitwissern. Beseitigung von Hindernissen, welcher Art auch immer. Selbstschutz. Schutz anderer und so weiter. Gegen jedes Motiv dieser Art sprach jedoch, wie ich meinte, stets so einiges. Bis auf eines – Habgier.«

»Habgier?« Malvina Prentiss runzelte die Stirn. »Aber ...«

»Ich weiß. Man konnte einfach nicht daran vorbeisehen, daß wirklich Habe fast immer eine Rolle spielte. Immer ging es um Geld, zumindest bis zu einem bestimmten Punkt; entweder ging es um das Vorhandensein oder das auffällige Fehlen von Geld. Habgier erschien mir als die richtige Annahme.

Als ich jedoch näher darüber nachdachte, schien auch Mord aus Habgier nicht die richtige Theorie zu sein. MacCaby hinterließ ein großes Vermögen, und Dodd war derjenige, der schließlich davon profitierte. Dodd zum ersten. John Spencer Harts Tod gab Dodd freie Hand, sich in die Firmenangelegenheiten der Färberei einzumischen. Dodd zum zweiten. Hart starb nicht nur ohne einen Cent in der Tasche, sondern vollkommen bankrott. Tom Anderson starb, als er im Besitz von 5000 Dollar war, die Dodd ihm geschenkt hatte und die sich durch eine Dummheit Andersons wiederum Nick Jacquard aneignete. Jacquard starb bald darauf. Andersons Geld wurde von Dakin gefunden, von Rima zurückgewiesen und fand so seinen Weg zum ursprünglichen Besitzer zurück. Dodd zum dritten. Gut, wir hatten also Dodd, der soweit von allem profitiert hatte. Doch was schließlich geschah mit Dodd? In seinem Testament vermachte er sein Vermögen dem Wrightsville General Hospital! Sackgasse. Holderfield? Starb verschuldet. Jonathan Waldo? Sein Tod brachte niemandem Geld ein, denn die Schneiderwerkstatt gehörte David, und auch das Haus lief über seinen Namen. Ich kam zu dem verwirrenden Schluß, daß es, obwohl Habsucht das einzig plausible Motiv darstellte, niemanden gab, der von einem der sieben Morde hätte profitieren können.«

»Da waren noch ein paar andere unbeantwortete Fragen«, fuhr Ellery fort, während er auf sein Hinterteil sackte und zu Gus Olesens fleckiger Blechdecke sprach. »Waren die Männer alle eines natürlichen Todes bzw. durch Unfall oder durch ein Verbrechen gestorben? Oder waren einige auf natürliche Weise bzw. durch Unfall umgekommen und die anderen durch die Hand eines Mörders? Wenn dies so war – welche Todesfälle waren dann der ersten, welche der zweiten Kategorie zuzuordnen? Es gab nicht den leisesten Anhaltspunkt. Wenn es sich um Verbrechen handelte, dann waren sie perfekt.

Schließlich hatte ich nach ganzen zwei Monaten das erste Mal Glück.«

»Inwiefern?« fragte Malvina. O'Bannons Bleistift wartete.

»Im Laufe einer Samstagnacht in einem Connhavener Hotel verriet mir David Waldo einen Umstand, der mir unbekannt gewesen war. Die Waldo-Zwillinge, die Zeuge gewesen waren, als Sebastian Dodd sein Testament machte, hatten ihm diesen Gefallen *nicht einmal, sondern zweimal getan, an zwei aufeinanderfolgenden Tagen* – drei bzw. zwei Tage vor Dodds Tod.

Wenn man in 24 Stunden zweimal gebeten wird, Zeuge zu sein, wenn jemand sein Testament macht, dann kann das nur eines bedeuten: In diesen 24 Stunden hatte der Testator es sich anders überlegt und seinen Anwalt gebeten, ein neues Testament aufzusetzen.

Was hatte er in dem neuen, oder zweiten, Testament verfügt? Daß bis auf ein paar Kleckerbeträge das gesamte Vermögen dafür verwendet werden sollte, ein neues Krankenhaus zu finanzieren. Was stand in dem ersten, überholten Testament drin?«

»Ja was?« fragte O'Bannon.

»Nun, O'Bannon«, sagte Ellery mit einem matten Lächeln, »ich hatte auch nicht mehr Informationen als Sie. Aber mir war klar, daß dieses erste, verworfene Testament von großer Bedeutung gewesen sein mußte, die nun nicht mehr erkennbar war. Es war sinnlos, Waldo weiter zu bearbeiten; er hatte Dodd lediglich unterschreiben sehen. Nur drei Personen kannten den Inhalt des ersten Testaments – Otis Holderfield, der es aufgesetzt hatte, Flossie Bushmill, die es zweifellos getippt hatte, und Dr. Dodd. Holderfield und Dodd waren tot, und Flossie war mit irgendeinem Handelsvertreter werweißwohin durchgebrannt. Ich mußte also gründlich nachdenken.«

Ellery starrte in sein Bierglas. »Wie immer die Bestimmungen in dem ersten Testament gelautet hatten, so konnte ich doch sicher sein, daß sie sich von denen seines Nachfolgers *unterschieden* hatten. Das eröffnete mir neue Kombinationsmöglichkeiten, was das Motiv betraf.

Auf höchst merkwürdige Art«, fügte Ellery hinzu und schaute auf, »ging es um *cui bono*, und zwar im Futur. Nicht um den ging es, der profitierte, sondern um den, der damit rechnete zu profitieren.« Ellery verfiel in Schweigen. Nach einer Weile sagte Malvina Prentiss mit forschendem Blick: »Ich fürchte, ich kann nicht ganz folgen.«

»Dodd änderte sein Testament. Wir wissen, wie es in der zweiten Version lautete – Hauptbegünstigter war ein Krankenhaus. Aber wie hatte es in der ersten Version gelautet? Wer hätte Dodds Haupterbe sein können, bevor er sich umentschied?

Nur eine einzige Person. Dodd hinterließ keine Familie. Der einzige, der ihm nahestand, war ein junger Mann, dessen Karriere er gefördert und finanziert hatte, dem er eine medizinische Ausbildung hatte angedeihen lassen, den er als seinen Gefährten, Protegé und Geschäftspartner zu sich nach Hause geholt hatte. Ich entsann mich, daß Ken Winship nach der offiziellen Testamentseröffnung in Dodds Haus Rima gegenüber unklugerweise bemerkt hatte, er könne ihr nicht soviel bieten, wie er ›gehofft‹ hatte. Zu dem Zeitpunkt war es bedeutungslos; im Rückblick jedoch erscheint diese Bemerkung in ganz anderem Licht.

Ich hatte keine Zweifel mehr, daß es Kenneth Winship gewesen sein mußte, den Dodd in seinem ersten Testament als Haupterben eingesetzt hatte. Und es war genauso offensichtlich, daß Ken, wenn er seine einzigartige Beziehung zu Dodd bedachte, jede Veranlassung hatte, mit einer Erbschaft zu *rechnen*. Das hatten wir also.

Warum jedoch hatte Dodd Winship im letzten Moment wieder enterbt? Ich vermochte es nicht zu sagen. Es gab mehrere plausible Erklärungen. Gegen Ende war Dodd seelisch aus dem Gleichgewicht. Oder die Mißstände im Krankenhaus waren seiner Ansicht nach so unerträglich geworden, daß sie persönliche

Gesichtspunkte verdrängten. Oder vielleicht hatte Dodd ja auch blitzartig die Wahrheit erkannt.

Wie auch immer, ich hatte schließlich ein klares Motiv – die Erwartung einer großen Erbschaft – und jemanden, der dafür in Frage kam.

Ellery malte mit seinem Glas Kreise auf dem Tisch. »Dr. Kenneth Winship wollte die Millionen, aber er wollte nicht darauf warten. Davon abgesehen, war Dodd unangenehm freigiebig. Plante eine Kinderstation für das Krankenhaus im selben Augenblick, in dem er erfuhr, daß er MacCaby beerbte. Setzte für Harts Witwe eine lebenslange Rente fest. Schenkte Tom Anderson 5000 Dollar. Gewährte auch Nick Jacquards Witwe eine Rente. Diesem Tempo hätten auch Millionen nicht standgehalten. Ken war klar, daß er sich ein wenig beeilen mußte, wenn er die Summe in der annähernd ursprünglichen Höhe in Empfang nehmen wollte.

Aber es gab da einen Haken. Dodd hatte kein Testament gemacht. Nie. Sie haben ja Holderfield an jenem Morgen gehört, daß er Dodd schon länger vergeblich gebeten habe, dies nachzuholen. Erst in seiner Todeswoche hat Dodd sich schließlich dazu durchgerungen.

Wäre Dodd ohne Testament gestorben, dann hätte Ken nicht die geringsten Ansprüche gehabt, denn rein juristisch gesehen stand er zu Dodd in keinem Verhältnis. Wenn Ken die Sache also beschleunigen wollte, mußte er sichergehen, daß Dodd einen Letzten Willen hinterließ. Das Problem muß Ken als recht einfach erschienen sein, denn wenn Dodd endlich sein Testament machte, dann war er der Erbe. Wem sonst sollte ein kinderloser Landarzt sein Geld vermachen? Ken war genauso interessiert an der Medizin wie er; Dodd sah eine Art Sohn in ihm, und er war so stolz auf seinen jungen Partner, als wäre er dessen Vater.«

Malvina Prentiss schaute beunruhigt; O'Bannon schien es übel zu werden.

»Aber in der Praxis war das Problem alles andere als leicht zu lösen. Natürlich wußte Ken, lange bevor ich darauf kam, von

Dodds Todesphobie. Schließlich war er Arzt und wohnte in demselben Haus. Kenn wußte alles, was es über Dodd zu wissen gab.

Nun wird ein Mann, der sich pathologisch vor dem Tod fürchtet, selten aus freien Stücken sein Testament machen; einem solchen Mann würde dies als Herausforderung des Schicksals erscheinen. Darum hat er es ständig vor sich hergeschoben. Wie konnte Ken Dodd trotz seiner Phobie zwingen, zu einem Anwalt zu gehen und sein Testament aufsetzen zu lassen? Ken fand eine Antwort, und zwar eine ausgesprochen raffinierte. Der Mensch, der krankhafte Angst vor dem Tod hat, weigert sich, sein Testament zu machen, weil er verzweifelt am Leben und der illusorischen Vorstellung von dessen unbegrenzter Fortdauer hängt. Aber nehmen wir an, er würde dazu gebracht zu glauben, daß diese Hoffnung vergeblich sei? *Daß sein Tod nicht nur unausweichlich sei, sondern unmittelbar bevorstehe?*

Wie es sich für Ken darstellte, mußte er Dodds Hoffung zerstören. Er mußte Dodd in einer Weise davon überzeugen, daß sein Tod innerhalb weniger Tage eintreten werde, die keinerlei Zweifel mehr zuließ. Und davon, daß nichts den Sensenmann aufhalten konnte.«

»Oh Gott«, sagte O'Bannon.

»Winship hatte eine der teuflischsten Eingebungen in der Geschichte des Mordens. Es hatte kurz zuvor zwei Todesfälle in Wrightsville gegeben, die Sebastian Dodd betrafen: der Tod des alten MacCaby infolge Herzschwäche und der Selbstmord John Spencer Harts. Winship fiel auf, daß MacCaby, der als armer Schlucker gegolten hatte, sich als reicher Mann erwies. Und daß Hart, der stets als einer der Nabobs von Wrightsville gegolten hatte, letztlich als armer Mann starb. Der Kontrast erregte seine Aufmerksamkeit. Reicher Mann – armer Mann. Reicher Mann, armer Mann.

Der alte Kindervers ergriff Besitz von seinem Verstand, den die Habgier geschärft und das Erlebnis des Krieges krank gemacht hatten – Dakin erzählte mir, Winship sei als nervliches Wrack aus dem Krieg in Europa heimgekehrt.«

»Auf der Stelle«, fuhr Ellery fort, »war Ken klar, wie die Sache durchzuführen war. *Reicher Mann, armer Mann, Bettelmann, Dieb* – und dann: *Doctor*. Wenn der Tod MacCabys, der Dodd sein ganzes Vermögen vermacht hatte, und der Tod Harts, der Dodd zum alleinigen Eigentümer der Färberei machte, vom Tod eines ›Bettelmanns‹ und dem Tod eines ›Diebes‹, zweier Leute, mit denen Dodd ebenfalls zu tun hatte, gefolgt und dieser Umstand Dodd eindeutig genug unter die Nase gerieben wurde, dann war Dodd von zweierlei überzeugt: erstens, daß ein Doktor als nächster würde sterben müssen und zweitens, daß Dodd selbst dieser Doktor war. Wenn Dodd erst einmal restlos davon überzeugt war, dann würde er auch sein Testament machen.«

»Wenn aber nicht?«

»Er hat es gemacht, O'Bannon«, erwiderte Ellery trocken. »Ansonsten ist dies eben das Risiko, das ein Mörder eingeht. Bei jedem Verbrechen gibt es mindestens eines. Ken ist seines eingegangen – und hatte Erfolg.« »*Weiter*!« sagte Malvina Prentiss.

»Winship machte sich sofort ans Werk. Als erstes mußte er in der Stadt jemanden finden, der auf die dritte Figur im Reim paßte. Er brauchte nicht lange zu suchen. Tom Anderson war sowohl als *Stadtbettler* als auch als *Stadttrinker* bekannt, und Dodd hatte ihm eine größere Geldsumme geschenkt. Winship arrangierte ein Treffen mit Anderson auf Little Prudy's Cliff und stieß ihn in die Sümpfe unterhalb des Felsens. Sobald der verschwundene Tom Anderson als tot galt, schickte Ken Zeitungsausschnitte, die die drei Todesfälle betrafen – MacCabys und Harts, mit denen er rein gar nichts zu tun hatte und die genau das waren, was jeder glaubte, und den von Anderson – an mich, anonym.«

»Warum sollte er das tun?«

»Oh, das war fast der wichtigste Teil seines Plans, Miss Prentiss«, schmunzelte Ellery. »Kens Plan stand und fiel damit, ob es gelang, Dodd davon zu überzeugen, daß er sehr bald sterben werde. Ken kannte meine Schwäche für das Bizarre; und er rechnete sich aus, daß die Sache geritzt war, wenn ich dazu gebracht werden konnte, Dodd mit dem Todesreim zu konfrontieren. Falls ich nicht anbiß oder das Schema nicht erkannte, konnte Ken noch immer selbst ›darauf kommen‹ oder den Reim in einem anonymen Schreiben an den *Record* aufdecken. Ich aber war für ihn das ideale Werkzeug. In Wrightsville war ich bekannt. Ich genoß einen guten Ruf und war Respektsperson. Wenn ich mit der Aufdeckung des Reimes an Dodd herantrat, mußte das dazu führen, daß Dodd die Unausweichlichkeit seines baldigen Todes akzeptierte … Natürlich konnte Ken nicht ahnen, daß Rima mich bitten würde, das Verschwinden ihres Vaters aufzuklären. Aber ich wäre vermutlich auch so, allein auf der Grundlage der drei rätselhaften Zeitungsausschnitte, nach Wrightsville gekommen. Als ich hier auftauchte, wußte er, daß die Sache lief. Und er bereitete seinen nächsten Schachzug vor.«

»Jacquard.«

»Ja. In diesem Fall bestand das Problem darin, Jacquard dazu zu bringen, in Dodds Haus einzubrechen. Wie er es genau gemacht hat, weiß ich nicht. Aber es spielt auch keine Rolle. Wichtig ist, daß er Jacquard dazu gebracht hat, tatsächlich einen Einbruchsversuch zu unternehmen. Als Ken seinen Kopf zu mir herumdrehte und mir ostentativ den Revolver reichen wollte, um ein Seil zu holen, war dies nicht etwa Unvorsichtigkeit. Er lud Jacquard bewußt dazu ein, ihn anzufallen. Wenn Jacquard dies nicht getan hätte, hätte er es anders versucht – hätte ihn vielleicht mit einem Trick dazu verleitet, einen Fluchtversuch zu wagen. In jedem Falle ist es völlig klar, was Ken vorhatte – Jacquard kaltblütig zu erschießen, unter solchen Umständen allerdings, die seine Tat als unvermeidlich und unter diesen Umständen absolut gerechtfertigt erscheinen ließen. Es war der gewagteste Mord von allen, begangen vor drei Augenzeugen, die alle drei aufrichtig schworen, es habe sich um Notwehr gehandelt. Ken muß tiefe Genugtuung daraus gezogen haben.«

Ellery zündete sich eine Zigarette an. »Alles war vorbereitet. Vier Wrightsviller waren gestorben – ein reicher Mann, ein armer Mann, ein Bettelmann und ein Dieb. Alles, was er nun zu tun brauchte, war abzuwarten, bis ich darauf kam. Und ich kam darauf, wie er es eingeplant und gehofft hatte, und eilte zu Dodd, um ihm den Abzählreim vorzubeten und ihn zu warnen, daß er der nächste auf der Liste sei. Dodd ergab sich auf der Stelle in sein unabwendbares Schicksal. Wie genial Winship sich vorgekommen sein muß!«

»Das ist«, sagte Malvina, indem sie sich die Lippen befeuchtete, »das ist atemberaubend.«

»Ja«, sagte Ellery. »Doch das war noch nicht alles. Winship war ein Meister des Details. Ich hatte entgegenkommenderweise jede Hoffnung in Dodd zerstört, aber es konnte ja Reste geben, die immer noch in ihm rumorten. Ken machte sich systematisch daran, Dodds Waffen gegen ihn selbst zu richten … Was für Waffen? Ach, da fällt mir ein, daß Sie sicher nichts von Dodds heimlichem Glauben an Orakel wissen?«

»An *was*?«

»An Orakel.« In ihre ungläubigen Ohren träufelte Ellery die Geschichte von Sebastian Dodds Speicherkammer und ihrem Innenleben.

»Sie können davon ausgehen, daß Ken alles über diese Kammer wußte – und darüber, was dort vor sich ging. Seine Kenntnis der abergläubischen Praktiken Dodds könnte sogar der zündende Funke gewesen sein, der ihn erst zu seinem Plan inspiriert hat. Er hatte zweifellos einen Zweitschlüssel zu der Kammer, was Dodd nicht ahnte. Wie oft er Dodd dabei beobachtet hat, wie er dort die Zukunft befragte, weiß nur er; zu dem Zeitpunkt, zu dem er sich entschloß zu handeln, war er sich seiner Sache jedoch völlig sicher.

Zunächst verfiel Ken auf den Trick mit der Todeskarte, dem Pik-As, dem verläßlichsten aller schlechten Omen – der doppelten Todeskarte sogar; ich selbst habe Dodd dabei beobachtet, wie er von zwei Kartenstapeln wahllos abhob und beide Male das Pik-As aufdeckte. Wie hatte Ken das hinbekommen? Stellen Sie sich vor, Sie stünden vor dem Problem. Die Lösung ist offensichtlich. Sie würden 104 Kartenspiele derselben Serie wie Dodds Karten kaufen; und mit Ihren 104 Pik-Assen würden Sie zwei Stapel von 52 Pik-Assen bilden. Kann nicht schiefgehen. Unglücklicherweise war Ken schon in die Kammer geschlichen, hatte die manipulierten Stapel weggenommen und ersetzt, als ich endlich den nachgemachten Schlüssel zu der Speichertür hatte. Diese völlig normalen Karten haben mir schweres Kopfzerbrechen bereitet.«

»Riskant«, murmelte O'Bannon.

»Nein«, sagte Ellery. »Dodd hat sich die anderen Karten ganz offensichtlich niemals angeschaut, wenn er abhob, um sein Schicksal herauszulesen. Eine feste Gewohnheit gehört zum Verläßlichsten, was es gibt. Und Ken kannte Dodd verdammt gut.

Nachdem er Dodd den Doppelschlag mit dem Zwillings-As versetzt hatte, fuhr er fort mit dem Hund, der in der Nacht heulte, einem weiteren bekannten Todesomen. Er wußte nicht, daß er längst gewonnen und Dodd an dem Morgen nach meiner ›Enthüllung‹ des Kinderreims Otis Holderfield aufgesucht und sein Testament gemacht hatte – sein erstes. Da er das nicht ahnte, bearbeitete Ken Dodd weiter. Er setzte einen Vogel in Dodds Arbeitszimmer, ein weiteres Todesomen.«

»Es ist denkbar«, sagte Ellery, indem er seinen Zigarettenstummel melancholisch ins Bier zischen ließ, »daß Kens Perfektionismus sein Scheitern bewirkt hat. Er fügte immer wieder neue artistische Details hinzu – die Karten, den Hund, den Vogel – als sie, wie sich herausgestellt hat, gar nicht mehr vonnöten waren. Unter dem zusätzlichen psychischen Druck machte der völlig demoralisierte Dodd nicht nur ein Testament, sondern zwei. Mit einer Hand gab er, mit der anderen nahm er wieder. 24 Stunden lang war Winship am Ziel seiner Wünsche, ohne daß er es wußte. Am Morgen danach war er noch immer ahnungslos. Er muß von Dodds Besuchen bei Holderfield nach dem Vorfall mit dem Vogel Wind bekommen haben. Aber natürlich vermutete er, daß es sich nur um ein einziges Testament handelte, nahm an, daß er auf der ganzen Linie gewonnen hatte, und bereitete sich auf den letzten Schachzug vor, mit dem er endgültig aufzuräumen hoffte. Er wartete, bis ein nächtlicher Notruf Dodd in einen entlegenen Bezirk entführte, folgte ihm ganz einfach und drängte Dodd an einer Stelle von der Straße ab, an der ihm der Tod gewiß war. Vielleicht hat er aber auch über den zweiten Telefonanschluß mitgehört, erfuhr Dodds Ziel, fuhr vor ihm los, lauerte ihm auf, schlug ihm auf den Kopf und ließ den Wagen mit durchdrehenden Rädern in den Graben sausen. Er hatte es also geschafft.«

»Er hatte es geschafft«, sagte Ellery. »Er spielte den Part des vor den Kopf gestoßenen Trauernden; Dodd wurde beerdigt, und der Tag kam, an dem Dodds Testament eröffnet werden sollte. Und Winship, der raffinierte Planer, Künstler des Verbrechens, der dreifache Mörder, erfuhr, daß der Lohn für seine großen Anstrengungen darin bestand, daß er ein paar Jahre mietfrei in Dodds Haus wohnen durfte – und das war alles.«

Wieder schwieg Ellery.

Malvina Prentiss wurde ungeduldig. »Aber die Morde hörten nicht auf. Warum, wenn er dabei doch nichts zu gewinnen hatte?«

»Auffallend richtig. Er hatte nichts zu gewinnen, und das wußte er besser als jeder andere auf der Welt. Also tat Ken Winship als erstes das einzige, was er tun konnte: sich die Niederlage eingestehen. Er machte das Beste daraus. Schrieb die Vergangenheit einfach ab. Eine starke Kraft half ihm über den Schock hinweg. Er hatte sich verliebt und wurde widergeliebt. Mit Hilfe irgendwelcher ethischer Verdrehungen mag es ihm gelungen sein, sich damit zu trösten, daß sein Scheitern, als Verbrecher ein Vermögen zu erwerben, ihn moralisch tauglich machte für die Ehe mit Rima. Zumindest heiratete er sie und fand sich mit der wenig aufregenden weiteren Existenz als Landarzt ab. Soweit es Ken betraf, sein Versagen, war er dennoch in einer recht günstigen Lage. Die Tatsache, daß er praktisch nichts von Dodds Tod hatte, ließ ihn völlig unverdächtig erscheinen. Da war noch immer das lose Ende des Reims, aber es war ihm nur recht, wenn ich mir vergeblich den Kopf darüber zerbrach.

Und dann passierte etwas Seltsames. O'Bannon, Sie können

das jetzt dreimal unterstreichen. Jetzt kommt der richtig schöne Teil der Geschichte.

Bis zu diesem Punkt hatte Ken die Ereignisse manipuliert.

Nun begannen die Ereignisse, Ken zu manipulieren.«

»Sie müssen wissen«, fuhr Ellery fort, »daß manchmal auch ich gewisse Phänomene nicht erklären kann, weil sie sich nicht in den Kategorien von Metern, Minuten oder Kilogramm fassen lassen. Es kommt vor, daß die Natur, in die hineingepfuscht wurde, mit einer Art zynischer Intelligenz zurückschlägt, die Vorbestimmtheit aller Ereignisse bestätigt scheint und die Schicksalsgöttin schwarzen Humor beweist. Hardy nannte das ›Satire des Faktischen‹. In jedem Fall sah sich Kenneth Winship plötzlich Entwicklungen ausgeliefert, die er nicht mehr in der Hand hatte. Er hatte ein bestimmtes Serienmuster in die Welt gesetzt. Als er die Serie stoppen wollte, stellte er fest, daß die Ironie des Schicksals ihm dies nicht gestattete.«

»Wie meinen Sie das?« fragte Malvina Prentiss.

Ellery setzte seinen Monolog fort, als spräche er zu sich selbst. »Wo hört der Zufall auf, und wo beginnt der Zwang der Umstände? Gute Frage. Letztlich mag es so etwas wie Zufall vielleicht gar nicht geben. Zumindest war es nicht Zufall, der Kens Kindervers zu seinem Eigenleben verhalf. Konnte es nicht sein. Er war zu unerbittlich und zu folgerichtig.«

»Wie ich das meine?« Ellery schaute auf. »Ich meine, daß der Vers – ganz unabhängig von Ken – darauf bestand, sich selbst zu vollenden.

Holderfield hatte beide Dodd-Testamente aufgesetzt. Er wußte daher, daß in dem ersten, später abgeänderten Testament Kenneth Winship als Haupterbe eingesetzt war. Unter all dem lächerlichen Fett verbarg sich ein verschlagener Zeitgenosse mit scharfem Verstand. Er löste das Rätsel. Er wußte, daß Winship – und Winship allein – ein Mordmotiv hatte.«

»Zu einem bestimmten Zeitpunkt meiner Ermittlungen«, fuhr Ellery fort, »hatte ich mit der Theorie experimentiert, daß Tom Anderson Sebastian Dodd erpreßt haben könnte. Es gab tatsächlich einen Erpresser in dem Fall, nur war es nicht Tom Anderson. Nach Dodds Tod muß Holderfield Kontakt mit Winship aufgenommen und ihm erzählt haben, was er wußte, und Stillschweigen über das erste Testament versprochen haben, wenn er sich dafür erkenntlich zeigte.

Ken hatte kein Geld, mit dem er den Erpresser zufriedenstellen konnte; aber er hatte Dodds Praxis geerbt, oder den größten Teil davon. Daher ist es wahrscheinlich, daß Holderfield, der an jenem Morgen, an dem er das Testament verlas, noch verbittert und zornig wirkte, kurze Zeit später wieder bester Dinge war. Er hatte sich seinen Plan überlegt … Und nun stand Ken vor dem Problem, daß ihm seine Verbrechen nicht nur nichts eingebracht hatten, sondern daß er jetzt auch noch für sie bezahlen sollte.

Ken war klar, was zu tun war. Er war nicht der Typ, der sich widerstandslos erpressen ließ, wie Holderfield eigentlich hätte wissen müssen. Vor einem weiteren Mord würde er kaum zurückschrecken. Er stahl sich an einem späten Samstagnachmittag, als das Gebäude verlassen war, in den Granjon Block und stieß Holderfield aus seinem eigenen Fenster. Wenn Holderfield eine Kopie des ersten Testaments aufbewahrt hatte, was zweifellos der Fall war, dann hat Ken danach gesucht, sie gefunden und vernichtet.

Er hatte also einen weiteren Mord begangen, den Mord am Erpresser Holderfield, ohne daß er sich davon Profit versprechen konnte, völlig gegen seinen Willen, wie ich überzeugt bin – als reine Notmaßnahme. Die Sache war nur die – indem er den Erpresser Holderfield beseitigte, *tötete er einen Anwalt.* Und ein Anwalt war es, nach dem der Kindervers als nächstem Opfer verlangte. Zufall? Kaum.«

»Irgendwie schon seltsam«, murmelte O'Bannon, während er ununterbrochen schrieb.

»Wenn die Morde zu diesem Zeitpunkt aufgehört hätten, dann wäre ›seltsam‹ in der Tat das richtige Wort. Aber sie hörten nicht auf. Nachdem Holderfield aus dem Feld geräumt war, mußte Ken bitter erkennen, daß er noch immer keine Ruhe hatte. Die Waldo-

Zwillinge waren Zeugen gewesen, als jenes Testament unterschrieben wurde, das Kens Mordmotiv preisgab. Soweit er wußte, kannten die Waldos seinen Inhalt. Aber selbst wenn nicht, dann wußten sie immerhin, daß es zwei Testamente an zwei aufeinanderfolgenden Tagen gegeben hatte, und auch dieses Wissen war gefährlich ...

Die Waldos nahmen regelmäßig Nembutal, um schlafen zu können, sie wohnten direkt gegenüber, und ihr Holzhaus mußte brennen wie Zunder. Ken legte in ihrem Keller Feuer und ging wieder schlafen.

Er mag ebenso geplant haben, Floss Bushmill, Holderfields Sekretärin, auszuschalten, die als dritte Zeugin fungiert hatte. Wenn schon alle seine Mühen umsonst gewesen waren, dann mußte er wenigstens seine Spuren beseitigen. Aber dann ging auf einmal alles schief; und während er sich im dicksten Schlamassel befand, hatte sich Floss längst aus dem Staub gemacht.

Doctor, Anwalt, Kaufmann ... Ken hatte geplant, zwei Brüder zu ermorden, die über gefährliches Wissen verfügten. Als Ken das Feuer legte, mag er übersehen haben, daß Schneider Kaufleute sind; aber es war offensichtlich, daß eine höhere Instanz dies nicht übersehen hatte.«

»Unglaublich«, sagte Malvina Prentiss.

»Die Instanz, auf die ich mich hier beziehe, Miss Prentiss«, fuhr Ellery mit einem Lächeln fort, »ist spezialisiert auf Unglaubliches. Nur daß dieser Mord keineswegs in diese Kategorie fiel. Ein Gesetz, das beinahe so unerschütterlich wie das Newtonsche war, sorgte dafür, daß Winship ausgerechnet dann ›zufällig‹ einen Kaufmann tötete, als der Reim einen solchen als nächstes Opfer vorschrieb. Wie nämlich waren die ›Kaufleute‹ Waldo auf Winships schwarze Liste geraten? Sie waren als Testamentszeugen von Anwalt Holderfield hochgeholt worden. Rufen Sie sich in Erinnerung, daß Holderfields Büro sich in einem Bürogebäude befand, und daß sich in diesem Bürogebäude, wie in nahezu allen Bürogebäuden, zu ebener Erde Einzelhandelsgeschäfte befinden. Zudem liegt der Granjon Block im Herzen von Wrightsvilles Geschäftsviertel, in dem überwiegend Einzelhändler ihre Geschäfte haben. Neun von zehn Leuten, die für Holderfield auf die Schnelle als Zeugen in Frage kamen, wären also Kaufleute welcher Couleur auch immer gewesen. Die beiden, die tatsächlich gebeten wurden, waren zufällig Schneider. Es hätte ebensogut Mr. Purdy vom Kurzwaren- oder Jeff Hernaberry vom Sportgeschäft treffen können. Nein, das war nicht unglaublich, Miss Prentiss. Und es war erst recht kein Zufall.

Aber lassen wir uns damit nicht aufhalten. Die Schicksalsgöttin fand langsam Gefallen an dem Spiel: Einer der beiden Waldo-Brüder starb nicht im Feuer.

Von da an gewann die Entwicklung an Tempo. Ken war klar, daß mit David Waldo die Gefahr überlebt hatte, die er abwehren wollte, als er das Feuer legte. Er konnte ihn kaum im Krankenhaus töten; das Risiko, erwischt zu werden, war zu groß. Dann bekam es Waldo mit unbändiger Angst zu tun, stahl sich davon, regelte heimlich seine Wrightsviller Angelegenheiten und verschwand.

Ken wußte, daß ich alles versuchen würde, um Waldo zu finden. Wenn mir dies gelang, würde ich es möglicherweise auch schaffen, Waldo die Geschichte vom ersten Testament zu entlokken. Als Waldo aufgespürt war und ich daher in Dodds Haus eine Nachricht hinterlassen hatte, in der ich Rima und Ken mitteilte, wohin ich fuhr, wartete Ken, bis ein nächtlicher Notruf ihn loseiste – wahrscheinlich reichte es sogar, Rima einfach einen solchen vorzutäuschen – stieg in seinen Wagen und folgte mir nach Connhaven. Die ganze Zeit über schon verdankte er, nebenbei bemerkt, seinem Beruf außergewöhnliche Mobilität. Keiner käme jemals darauf, es verdächtig zu finden, wenn ein Arzt mitten in der Nacht losfährt.

Er folgte mir, stellte mir eine Falle, ich tappte hinein, und er feuerte zweimal aus einer Entfernung von weniger als zwanzig Zentimetern auf meine Herzgegend.

Die Schicksalsgöttin wird auf seine Kosten herzhaft gelacht haben. Denn erstens trug ich ausgerechnet eine kugelsichere Weste; und zweitens war ich – und nutzte dies bei meiner Gegenfalle auch aus – ein ›Chef‹. Für Winship muß dieser Umstand ein Alptraum gewesen sein, denn er hatte sicher nicht beabsichtigt, den Kinderreim mit meiner Erschießung abzurunden!

Es ist wahr, daß der ›Chef‹ nicht starb. Es ist allerdings ebenso wahr, daß ich nur im allerengsten und absurdesten Sinne als ›Chef‹ gelten konnte. Der Reim wird dennoch die denkbar gelungenste Vollendung finden. Denn es steht noch ein Tod aus.«

O'Bannons Bleistiftspitze brach ab, und Malvina Prentiss saß hoch aufgerichtet.

»Nämlich Kens Hinrichtung«, fuhr Ellery fort. »Und da haben wir auch – ohne einen Hauch von Sophisterei – die ›Satire das Faktischen‹ in vollendeter Ausprägung. Denn in Wahrheit war Ken der Hauptakteur, der ›Chef‹ vom Ganzen. Der Hauptverbrecher, der Chef in Planung und Ausführung, das Hauptopfer. Sein Tod wird der denkbar passendste Abschluß seines Reimes sein, obwohl ich stark bezweifle, daß ihm das noch bewußt wird, bevor es zu spät ist. – Haben Sie auch so einen Mordsdurst wie ich? Ich hätte gegen ein weiteres Bier nichts einzuwenden.«

* * *

Die Kneipe war nun halb voll. Es dauerte eine Weile, bis Gus auf Ellery aufmerksam wurde. In der Zwischenzeit starrte Francis O'Bannon nachdenklich in sein Notizbuch. Malvina Prentiss trommelte geistesabwesend mit ihren silbernen Fingernägeln auf die Tischplatte. Ellery steckte sich die nächste Zigarette an.

»Was darf's sein?« fragte Gus.

»Ein Bier«, antwortete die Herausgeberin des *Record*. »Für Mr. Queen.« Sie legte einen Schein auf den Tisch und erhob sich.

»Für mich bitte eine Flasche Bourbon«, sagte Francis O'Bannon.

Sie fixierte seinen Rotschopf mit kühlem Blick von oben herab. »Ich dachte, wir hätten das besprochen, Spec. Setzen Sie schon Ihren Hintern in Gang. Diese gigantische Geschichte bedeutet Arbeit!«

»Bourbon«, beharrte O'Bannon.

»Sofort, Sir«, sagte Gus unsicher.

»Spec«, zischte Malvina. »Ich rede mit Ihnen!«

»Ja, sicher tun Sie das. Aber was wissen Sie schon von mir.« Wenn er jetzt noch etwas von Harvard an sich hatte, dann war es nur noch dessen Purpurröte, die langsam in seinem Gesicht aufstieg. »Und was soll ich tun?«

»Das, wofür Sie bezahlt werden. Durch den Reifen springen!«

»Malvina«, entgegnete O'Bannon mit weicher Simme. »Sie können sehr gut selbst zu dem Laden zurückgehen. Gus, Bourbon.«

»Bostons Back Bay, soso«, sagte Malvina verächtlich. »Sie klingen eher wie ein New Yorker Müllkutscher.«

»Na und? Das ist es ja auch, was ich bin, du versilbertes Etwas. Könntest glatt bei Madame Tussaud ausgebrochen sein!« O'Bannon sprang auf, riß sich die Brille von der Nase und zerbrach sie demonstrativ vor ihren Augen.

»Spec.« Sie war entsetzt.

»Du kannst mich mal am Abend besuchen! Gus, bring sofort die Flasche Bourbon, oder ich nehm dir den Laden auseinander! Tja, Malvina-Darling, ich bin leider 'ne Fälschung, sag bloß, du wußtest das nicht! Ich hab mich von dir als Aufnehmer durch die Gänge des *Record* schleifen lassen, weil ich Lust dazu hatte. Aber jetzt habe ich keine mehr!« brüllte er. »Nimm den verdammten Job als Klomann und steck ihn dir in den Hintern!«

»Spec …«, stammelte sie.

»Francis Vincent Xavier O'Bannon ist mein Name, und jetzt werde ich dir mal was erzählen, daß dir Hören und Sehen vergeht, meine Schöne!« Francis Vincent Xavier O'Bannon legte los, und das mit einer gotteslästerlichen Geübtheit, die ihm respektvolles Schweigen aus der Gaststube einbrachte. Während er Malvina Prentiss mit ausgesprochen plastischen Beschreibungen überzog, stand sie mit offenem Mund da, ein Bild der äußersten Verblüffung. Als O'Bannon sich ausgekollert hatte, war rund ein

Viertelliter Bourbon via Flaschenhals seine Kehle hinuntergeflossen. Er hatte Ellery salutiert und war unter Pfiffen und großem Applaus aus der Kneipe stolziert. Malvina machte den Mund zu, sah sich ängstlich um, lief bis zu den Wurzeln ihres platinblonden Haares rot an und flüchtete aus dem Raum.

Und zwei sollen eins werden, dachte Ellery. Das Leben geht weiter und eint Dualitäten.

Als er von seiner Armbanduhr aufsah, erblickte er Rima in der Eingangstür.

* * *

Sie begegneten sich in der Mitte der Gaststube, neben einem Tisch, an dem ein Mann im Overall, mit einem Ölfleck auf der Nase, behutsam vier Gläser Whisky aufreihte.

»Sind Sie etwa auch Detektivin?« fragte Ellery, ohne zu lächeln.

»Es war nicht schwer, Sie zu finden. Sie sind berühmt.«

»Ich bin froh, daß Sie gekommen sind, Rima.«

»Das war sehr freundlich von Ihnen – mir eine neue Stelle zu besorgen.«

»Sie haben mit Dr. Bull schon gesprochen?«

»Ich habe ihn angerufen.«

»Was hat er gesagt?«

»Er hat mir viele Fragen gestellt. Ich werde für die Abteilung ›Tiere in Wald und Flur‹ arbeiten, als Assistentin des Kurators. Es war wirklich sehr nett von Ihnen, Ellery.«

»Ich bin ganz sicher, daß Sie sich dort wohlfühlen werden, Rima. Soweit ich weiß, gehört auch viel Arbeit in Wald und Flur zu Ihren Aufgaben. Wann fangen Sie an?«

»Dr. Bull sagte, ich könne anfangen, wann immer es mir paßte. Ich habe mich für morgen früh entschieden.«

»Aha«, sagte Ellery mit einem Lächeln. »Ich bin überzeugt, daß das goldrichtig war. Morgen ist ein hervorragender Tag, um anzufangen.«

Rima schaute ihn an, als sei sie nicht ganz seiner Meinung. »Und außerdem«, sagte sie, »konnte ich Sie nicht einfach so gehen lassen, ohne mich von Ihnen zu verabschieden.«

»Ich komme wieder, Rima.«

»Ach ja, natürlich. Zum Prozeß.«

»Wohl nicht nur zum Prozeß.«

Ein Mann im karierten Hemd brüllte: »Gus!«

»Wohl nicht … nur zum Prozeß?« Es schmerzte ihn, die braunvioletten Schatten unter ihren Augen zu sehen.

»Haben Sie denn vergessen, was ich Ihnen in Ytaioa gepredigt habe? – Rima, ich fürchte, ich muß los. Fahren Sie doch im Taxi mit zum Bahnhof.«

»Gepredigt?«

»Es gibt«, sagte Ellery, »immer zwei Möglichkeiten.«

Ihre Miene hellte sich merklich auf; und als Ellery mit Rima nach draußen trat, wo Ed Hotchkiss in seinem klapprigen Wagen wartete, ging ihm der unoriginelle Gedanke nicht aus dem Kopf, daß es war, als habe er die Sonne über einer düsteren Welt aufgehen sehen.

Nachwort

In Heiko Postmas hervorragend edierter »Galerie der Detektive« – die auch neun der Seriendetektive aus »DuMonts Kriminal-Bibliothek« liebevoll porträtiert – werden im Anhang zu »Ellery Queen« erstmals für den deutschen Sprachraum die verschiedenen Schichten dieses überreichen Œuvres gesondert. Als 1929 die Vettern Manfred Lee (1905–1971) und Frederic Dannay (1905–1982) in Kollaboration ihren Detektiv Ellery Queen schufen und diesen Namen zugleich auf dem Titelblatt als pseudonymen fiktiven Autor benannten, konnten sie nicht ahnen, als wie fruchtbar sich ihre Idee erweisen sollte. Neben etlichen Erzählungssammlungen schrieb das Gespann, das die Art seiner Kooperation nie offenlegte, gemeinsam 26 Romane und war zudem viele Jahre für die populärste Krimi-Hörspielserie aller Zeiten verantwortlich. Daneben und danach veröffentlichte aber auch jeder von ihnen in Zusammenarbeit mit anderen, offiziell nie genannten Autoren weitere Romane unter derselben ›Firma‹ oder – neudeutsch – demselben ›Label‹, was ihr Gesamtwerk mehr als verdoppelte. Auch wenn unter diesen Ghostwritern – im 19. Jahrhundert wenig politically correct französisch schlicht »nègres« genannt – so bekannte Autoren wie Theodore Sturgeon waren, ziehen Kenner natürlich die Werke vor, die zu dem gerechnet werden, was Heiko Postma respektvoll den »authentischen Kanon« nennt.

Nach diesem Erkenntnisstand ist eine Gruppe von Romanen, die sich vom übrigen Werk deutlich abhebt, über jeden Verdacht erhaben. Von 1942 bis 1950 erschienen vier Romane, die als gemeinsamen Schauplatz die Kleinstadt Wrightsville haben: »Calamity Town« (1942), »The Murderer is a Fox« (1945), »Ten Days' Wonder« (1948) und als letzter 1950 »Double, Double«, den wir als »… und raus bist du!« erstmals ungekürzt in völlig neuer Übersetzung vorlegen und dem sein Vorgänger »Ten Days' Wonder« bald folgen soll. Wrightsville liegt irgendwo im nördlichen, sehr ländlichen Teil des Staates New York und ist die typische amerikanische Kleinstadt, wie man sie bis heute dutzendfach findet, wenn man irgendwo im Osten der USA nur für ein oder zwei Tage die Autobahn verläßt und eine der alten Bundesstraßen benutzt. Wrightsville hat einen Bahnhof, an dem sogar 1950 noch Schnellzüge hielten – inzwischen wird es wohl ein reiner Güterbahnhof sein –, einen ›Square‹ genannten, baumbestandenen Platz im Zentrum, auch wenn er in diesem speziellen Fall rund ist. Dort befinden sich das Gericht und das Rathaus der Stadt und des umliegenden ›County‹, umsäumt ist er von zwei Hotels, von mehreren Bürogebäuden mit diversen Einzelhandelsgeschäften, und einen Block entfernt liegen Redaktion und Druckerei der Stadt- und Kreiszeitung. In der Oberstadt gibt es ein Villenviertel mit viktorianischen Prachtbauten, die aber zum Teil etwas heruntergekommen sind, weil es bei den Honoratioren der Stadt Mode geworden ist, sich bequemere Villen an den Berghängen außer- und oberhalb der Stadt zu bauen. Die einstmals kleinbürgerliche Unterstadt ist längst zum Slumgebiet heruntergekommen, durch sie fließt einer jener kleinen Flüsse, vor denen der Europäer in solchen Städten der USA immer wieder fassungslos steht: Bar alles Pittoresken, ja, bar jeden Reizes ist er einfach eine Kloake voller Unrat, Müll und Schutt.

So wie die Vettern Dannay und Lee Wrightsville geschaffen haben, um die Abenteuer ihres Autorhelden gattungsgemäß variieren zu können, so lassen sie auch innerhalb der Fiktion Queen erstmals nach Wrightsville kommen, um Stoff für einen neuen Roman zu suchen, den er dann auch prompt in rätselhaften Vorkommnissen innerhalb der im Bankgeschäft tätigen Gründerfamilie Wright findet. Ab dann ist sein Ruf als Mann für schwierige Fälle im Städtchen etabliert, und so wird er in späteren Jahren zweimal regelrecht gerufen, als es Probleme in der Fabrikantenfamilie Fox und der Verlegerdynastie der Van Horns gibt.

Diesmal – man schreibt, wie die Daten zeigen, das Jahr 1950 – ergeht der Ruf nach Wrightsville indirekter: Ellery erhält eine Reihe anonymer Briefe mit Ausschnitten aus der lokalen Zeitung, die jeweils Todesfälle bzw. einen Fall spurlosen Verschwindens melden. Ein stadtbekannter alter Geizhals ist seinem langjährigen Herzleiden erlegen, der führende Industrielle der Stadt hat, nach wilden Spekulationen und Unterschlagungen bankrott, Selbstmord begangen, ein dem Trunk ergebener Stadtstreicher ist spurlos verschwunden, vermutlich im Vollrausch in den Sumpf geraten, in dem er in einem Schuppen vegetierte – Kleinstadtnachrichten, Kleinstadtskandale, Kleinstadtaufgeregtheiten. Was soll Ellery damit? Wer hat sie ihm zugeschickt? – Diese Frage wird Ellery in der nächsten Zukunft jedem stellen, der ihm begegnet, aber erst ganz zum Schluß beantworten können.

Involviert wird Ellery erst, als eine Gestalt unmittelbar aus einem Buch heraus in sein Leben tritt: Am Samstag, dem 8. April 1950, steht plötzlich Rima Anderson vor der Queenschen Wohnungstür. Sie stellt sich als die Tochter des verschwundenen Säufers aus Wrightsville vor, aber Ellery kennt sie längst: In jeder Einzelheit, bis hin zu ihrem Vornamen, entspricht sie der Heldin aus »Green Mansions«, dem 1904 erschienenen populärsten Roman von W. H. Hudson (1841–1922). Hudson war zusammen mit Autoren wie Rider Haggard, Rudyard Kipling oder seinem Freund, dem jungen Joseph Conrad, einer der führenden Vertreter des englischen neuromantischen Exotismus um die Jahrhundertwende, und Rima, das Vogelmädchen, die von den Eingeborenen im Dschungel Südamerikas als Göttin verehrte Nachfahrin eines untergegangenen Volkes, ist seine populärste Gestalt. Der Bildhauer Sir Jacob Epstein (1880–1959) porträtierte sie in einer Skulptur, und das Werk, dem sie entstammt, ist im englischen Sprachraum längst zum unsterblichen (Jugend-)Klassiker geworden. Es ist eins der Geheimnisse des literarischen Außenhandels, warum dieses erstmals 1958 und dann wieder 1980 in deutscher Übersetzung erschienene Buch bei uns nie so recht heimisch, geschweige denn zur Legende geworden ist.

Und diese Legende, die Kindfrau, das Vogelmädchen aus dem südamerikanischen Urwald, mit elbischen Zügen wie de la Motte Fouqués Undine oder Mörikes Schöne Lau, steht plötzlich mitten in Manhattan vor Ellery und bittet ihn um Hilfe. Sie ist fest davon überzeugt, daß es beim Tod ihres Vaters nicht mit rechten Dingen zugegangen ist – aber was schert die Wrightsviller Polizei das Schicksal eines stadtbekannten Penners. Ihr Vater war ein College-Professor für englische Literatur gewesen, den der plötzliche Tod seiner Frau aus der Bahn geworfen hatte; er hatte seine einzige Tochter nicht nur nach Hudsons Heldin Rima genannt, sondern auch nach ihrem Vorbild erzogen. In dieser Übernahme einer kompletten Gestalt aus einem anderen Werk liegt nicht der geringste Reiz dieses auch im Ellery-Queen-Corpus ungewöhnlichen Romans. Die bereits im ersten Band der Serie entwickelte Fiktion, der Berufsschriftsteller Ellery Queen verfasse selber Romane über die Abenteuer des Amateurdetektivs Ellery Queen, hatte die Bücher von vornherein in gewissem Sinne fiktionalisiert: Als am Ende von »Das Ägyptische Kreuz« (DuMonts Kriminal-Bibliothek Bd. 1069) Vater Queen besorgt fragt, wer denn für die aufgelaufenen und recht beträchtlichen Spesen aufkomme, antwortet Ellery: »Die Leser.« Er werde aus seinen Abenteuern ein Buch machen, es »Das Ägyptische Kreuz« nennen und so den Leser zahlen lassen. Lange bevor dieser Einfall in der sogenannten ›Moderne‹ regelrecht zur Masche wurde, wird hier in einem ›Krimi‹ die Fiktion als Fiktion preisgegeben.

Im vorliegenden Werk erscheint dieses Spiel mit der Intertextualität, dieses Bekenntnis zu einer Literatur, die sich eher auf andere Literatur bezieht als auf ›Realität‹, nicht nur in der Heldin Rima, sondern auch in ihrem Gegenbild, der knallharten und gleichsam edelmetallenen Journalistin und Verlegerin Malvina Prentiss. Ellery Queen, der amerikanische Vertreter der englischen oder klassischen Schule des Detektivromans, der sich selbst entsprechend mit Hercule Poirot vergleicht, nutzt diese seine Schöpfung zur ebenso ironischen wie kritischen Auseinandersetzung mit der rivalisierenden amerikanischen Schule. Raymond Chandler hatte 1944 in seinem Pamphlet »The Simple Art of Murder« im Namen eines angeblich von Hammett – und ihm – vertretenen ›Realismus‹ scharf gegen die englische Schule polemisiert, und Queen zahlt ihm das jetzt zurück: Die Romane

Cains, Chandlers und Gardners mit ihren Detektiven, die Frauen schlagen oder küssen, sich ständig prügeln und auf alles schießen, was sich bewegt, nebst Gestalten wie Malvina Prentiss sind genau so romantische Phantasiegestalten wie Hercule Poirot, Ellery Queen oder eben Rima. Und wenn Ellery Queen jemals in einem seiner Bücher Zeichen normal menschlich-männlicher Verliebtheit zeigen sollte, dann hier bei Rima, die gleich ihm aus einem Buche stammt. Und was tut er, um die traditionelle Außenseiterrolle des Detektivs nicht zu gefährden? Er beschließt, Rima umgehend an den ersten (und hoffentlich auch Besten) zu verheiraten und setzt das in der Tat in die Tat um!

Einstweilen folgt er ihr fast willenlos nach Wrightsville – aber was soll er dort? Rima insistiert, beim Verschwinden ihres Vaters müsse ein Verbrechen vorliegen, und die anonymen Zusendungen scheinen einen Zusammenhang mit zwei vorangegangenen Todesfällen anzudeuten. Aber selbst wenn bei Anderson ein Mord vorläge – was kann er mit einem unzweifelhaften Herztod und einem unbestrittenen Selbstmord zu tun haben? Niemand kennt besser als Ellery die alte Detektiv-Maxime »Die Dinge sind nie das, was sie zu sein scheinen«, aber hier scheinen sie es zu sein. In den gut zwei Monaten, die Ellery letztlich in Wrightsville verbringen wird, ereignen sich weitere Todesfälle, und die Ursachen reichen von einwandfreier Notwehr bis zu unzweifelhaften Unfällen. Oder doch nicht? Sollte der allseits beliebte Arzt, der den Herzkranken jahrelang behandelte und ihn dann überraschend beerbte, eine falsche Todesursache angegeben haben? Hat er sodann den nächsten in den Selbstmord getrieben? Anderson umgebracht? Aber im Fall der Notwehr konnte Dr. Dodd nichts manipulieren. Bis zum Schluß weiß Ellery nicht, ob er einem Phantom nachjagt und unzusammenhängende Ereignisse willkürlich zu einer sinistren Kette zusammenfügt oder ob in Wahrheit Sinistres sich als harmlos tarnt.

Die Entdeckung, die Ellery kurz hinter der Buchmitte macht und die ausnahmsweise hier schon verraten werden darf, daß die Todesfälle einem bekannten Kinder-Abzählreim folgen, ist da wenig hilfreich, denn auch dies könnte ein Zufall sein. Daß dies nicht der Fall ist, weiß der Leser natürlich vor dem Detektiv, kennt er als Kenner – und für solche schreiben die Autoren von Detektivromanen – doch die entsprechenden Vorbilder, S. S. Van Dines »Mordfall Bischof« von 1929 (DuMonts Kriminal-Bibliothek Bd. 1006) und Agatha Christies »Zehn kleine Negerlein« von 1939.

Entsprechend steckt auch in diesem Roman ein »Künstler des Verbrechens«, der es versteht, das Gewebe aus Zufällen und Eventualitäten strategisch zu nutzen, so wie ein genialer Feldherr die zufälligen Gegebenheiten eines Geländes, auf dem der Feind sich zur Schlacht stellt, zum Theater seines Sieges umzugestalten versteht. Und wenn »Das Licht Gottes« (»Mord als schöne Kunst betrachtet«, DuMonts Kriminal-Bibliothek Bd.1060) von Ellery selbst als »sein allerbemerkenswertestes Abenteuer« bezeichnet wird, geht es doch immerhin um das spurlose Verschwinden eines großen und soliden Hauses über Nacht, und wenn »Das Ägyptische Kreuz« (DuMonts Kriminal-Bibliothek Bd. 1069) mit seinen multiplen Kreuzigungen zuvor Geköpfter »eines der zugleich widerwärtigsten und raffiniertesten Verbrechen der amerikanischen Kriminalgeschichte« war, so sieht sich Ellery diesmal mit »einer der teuflischsten Eingebungen« in der gesamten Geschichte des Mordens seit Kain und Abel konfrontiert. Und wie sich der Fall in seiner unentwirrbaren Mischung aus Zufall und Planung über die längste Zeit der Geschichte einer logischen Auflösung entzog, so ist auch der endlichen Lösung nur mit naturwissenschaftlichen Kategorien wie Sekunden, Metern und Kilogramm nicht beizukommen, wie Ellery selbst konstatiert. Auch als dem Täter, wie das häufig im Detektivroman der Fall ist, die Kontrolle über die zur Vertuschung des Vorangegangenen notwendigen Folgemorde längst entglitten ist, scheint der Kinderreim mit fühlloser Grausamkeit weiter zuzuschlagen, wenn diese Folgerichtigkeit auch wieder durch ein Gewebe aus Zufällen, Beziehungen und Nachbarschaften mit unabsehbaren Konsequenzen wahrscheinlich gemacht werden kann. Jedenfalls befällt selbst Ellery Queen ein Gefühl für etwas Determiniertes, etwas Schicksalhaftes, das Friedrich Theodor Vischer »die Tücke des Objekts« genannt hat und sein englischer Zeitgenosse Thomas Hardy, den Ellery zitiert, »die Satire des Faktischen« – bis hin zu dem Zug, daß der Abzählreim eine letzte Leerstelle eröffnet und offen läßt, die erst die Hinrichtung des Mörders schließen wird.

Volker Neuhaus

DuMonts Kriminal-Bibliothek

»Knarrende Geheimtüren, verwirrende Mordserien, schaurige Familienlegenden und, nicht zu vergessen, beherzte Helden (und bemerkenswert viele Heldinnen) sind die Zutaten, die die Lektüre zu einem Lese- und Schmökervergnügen machen. Der besondere Reiz liegt in der Präsentation von hier meist noch unbekannten anglo-amerikanischen Autoren.« *Neue Presse/Hannover*

Band 1001	Charlotte MacLeod	**»Schlaf in himmlischer Ruh'«**
Band 1006	S. S. van Dine	**Der Mordfall Bischof**
Band 1016	Anne Perry	**Der Würger von der Cater Street**
Band 1022	Charlotte MacLeod	**Der Rauchsalon**
Band 1025	Anne Perry	**Callander Square**
Band 1026	Josephine Tey	**Die verfolgte Unschuld**
Band 1033	Anne Perry	**Nachts am Paragon Walk**
Band 1035	Charlotte MacLeod	**Madam Wilkins' Pallazzo**
Band 1044	Anne Perry	**Rutland Place**
Band 1046	Charlotte MacLeod	**»Stille Teiche gründen tief«**
Band 1050	Anne Perry	**Tod in Devil's Acre**
Band 1063	Charlotte MacLeod	**Wenn der Wetterhahn kräht**
Band 1066	Charlotte MacLeod	**Eine Eule kommt selten allein**
Band 1068	Paul Kolhoff	**Menschenfischer**
Band 1070	John Dickson Carr	**Mord aus Tausendundeiner Nacht**
Band 1071	Lee Martin	**Tödlicher Ausflug**
Band 1072	Charlotte MacLeod	**Teeblätter und Taschendiebe**
Band 1073	Phoebe Atwood Taylor	**Schlag nach bei Shakespeare**
Band 1074	Timothy Holme	**Venezianisches Begräbnis**
Band 1075	John Ball	**Das Jadezimmer**
Band 1076	Ellery Queen	**Die Katze tötet lautlos**
Band 1077	Anne Perry (3 Romane)	**Viktorianische Morde**

Band 1078	Charlotte MacLeod	**Miss Rondels Lupinen**
Band 1079	Michael Innes	**Klagelied auf einen Dichter**
Band 1080	Edmund Crispin	**Mord vor der Premiere**
Band 1081	John Ball	**Die Augen des Buddha**
Band 1082	Lee Martin	**Keine Milch für Cameron**
Band 1083	William L. DeAndrea	**Schneeblind**
Band 1084	Charlotte MacLeod	**Rolls Royce und Bienenstiche**
Band 1085	Ellery Queen	**... und raus bist du!**
Band 1086	Phoebe Atwood Taylor	**Kalt erwischt**

Band 1076

Ellery Queen

Die Katze tötet lautlos

Manhattan, Ende der vierziger Jahre, eine Serie von Morden versetzt die Stadt in Panik. Die Boulevardblätter haben dem Mörder einen Namen gegeben: Katze. Für jeden Toten zeichnen ihr die Cartoonisten einen weiteren Schwanz.

Die Katze sucht ihre Opfer wahllos. Und immer bei Nacht. Niemand kann sich vor ihr sicher fühlen. Am Tatort hinterläßt sie nichts als die Leiche mit einem sorgsam geknoteten Seidenfaden um den Hals. Und am nächsten Tag grinst den Lesern aus der Zeitung wieder die Katze entgegen und hat einen Schwanz mehr. Ellery Queen hat viele Knoten zu lösen.